SARINA BOWEN

True North

Wo auch immer du bist

papego

kostenlos mobil
weiterlesen

Eine ausführliche Erklärung zur Nutzung von Papego
finden Sie am Ende des Buches.

SARINA BOWEN

True North

WO AUCH IMMER DU BIST

Roman

Ins Deutsche übertragen von
Wiebke Pilz und Nina Restemeier

LYX

LYX in der Bastei Lübbe AG
Dieser Titel ist auch als Hörbuch und E-Book erschienen.

MIX
Papier aus verantwortungsvollen Quellen
FSC® C083411

Die Originalausgabe erschien 2016 unter dem Titel »Bittersweet«.

Textredaktion: Nicola Härms
Umschlaggestaltung: © Zero Werbeagentur, München
unter Verwendung eines Motives von © FinePic/Shutterstock
Satz: Greiner & Reichel, Köln
Gesetzt aus der New Caledonia
Druck und Verarbeitung: CPI books GmbH, Leck – Germany
Printed in Germany
ISBN 978-3-7363-0560-1

1 3 5 7 6 4 2

Sie finden uns im Internet unter www.lyx-verlag.de
Bitte beachten Sie auch: www.luebbe.de und www.lesejury.de

ERSTER TEIL

Juli

Obst sieht einfach besser aus als Gemüse. Außerdem, wenn man Obst verfaulen lässt, wird es zu Wein. Ein Rosenkohl würde das niemals tun.

P. J. O'Rourke

1

Tuxbury, Vermont
Griffin

»Griffin?«

Meine Mutter setzte sich mir gegenüber an den großen Bauerntisch, während ich den letzten Bissen ihres selbst geräucherten Schinkens aß. Mein Landarbeiter Zachariah und ich hatten uns bereits Käseomeletts und selbst gebackenes Brot mit Butter aus der Milch unserer Kühe schmecken lassen.

Das Frühstück war wie immer hervorragend gewesen, aber was meine Mutter nun sagte, klang sogar noch besser. »Ich habe noch einen Saisonhelfer eingestellt.« Ich hielt mit der Kaffeetasse auf dem Weg zum Mund inne. »Wirklich?«

»Ja. Er fängt heute an.«

»Mach keine Witze.« In dieser Jahreszeit waren wir immer chronisch unterbesetzt, man konnte dem Gras beim Wachsen zusehen, und die Käfer machten sich gierig über unsere Apfelbäume her.

Es war noch nicht einmal neun Uhr, aber Zachariah und ich hatten bereits mehrere Stunden geschuftet. In der Dämmerung hatten wir einige Dutzend Kühe in zwei verschiedenen Ställen gemolken. Nach dem Melken genehmigten wir uns jeden Morgen ein ausgiebiges Frühstück, aber dann ging es zurück an die Arbeit. In den kommenden acht Stunden würden wir eine ellenlange Liste mit Aufgaben und Reparaturen abarbeiten.

Deshalb klang die Aussicht auf eine zusätzliche Arbeitskraft wie Musik in meinen Ohren. Ich stellte die Tasse auf den Küchentisch und sah meine Mutter an. Sie wirkte ungewöhnlich zaghaft, und ich begann, mir Sorgen zu machen. Womöglich wäre ich von ihrem neuen Mitarbeiter nicht begeistert.

»Gestern Abend hat Angelo angerufen«, sagte sie.

Verdammt. Jetzt wusste ich, worauf sie hinauswollte. Angelo war ein liebenswerter Mann, den wir aus der katholischen Kirche in Colebury ein paar Dörfer weiter kannten. Außerdem war er Bewährungshelfer.

»Er bringt heute einen jungen Mann vorbei. Gerade entlassen. Er hat drei Jahre wegen fahrlässiger Tötung gesessen. Es war ein Autounfall, Griff. Er ist gegen einen Baum gefahren.«

Mein Herz schlug schneller, so wie immer, wenn es auf der Farm Schwierigkeiten gab. Ich hätte die zweite Tasse Kaffee nicht trinken sollen. »Gegen einen Baum zu fahren ist nicht strafbar, Mom. Da steckt doch noch mehr dahinter.«

»Nun ja.« Ihr Blick wurde plötzlich ganz sanft. »Bei dem Unfall starb der Beifahrer, der Sohn des Sheriffs. Und er war zu dem Zeitpunkt total mit Opiaten zugedröhnt.«

»Ah.« Das war also der Haken. »Du hast einen Junkie eingestellt?«

Sie sah mich missbilligend an. »Einen Junkie *auf dem Weg der Besserung*. Seit seiner Entlassung vor einem Monat geht er zur Therapie. Angelo meinte, der Junge kann es schaffen, wenn er einen Job findet. Er kann in der Schlafbaracke wohnen. Wenn du mir nichts verheimlichst, ist unser Grundstück ja eine drogenfreie Zone.«

Zachariah prustete los. »Unsere Droge ist Kaffee, Mrs Shipley. Aber davon kommen wir einfach nicht los.«

Sie griff nach Zachs Handgelenk und drückte es liebevoll. Meine Mutter schleppte ständig irgendwelche Streuner an, und Zachariah war ihr bisher bester Fang. Aber nicht alle konnten so sein wie er. Beim Gedanken, mich mit einem Junkie herumschlagen zu müssen, bekam ich Herzrasen. Schließlich hatten wir schon genug Probleme.

Seit dem Tod meines Vaters vor drei Jahren betrieben meine Mutter und ich die Farm gemeinsam. Ich entschied, was wir anbauten und wo wir es verkauften. Aber ohne Zweifel war es Mom, die unsere Farm am Laufen hielt. Sie machte die Buchhaltung. Sie kümmerte sich um das Essen für mich und Zach, meine drei jüngeren Geschwister, meinen Großvater und alle Saisonhelfer, die kamen und gingen. Und wenn in fünf Wochen die Apfelernte begann, kümmerte sie sich um das geschäftige Treiben, das entstand, weil wir Äpfel zum Selbstpflücken anboten. Irgendwie schaffte sie es dabei außerdem, alle Mäuler zu stopfen, wenn sich die Anzahl unserer Mitarbeiter vervierfachte.

Deswegen hatte meine äußerst fähige Mutter jedes Recht, sich schnell für einen Hilfsarbeiter zu entscheiden, das wussten wir beide. Dennoch machte mich ihre Entscheidung nervös.

»Er ist zweiundzwanzig, Griff.« Sie verschränkte die Arme und musterte mich schweigend. »Der Junge soll clean sein. Er nimmt keine Drogen mehr. Aber niemand außer uns wird ihm eine Chance geben. Und wir stellen ihn nur während der Anbausaison und der Ernte ein. Sechzehn Wochen – höchstens.«

Genau. *Die sechzehn entscheidenden Wochen des Jahres.*

Aber ein kluger Mann weiß, wann er seiner Mutter nachgeben muss. Sie hatte ihre Entscheidung längst getroffen, und es wurde immer später. »Na gut«, lenkte ich ein. »Er kann sich in der Schlafbaracke einrichten, wenn er ankommt. Sag mir Bescheid, dann zeige ich ihm alles. Komm, Zach.« Ich stand auf und schnappte mir meine Baseballkappe. Zach folgte mir.

Wir brachten unsere Frühstücksteller in die Küche, wo meine Schwester May aufräumte. Sie studierte Jura und hatte gerade Sommerferien. »Haben die Zwillinge die Hühner rausgelassen?«, fragte ich statt einer Begrüßung.

»Jawohl, Sir«, sagte sie spitz. »Sie sind schon draußen.«

»Danke.« Im Vorbeigehen drückte ich ihren Arm, um mein schlechtes Benehmen wiedergutzumachen. Hin und wieder – und ganz besonders während der Anbausaison – wurde ich zum herrischen Griesgram. Und meine Schwestern waren gut darin, mich sofort darauf hinzuweisen.

»Hey, Griff?«, rief May mir nach, als ich die Tür öffnete. »Soll Tauntaun heute noch geschlachtet werden? Ich brauche ein bisschen Vorlauf.«

Ich blieb im Türrahmen stehen. »Gute Frage.« Das Schwein zu schlachten würde viel Arbeit bedeuten, und eigentlich hatte ich keine Zeit dafür. Aber nächste Woche würde es genauso sein, wenn nicht sogar schlimmer. »Ja, wir sollten es hinter uns bringen, wenn der Tag nicht völlig stressig wird. Ich sag dir Bescheid, damit du rechtzeitig das Wasser aufsetzen kannst.« May salutierte, und Zach ging mit mir nach draußen.

Ich ließ meinen Blick über unser Grundstück schweifen und erspähte die Zwillinge auf der Wiese hinter der Schlafbaracke. Sie stellten den mobilen Elektrozaun um, mit dem wir die Hühner vor Raubtieren schützten, und stritten sich offenbar. Sie waren siebzehn, genau zehn Jahre jünger als ich.

In einem Jahr würde ich für beide die Studiengebühren zahlen müssen, darüber zerbrach ich mir jeden Tag den Kopf. Ich bedachte mein Gut mit dem üblichen kritischen Blick. Das große, in die Jahre gekommene Farmhaus war derzeit gut in Schuss. Im vergangenen Jahr hatten wir das Dach neu gedeckt und dem Haus einen neuen Anstrich verpasst. Aber auf einer Farm läuft ständig etwas schief. Wenn es kein Problem mit dem Farmhaus gab, würde es eins mit der steinernen Schlafbaracke oder einem der Kuhställe geben. Oder mit dem Ciderhaus oder dem Traktor.

Selbst wenn heute mal nichts kaputtging, standen mir einige schwierige geschäftliche Entscheidungen bevor. Wir mussten erneut in die Farm investieren und gleichzeitig noch Geld auf der hohen Kante haben. Ich hoffte, es würde gelingen, die Farm profitabler zu führen, ohne mir einen Haufen Geld zu leihen.

Wenn ich nur wüsste wie.

Seufzend wendete ich mich an Zach. »Willst du lieber die Zäune reparieren oder das Gras mähen?« Es gab mehr als genug Arbeit für uns beide, und ich ließ ihn gerne wählen.

»Entscheide du«, sagte er sofort. Zach war der Traum eines jeden Arbeitgebers. Er arbeitete wie ein Ochse von Sonnenaufgang bis zum Abendessen und beschwerte sich nie, wahrscheinlich wusste er gar nicht, wie das ging.

»Ich mähe«, erwiderte ich. »Aber vielleicht können wir nach dem Mittagessen tauschen. Der Neue kommt …« *Mist.* »Gehst du ein Stück mit mir?«

»Klar.«

Wir gingen über die kreisrunde Wiese hinüber zum Traktorschuppen.

»Wir müssen den Jungen im Auge behalten. Ich habe dich noch nie gebeten, jemanden auszuspionieren. Aber diese Situation ist ein bisschen merkwürdig.«

Zach grinste. »Sie ist … interessant. Aber Angelo ist kein Idiot.«

Das stimmte. »Muss ich etwas über den Traktor wissen?« Zach war nicht nur ein mustergültiger Mitarbeiter, sondern darüber hinaus noch ein geschickter Mechaniker.

»Der läuft super. Ich mache mir mehr Sorgen um die Melkmaschine in der großen Scheune.«

Ich fluchte unhörbar. Die meisten unserer Milchkühe lebten

gegenüber auf dem Grundstück eines Nachbarn. Der Großteil der Milch wurde in einer herkömmlichen Molkerei verarbeitet. Aber auf unserem Grundstück züchteten wir etwa ein Dutzend Bio-Kühe, deren Milch wir Freunden am Ende der Straße verkauften, die Käsespezialitäten daraus machten.

»Macht die Pumpe wieder Schwierigkeiten?« Jeder Farmer besaß in die Jahre gekommene Maschinen. Denn niemand konnte es sich leisten, seine Ausrüstung jedes Jahr durch die neuesten Modelle zu ersetzen wie andere ihre Smartphones. Ich war gelernter Chemiker, kein Mechaniker. Deshalb war es Zachariah, der wie mit Zauberhand auch die zickigsten Maschinen zum Laufen brachte. Und die Melkmaschine war so ziemlich das wichtigste Gerät auf der ganzen Farm.

»Die macht's nicht mehr lange. Die Zahnräder sind abgenutzt, und ich bekomme keine Ersatzteile mehr. Die Chancen stehen gut, dass wir sie noch vor dem neuen Jahr abbauen und verschrotten müssen.«

Ich stöhnte. »Erzähl mir nie, wie meine Chancen stehen.«

»In Ordnung, Han.«

»Danke, Chewie.«

»Keine Ursache.«

Ich lachte leise, dabei hatte ich den Kopf voller Sorgen, als ich zum Traktorschuppen hinüberging. Ich versuchte mir vorzustellen, wie es wäre, einhundert Kühe jeden Tag zweimal über die Straße zu treiben, um sie in der kleineren der beiden Scheunen zu melken. Auf Land, das mir nicht gehörte, in neue Ausrüstung zu investieren, erschien mir nicht gerade clever.

Irgendwie würde ich eine Lösung finden. Ich musste eine Lösung finden.

2

Boston, Massachusetts
Audrey

Zu meiner Kündigung trug ich ein schulterfreies Top.

Wenn das unangemessen erscheinen mag, dann sollte ich dazu sagen, dass ich es mir nicht leisten konnte, auch nur einen Tag lang arbeitslos zu sein. Die hohen Tiere bei der Boston Premier Group hatten mich für heute Morgen in die Konzernzentrale bestellt. Also hatte ich ein schulterfreies Top angezogen, weil ich mir zu neunzig Prozent sicher war, dass ich noch vor halb zehn wieder auf Jobsuche sein würde.

Ich war gelernte Köchin, und zwar eine verdammt gute. Aber leider waren die meisten Restaurantbesitzer in Boston mit einem tiefen Dekolleté besser zu beindrucken als mit dem geschickten Umgang mit Messern. Das hatte ich bereits am eigenen Leib erfahren müssen.

Das alles ging mir durch den Kopf, als ich mit dem Aufzug zur Firmenzentrale hinauffuhr.

Wer wusste besser als ich, wie man sich anzog, wenn man gefeuert wurde? Bevor ich zwanzig wurde, war ich schon von zwei Colleges geflogen. Empört von meinem mangelnden akademischen Erfolg, hatte mich als Nächstes meine Mutter rausgeworfen. Sie nahm mir das Auto weg und strich mir die finanzielle Unterstützung.

Dann ging es aufwärts. Ich schloss die Kochschule ab, die mir großen Spaß machte. Doch meine erste Anstellung hatte sich als Desaster herausgestellt, und ich wusste wirklich nicht, was als Nächstes kommen würde.

Als im fünfzehnten Stock die Fahrstuhltüren aufglitten, warf ich einen Blick auf meine Armbanduhr. Wenigstens war ich fünf Minuten zu früh dran. Meine Mutter, wo immer sie gerade war, wäre begeistert gewesen, dass ich wenigstens pünktlich zu meiner Kündigung erschien.

Dann los.

»Mr Burton ist gleich bei Ihnen«, erklärte mir die Rezeptionistin, die an einem eleganten Schreibtisch vor mehreren Chefbüros saß.

»Danke.« Nervös ließ ich mich in einen der tiefen Ledersessel im Wartebereich sinken. Auf dem Tisch lag eine Auswahl an Zeitschriften. Ich nahm mir das *Boston Magazine* und versteckte mich dahinter.

Der Wartebereich der Firma war kein sicherer Ort für mich. Inzwischen hatten die Details meines neuerlichen Versagens bestimmt auf der ganzen Chefetage die Runde gemacht. Ich hatte nicht nur ein ganzes Abendgeschäft in ihrem besten Restaurant vermasselt, ich hatte es damit sogar in die Klatschspalten der Presse geschafft.

Meine Hände auf der Zeitschrift waren schweißnass. Wenn ich diesen Job verlor, musste ich sofort einen neuen finden. Ich hatte keine Zeit, in Selbstmitleid zu versinken und meine Wunden zu lecken, denn ich brauchte das Geld.

Es lag nicht an meinen Kochkünsten, natürlich nicht. Ich war eine gute Köchin. Ein Naturtalent hatte mich einer meiner Lehrer genannt. Es hatte zweiundzwanzig Jahre gedauert, aber endlich hatte ich etwas gefunden, worin ich gut war. Ich brauchte diesen Job für meinen Lebenslauf, verdammt noch mal.

»Audrey!«, dröhnte eine Stimme.

Vor Schreck ließ ich die Zeitschrift fallen und stand unbeholfen auf. »G… g… guten Morgen«, stotterte ich und schüttelte die Hand, die Bill Burton mir entgegenstreckte.

»Kommen Sie.« Er führte mich in sein vornehmes Büro.

Mit trockenem Mund folgte ich ihm. Er wartete, bis ich mich auf den Stuhl vor seinem riesigen Schreibtisch gesetzt hatte, dann schloss er die Tür mit einem unheilvollen Klicken.

Mist!

Kerzengerade saß ich auf meinem Stuhl. Ich würde mit wehenden Fahnen untergehen.

Er setzte sich an seinen Schreibtisch und musterte mich. Eine tiefe Stille breitete sich aus, bevor er schließlich sprach. »Warum erzählen Sie mir nicht, was passiert ist?«

Okay. Gut. Das war eine bessere Eröffnung als *»Raus aus unserer Firmenzentrale!«* Aber wo sollte ich anfangen? »Nun ja, Sir …« Ich zögerte und hasste den kleinlauten Klang meiner Stimme. *Na los, Audrey! Du hast nichts mehr zu verlieren.* »Ich bin eine hervorragende Köchin, Sir. Die Beste meines Jahrgangs. Aber die BPG überträgt mir nur Aufgaben außerhalb der Küche.«

Er zog eine Augenbraue hoch. »Sie sind hier Praktikantin, Süße. Niemand wird ein Sternekoch, ohne das Handwerk von der Pike auf zu lernen.«

Süße? Ich musste mir auf die Zunge beißen, um nicht loszuschreien. Aber jetzt war nicht die Zeit für einen Wutausbruch. *Tief durchatmen, Audrey.* »Ich möchte das Handwerk ja lernen«, erwiderte ich vorsichtig. »Aber wenn Sie einer Praktikantin ihre Aufgaben nicht richtig erklären, müssen Sie sich nicht wundern, wenn etwas schiefgeht.«

Er schlug einen Ordner auf seinem Schreibtisch auf und runzelte die Stirn, während er ihn durchblätterte. »Vor sechs Wochen war Ihre erste Aufgabe, die Anlieferung der Meeresfrüchte vom Fischmarkt zu betreuen. Das ging nicht einmal einen Tag lang gut.«

»Das stimmt.« Ich war morgens um halb fünf zur Arbeit erschienen, wo mich ein Computerprogramm begrüßte, das ich noch nie im Leben gesehen hatte.

»Sie sollten zweihundert Hummer für unser Vorzeigefischrestaurant bestellen. Stattdessen haben Sie zweihundert Einheiten bestellt. Zweihundert Einheiten à hundert. Das sind zwanzigtausend Hummer.«

Es gelang mir, keine Miene zu verziehen, aber nur mit größter Mühe. »Niemand hat mir die Software erklärt«, verteidigte ich mich.

Bill Burton seufzte. »Na schön. Aber gestern war die Software nicht das Problem, oder?«

»Doch«, beharrte ich. »Indirekt.«

Er lehnte sich in seinem Chefsessel zurück. »Erklären Sie mir das.«

»Zuletzt war ich im *l'Etre Suprême* eingesetzt.« Das war das einzige Restaurant in Boston mit einem Michelin-Stern, und ich war einfach dankbar, dass ich jeden Abend dort hineingehen durfte. Jacques, der Küchenchef, war eins meiner kulinarischen Idole.

Aber ich wurde nicht in der Küche eingesetzt, wo ich mich hätte nützlich machen können. Natürlich nicht. Stattdessen musste ich am Empfang die Reservierungen verwalten.

Ich räusperte mich. »Vorgestern hatte das System die Reservierung von dreißig anspruchsvollen Finanzchefs verschluckt.« Die Männer waren unerwartet um neunzehn Uhr aufgetaucht. »Als herauskam, dass wir sie nicht im Separee unterbringen konnten, fingen sie an, das Personal zu beleidigen, und hörten nicht mehr auf. Und während ich verzweifelt versuchte, das Problem zu lösen, ging es im ganzen Laden drunter und drüber. Bestellungen gingen verloren oder wurden verwechselt …«

Mir brach der Schweiß aus, wenn ich nur an die Katastrophe dachte. Küchenchef Jacques hätte beinahe einen Herzinfarkt erlitten. Wir hörten sein Geschrei bis zur Bar aus blankem Kupfer, wo die Barkeeper in ihren eleganten Anzügen Freigetränke ausgaben, um die aufgebrachten Gäste zu besänftigen.

Jacques wusste meinen Namen nicht, und deshalb konnte er ihn auch nicht brüllen. Aber das war kein Segen, denn es dauert viel länger, »Die verdammte 'ure, die die Reservierungen macht« zu schreien.

Das war wohl ich.

»Weiter«, verlangte Burton.

»Es war mir schrecklich peinlich, dass ich in der Küche für solchen Ärger gesorgt hatte.« Ich legte meine feuchten Hände auf dem Schoß zusammen und blickte ihm in die Augen. »Mein Mitbewohner ist Pâtissier.« Ein schlampiger, sollte ich wohl dazusagen. Ich wohnte bei ihm zur Untermiete, weil ich mir nichts anderes leisten konnte. »Ich wollte es wiedergutmachen, also habe ich gestern ein großes Blech mit Brownies, die er gebacken hat, zur Arbeit mitgebracht. Es sollte ein Friedensangebot sein.« Ich hatte mein süßes Mitbringsel mitten in der Küche abgestellt. Das Personal fiel darüber her wie die Heuschrecken. »Dann bin ich rausgegangen und habe den ganzen Abend am Empfang gearbeitet.«

Das war nicht die ganze Wahrheit, aber das brauchte Burton nicht zu wissen. In jeder freien Minute war ich zurück in die Küche gelaufen. Manche Frauen schwärmen für Designerschuhe oder einen heißen Schauspieler. Meine Schwäche war ein Sternekoch bei der Arbeit. Lieber sah ich Jacques beim Rühren einer Balsamico-Reduktion zu als Channing Tatum beim Strippen. Und so saß ich in der ersten Reihe, als das Unheil seinen Lauf nahm. Als ich mich wieder einmal zurück in die Küche schlich, schimpfte der Küchenchef mit dem Koch am Grill. »So be'andelt man nicht den Fisch«, schrie er Enrique an. »Du musst das Filet respektieren.«

Ich zuckte zusammen, als Jacques Enrique einen Klaps auf den Hinterkopf gab. Jacques war auch an seinen besten Tagen ein Arschloch, aber gestern war er noch reizbarer gewesen als sonst.

Andererseits war Enrique auch wirklich schrecklich träge gewesen. Normalerweise war er auf Zack, aber gestern war er irgendwie nicht in Form. Wenn er den Fisch nicht wie den Gouverneur von Massachusetts behandelte, dann verhieß das nichts Gutes für ihn.

Nun, in einer gerechten Welt hätte *ich* hier den Fischwender geschwungen. Und wie ich dieses Filet respektiert hätte, wenn man mir nur die Chance gegeben hätte! Ich wusste, dass ich um Längen besser kochen konnte als viele hier in der Küche.

Aber nein, ich musste zurück ans Reservierungssystem.

Als Nächstes sah ich, wie Jacques seinen Salatjungen zusammenstauchte. »Die Blätter sollen 'übschen 'ügel bilden!«, schimpfte er und hielt den Teller hoch, damit ihn jeder in der Küche sehen konnte. »Das 'ier sind die Alpen nach einem Erdbeben. Mach das neu!« Er knallte den Teller so fest auf die Edelstahlarbeitsplatte, dass er zerbrach.

Die Haute Cuisine ist wahrscheinlich die einzige Branche, in der sich der Boss wie ein trotziges Kleinkind benehmen darf. Du wirst dafür sogar noch extra bezahlt, vor allem, wenn du ein Mann und Franzose bist.

Seltsamerweise wirkte der Salatjunge von dieser Standpauke längst nicht so erschüttert, wie ich erwartet hätte. Anstatt hastig die Unordnung aufzuräumen, schnappte er sich ein Salatblatt von dem Haufen und steckte es sich in den Mund. Und dann noch eins.

Ich fand das seltsam. Aber ich hatte keine Ahnung, warum er das tat.

»Wir hatten an dem Abend viel zu tun«, erzählte ich Burton jetzt. »Der Concierge des Hotel Mandarin rief an. Er sagte, er habe ein Paar Hollywoodstars zu Gast, die eine Reservierung wünschten.«

Auf der anderen Seite des Schreibtisches schloss Burton erschöpft die Augen. »Weiter.«

Ich wusste, Jacques würde es lieben, einen Filmstar in seinem Restaurant zu bekochen, also sagte ich dem Concierge, er könne sie vorbeischicken, auch wenn er nicht verraten wollte, um wen es sich handelte. Burton sollte wissen, dass ich ein gutes Gespür fürs Business hatte. Ich wusste, dass der Erfolg eines Restaurants von seinem Ruf abhing. Wenn bei *Page Six* ein Foto von Promis in Jacques' Restaurant erschien, war das vielleicht genau der Glückstreffer, den ich brauchte.

Doch als ich das nächste Mal in die Küche kam, traute ich meinen Augen kaum. Der Salatjunge war auf seiner Arbeitsplatte zusammengesackt, was schon seltsam genug war. Doch Jacques hatte es nicht einmal bemerkt. Er stauchte schon wieder den Fischkoch zusammen, während die mega leistungsstarke Dunstabzugshaube vergeblich versuchte, den nach verbranntem Fisch stinkenden Rauch abzusaugen.

Jacques' Schimpftirade war vollkommen unverständlich. Wenn er sich aufregte, wurde sein Akzent noch stärker. Ich verstand kein Wort.

Ich stand mit offenem Mund da, als der Tellerwäscher neben mich trat und mir eine Hand auf die Schulter legte. »Krasse Rache, Audrey. Echt! Du bist meine Heldin.«

Ähm. Was? Ich hörte kaum, was er sagte, denn in diesem

Augenblick stopfte sich ein weiterer Beikoch die von Hand geschnittenen Polentamedaillons in den Mund. Es war, als hätte die ganze Küche plötzlich fünfzig IQ-Punkte verloren und eine Heißhungerattacke bekommen.

»Mir macht es nichts aus, ich bin an das Zeug gewöhnt. Aber so wie es aussieht, verträgt der Salatjunge kein Gras. Du solltest jetzt gehen«, riet mir der Tellerwäscher. »Jacques kriegt jeden Augenblick raus, von wem die Haschbrownies waren.«

»Die Hasch…« Ich verschluckte den Rest des Satzes, als mir der Schreck den Rücken hinaufkroch. »Oh mein Gott.«

»Du musst unbedingt zu meiner nächsten Party kommen. Die waren der Hammer.« Grinsend schlenderte der Tellerwäscher nach draußen, um eine Zigarette zu rauchen.

Ich hatte kein Feuerzeug gebraucht, um meine Karriere in Schutt und Asche zu legen.

»Also«, seufzte Burton, »wollen Sie damit sagen, Sie wussten nicht, was in den Brownies war?«

»Ich hatte keine Ahnung«, flüsterte ich. »Bei uns in der Wohnung gibt es immer irgendwelches Gebäck. Normalerweise, na ja, klaue ich es nicht. Und ich wünschte, ich hätte es auch diesmal nicht getan.«

Er schob den Aktenordner von sich. »Ich könnte Sie deswegen entlassen.«

»Ich weiß, Sir«, antwortete ich hastig. »Aber ich weiß, dass ich es besser machen kann, wenn Sie mir eine zweite Chance geben.« *Oder eine fünfte.*

Er faltete die Hände auf der Schreibtischunterlage und schien darüber nachzudenken.

Ich hielt den Atem an. Burton trommelte mit den Fingern auf der teuer aussehenden ledernen Schreibtischunterlage und seufzte noch einmal. »In Ordnung, Audrey, Sie fahren nach Vermont.«

»Ich … Echt? Haben Sie Vermont gesagt?« Dann wurde ich also nicht gefeuert? Besaß die BPG ein Restaurant in Vermont? Das war mir neu.

»Wir können Ihnen keinen Job mit Publikumsverkehr mehr anbieten. Und wir können Sie auch nicht mehr zurück auf den Fischmarkt schicken.«

»Verstehe, Sir«, sagte ich so demütig ich konnte.

»Aber wir geben Ihnen noch eine Chance. Ihrer Mutter zuliebe.«

»Meiner … *was?«* Mit meiner Mutter hatte ich seit über zwei Jahren kein Wort mehr geredet, seit sie mir den Geldhahn zugedreht hatte. Ich hatte mich durch die Kochschule geschlagen, Zimmer in den übelsten Absteigen von Boston gemietet. »Was hat meine Mutter damit zu tun?«

»Ihr gehören fünfzehn Prozent der Firma«, erklärte Burton mit einer Stimme, die mir klarmachte, für wie dumm er mich hielt. »Wir können Sie auch nächste Woche noch feuern. Aber wir geben Ihnen noch eine Chance – als Gefälligkeit Ihrer Mutter gegenüber.«

Den Rest hörte ich nicht mehr, denn ich war in Gedanken immer noch bei der Bombe, die er gerade hatte platzen lassen. *Meine Mutter hielt Anteile an der BPG?* Das war mir neu. Dabei war es eigentlich nicht überraschend. Meine Mutter hatte in allen möglichen gewinnbringenden Unternehmen in Boston die Finger im Spiel. Und da sie an vier bis fünf Abenden der Woche mit Geschäftspartnern essen ging, kannte sie natürlich die guten Restaurants. Genau genommen hatte ich mich schon während meiner Zeit am Empfang des *l'Etre* gefragt, ob sie nicht eines Abends zum Dinner hereinkommen würde.

Aber eine Teilhaberin? Mir wurde übel. Sie und die Firma passten wirklich gut zusammen. Die BPG war skrupellos, und das war meine Mutter auch.

»Audrey?«, fragte Burton.

»Hören Sie«, sagte ich und hasste es, wie verzweifelt ich klang. »Ich brauche diesen Job. Aber bitte behalten Sie mich, weil ich eine gute Köchin bin. Und nicht, weil meine Mutter eine dicke Brieftasche hat. Sie weiß gar nicht, dass ich hier arbeite.« Weil wir im Moment nicht miteinander redeten.

Er zuckte mit den Achseln, als wäre das vollkommen irrelevant. »Fahren Sie nun für ein paar Tage nach Vermont oder nicht?«

»Ich fahre«, bekräftigte ich eilig, »wenn Sie dafür meine Bewerbung für den Green-Light-Wettbewerb behalten.« Eigentlich war ich nicht in der Position, Forderungen zu stellen. Aber wenn ich nicht mehr um mein eigenes Restaurant kämpfen durfte, dann konnte ich die Sache auch gleich beenden und mir einen neuen Job suchen.

Burton überraschte mich, weil er anfing zu lachen. Er lachte tatsächlich über meinen Traum! »Audrey, man braucht verdammt viel Erfahrung, um das Green Light zu gewinnen. Es gibt Typen, die das seit *Jahren* versuchen.«

Das wusste ich. Aber so viel Zeit hatte ich nicht. Ich musste den Förderpreis für neue Restaurants, den die BPG jährlich ausschrieb, beim ersten Versuch gewinnen. »Ich weiß, dass es schwierig ist.« Ein Konzern wie die BPG unterstützte nicht einfach irgendeine dahergelaufene Idee. Aber ich würde ihnen eine fantastische Idee präsentieren, und ich würde mit Auszeichnung gewinnen. »Aber versprechen Sie mir, dass ich es versuchen darf.«

»Nur zu, probieren Sie es.« Er breitete großmütig die Arme aus. Ganz klar, er machte sich über mich lustig. »Man weiß ja nie. Also, nun zu Ihrem Einsatz in Vermont.« Er schlug einen weiteren Ordner auf. »Sie sollen für mich mit ein paar Farmern sprechen. Ich möchte, dass Sie unsere Zulieferer beim Erwerb von einigen spätsommerlichen landwirtschaftlichen Produkten direkt vom Erzeuger unterstützen und Preise für zwei Dutzend aushandeln.«

Oh Mann. Nicht schon wieder. Ich war ausgebildete Köchin. Eine gute. Und trotzdem gab mir die BPG weiterhin Aufgaben, die nicht meinen Fähigkeiten entsprachen, nur um dann mit mir zu schimpfen, wenn ich versagte.

»Sir, ich kenne mich mit Verhandlungen überhaupt nicht aus.« Da hätte er besser meine Mutter schicken können. Mom hätte selbst aus einem Geschäft mit einer Feldmaus Kapital geschlagen.

»Das macht nichts.« Burton holte einen Ausdruck aus dem Ordner und steckte ihn in einen Umschlag mit dem Logo der BPG. Den reichte er mir. »Die Waren und Preise sind hier aufgelistet. Sie brauchen bloß die einzelnen Farmen abzuklappern und den Betreibern anzubieten, die aufgelisteten Produkte zu kaufen. Auf dem Blatt tragen Sie ein, wer welche Waren liefert. Die Jungs werden ganz erpicht darauf sein, ihre Bioprodukte an Bostoner Nobelrestaurants zu verkaufen. Das ist gute Werbung für sie. Hier.«

Ich nahm ihm das Blatt ab und überflog es. Es war eine Liste von Farmen und Adressen mit hübschen, klangvollen Namen. Muscle In Arm Farm. Misty Hollow. The Lazy Turkey Farm.

Die Aufgabe klang einigermaßen einfach. Aber ich arbeitete hier lange genug, um skeptisch zu sein. Bei der BPG war nichts einfach. »Warum machen wir das nicht telefonisch?«, fragte ich. Das war doch sicher billiger, als mich mit einem Mietwagen zum Klinkenputzen nach Vermont zu schicken. Und dann noch ein Hotelzimmer? Die BPG gab nicht gern Geld aus. Irgendwas an diesem Plan war ziemlich seltsam.

»Farmer gehen nicht ans Telefon«, erklärte Burton. »Sie sind viel zu beschäftigt mit ihrer Ernte. Also, ab mit Ihnen. Packen Sie ein paar Sachen und los. Die Fahrt dauert zwei Stunden.«

Ich stand auf, umklammerte den Umschlag und hoffte das Beste.

»Strengen Sie sich an, Audrey«, sagte er, als ich zur Tür ging. »Wenn es nicht funktioniert, weiß ich nicht, ob wir Ihnen noch eine Chance geben können.«

»Das werde ich, Sir.«

Zweieinhalb Stunden waren eine lange Zeit, um über das eigene Versagen nachzudenken, selbst wenn die Aussicht herrlich war. Mein Mietwagen schlängelte sich auf einer Landstraße durch die malerische Hügellandschaft von Vermont. Aus dem Autofenster erkannte ich in der Ferne die Green Mountains.

Ich war ein bisschen verwundert, dass Bill Burton mich nicht gefeuert hatte. Doch je länger ich darüber nachdachte, umso überzeugter war ich, dass der Grund dafür nicht die Anteile meiner Mutter an der Firma waren. Die Premier Group war bekannt dafür, Absolventen der Kochschule zu verschlingen und wieder auszuspucken. Es war wie ein Ehrenabzeichen, ihren Firmennamen auf dem Lebenslauf zu haben. Der Ritterschlag der Gastrowelt. Es gab sogar eine Facebookgruppe mit dem Namen *Ich habe die BPG überlebt*.

Ihr Geschäftsmodell basierte ganz offensichtlich auf Sklaven wie mir. Als Praktikantin wurde von mir erwartet, dass ich siebzig Stunden die Woche für wenig Geld arbeitete. Sie nannten die Bezahlung »Gehalt«, aber nur, weil es sich besser anhörte als »Hungerlohn«. Wenn sie jedes Mal einen von uns feuerten, sobald etwas schiefging, hätten sie bald niemanden mehr, der die Drecksarbeit erledigte und Kaffee holte.

Zumindest redete ich mir das ein. Denn ich war es leid, dass sich meine Mutter in mein Leben einmischte. Ich hatte geglaubt, ich hätte sie abgeschüttelt, als ich aus Beacon Hill weggezogen war. Aber so wie es aussah, hätte ich Massachusetts wohl ganz verlassen sollen.

Vielleicht war Vermont weit genug weg, um Moms schlechtem Einfluss zu entkommen. Jedenfalls hoffte ich das. Vor meinem Autofenster war alles grün. Die Hügel waren grasbewachsen, und die Bäume am Straßenrand bildeten mit ihren Zweigen einen Tunnel aus Blättern. Ich hatte nicht den blassesten Schimmer, wo ich war. Aber es war wunderschön.

Gott sei Dank hatte ich ein Navi, denn Kartenlesen war nicht gerade meine Stärke. Wie gesagt, steckt mich in eine Küche und drückt mir ein Messer in die Hand, und ich bin glücklich. Aber ein Unternehmen führen oder mitten in der Wildnis von Vermont in einem Mietwagen Kaufverträge mit Farmern verhandeln? *Riskant, Leute.*

Mein Navi sagte mir, dass es nur noch eine halbe Meile bis zur ersten Farm auf meiner Liste war – der Shipley Farm. In meinem ersten erfolglosen Jahr auf dem College hatte ich mal einen Griffin Shipley gekannt. Er war im Footballteam und feierte gern, und wir hatten ein paarmal die Nacht miteinander verbracht. An diese Nächte erinnerte ich mich in allen Einzelheiten. An jeden aufregenden Augenblick.

Aber besonders gut hatte ich Griffin nicht gekannt. Und ich wusste nicht mehr, ob er aus Vermont kam oder nicht. Vielleicht war Shipley ein häufiger Nachname. Heute sollte ich sowieso einen anderen treffen. Auf meiner Liste stand: *August Shipley. Äpfel und traditionell gekelterter Cider.*

Ich hatte mir die Shipley Farm als Ausgangspunkt nicht wegen ihres Namens ausgesucht, sondern wegen des Ciders. Vielleicht durfte ich bei August Shipley ein Gläschen probieren. Wenn man geschäftlich trank, war es doch egal, dass es noch nicht Mittag war, oder?

Der Cider war der interessanteste Punkt auf meiner Liste, direkt gefolgt von einigen Gourmet-Käseprodukten. Bevor ich in Boston losgefahren war, hatte ich Bill Burtons Sohn Bob angerufen. Er war der Einkäufer, der die Liste erstellt hatte. »Wir sind Großabnehmer, also zahlen wir Großhandelspreise«, hatte er erklärt. »Die Zahlen auf der Liste sollten hinkommen. Rufen Sie mich an, wenn Sie an den Preisen was drehen müssen, aber wir haben keinen großen Verhandlungsspielraum.«

Das hatte mich nicht überrascht. Die Friss-oder-stirb-Einstellung der BPG war mir schon vertraut. Aber ich war entschlossen, die Sache zum Erfolg zu führen. Ich brauchte diesen Job. Dafür hatte meine arrogante Mutter gesorgt, als sie mir das Auto weggenommen und den Unterhalt gestrichen hatte. Und trotzdem schrieb sie mir ständig E-Mails und erkundigte sich nach meinen Fortschritten beim Erwachsenwerden. Sie quatschte mir auch auf die Mailbox.

Hin und wieder antwortete ich ihr. Gerade oft genug, damit sie wusste, dass ich noch lebte. Aber ich dachte öfter an sie, als ich es mir eingestehen wollte. Ich träumte davon, dass mir ein Restaurantkritiker vom Globe eine gute Kritik schreiben würde. Ich wollte, dass sie sie las. Auch wenn ich sie wahrscheinlich auf meine Reservierungs-Blacklist setzen würde, einfach weil ich es könnte.

Das Navi meldete sich. »In zweihundert Metern haben Sie Ihr Ziel erreicht.« Ich beschleunigte. Es waren lange zweieinhalb Stunden im Auto gewesen.

Einen Augenblick später ging die gepflasterte Straße in einen Schotterweg über. Das hatte ich nicht erwartet. Das kleine Mietauto hopste auf dem unebenen Boden, und ich verlor den Halt. Also trat ich auf die Bremse.

Riesenfehler.

Ich schlitterte, das Heck des Wagens schleuderte nach

rechts. Entsetzt spürte ich, wie sich die Erde unter mir auf unvorhersehbare Weise verschob. Zwei Sekunden später kam das Auto ruckartig zum Stehen. Meine Zähne schlugen aufeinander, und der Gurt schnitt mir in die Schulter. Aber ich umklammerte immer noch das Lenkrad, immer noch in der Waagerechten. Mehr oder weniger. Die Beifahrerseite hing im Straßengraben.

Okay. Ich bin immer noch ganz. Gott sei Dank.

Mit zitternden Händen löste ich den Gurt, stieß die Tür auf und kletterte aus dem schief hängenden Auto. Mein Herz raste wie eine Küchenmaschine auf der höchsten Stufe. Der plötzliche Kontrollverlust hatte einen Adrenalinstoß ausgelöst. »Mist!« Mit zittrigen Beinen stand ich auf dem Schotter.

Noch während ich versuchte, meinen Atem unter Kontrolle zu bekommen, betrachtete ich den Toyota Prius. Es war keine *so* starke Neigung. Vielleicht könnte ich einfach aus dem Graben herausfahren.

Doch als ich ums Heck herumlief, verließ mich der Mut. Der hintere Reifen war so platt wie ein eingefallenes Soufflé.

Verdammt!

Und wo war überhaupt mein Handy? Ich öffnete die Fahrertür wieder, um meine Tasche herauszuholen. Doch natürlich war alles auf die Beifahrerseite gerutscht und zu Boden gefallen. Die Neigung war ein Problem, also legte ich mich auf den Fahrersitz und angelte unter dem Beifahrersitz nach meiner Tasche. Ich bekam sie zu fassen, aber sie war natürlich offen gewesen. Also verbrachte ich die nächsten paar Minuten damit, mein Zeug einzusammeln und zurück in die Tasche zu stopfen. Lippenstift. Haustürschlüssel. Mein Handy.

Erst als ich sicher war, dass ich alles hatte, schob ich mich, mit dem Hintern zuerst, wieder aus dem Auto. Als ich mich umdrehte, blieb mir fast das Herz stehen. Ein riesiger, bärtiger

Mann stand hinter mir auf der Straße, er hatte die muskulösen Arme vor der Brust verschränkt und blickte mich finster an. »Audrey Kidder?«, knurrte er.

Das knurrende Monster kannte meinen Namen. Moment. Ich kannte das knurrende Monster. »Griffin?«, quietschte ich. Er sah so anders aus. Fünf Jahre waren seit meinem ersten Jahr an der Boston University vergangen, aber *so* lange war das ja nun auch nicht her. Er war damals im letzten Jahr gewesen – und ein Footballstar. Ich kannte ihn nur glatt rasiert und in seiner Footballmontur, oder bei einer Red-Cup-Party im Verbindungshaus.

Der Mann vor mir war immer noch so groß und kräftig wie der Footballspieler, den ich kannte. Doch da hörten die Ähnlichkeiten auch schon auf. *Dieser* Griffin Shipley war gebräunt und auf eine andere Art muskulös. Er trug ein eng anliegendes Shirt mit der Aufschrift FARM-WAY und eine Baseballmütze mit einem Traktor drauf. Seine Jeans war mit Farbe besprenkelt und auf eine Weise zerrissen, die nichts mit dem künstlichen Used Look von Abercrombie zu tun hatte. Seine war tatsächlich von der Arbeit abgewetzt.

Und, oh mein Gott, sie saß wie angegossen.

Mich durchzuckte eine Erinnerung an das letzte Mal, als ich Griff Shipley gesehen hatte. Wir waren in seinem Zimmer im Verbindungshaus, und er drückte mich gegen die Zimmertür. Ich hatte die Beine um seine Hüfte geschlungen, während er mich …

»Was machst du auf meiner Farm?«, wollte er wissen. »Abgesehen davon, dass du in den Graben fährst?«

»Deine … Farm?«, quietschte ich, und mir wurde ganz heiß. »Ich, ähm, ich möchte mit deinem Vater sprechen. Ich arbeite für die Boston Premier Group. Sie möchten eure Produkte kaufen. Und Cider. Den leckeren mit Alkohol«, plapperte ich.

Er hob nachdenklich das Kinn. »Ach ja?«

Reiß dich zusammen, Kidder. Ich richtete mich auf. »Ich bin die Vertreterin. Ist dein Vater zu Hause?«

Griffin zog eine Augenbraue hoch. »Da kommst du zu spät.«

»Wirklich? Ich kann auch morgen wiederkommen.« Gute Idee. Ich musste mich erst einmal sammeln.

»Du kommst zu spät, weil mein Vater vor ein paar Jahren gestorben ist.«

»Er …« Schließlich kamen Griffins Worte in meinem Kopf an. »Herrje, das tut mir leid.«

»Danke.« Er wartete und sah mich so lange an, bis ich den Blick abwandte.

»Also …« Ich suchte in meiner Tasche nach der Liste mit den Farmen. »Die BPG hat mir seinen Namen gegeben, August Shipley. Es tut mir leid, das muss ein Fehler sein. Bist du derjenige, mit dem ich sprechen muss?«

Er grinste, und für einen Augenblick sah ich den alten Griff aufblitzen. »Die Liste ist schon richtig. Mit vollem Namen heiße ich August Griffin Shipley der Dritte. Und ja, ich bin hier der Farmer und Ciderwinzer.«

Es fiel mir schwer, diese Information zu verarbeiten. Sportskanone Griff Shipley als Unternehmer? Seine Familie hatte hoffentlich noch andere Einkommensquellen. Griff Shipley auf einer Parkplatzparty – okay. Das konnte ich mir vorstellen. Aber eine Farm und Kelterei?

Niemals.

»Okay«, antwortete ich gedehnt. »Können wir reden? Hast du Zeit?«

Griff wandte sein bärtiges Gesicht zum Himmel und seufzte, als hätte ich ihn gerade um den Mond gebeten. »Die Zeit ist ziemlich knapp, schließlich muss ich ja auch noch dein Auto aus dem Graben ziehen. Und dein Reifen ist höchstwahrscheinlich hin. Ich muss mähen, die Zäune inspizieren, die Kühe melken und ein Schwein schlachten. Ich muss einen Junkie einstellen und nach meinen Äpfeln sehen. Aber dann vielleicht. Danach.«

»In Ordnung …« Ich trat von einem Fuß auf den anderen, dabei bemerkte ich, dass mir kleine Steinchen vom Schotter auf der Straße in meine hübschen Riemchensandelen geraten waren. »Es dauert auch nur ein paar Minuten. Es sind nur ein paar Zeilen auf einem Blatt.«

Er strich sich mit seiner riesigen Hand über den Bart. »Du hättest vorher anrufen sollen. Hast du daran nicht gedacht?«

»Da ist was dran«, erwiderte ich mutig. »Aber der Einkäufer bei der BPG meinte, es sei besser, einfach vorbeizukommen. Er hat gesagt, Farmer würden nicht ans Telefon gehen.«

Griff blickte wieder verdrießlich zum Himmel und gab unverhofft ein Geräusch von sich, das ich schließlich als Lachen identifizierte.

»Was ist daran so lustig?«

Er verschränkte seine muskulösen Arme vor der Brust. »Pass mal auf«, sagte er. »Ich glaube, ich weiß, warum keiner abnimmt, wenn dein Typ von der BPG anruft. Seine Preise sind wahrscheinlich unter aller Sau, stimmt's? Also hat er jetzt eine neue Strategie. Er schickt eine hübsche Studentin mit kurzem Rock und tiefem Ausschnitt, um die armen Kerle zu verwirren, die seine Waren anbauen. Der Kerl glaubt, ich wäre so blöd, dass ich mich von einem schönen Dekolleté und einem strahlenden Lächeln lange genug blenden lasse, um ihm meine Äpfel für einen Dollar das Pfund zu verkaufen.«

Später erkannte ich, wie wichtig dieser Augenblick war. Wie ich da auf Griffs Straße stand, dämmerte mir zum ersten Mal, dass ein platter Reifen nur der Anfang vom Ende war. Eine ganz neue Angst überkam mich, denn es hörte sich an, als wüsste Griff ausnahmsweise, wovon er sprach. Als ich die

Preisliste aufschlug, sah ich, dass der erste Punkt auf der Liste tatsächlich lautete: *Äpfel: $ 0,99/Pfund.*

Scheiße. »Dann ist ein Dollar das Pfund also nicht der übliche Großhandelspreis für Äpfel?« Ich sagte es so charmant wie möglich, aber Griffs Gesicht verdüsterte sich wie ein Himmel voller Regenwolken.

»Pass mal auf, Prinzessin«, knurrte er. »Für den Preis bekommst du mehlige Scheißäpfel von irgendeiner Riesenplantage im Westen oder von einem Farmer, dem man in den Achtzigern weisgemacht hat, er solle nur noch Red Delicious anbauen, und der es sich nicht leisten kann, seine Bäume neu zu pfropfen. Dein Typ will Bio-Äpfel, vermutlich alte Sorten. Er will auf seinen Speisekarten damit prahlen: Äpfel aus Neuengland, unbehandelt und von Jungfrauen im Mondschein gesegnet. So etwas steht doch auf den handgeschriebenen Speisekarten, stimmt's?«

»Stimmt«, gab ich kleinlaut zu. Genauso lief es.

»Die kriegst du nicht für einen Dollar das Pfund. Nicht bei mir und bei keinem meiner Nachbarn.«

Oh, oh. Mein Herz versank noch ein wenig tiefer im Dreck, genau wie mein Mietwagen.

Was für ein dummes Mädchen ich doch war. Vielleicht war Verhandeln nicht gerade meine Stärke, aber ich konnte schon immer gut zuhören. Und nachdem ich mir Griffs Wutausbruch eine Minute lang angehört hatte, war mir eins klar: Wenn ich die anderen Farmen hier in der Region besuchen würde, wäre der Preis auf meiner Liste immer um mindestens fünfzig Prozent zu niedrig. Aber mein Job hing davon ab, dass ich diese Deals unter Dach und Fach brachte.

Ich war so am Arsch.

»Jetzt holen wir erst mal dein nigelnagelneues Auto aus dem Graben.« Griff funkelte mich an. Bis heute hatte ich noch nie jemanden wirklich funkeln sehen. Das war ein Ausdruck, den es sonst nur in Büchern gab – und auf Griff Shipleys lächerlich hübschem, wenn auch grummeligem Gesicht.

»Das ist ein Mietwagen«, verteidigte ich mich. »Ich kann den Abschleppdienst anrufen.«

Der funkelnde Griff seufzte erschöpft. »Ich bin dich schneller wieder los, wenn ich es selbst mache.« Er steckte sich zwei Finger in den Mund und pfiff schrill. Dann wartete er eine Weile, während ich versuchte, nicht daran zu denken, was er mit diesen Fingern anstellen konnte …

»Gibt es ein Problem, Han?«, hörte ich eine Stimme von der Wiese hinter den Bäumen auf der anderen Seite der Straße. Ein paar Sekunden später kam ein gut aussehender junger Mann zwischen den Bäumen hervor und stellte sich zu uns. Auch er war riesig. Aber während Griff dunkelhaarig war, war er blond und blauäugig.

Offensichtlich waren alle Menschen, die ursprüngliches Bio-Obst anbauten, selbst wunderschön.

»Ja, wir haben ein Problem«, erklärte Griff. »Wir müssen die Prinzessin hier aus dem Graben ziehen und ihren Reifen wechseln. Dann schicken wir sie mit Lichtgeschwindigkeit zurück auf den Todesstern, damit sie dem Imperator berichten kann, dass die Rebellen aufbegehren.«

»Herrje, deinen Star-Wars-Spleen hatte ich ja ganz vergessen.« Das war mir so herausgerutscht. Doch kaum hatte ich es gesagt, bekam der andere Typ große Augen, und Griffs Gesichtsausdruck machte mir klar, dass er keine weitere Anspielung auf unsere kurze gemeinsame Vergangenheit dulden würde.

Auch wenn »kurz« nicht das richtige Stichwort war, denn nichts an dem Mann war kurz.

Nicht dran denken.

»Wie kann ich euch helfen?«, fragte ich. »Ich bin auch froh, wenn ich so schnell wie möglich weiterfahren kann. Jedenfalls, nachdem wir uns kurz über Äpfel und Cider unterhalten haben.«

»Kurz unterhalten.« Er sah mich durchdringend an.

»Ja. Das hast du schön wiederholt. Gut gemacht.« Ich verschränkte die Arme, um seine Haltung zu imitieren. Vielleicht war ich auf einer aussichtslosen Mission, aber so schnell würde ich nicht die Flinte ins Korn werfen. Meine Zukunft bei der BPG stand auf dem Spiel, und ein grummeliger Farmer sollte nicht das letzte Wort haben.

»Mitkommen«, knurrte er, dann drehte er sich um und marschierte davon.

»Jawohl, Sir.« Ich salutierte hinter ihm.

Der blonde Junge kicherte und machte sich daran, meinen platten Reifen zu inspizieren.

3

Griffin

Ich bin weiß Gott ein netter Kerl. Aber heute war davon wenig zu spüren.

Vielleicht lag es am Stress auf der Farm oder am Schock, weil Audrey Kidder plötzlich mit ihren unendlich langen Beinen bei uns auf der Straße stand und mich mit glühenden Augen ansah. Vielleicht lag es auch an einem plötzlichen Temperaturanstieg an diesem sonnigen Tag.

Aber egal woran es lag, kaum hatte Audrey mir ihr perfektes Hinterteil aus ihrem Auto entgegengestreckt, verhielt ich mich wie ein Arschloch.

Ich versuchte, einen kühlen Kopf zu bewahren, während ich sie im Stechschritt die halbe Meile die Kiesauffahrt heraufbegleitete. Aber sie trug diese winzigen Riemchenschuhe, verdammt. Also erinnerte ich mich an meine gute Kinderstube und verlangsamte das Tempo. »Wie ist es dir in den letzten fünf Jahren ergangen?«, blaffte ich.

Anscheinend hatte ich nicht besonders zivilisiert geklungen, denn meine Frage hatte sie offensichtlich erschreckt. »Äh, super, danke. Ich, ähm, bin von der Boston University geflogen. Danach hat mich meine Mutter auf die Mount Holyoke geschickt, aber die haben mich auch rausgeworfen.«

Ich hätte wohl besser nicht fragen sollen, denn ihre Antwort machte mich wütend. Ich hatte mir vier Jahre lang den Arsch aufgerissen, um mein Football-Stipendium an der BU zu behalten, weil so mehr Geld für die Collegeausbildung meiner drei jüngeren Geschwister blieb.

Aber Audrey war damals ein Partygirl gewesen. Immer unterwegs mit den Mädels aus ihrer Verbindung. Immer auf der Suche nach der nächsten feucht-fröhlichen Party. Ich hatte versucht, im College den Partylöwen zu spielen. In Wahrheit hatte ich während der vier Jahre durchschnittlich fünf Stunden pro Nacht geschlafen, damit ich mein Pensum schaffte. Genau wie jetzt.

»Nachdem ich dann allen bewiesen hatte, dass ein Studium nichts für mich war, ging ich auf die Kochschule und habe als Jahrgangsbeste abgeschlossen. Stell dir das mal vor.«

»Super«, sagte ich. Aber Audrey Kidder in einer Küche? Das konnte ich mir kaum vorstellen. Was, wenn ihr ein Nagel abbrach?

»Ich habe den Job bei der Boston Premier Group angenommen, weil ich mein eigenes Restaurant eröffnen möchte. Das ist nicht einfach – man braucht Geldgeber. Wenn ich mich für eine Weile einschleime, können sie mir beim Durchstarten helfen.«

Interessant. Sie wollte mich wohl einlullen, um ihr Ziel zu erreichen. Sie arbeitete für einen Haufen Schmierlappen, die jeden wenn möglich ausnutzten. Sollte ich sie jetzt bewundern? Keine Chance.

»Warum bittest du nicht deine Eltern um das Startkapital?«, fragte ich. Audrey kam aus gutem Hause. Deshalb war sie bei der Studentenverbindung auch so gut angekommen. »Können sie dir nicht unter die Arme greifen?«

»Nein, Griff.« Ihre Stimme zitterte. »Das können sie nicht.« Ein Schatten huschte über ihr Gesicht.

Auweia, da war ich wohl in ein Fettnäpfchen getreten. »Na gut«, knurrte ich. »Sprechen wir über meinen Cider. Zach kann sich um dein Auto kümmern.«

»Klasse! Zeigst du mir, wo du ihn herstellst?« Ihre Augen leuchteten, und ich spürte einen Anflug ungewohnter Nähe. Der Cider war meine Leidenschaft, und es freute mich sehr, wenn sich jemand dafür interessierte.

Andererseits hatte Audrey sich auch schon früher gerne betrunken.

»Klar, komm mit.« Wir gingen am Farmhaus vorbei, und ich führte Audrey zwischen der Schlafbaracke und den Stallungen hindurch bis zu meinem ganzen Stolz – dem Ciderhaus. Mein Vater hatte in Handarbeit Cider für den Eigenbedarf hergestellt und jedes Jahr nur zum Vergnügen ein paar Flaschen verkauft.

Mir war es gelungen, das Hobby meines Vaters in ein gewinnbringendes Geschäft zu verwandeln. Ich öffnete die Tür des scheunenähnlichen Gebäudes und knipste die altmodischen Lampen an.

»Wow«, sagte Audrey mit gedämpfter Stimme. »Das sind ja Riesentanks.«

»Stimmt«, bestätigte ich und versuchte, die aufkommende Freude zu unterdrücken, die mich erfasste, wenn jemand mein Baby bewunderte. »Mein Cider hat schon Preise gewonnen.« Na gut, *einen* Preis. Aber ich hatte ja gerade erst angefangen. »Jeder Idiot kann ein halbwegs trinkbares Bier in seiner Garage brauen, aber die Herstellung eines komplexen Ciders ist schon schwieriger. Chemisch gesehen kann dabei jede Menge schiefgehen.«

»Aha.« Audrey ging zu meiner Abfüllanlage hinüber und betrachtete eine der leeren Flaschen. »Schönes Etikett.«

Das Etikett war das Uninteressanteste im ganzen Raum. »Danke«, sagte ich steif. »Mein Bruder hat es entworfen.«

Sie sah kurz auf und grinste: »Ich weiß, dass dir das Label vollkommen egal ist, Grummel-Griff.« Sie stellte die Flasche ab. »Aber Marketing ist wichtig für die Käufer. Sie wollen sich gut fühlen, wenn sie einen Haufen Geld für hochwertige Produkte ausgeben. Sie wünschen sich eine *Geschichte*, denn die bleibt im Gedächtnis, auch wenn die Flasche schon längst ausgetrunken ist.«

»Aha.« Genau dieses Marketing-Blabla trieb mich in den Wahnsinn. Meiner Meinung nach sollten Leute Geld für Bio-Qualität ausgeben, *weil es das einzig Richtige war*. »Du meinst also, dass den Kunden ein hübsches Bild wichtiger ist als die Tatsache, dass meine Apfelplantage Vermonts Grundwasser nicht mit Chemikalien und giftigen Düngemitteln verseucht? Und dass ich meine Mitarbeiter angemessen bezahle?«

Sie warf ihr Haar zurück. »Willst du meine Antwort wirklich hören? Ich möchte nämlich ungern deinen Vortrag unterbrechen.« Sie kam näher und sah mich mit ihren blauen Augen herausfordernd an. »Erzähl mir nicht, dass du noch nie versucht hast, dein Ciderhaus aufzupeppen, um mehr zu verkaufen. Wenn dir Marketing egal ist, was bitte schön ist dann das?«

Sie zeigte auf ein gerahmtes Foto an der Wand. Es war der erste Teil einer Informationstafel zur Herstellung von Cider. Während der geschäftigen Erntesaison boten wir Verkostungen an. »Meine Schwester hat das Bild im vergangenen Herbst aufgenommen. Das sind unsere Äpfel in einer Schubkarre, na und?«

Audrey grinste, als hätte sie mich beim Klauen erwischt. »Die Äpfel auf dem Bild sind *niemals* in deinen großen, männlichen Cidertanks gelandet. Diese hier«, sie stupste mit einem pinken Fingernagel auf das Bild, »sind besonders schöne, ausgewählte Exemplare. Die hast du an Touristen verkauft. Da drin«, sie zeigte auf meine Tanks und hob die Stimme, »verarbeitest du die Äpfel, die aussehen, als wären sie in eine Schlägerei geraten! Also tu gar nicht erst so, als wäre dir Marketing scheißegal!«

Alter Schwede. Ihr wohlgeformter Mund sah unfassbar attraktiv aus, wenn sie fluchte. Und ich war gerade von einem Mädchen belehrt worden, das wenigstens ab und zu auf der Kochschule aufgepasst haben musste.

Seltsamerweise machte mir das nichts aus. Ich wollte nur, dass sie noch einmal fluchte, am liebsten während wir es auf dem Heuboden trieben.

»Was ist?«, schnappte sie. »Warum starrst du mich so an?«

»Hast du mich eben Grummel-Griff genannt?«

Sie verdrehte die Augen. »Kann sein. Willst du mir jetzt Cider zu einem attraktiven Preis verkaufen oder nicht?«

Tatsächlich wollte ich der Superwichtigtuer-Businesskasper-Group aus sonst wo sehr gern meinen Cider verkaufen. Im Gegensatz zu den Äpfeln könnte sich der Cider als Marke etablieren, wenn man eine Nische dafür fände. Wenn angesagte Restaurants meinen Cider auf der Karte hätten, ließen sich auch Weinläden leichter überzeugen, den Cider ins Sortiment aufzunehmen.

Jetzt einen kleinen Verlust zu akzeptieren würde sich vielleicht später auszahlen. Falls ich das wirtschaftlich stemmen konnte. »Ich trau mich kaum zu fragen …« Ich näherte mich Audrey, die noch an der Abfüllanlage stand. »Was zahlt dein Auftraggeber für eine Flasche des besten Ciders aus Vermont?«

Sie sah mich an, blinzelte und fuhr sich mit der Zunge über die Lippen.

Schau ihre Lippen nicht an. Denk gar nicht an sie. Erinnere dich nicht daran, was sie damals damit angestellt hat … Oh, verflucht.

»Laut Preisliste sind es drei Dollar für eine 750-ml-Flasche.«

Das traf mich wie ein Schlag. »Drei Dollar? Damit sie die Flasche für zwanzig weiterverkaufen? Du willst mich wohl veräppeln? Allein Flasche und Korken kosten mich anderthalb Dollar.«

Sie ließ die Schultern hängen und sagte mit sanfter Stimme: »Ich sag meinem Boss, dass er verrückt ist, okay? Aber wenn ich ihn überzeugen soll, musst du mir etwas an die Hand geben. Ich brauche nicht noch eine Predigt, sondern Informationen.«

Verdammt, sie hatte recht. »In Ordnung, sollen wir den Cider probieren?«

Audrey klatschte in die Hände. »Ich dachte schon, du fragst nie!«

Natürlich.

Ich nahm eine Flasche aus dem Kühlschrank, löste den Drahtverschluss und entfernte langsam den Korken. Um die natürliche Kohlensäure zu erhalten, verschloss ich jede Flasche mit einem Champagnerkorken. Die waren teurer als Schraubverschlüsse, aber so ließ sich der Cider länger lagern.

Ich nahm ein paar Gläser vom Tresen und goss uns ein wenig Cider ein. Audrey lächelte mich an. »Prost.«

»Zum Wohl.« Es war Ewigkeiten her, dass ich mit einer attraktiven Frau angestoßen hatte. Vor ein paar Monaten hatte ich mich von einer Bekanntschaft mit gewissen Vorzügen getrennt und seitdem wie ein Mönch gelebt. Vor dem Mittagessen Cider zu trinken, um ein Geschäft abzuschließen, war auch nicht unbedingt ein geselliger Anlass. Aber zu mehr würde es in nächster Zeit kaum reichen.

Ziemlich traurig, ich weiß.

Audrey hielt ihr Glas in den Lichtstrahl, der durch das Oberlicht hereinfiel. »Ein schöner Bernsteinton.« Sie schwenkte das Glas professionell unter ihrer Nase. »Ansprechend würziges Aroma. Eher tanninhaltig als fruchtig.« Sie nippte, und ihr Blick schweifte ab, als sie sich auf die herben und komplexen Aromen meines Produktes konzentrierte. Ich beobachtete ihren schlanken Hals, als sie schluckte. »Wow. Feiner Apfelsaft, Griff.«

»Bitte?«, japste ich. »Apfels…«

Sie grinste: »*Nur ein Witz!* Der Cider ist großartig. Ich schmecke Noten von Eiche und Aprikose. Schöner Abgang. Ich kann verstehen, warum du stolz darauf bist.«

Eine Sekunde lang platzte ich beinahe vor Stolz. Doch dann fiel mir ein, dass sie den Cider am liebsten geschenkt haben wollte. Sie wollte mir offensichtlich schmeicheln. »Schmeckt wie acht Dollar pro Flasche im Großhandel und fünfzehn im Einzelhandel.«

Audrey nahm noch einen kleinen Schluck, und ich versuchte, sie nicht umwerfend zu finden. »Ich finde ihn köstlich und würde jederzeit deinen Preis zahlen. Aber die Jungs, für die ich arbeite, werden mich feuern, wenn ich ihnen einen Betrag nenne, der doppelt so hoch ist wie ihr Angebot.«

Ich konnte für weniger als acht Dollar verkaufen. Aber noch wollte ich das nicht zugeben. »Die BPG macht ein gutes Geschäft mit meinem Cider. Er ist immer noch günstiger als neunzig Prozent der Weine in ihrem Portfolio. Und wir sind hier nicht in Napa Valley. Wenn sie die High Society aus Beacon Hill beeindrucken wollen, ist das der richtige Weg. Die Siedler aus Massachusetts Bay hatten zu wenig Getreide für das Bier, das sie in England getrunken hatten. Also haben sie stattdessen Cider hergestellt. Das hier ist unsere Geschichte.« Ich hielt die Flasche hoch.

Audrey nahm sie mir aus der Hand und stellte sie auf den Tresen. »Ich mag zwar vom College geflogen sein, aber die Schule hab ich abgeschlossen und mitbekommen, dass John Adams schon zum Frühstück Cider getrunken hat. Ich hab's kapiert, ja? Du hast das perfekte Regionalgetränk für die Herrscher des BPG-Universums. Ich werde dem Todesstern berichten, Darth Vader wird seiner Enttäuschung freien Lauf lassen und mich erwürgen, weil ich einen Preis von acht Dollar pro Flasche aufgerufen habe.«

Verflucht. Audrey kannte nicht nur ihren Text, jetzt lächelte sie mich auch noch über den Rand ihres Glases hinweg an. Bei den anderen beiden Gelegenheiten, an denen wir uns so nahe gekommen waren, hatten wir uns in kürzester Zeit die Kleider vom Leib gerissen.

Griffin, konzentrier dich.

»Ich könnte dir sieben Dollar anbieten. Kannst du nicht herausfinden, wo ihre Obergrenze wirklich liegt?«

»Na ja …«

Hinter mir ging die Tür auf. »Griff?«, rief meine Schwester. »Angelo und der Neue sind da.«

»Ich komme gleich.« Ich trat einen Schritt von Audrey zurück. Ich fühlte mich so schuldig, als hätte meine Schwester uns bei etwas Unanständigerem erwischt als einer Verhandlung über die Ciderpreise.

Schön wär's.

»Hi!«, sagte May, als sie Audrey bemerkte. »Stellst du mich deiner Freundin vor?« Ihre Stimme klang merkwürdig fröhlich. Es war ihre Spionierstimme. Die hatte ich mein ganzes Leben zu hören bekommen.

»Ich dachte, wir müssten den Junkie begrüßen.« Ich stellte mein Glas ab und ging zur Tür, schob die vorlaute May aus dem Weg und beobachtete die offene Hintertür von Angelos Wagen. »Entschuldige mich kurz, Audrey.«

»Audrey?« May sah sie neugierig an. »Ich bin May, Griffins Schwester …«

Ich musste die beiden alleinlassen und hoffte, dass Audrey unsere vorherigen Begegnungen nicht erwähnte. Sonst würde sich bis zum Abendessen jeder auf der Farm das Maul darüber zerreißen – sogar die Milchkühe. Aber im Großen und Ganzen hatte ich im Augenblick wichtigere Probleme.

Eines davon stieg gerade aus Angelos Auto.

Wie sieht überhaupt ein Junkie aus? Auf mich wirkte er wie jeder andere Typ in den Zwanzigern. Er schaute ernst und hatte jede Menge Tattoos, aber das traf auf die Hälfte aller Männer in Vermont zu. Ich fand ihn sehr dünn für die Arbeit auf einer Farm. Aber das war auch schon das Schlimmste an meinem ersten Eindruck. Er nahm einen kleinen Rucksack aus dem Kofferraum und hob das Kinn, als er sich umsah.

»Hi«, begrüßte ich unseren Freund Angelo. Er hatte den wirklich harten Job. Das nächste Mal, wenn ich mich über eine Apfelfliegenplage beschwerte, würde ich daran denken, dass es bestimmt schwieriger wäre, Ex-Knackis wieder auf den rechten Weg zu bringen.

Als er mich anlächelte, legte sich die dunkle Haut um seine Augenwinkel in kleine Fältchen. »Hab dich lange nicht in der Kirche gesehen.« Er schüttelte mir die Hand.

»Hilfst du jetzt auch noch Pfarrer Pat dabei, die verlorenen Schäfchen wieder einzufangen?«

Er lachte. »Tut mir leid, Berufskrankheit.«

»Das glaub ich dir.« Ich richtete mein Augenmerk auf den Neuankömmling und streckte ihm die Hand entgegen. »Ich bin Griffin Shipley.«

»Jude Nickel.« Sein Händedruck war erstaunlich kräftig. »Danke, dass ihr mir eine Chance gebt. Ich brauche den Job.«

»Keine Ursache«, sagte ich und meinte in Wirklichkeit: Uns bleibt keine andere Wahl. »Wenn du gern draußen bist, wird es dir gefallen.«

»Ich habe drei Jahre im Gefängnis und in der Entzugsklinik verbracht. Ein bisschen frische Luft kann mir nicht schaden.«

Seine Aufrichtigkeit überraschte mich. »Na gut, wir zahlen

zwölf Dollar pro Stunde, wenn du auf dem Hof wohnst, oder vierzehn, wenn du als Tagelöhner arbeitest. Das Mittagessen kostet nichts, aber alle, die bei uns leben, steuern zehn Dollar pro Tag für Frühstück und Abendessen bei. Das Essen ist super und reichlich.«

»Verflixt«, erklang eine vergnügte Stimme hinter mir. »Gibt es noch mehr offene Stellen? Du bezahlst besser als meine Sklaventreiber.«

Audrey hatte meine Erklärungen belauscht, und ich wusste nicht, was ich davon halten sollte. Ich bezahlte meine Mitarbeiter so gut es ging, aber reich wurde hier niemand. Am wenigsten ich selbst.

»Das klingt doch gut«, sagte der Neue. Er sah älter aus als zweiundzwanzig. Das lag an seinen müden Augen. »Wo soll ich die hinbringen?« Er klopfte auf seine Tasche.

»Ist das alles?« Ich warf einen Blick auf den Rucksack.

»Das ist alles, was ich habe. Punkt.« Er streckte sein Kinn vor, als fordere er mich heraus, noch mehr zu der Angelegenheit zu sagen.

»Bleib locker. Ich zeig dir die Schlafbaracke.«

Doch zuerst wollte meine Mutter noch mit ihm reden. Mit umgebundener Schürze trat sie aus der Hintertür und kam zielstrebig über den Hof auf uns zu. Ich wartete, während sie Angelo umarmte und Jude die Hand gab.

»Mein Lieber«, sagte sie zu dem Ex-Häftling, den sie noch nie zuvor gesehen hatte. »Ich habe das ganze Haus durchsucht und keine Medikamente gefunden, die stärker sind als Aspirin. Angelo hat mich gebeten, für dich nachzuschauen. Er hat gesagt, dass es für dich einfacher ist, wenn du nicht darüber nachdenken musst.«

»Äh, danke.« Er betrachtete ausgiebig seine Schuhe. »Das ist wirklich nett.«

Ich sah zur Schlafbaracke. Irgendjemand konnte weiß Gott was im Badezimmer gelassen haben. »Ich überprüfe schnell …«

»Hab ich schon«, fiel mir meine Mutter ins Wort. »Ihr solltet die Dusche häufiger *putzen*. Da sind schlimmere Dinge drin als Betäubungsmittel.«

Audrey kicherte, und ich schauderte.

»Ich bin Ruth Shipley.« Meine Mutter wandte sich an die ungebetene Vertreterin eines räuberischen Unternehmens. »Und Sie sind …«

»Audrey Kidder. Ich bin hier, um Äpfel und Cider für eine Restaurantkette in Boston zu kaufen.«

»Oh!« Meine Mutter klatschte in die Hände, als wäre Audrey die Queen höchstpersönlich. »Bleiben Sie zum Mittagessen?« Sie ignorierte meinen drohenden Blick.

»Sehr gerne, vielen Dank!« Audrey war begeistert. »Mein Auto steckt sowieso noch im Graben am Ende der Straße fest.«

»Stimmt nicht.« Während unserer Unterhaltung sah ich den Prius langsam die Auffahrt herauffahren. Zach hatte den Reifen schon gewechselt, obwohl es sich wahrscheinlich um ein Notrad handelte und damit Prinzessin Putzmunters Probleme nur vorübergehend gelöst waren.

»Wow!« Ihre Stimme klang bewundernd. »Er ist ein echter Zauberer.«

»Das stimmt«, pflichtete ich ihr bei, auch wenn es nur um einen Reifenwechsel ging. »Er hätte allerdings besser Wunder an meinen Zäunen vollbringen sollen, anstatt sich um deinen Wagen zu kümmern.«

»August Griffin Shipley!« Meine Mutter klang entrüstet. »Wo hast du deine Manieren gelassen? Seit wann verweigerst du Fremden deine Hilfe?«

Ich hätte es besser gefunden, wenn Audrey eine Fremde gewesen wäre. Aber das sagte ich nicht laut.

May knuffte mich. »Na, mal wieder schlecht gelaunt? Bring Jude zur Schlafbaracke, das Mittagessen ist bald fertig. Es gibt Sandwiches mit geschmorter Rinderbrust und Kartoffelsalat. Komm mit, Audrey«, sagte meine Schwester, die Verräterin. »Trink einen Eistee mit uns.«

Angelo konnte nicht zum Mittagessen bleiben, und nachdem wir uns verabschiedet hatten, gingen die Frauen ins Haus und ließen Jude und mich allein zurück. Ich ging zum Nebengebäude, in dem er seine Habseligkeiten unterbringen konnte, und er folgte mir. »Die Schlafbaracke ist gemütlicher als sie aussieht«, erklärte ich. »Sie ist etwa hundert Jahre alt. Mein Urgroßvater hat sie aus den Steinen gebaut, die er von der Weide weggeräumt hat.«

Jude betrachtete das Steinhaus, als wir näherkamen. »Ist doch cool«, sagte er. »Aber im Winter benutzt ihr es bestimmt nicht, oder? Bestimmt teuer zu heizen.«

»Im Gegenteil – es gibt einen einhundert Jahre alten Kachelofen. Alle zwei Tage machen wir ein Feuer da drin und verschließen ihn dann wieder. Er heizt das Haus auf etwa zwanzig Grad, selbst wenn es draußen friert. Zur Ergänzung haben wir eine Elektroheizung in den Fußleisten. Den Strom produzieren wir übrigens selbst.«

Nachhaltige Architektur war eines meiner zahlreichen Steckenpferde. Ich wollte, dass die Farm noch lange betrieben werden konnte. Allerdings waren die Sonnenkollektoren ziemlich teuer gewesen. Ich hatte direkt nach dem Tod meines Vaters investiert und erst später erkannt, wie knapp das Geld war. Außerdem hatte ich meine ersten Geräte zur Ciderherstellung gekauft, und jetzt stand ich sprichwörtlich vor dem Abgrund. Eine einzige schlechte Ernte konnte uns in die Insolvenz treiben.

Ich hielt die Tür auf und ließ Jude vorgehen. »Das rechte

Zimmer gehört mir. Links ist das Badezimmer.« Ich zog die Stiefel aus und stellte sie demonstrativ auf die Gummimatte neben der Tür. »Wenn du im Kuhstall gearbeitet hast, lässt du deine Schuhe besser hier.«

»Klingt logisch.« Jude streifte seine Chucks ab. Es gefiel mir, wie er meinen Anweisungen folgte. Das würde es uns beiden leichter machen. »Schläfst du immer hier?«, fragte er. »Ich schätze, du willst deine Mitarbeiter im Auge behalten, was?«

»Nein.« Ich schüttelte den Kopf und betrachtete den mitgenommenen jungen Mann. »Es gibt einen anderen Grund. Ich bin aus dem Zimmer im Farmhaus ausgezogen, weil meine Mutter möchte, dass mein Großvater bei uns einzieht. Er wohnt eine halbe Meile die Straße runter und ist seit dem Tod meiner Großmutter allein. Meine Mutter fragt ihn jeden Tag, ob er heute zu uns zieht, und er sagt jeden Tag ›Heute nicht!‹.«

Jude lachte und sah prompt fünf Jahre jünger aus.

»Jedenfalls bin ich vor ein paar Monaten hier eingezogen, weil wir dachten, er würde sich dann leichter überzeugen lassen. Keine Chance. Aber mir macht es sowieso nichts aus, hier mit Zach zu wohnen. Man kommt gut mit ihm aus, du wirst sehen. Geh mal bis ans Ende des Flurs.«

Ich betrat hinter Jude den großen Schlafraum mit der hohen Holzbalkendecke. Ich beobachtete, wie er die beiden Stockbetten – auf jeder Seite des Raums eines – und das Einzelbett unter den hinteren Fenstern betrachtete. »Das ist Zachariahs Bett.« Ich zeigte auf das Bett in der Mitte des Raumes mit dem Star-Wars-Kissenbezug, einem Spaßgeschenk von mir. »Er durfte sich den besten Platz aussuchen, weil er das ganze Jahr hier verbringt. In der Erntesaison werden auch meine Cousins hier schlafen.«

Ich ging zum großen Schrank und öffnete die Lamellentüren. »Leider haben wir hier draußen wenig Stauraum. Du kannst einen Teil der Kleiderstange benutzen, wenn du sie brauchst, und du bekommst eine große Schublade.« Ich zeigte auf die Einbauschubladen an beiden Seiten von Zachs Bett.

»Eine Schublade reicht dicke«, antwortete er, während ich im Schrank nach Bettwäsche und einer Decke suchte.

»Wohl wahr.« Der Typ bräuchte mehr Kleidung für die Farmarbeit. Hier wurde man immer ziemlich dreckig. »Hier.« Ich gab ihm das Bettzeug und setzte mich auf Zachs Bett. »Was muss ich noch wissen, wenn ich mit dir zusammenarbeite? Brauchst du etwas Besonderes oder gibt es Arbeiten, die du nicht erledigen kannst?« Ich hatte noch niemanden getroffen, der versuchte, clean zu werden. Deshalb fiel es mir schwer, seine Einschränkungen einzuschätzen.

Jude kehrte mir den Rücken zu und schüttelte das Laken aus, bevor er antwortete. Während er sprach, beobachtete er mich über die Schulter hinweg. »Angelo hat mich hergebracht, weil ich erst nach Colebury zurückmöchte, wenn ich eine Weile clean bin. Irgendwann muss ich wieder nach Hause, aber ich möchte erst noch ein paar Monate ohne Stoff verbringen. Er hat gesagt, deine Farm wäre wie eine Entzugsklinik, weil sie so weit vom Schuss ist. Deshalb wäre es super, wenn du mich nicht für Besorgungen nach Colebury schicken würdest, falls das okay für dich ist. Dort kann man an jeder Ecke Drogen kaufen, und darüber will ich lieber nicht nachdenken. Oder zufällig einen meiner sogenannten Freunde treffen.«

Ach du Schande. »Klar, kein Problem. Sonst noch was?«

»Ich bin ein ganz passabler Mechaniker. Mit vierzehn hab ich in einer Autowerkstatt angefangen. Wenn es also bei einem Fahrzeug etwas zu reparieren gibt, schau ich mir das gerne an.«

»Danke. Zach hat ein super Händchen für Motoren. Dank ihm habe ich eine Menge Geld für Reparaturen gespart.«

»Was für ein Glück«, sagte Jude. Doch er sah ein bisschen enttäuscht aus.

»Gibt es sonst noch etwas?«

Er faltete die Ecken des Lakens über die Matratze. »Ich schlafe nicht besonders gut. Drogen bringen die REM-Phasen total durcheinander.«

»Das heißt, wenn ich dich nachts herumlaufen höre, soll ich nicht die Polizei rufen?« Das war als Witz gemeint. Aber kaum hatte ich den Satz ausgesprochen, wurde mir bewusst, dass jemand, der mindestens einmal verhaftet worden war, das wahrscheinlich nicht so lustig fand.

Er seufzte. »Es kann sein, dass ich um zwei Uhr nachts draußen auf der Veranda sitze. Ich werde versuchen, leise zu sein.«

»Kein Ding.« Ich räusperte mich. »Versteh mich nicht falsch, aber ich sag das jedem, der hier anfängt.«

Er sah mich amüsiert an. »Echt? Schieß los.«

»Finger weg von meiner kleinen Schwester. Ich muss das sagen. Sie tut total erwachsen, ist aber erst siebzehn.«

»Oh Mann. Schon klar. Verstehe.« Er gluckste. »Kinder, haltet euch vom Junkie in Bett Nummer drei fern.«

Ich war erleichtert, dass er sich durch meine Predigt nicht angegriffen fühlte. Die bekam jeder zu hören. Und der Typ hier hatte so einen grüblerischen Ausdruck in seinen dunklen Augen. Bestimmt hatten ihn früher viele Mädchen angehimmelt.

Ich hoffte, dass meine kleine Schwester, die für Zach schwärmte, nicht plötzlich auf Jude umschwenkte. Zach vertraute ich – Jude hatte ich gerade erst kennengelernt. »Eigentlich habe ich den Vortrag immer für meine beiden Schwestern gehalten, aber May hat Wind davon bekommen. Sie hasst es, wenn ich sie wie ein Kind behandele. Und sie hat einen harten rechten Haken, den sie gern an mir ausprobiert.«

»Gut zu wissen. Aber deine Schwestern anzugraben ist nicht mein Stil. Vielleicht kannst du dir das bei jemandem nicht vorstellen, der gerade aus dem Knast gekommen ist, aber ich kann hart arbeiten. Im Gefängnis habe ich hauptsächlich hart gearbeitet, um heimlich meine Sucht zu finanzieren. Aber ich kann von morgens bis abends schuften.«

»Gut, wir fangen um sechs an und hören um fünf auf, aber zwischendurch haben wir zwei Stunden Zeit für Pausen und Essen.«

Er nickte stoisch. »Verstanden. Vielleicht kann ich dann wenigstens besser schlafen.«

»Du wirst schlafen müssen.« Ich stand auf. »Ich gehe rüber zum Mittagessen. Du hast noch fünfzehn Minuten, aber sei pünktlich, ja? Mittags essen wir immer um ein Uhr, und meine Mutter reißt sich den Arsch auf, damit alles rechtzeitig fertig ist. Also erwartet sie auch, dass du pünktlich am Tisch sitzt.«

»Jawohl, Sir.«

Auf dem Weg nach draußen hielt ich inne. »Nenn mich nicht Sir. Meine Geschwister machen das manchmal, um mich zu ärgern.«

Jude lachte, als ich ging.

4

Audrey

Griff Shipley war vielleicht ein mürrischer Arsch. Aber seine Familie war bezaubernd. In der geschäftigen Küche herrschte sympathisches Chaos. Griffs Mom war dabei, eine geschmorte Rinderbrust in Scheiben zu schneiden, die groß genug war, um mehrere Entwicklungsländer zu versorgen. Alle anderen packten mit an, um das Essen auf den Tisch zu bringen.

Oder auch nicht, wie Griffs jüngerer Bruder Dylan. Für mich sah es so aus, als bediente er einen großen Sterilisator voller Marmeladengläser auf dem Herd. In einer Hand hatte er eine Zange, aber hauptsächlich sang er »Pump up the Jam« von Technotronic und tanzte herum.

»Das Lied macht mich wahnsinnig«, beschwerte sich seine Zwillingsschwester Daphne. Dem Aussehen nach waren die beiden im Highschoolalter.

»Das singe ich doch immer, wenn wir Marmelade kochen.«

Sie verdrehte die Augen und griff nach einem hohen Stapel Teller. Sie stupste ihren Bruder an und deutete auf eine geöffnete Schublade voller Leinenservietten. »Kannst du die da oben drauflegen?«

Er griff in die Schublade und legte eine Handvoll Servietten auf den obersten Teller.

»Wir sind heute zu zehnt«, antwortete sie. »Nimm noch ein paar mehr.«

»Behandle mich nicht immer wie ein Kind.«

Sie stöhnte, als sie aus der Küche ging, und Dylan sang weiter »Pump up the Jam«, wobei er das Wort »booty« durch »fruity« ersetzte. Währenddessen bewegten sich seine Mutter und seine Schwestern wie Ninjas umeinander herum.

Bei den Shipleys war es zur Mittagszeit genauso geschäftig wie an einem arbeitsreichen Abend in der Küche des *l'Etre Suprême*, aber es war tausendmal fröhlicher.

Die Küche in meinem Elternhaus hätte sich nicht stärker davon unterscheiden können. Sie war wie ein großes, auf Hochglanz poliertes Grab gewesen. Ich durfte niemals etwas darin kochen oder die perfekte Ordnung durcheinanderbringen. Meine Mutter war damit beschäftigt, die Karriereleiter hinaufzuklettern, also hatte sie ständig Gäste im Haus. Aber sie kochte nicht. Wir hatten einen Privatkoch, der mir jedes Mal das Gefühl gab, ein Eindringling zu sein, wenn ich mir nur einen Snack aus der Küche holen wollte.

Die Begeisterung fürs Kochen entdeckte ich erst im College, als ich diesem erdrückenden Ort endlich entkommen war. In meinem ersten Jahr teilte ich mir eine Wohnung mit ein paar Mädchen, die ich noch von der Highschool kannte. Eine davon war eine hervorragende Köchin, und ich lernte viel von ihr, indem ich ihr über die Schulter schaute. Mir gefiel alles an meinem ersten Jahr an der Boston University – abgesehen vom Studium. Ich mochte unsere Wohnung, meine Freunde, die Studentenverbindung und die Partys. Wenn ich mehr Zeit auf meine Hausaufgaben verwendet hätte als darauf, die perfekten Teigtaschen zu machen, hätte ich wahrscheinlich bessere Noten bekommen.

Hatte ich aber nicht. Zu spät.

Im Esszimmer sah ich, wie Daphne den Tisch für zehn Personen deckte. »Während der Ernte essen wir draußen, denn dann sind wir zwanzig Leute«, erklärte sie mir.

May Shipley rauschte mit einem Tablett voller Kaffeetassen und einem Wasserkrug herein.

»Wie kann ich helfen?«, fragte ich zum dritten Mal und folgte ihr zurück in die Küche. »Irgendetwas muss es doch geben.«

»Das ist lieb von Ihnen, aber wir haben das perfektioniert. In dieser Küche wird immer in großem Stil gekocht.«

»Das sehe ich.« Es schien mir völlig ausgeschlossen, dass es gar nichts geben sollte, womit ich mich nützlich machen konnte. Aber wenn sie mir keine Aufgabe übertragen wollte, hatte ich wenigstens Zeit, die Landhausküche zu bewundern. Das Haus musste über hundert Jahre alt sein, aber es war liebevoll in Schuss gehalten worden. Der riesige Tisch in der Mitte sah so aus, als hätte er dort schon seit Anbeginn der Zeit gestanden. Die geölte Arbeitsplatte war ganz vernarbt und zerkratzt. Aber das machte ihn nur noch schöner.

Als Kind hatte ich mir genau das gewünscht: eine Bilderbuchfamilie irgendwo auf einer Farm, alle dicht gedrängt am Tisch, eine Schaukel draußen an einem alten Baum und Spitzengardinen, die im Wind wehen …

Jemand hatte eine kleine Schale mit Kirschen auf dem Tisch stehen lassen. Die Hälfte war bereits entkernt, und sie glänzten wie rote Edelsteine. »Oh, die sind ja toll. Sind das Sauerkirschen?« Ich hob die Schale hoch und roch an den Kirschen – Berufskrankheit als Köchin. Wow. Nichts roch so herrlich wie frische Kirschen.

»Ja, und sie schmecken hervorragend im Kuchen«, antwortete Ruth Shipley, während sie Scheibe um Scheibe von der Rinderbrust auf eine Platte schnitt. »Aber für einen Kuchen sind das noch nicht genug. Ich weiß nie, was ich mit den ersten paar Kirschen einer Ernte machen soll. Die reichen für gar nichts. Letztes Jahr habe ich sie einfach mit in die Erdbeermarmelade gegeben.«

»Darf ich eine essen?« Ich lachte. »Ist das unverschämt? Im Supermarkt bekommt man so selten Sauerkirschen.«

»Greifen Sie zu«, forderte sie mich auf.

Ich steckte mir eine in den Mund, und sofort brach die fruchtige Säure hervor. »Fantastisch.« Der Geschmack brachte mich auf Ideen. Ich wollte ein Chutney aus diesen Kirschen machen. Oder einen Gin-Cocktail. Oder eine Torte. »Verdammt. Ich wollte immer schon irgendwo leben, wo es Obstbäume gibt.«

May lachte. »Wir haben nichts anderes als Obstbäume. Zwanzigtausend.«

»Zwanzig… tausend?«

»Genau. Griffs experimentelle Züchtungen nicht eingerechnet.«

Es fiel mir schwer, mir zwanzigtausend Bäume vorzustellen. Ich nahm mir ein Gemüsemesser und entkernte summend die restlichen Kirschen in der Schale. Mit einem Messer zu hantieren beruhigte mich. Manche Leute stricken. Manche machen Yoga. Ich schnitt gern Sachen.

Wenig später lag ein kleiner Berg säuberlich entkernter Kirschen vor mir. »Sie haben bestimmt einen Komposteimer für die Kerne und Stiele?«

Ruth Shipley blickte von ihrer Arbeit auf. »Das hat ja höchstens eine Minute gedauert.«

»Kochen ist das Einzige, worin ich gut bin.«

»Das kann ich mir nicht vorstellen. Der Komposteimer steht dort drüben neben der Kaffeemaschine.«

Ich warf die Kerne weg und wusch mir die blutroten Finger.

»May!«, rief Ruth ihre älteste Tochter. »Holst du bitte die Barbecuesoße aus dem Kühlschrank? Wir müssen sie noch aufwärmen, dann können wir essen.«

»Klar.«

»Ähm«, murmelte Dylan kleinlaut. »Ich wusste nicht, dass du die noch brauchst.«

»Dylan Gerard Shipley! Hast du etwa meine Barbecuesoße aufgegessen, ohne es mir zu sagen? Jetzt wird's mit dem Essen später. Ich kann doch keine Rinderbrust ohne Barbecuesoße servieren.«

Der jüngere der Shipley-Brüder ließ den Kopf hängen. Er sah aus wie ein dünnerer, schlaksigerer Griffin.

Es tat mir leid, dass er vor einer Fremden bloßgestellt worden war. »Ich kann schnell eine neue machen, wenn Sie möchten«, bot ich an.

Ruth durchbohrte ihren Sohn noch immer mit einem Laserblick, und hätten Blicke töten können, wäre der Junge sicher in Flammen aufgegangen. »Danke, das ist lieb«, antwortete sie. »Da liegt eine Zwiebel«, sie deutete auf eine Schüssel auf der Anrichte, »und Sie können das Schneidebrett benutzen.«

Juhu, eine Aufgabe! Wenn einem das ganze Leben lang eingeredet wird, man sei völlig nutzlos, dann ist es eine wahre Freude, wenigstens eine Barbecuesoße zu kochen. Ich nahm die Zwiebel und legte los. »Oh, Knoblauchsprossen.« Ich griff nach den grünen Trieben. »Die bekommt man auch schwer.« Rasch hackte ich sie in feine Röllchen.

»Meine Güte!« Daphne schnappte nach Luft, als sie dabei zusah, wie sich mein Messer so schnell bewegte, dass es kaum noch zu sehen war. »Wie kommt es, dass du noch keinen Finger verloren hast?«

»Bis jetzt sind alle noch dran, und keiner musste angenäht werden. Aber man soll sich nicht zu früh freuen.«

Sie kicherte. In diesem Moment ging die Küchentür auf, und Griff füllte den Türrahmen mit seinem Footballprofikörper aus. Zu meiner Schande muss ich gestehen, dass mein Messer für einen winzigen Augenblick aus dem Takt geriet. Diese

Brust unter dem engen T-Shirt brachte mich einfach durcheinander.

Als er mich entdeckte, ersparte mir sein Gesichtsausdruck weitere Peinlichkeiten. Erst zog er eine der buschigen Augenbrauen hoch, als wäre er überrascht, dass ich immer noch da war. Dann bedachte er mich mit seinem schon vertrauten finsteren Blick.

Ach ja, diese ganze Attraktivität, verschwendet an einen Griesgram.

Ich wandte meine Aufmerksamkeit von Griff ab, als Ruth die gehackten Kräuter in einen kleinen Stieltopf schabte. »Mal sehen«, sagte sie. »Ein bisschen Ketchup, weil es schnell gehen muss. Etwas Essig …«

»Wissen Sie, was sich gut darin machen würde?« Ich konnte mir den Vorschlag nicht verkneifen und zeigte auf die Kirschen. »Die hier.«

»Eine interessante Idee.« Sie reichte mir den Topf. »Nur zu. Ich muss noch mal schnell nach oben.«

»Kein Problem. Ich komme klar.« Ich scheuchte sie weg, und sie lächelte. Immerhin mochte mich eine der Shipleys.

Ich wandte Griff den Rücken zu und stellte den Topf bei geringer Hitze auf den Herd. Als ich mich dem riesigen Kühlschrank zuwandte, spürte ich seinen Blick noch immer auf mir. Der Ketchup war in einer großen Flasche. Musste er auch, wenn hier jeden Tag zehn bis zwölf Leute zu Mittag aßen. Bevor ich den Ketchup zu den Zwiebeln, dem Knoblauch und der Butter in den Topf gab, dünstete ich die Zwiebeln für einige Minuten an, um ihre natürliche Süße zu betonen.

»Was machst du da?«, fragte Griff plötzlich *direkt* hinter mir.

»Barbecuesoße. Du weißt, was das ist, oder?« Sein Körper war fast noch heißer als der Herd vor mir. Ich versuchte, ihn vorsichtig aus dem Weg zu schieben, aber das war, als wollte ich einen Geländewagen wegschieben. Also ging ich außen um die hundert Kilo Muskeln herum, um die Kirschen zu holen.

»Komische Kombi«, murmelte er.

»Du musst es ja nicht essen«, erwiderte ich. In meinem Topf brutzelte es nun fröhlich, und ich rührte alles mit einem Holzlöffel zusammen. »Sei so nett und gib mir etwas braunen Zucker«, bat ich ihn. »Und Essig.«

Am anderen Ende der Küche lachte May laut auf. »Dafür braucht er Karte und Kompass. Ich hole es dir. Weißweinessig oder Balsamico?«

»Balsamico, würde ich sagen.«

Langsam ging die Küchentür auf, und Griffs neuer Erntehelfer kam vorsichtig herein. »Das riecht richtig gut«, sagte er leise.

»Danke«, flötete ich und blickte Griff vielsagend an.

Der beachtete mich gar nicht. Er führte seinen Angestellten zur Vorratskammer. »Das Waschbecken ist hier drüben«, erklärte er. »Damit sind wir aus dem Weg, und die Köchin wird nicht unleidlich.«

»Und was verhindert, dass *du* unleidlich wirst?«, rief ich ihm nach. »Was immer es ist, ich will es auch.«

Alle Shipleys lachten – bis auf Griff.

5

Griffin

Wie Audrey Kidder unsere Küche einnahm, hatte eine seltsame Wirkung auf mich. Ich sah sie am Herd stehen, und es war, als hätte ich einen Blick in ein Paralleluniversum geworfen, in dem ich Zeit für eine Frau an meiner Seite hatte.

Sehr unwahrscheinlich.

Es musste am Stress liegen, denn eigentlich gab es keinen Grund, warum ich wegen Audrey wehmütig werden sollte. Auf dem College waren wir noch nicht einmal befreundet gewesen. Sie war mit meinem jüngeren Teamkollegen Bryce zusammen. Monatelang hatte sie mich mit ihrem Lächeln und ihrer Fröhlichkeit gequält, wenn Bryce sie mit nach Hause gebracht hatte.

Dann hatten sie sich getrennt – und zwar nicht im Guten. Ich dachte, ich würde sie nie wiedersehen. Aber ein paar Wochen später kam sie zu einer Party in meinem Verbindungshaus. Als heller Kopf erkannte ich meine Chance und nutzte sie.

Ich hatte zwei der besten Nächte meines Lebens mit ihr verbracht. In ihr.

Aber leichtfertige Affären gehörten nicht mehr zu meinem Leben, und ich hatte mich damit abgefunden. Nur mein Körper war damit nicht ganz einverstanden. Audreys Erscheinen auf der Farm hatte denselben Effekt auf meine Libido wie der Frühling auf das Rotwild in unserem Wäldchen. *Herzlich will-*

kommen, Pheromone. Zum ersten Mal seit langer Zeit erwachten meine Sinne. Das kurvige Mädchen, das gerade eine verrückte Soße in meiner Küche zubereitete, hatte sich damals spektakulär neben mir angefühlt. Und vor mir. Und auf mir …

»Griff?«

»Ja?« Scheiße, ich hatte sie die ganze Zeit angestarrt. »Habe ich etwas am Hintern, das dort nichts zu suchen hat?«

»Oh.« Erwischt. »Nur ein bisschen Heu.«

»Kannst du das bitte wegmachen?«

Argh. Gefangen in meiner dummen Lüge, wischte ich ihr schnell an der Hüfte über den Rock, wo es relativ sicher war.

»Danke«, zwitscherte sie und rührte weiter.

May sah mich seltsam an, als sie ein Paket braunen Zucker und einige andere Gewürze neben Audrey auf die Arbeitsfläche stellte. »Alles in Ordnung bei dir?«

»Klar«, grummelte ich. »Ich hab bloß Hunger.«

»Ach ja?« Sie zwinkerte mir zu.

Ich sah sie so grimmig an wie möglich und ging um sie herum. Vielleicht verschwand das seltsame Gefühl, wenn ich mich etwas von Audrey entfernte. Ich ging ins Esszimmer, und Jude folgte mir auf dem Fuß. »Meistens essen wir hier«, erklärte ich. »Nach dem Abendessen kannst du gern mit uns im Wohnzimmer fernsehen. Das macht Zach immer. Ich musste es ihm beibringen, denn bis er fast zwanzig war, hatte er keinen Fernseher gesehen.«

Der Neue machte große Augen. »Warum das denn nicht?«

»Er ist bei einer Sekte in Texas aufgewachsen und hat das Gelände zum ersten Mal verlassen, als er nach Vermont getrampt ist. Deshalb sehen wir uns ziemlich viele Filme an. Zuletzt haben wir alle Teile von *Der Herr der Ringe* geschaut.«

Weil man nach Einbruch der Dunkelheit das Land nicht mehr bewirtschaften kann, schaute ich zur Entspannung Filme. Die nächste Bar lag zwanzig Minuten entfernt, und ich hatte sowieso nicht viel Geld für Bier übrig. Oder für irgendetwas anderes, um ehrlich zu sein. Im vergangenen Winter hatten Zach und ich so viele Filme gesehen wie andere in ihrem ganzen Leben. In der Anbausaison hatten wir jedoch nicht so viel Zeit für Hollywood-Blockbuster.

Meine Mutter kam mit einem Arm voller Kleidung herein. »Die sind für dich.« Bevor Jude etwas sagen konnte, drückte sie ihm den Stapel in die Hand. »Gleich gibt's Mittagessen.«

Jude starrte den Haufen mit meinen alten Jeans an. Mom hatte sie wahrscheinlich für Dylan aufgehoben, aber es war genauso sinnvoll, sie Jude zu geben. Auch Shirts waren dabei, wahrscheinlich von meinem Vater.

Meine Mutter war unglaublich sparsam. Sie flickte alles so lange, bis es auseinanderfiel. Sie kratzte den letzten Rest Marmelade aus dem Glas und verwendete es danach noch mindestens einhundert Jahre weiter. Es wunderte mich nicht, dass sie die Klamotten so schnell zusammengesucht hatte. Außerdem war ich mir sicher, dass die Sachen Jude passten wie angegossen.

»Danke«, sagte Jude in die Richtung, in die meine Mutter gerade verschwunden war. »Das wäre aber nicht nötig gewesen.«

»Nicht der Rede wert«, antwortete ich. »Wahrscheinlich hat sie eine ganze Sammlung oben, und alles ist fein säuberlich nach Größe und Farbe sortiert. Setz dich, jetzt gibt's Essen.«

Meine Schwestern kamen mit dicken Scheiben selbst gebackenen Brotes und einer riesigen Schüssel Kartoffelsalat herein, die sie auf der Anrichte abstellten. »Jeder macht sich seinen Teller selbst«, verkündete Mom, die mit einer Platte voll geschmorter Rinderbrust folgte. »Nehmt euch einen Teller und stellt euch an.«

Zach betrat den Raum, schnappte sich einen Teller und stand als Erster vor dem Buffet.

»Wie schafft er das bloß?« May lachte. »Wenn es ums Essen geht, hat Zach einen siebten Sinn.«

»Das muss man auch, wenn man so viel arbeitet wie er.« Ich gab Jude einen Teller und griff mir auch einen.

Unser neuer Mitarbeiter hielt sich zurück und nahm nur eine Scheibe Brot, ein winziges Stück Rinderbrust und einen Klecks Kartoffelsalat. Vielleicht hatte er schon gegessen oder er wollte sich nicht vollstopfen, ohne vorher einen Finger gerührt zu haben. Ich sprach ihn nicht darauf an. Er würde schnell genug feststellen, wie wichtig eine ordentliche Mahlzeit war, wenn man hart arbeitete. Wir setzten uns, ich breitete meine Serviette auf dem Schoß aus und lehnte mich zurück. Jude verstand den Hinweis und machte es genauso.

Mein Großvater trat ein und wischte sich den Schweiß von der Stirn. »Ganz schön heiß draußen«, murmelte er und ging zum Buffet.

»Wenn du bei uns einziehst, lasse ich dir eine Klimaanlage einbauen«, versprach meine Mutter.

»Ich ziehe nicht um, hör auf zu fragen.« Obwohl er hier nicht wohnen wollte, verpasste er kaum eine Mahlzeit bei uns. Er lud sich den Teller voll.

Ich hatte es geschafft, ganze fünf Minuten nicht an Audrey Kidder zu denken. Deshalb war ich beinahe überrascht, als sie mit einer Soßenschüssel und einem Löffel ins Esszimmer rauschte und die Schüssel vor meiner Mutter auf den Tisch stellte. Meine Mutter lächelte und löffelte ein wenig von der komischen Soße auf ihr Sandwich.

Wir warteten, bis Audrey zur Anrichte gehastet war und sich ein Sandwich gemacht hatte. Als sie und Grandpa sich mir gegenüber an den Tisch gesetzt hatten, fragte meine Mutter: »Griff, magst du heute das Tischgebet sprechen?«

»Na gut.« Warum nicht ein paar Worte mit Gott wechseln,

während dir eine Ex-Affäre vom anderen Ende des Tisches zusieht? »Lieber Gott, wir danken Dir für all die guten Gaben. Vielen Dank auch dafür, dass die Red Sox gestern Abend gewonnen haben und dass es in diesem Jahr nur so wenige Goldkäfer gibt, die die Zwillinge nach dem Mittagessen von den Pflaumenbäumen sammeln müssen …«

»Griff«, ermahnte mich meine Mutter. Sie hasste es, wenn ich das Tischgebet nutzte, um an meiner Familie herumzumeckern. Aber so konnte ich zwei Fliegen mit einer Klappe schlagen. »Bitte mach es unserem neuen Freund Jude leicht, sich bei uns auf der Farm einzuleben«, fügte ich hinzu und hoffte, der Typ würde nicht gleich vor Scham unter dem Tisch versinken. Aber ich wusste, dass meine Mutter von mir erwartete, etwas Derartiges zu sagen. »Und bitte hilf Miss Kidder dabei, einen passenden Reifen zu finden, damit sie noch heute wieder nach Boston zurückfahren kann. Amen.«

May prustete los, und Audrey kniff die Augen zusammen und sah mich missbilligend an.

»Na gut«, sagte meine Mutter so betont würdevoll wie immer, wenn eines ihrer Kinder sie bloßstellte, »probiert doch mal Audreys besondere Barbecuesoße.«

Ich bekam die Sauciere als Letzter und nahm mir eine sehr kleine Portion, hauptsächlich um allen deutlich zu machen, dass ich mich nicht besonders für Audrey Kidder interessierte. Dann biss ich herzhaft in das wundervolle Essen meiner Mutter.

Für einen Moment war es still am Tisch, weil alle mit ihrem Essen beschäftigt waren. Wir nehmen unsere Mahlzeiten ernst. Doch dann stieß May ein wenig damenhaftes Stöhnen aus. »Mein Gott, die Soße ist himmlisch!«

»Der Hammer«, stimmte mein Bruder zu. »Du könntest sie abfüllen und verkaufen. Fantastisch!«

Mir gegenüber grinste Audrey, als hätte sie soeben einen Preis verliehen bekommen.

»Die Kirschen sind perfekt«, platzte es aus ihr heraus. »Die Säure in Kombination mit dem Balsamico ist unglaublich!«

»Beeindruckend«, sagte Zach. Ich sah meinen loyalsten Mitarbeiter stechend an. *Et tu, Zachariah?*

»Hey, Neuankömmling, du hast aber nicht viel auf dem Teller.« May wandte sich an Jude. »Hast du schon die Soße probiert?«

»Habe ich, und ich bin sprachlos«, sagte er, und ich hätte ihm beinahe einen Tritt unter dem Tisch verpasst. »Andererseits«, wich er aus, »ist dies meine erste Mahlzeit in drei Jahren, die nicht aus einer Gefängnis- oder Krankenhausküche kommt. Ich bin also leicht zu beeindrucken.«

Ein paar am Tisch kicherten, aber Audrey und meine Mutter lehnten sich nach vorn. Meine Mutter bekam feuchte Augen. Audrey schnappte nach Luft.

»Echt? Ich habe die Soße für dein erstes Essen in Freiheit gekocht?«

Jude ließ den Kopf hängen und machte ein Gesicht, als täte es ihm leid, dass er etwas gesagt hatte. Offensichtlich stand er nicht gern im Mittelpunkt.

»Ich glaube, er braucht einen Nachschlag.« Meine Mutter stand auf und ging zur Anrichte, um Jude ein zweites Sandwich zuzubereiten. Das war typisch für sie, sie konnte einfach nicht anders.

»Möchte sonst noch jemand etwas, wenn ich schon mal hier stehe?«

»Bitte noch mehr von dieser Soße«, sagte meine kleine Schwester.

Diese miesen Verräter.

Ich biss in mein Sandwich und kaute. Und – wow. Rauchigsüße Kirschen, die noch ein bisschen warm waren. Ich unterdrückte die Seufzer des Entzückens, die der Rest meiner Familie weiterhin von sich gab. Aber keine Frage, dieses Mädchen konnte weiß Gott kochen. Sie war eine echte Nervensäge, und sie arbeitete für einen Haufen Betrüger. Aber ein Talent hatte sie.

Na gut, zwei. Kochen und Sex …

»Griff, alles in Ordnung mit dir?«, frage meine Mutter. »Du bist ein bisschen rot im Gesicht.«

»Heißer Tag heute«, brummelte ich. Und so war es auch.

»Ich dachte, in Vermont wird es nicht so heiß«, sagte Audrey. »Wo ist die kühle Bergluft hin?«

»Die kommt nach dem Sonnenuntergang wieder«, verteidigte ich den besten Staat in ganz Amerika. »Das ist das Gute an Vermont: In der Nacht kühlt es immer ab.«

»Gut zu wissen.« Audrey schob sich etwas Kartoffelsalat in den Mund.

»Woher kennt ihr euch eigentlich?« Zach ging zum Sideboard, um sich eine weitere Portion zu holen.

Meine Mutter sah auf. »Ihr kennt euch?«

Verdammt, Zach. Nach dem Mittagessen würde ich ihn leider umbringen müssen. Schade um meinen besten Mann.

»Lass mich überlegen …« Audrey tupfte sich den entzückenden Mund mit der Serviette ab. »Wir sind uns auf dem College ein paarmal über den Weg gelaufen.« Sie sah mich an, als wolle sie sagen: »Hab ich das nicht gut hingekriegt?«

Und wie wir uns über den Weg gelaufen waren.

»Wir hatten ein paar gemeinsame Freunde«, fügte sie hinzu. »Ich war mal mit Griffins widerlichem Verbindungsfreund zusammen.« Sie sah mich mit hochgezogener Augenbraue an. »Weißt du, was aus ihm geworden ist?«

Ich schüttelte schuldbewusst den Kopf. Ich hatte Bryce nie sonderlich gemocht. Er war einer von den reichen Kids.

»Ach, deshalb.« May lehnte sich nach vorn. »Ich habe mich schon gefragt, warum du mir so bekannt vorkommst. Wann hast du deinen Abschluss gemacht?«

»Äh.« Audrey schob ein Kartoffelstück auf ihrem Teller hin und her. »Gar nicht. Ich habe das erste Semester nicht geschafft. Dann bin ich auf die Mount Holyoke gegangen, bis sie mich freundlich gebeten haben, besser nicht wiederzukommen. Irgendwie bin ich auf der Kochschule gelandet. Aller guten Dinge sind drei.«

Alle kicherten, was ich albern fand. Wenn einer der Zwillinge vom College flog, würde ich ihn mit eigenen Händen erwürgen. Die anstehenden Studiengebühren bereiteten mir jetzt schon schlaflose Nächte.

»Die Kochschule war auf jeden Fall die richtige Entscheidung«, schaltete sich meine kleine Schwester ein. »Die Soße ist großartig.«

»Danke sehr.«

Alle lobten die Soße erneut in den höchsten Tönen, als wäre es Audrey gelungen, eine seltene Krankheit zu heilen.

Ich aß wortlos mein Sandwich und fühlte mich nicht wohl in meiner Haut. Und ich versuchte, nicht zu seufzen, wenn ich etwas von der wunderbar seltsamen Barbecuesoße mit Sauerkirschen nahm.

Audrey Kidder fuhr nach dem Mittagessen ab, und alles ging wieder seinen gewohnten Gang.

So hätte es zumindest sein sollen. Aber ich war unruhig und noch reizbarer als sonst. Ich erledigte einige Anrufe und ein wenig Papierkram. Aber das machte mich nur noch nervöser. Also schnappte ich mir einen Krug von Moms Ingwerlimonade und ein Dutzend Kekse und ging nach draußen zu Zach, Jude und meinem Bruder Dylan, die auf der Obstplantage arbeiteten. Dort gab es immer etwas zu tun – mähen, vom Baum gefallene Äpfel aufsammeln, Insektenfallen aufstellen für die Insekten, die wir nicht wollten, oder Pflanzen anbauen, um nützliche Insekten anzulocken.

Bio-Landbau bedeutet, so gut wie möglich im Einklang mit der Natur zu arbeiten. Als ich zu den Jungs ging, war ich jedoch alles andere als im Einklang mit mir selbst. »Wie läuft's?«, fragte ich. »Um welche Schädlinge sollte ich mir Sorgen machen?«

Zach schüttelte den Kopf. »Hier sieht alles gut aus, wir könnten allerdings ein bisschen Regen gebrauchen.«

»Alles klar. Pause?«

»Ich bin dafür.« Dylan ließ sich ins Gras fallen, und ich gab ihm den Beutel mit den Snacks. Er griff hinein und füllte kurz darauf Limonade in Plastikbecher. »Hier.« Er reichte Jude einen.

Mein neuer Angestellter sah verschwitzt, aber entspannt aus. Er nahm den Becher und trank ihn aus. Ich schnappte mir die Wasserflasche und bot sie Jude an. »Trink noch was, dein Gesicht ist ganz rot.«

»Danke«, entgegnete er. »Ich bekomme bestimmt einen Sonnenbrand, aber das macht nichts. Ich habe jahrelang keinen ganzen Tag mehr draußen verbracht.«

Das konnte ich mir kaum vorstellen. Für mich verging kein Tag ohne zahllose Stunden im Freien. Ich würde sterben, wenn man mich in eine Zelle steckte.

»Wie war es eigentlich in der Entzugsklinik?«

Jude lachte. »Besser als im Gefängnis, aber das konnte ich nicht würdigen, weil ich mich ständig übergeben musste. Erst in den letzten zehn Tagen wurde es besser. Es gibt da einen Innenhof, in dem man Kartenspielen kann und so. Dreimal am Tag muss man über seine Gefühle sprechen. Das ist schon schlimm genug, aber man muss sich auch noch die Geschichten der anderen anhören. Das motiviert einerseits, ist aber auch deprimierend. Ich dachte, meine Kindheit wäre schlimm gewesen, aber was einige der Leute dort erlebt haben, ist richtig krass. Die Ärzte haben uns alle gefragt, wo wir zum ersten Mal Drogen genommen haben und wer sie uns gegeben hat. Ein Mädchen, sie ist jetzt vielleicht zwanzig, hat ihre ersten Lines mit zwölf von ihrer Mutter zum Geburtstag bekommen.«

»Heftig.« Zach schob sich einen Keks in den Mund.

»Ich weiß.« Jude nahm sich auch einen Keks. »Manche Leute in der Entzugsklinik sind so fertig. Die können sich gar nicht daran erinnern, wann sie zum letzten Mal clean waren, weil sie seit der sechsten Klasse drauf sind.« Er wischte sich den Schweiß von der Stirn und ließ sich ins Gras zurückfallen.

An so heißen Tagen wie heute waren die Insekten am aktivsten. Grashüpfer flogen mit sirrenden Flügeln vorbei wie Miniaturflugzeuge. Bienen inspizierten den Klee, der zwischen den hohen Gräsern wuchs.

Dylan stupste mich mit dem Fuß. »Wo warst du, während wir uns hier totgeschwitzt haben?«

»Geschäftskram.« Als Vorsitzender des Norwicher Bauernmarktes hatte ich einige Telefonate erledigen müssen. »Ab nächstem Monat kann man auf dem Markt auch mit Lebensmittelmarken bezahlen. Fast alle haben eingewilligt, aber ein paar halten mich noch hin.«

»Deppen«, sagte Dylan. »Wer würde nicht gern Menschen in Not vernünftiges Essen verkaufen wollen?«

»Du sagst es. Allerdings muss man dafür eine Menge Formulare ausfüllen, das hassen Farmer. Aber ich werde sie schon noch überzeugen.«

Wir schwiegen. Nach einigen Stunden harter Arbeit genossen wir den Luxus, ein paar Minuten in der Sonne zu dösen. Hätte ich auch draußen gearbeitet, wäre ich nicht so angespannt gewesen. In meinem Kopf rasten die Gedanken. »Hey, Dylan.« Ich stieß ihn mit dem Schuh an. »Smitty hat uns die neuen Pachtkonditionen für die nächsten Jahre geschickt. Darüber möchte ich mit dir sprechen.« Dylan war gerade siebzehn und würde erst im kommenden Jahr seinen Highschoolabschluss machen. Aber die Farm gehörte ihm genauso wie mir. »Ich bin nicht sicher, ob es eine gute Entscheidung wäre, die Milchkühe auf Smittys Grundstück zu behalten.«

Mein Bruder setzte sich auf und sah entsetzter aus, als ich erwartet hätte. »Das ist doch absurd. Warum sollten wir auf den größten Teil unseres Wintereinkommens verzichten?«

»Na ja …« Ich wandte mich ihm zu. »Der Milchpreis ist in den vergangenen zwei Jahren um mehr als dreißig Prozent gesunken, die Kosten steigen aber. Mit Milch macht man nicht immer ein gutes Geschäft. Viele Bauern haben in den Neunzigern Bankrott gemacht. Bei Dad lief es gut, aber mich beunruhigen die Aussichten.«

»Aber …« Mein Bruder klang besorgt. »Dad hat die Kühe geliebt, und mit ihnen haben wir ein weiteres Standbein. Es gibt auch schlechte Jahre auf der Obstplantage. Was wäre, wenn wir uns nur darauf verlassen würden? Wir können nicht einfach unseren Betrieb halbieren.«

»Das verstehe ich«, sagte ich so tröstend wie möglich. Ehrlich gesagt war ich glücklich, dass Dylan diese Dinge verstand. Schwer zu sagen, ob er die Farm mit mir bewirtschaften wollte, nachdem er einen Studienabschluss gemacht und ein bisschen von der Welt gesehen hatte. Aber mir gefiel, dass er mitdachte. »Die Kühe auf der South-Hill-Farm sind einiges wert. Wenn wir sie verkaufen, könnten wir das Geld in etwas Neues investieren. Ich würde gern die Ciderproduktion steigern, weil wir damit mehr verdienen können. Cider ist kein Allerweltsprodukt, und wenn wir damit erfolgreich sind, hätten wir eine eigene Marke. Das wäre etwas Besonderes, das allein uns gehört.«

»Oder nur dir«, sagte Dylan. »Niemand außer dir weiß, wie man Cider herstellt. Was sollen wir anderen denn machen?«

Aha, vielleicht wollte mein kleiner Bruder also doch Farmer werden. Oder er wollte sich alle Möglichkeiten offenhalten. »Die Bio-Kühe auf unserem Hof würden wir behalten. Ich würde nur die andere Hälfte verkaufen. Die Bio-Milch würden wir immer noch an die Abrahams verkaufen.« Das waren die Nachbarn am Ende der Straße, die den Gourmetkäse herstellten.

Ein paar Minuten lang sagte Dylan gar nichts. Vielleicht hätte ich unter vier Augen mit ihm sprechen sollen. Ich war mir nicht sicher, ob es ihm unangenehm war, in Zachs und Judes Anwesenheit mit mir darüber zu diskutieren.

»Mom wird ausflippen«, sagte er schließlich. »Diese Kühe waren Dads Lieblinge.«

»Dich verkaufen wir nicht, Dylan.« Ich lachte in mich hinein. Er war Dads Liebling gewesen. Ich war besorgt, was meine Mutter zu den neuen Pachtkonditionen sagen würde. Deshalb hatte ich zuerst mit Dylan gesprochen. »Ich mache das nicht, weil ich die Milchkühe nicht mag. Ich will doch nur, dass wir auf dem richtigen Weg bleiben.«

Dylan schnaubte. »Und sonst willst du nichts?«

»Wie jetzt?«

»Ich glaube, du willst Audrey Kidder vögeln.«

Verdammt, war ich so leicht zu durchschauen?

Aus dem Gras meldete sich jemand anderes zu Wort: »Ich glaube, das hat er schon längst«, murmelte Jude.

Ich verschluckte mich an meiner Limonade. »Kannst du

hellsehen? Wie entwickelt sich der Milchpreis in den kommenden fünf Jahren?«

Zach und Jude lachten.

»Es stimmt also?« Dylan stützte sich auf einen Ellbogen. »Als du gesagt hast, dass du sie vom College kennst, hätte ich nicht gedacht, dass ihr euch so gut kennt.«

»Wer kennt wen wie gut?« May war noch eine Baumreihe entfernt. Dann erschien ihr Gesicht zwischen zwei Golden-Delicious-Bäumen. »Sag nicht, du warst mal mit Audrey zusammen?«

Einen Augenblick zuvor hatte ich mich noch über Dylans Intelligenz gefreut. Aber der Scharfsinn meiner Familienmitglieder konnte auch sehr lästig werden.

»Wieso habe ich dann noch nie von ihr gehört?« May setzte sich neben mich.

»Na ja …« Ich lachte leise. »So richtig zusammen waren wir nicht. Halt dir die Ohren zu, Dylan.«

Mein kleiner Bruder versetzte mir einen Tritt. »Ich bin nicht mehr zwölf.«

»Ich weiß«, seufzte ich. Aber ich wollte nicht, dass mein kleiner Bruder sich so verhielt, wie ich es getan hatte. Ganz egal in welchem Alter. Den Sex bereute ich nicht. Eher die Art und Weise, wie alles geendet hatte.

Ich hatte Audrey schon immer begehrt. Von dem Moment an, als sie mit Bryce auftauchte, war ich eifersüchtig gewesen. Und nicht nur, weil sie scharf war. Ich fühlte mich von ihrer Ausstrahlung angezogen und von der Leichtigkeit, mit der sie das Leben genoss. Mein Leben war ein einziger Kampf. Aber sie und Bryce waren Teil der reichen Clique, die sich um nichts sorgen musste. Ich wollte das, was sie hatten, und hasste mich selbst dafür.

Dann brachte Bryce auf einmal andere Mädchen mit nach

Hause. Als ich ihn das erste Mal eine andere küssen sah, dachte ich, er und Audrey hätten sich getrennt. Das machte mich traurig, weil ich dachte, ich würde sie nicht wiedersehen. Aber am nächsten Abend lag sie lachend in seinen Armen und brachte uns dazu, so gut wir konnten ein Huhn nachzumachen. Ich weiß gar nicht mehr, warum. Aber die Witze im College waren so – unglaublich lustig, aber ziemlich dämlich. Jaja, die gute alte Zeit.

Später fragte ich Bryce, was das mit der anderen gewesen sei. »Audrey ist meine Freundin«, antwortete er. »Aber wir kennen uns schon seit der Highschool, und ihrer Mutter gehört halb Boston.« Er kicherte wie ein Comic-Bösewicht. »Wahrscheinlich werden wir heiraten. Aber ich kann nicht vier Jahre am College ohne ein paar ›Extrakurse‹ überstehen. Das wäre einfach falsch.«

Mir kochte das Blut in den Adern. Meiner Meinung nach war Bryce sowieso ein hirnloser Playboy, aber dass er Audrey fremdging, dafür hätte ich ihn am liebsten verprügelt.

Jedes Mal, wenn Audrey nach diesem Vorfall bei uns auftauchte, verließ ich das Haus. Ich konnte es einfach nicht mit ansehen. Obwohl ich sie kaum kannte, fühlte ich mich unwiderstehlich zu ihr hingezogen, was mich völlig verwirrte. Ich fragte mich, ob ich sie in Bryces heimliche Aktivitäten einweihen sollte. Oder wollte ich das nur, weil ich selbst so eifersüchtig war?

Jedes Mal, wenn Bryce ein Mädchen mit nach Hause brachte, fragte ich ihn, wie es Audrey ginge. Seine Antwort, garniert mit einem Grinsen oder Zwinkern, lautete immer: »Super.« Er schämte sich noch nicht einmal. Und auch seine Verabredungen störte die Frage nicht.

Die Situation machte mich fertig, bis an einem Abend das Unvermeidliche geschah. Es war mitten in der Woche, und kaum jemand war zu Hause. Ich hatte Bryce mit einer unbekannten Schönheit die Treppe hochgehen sehen. Vermutlich waren sie im Fernsehzimmer und machten auf der Couch rum.

Ich saß auf dem unbequemen Sofa vor der Küche, wo niemand sonst sitzen wollte und ich in Ruhe meine Hausaufgaben machen konnte. Als es an der Tür klopfte, war ich es, der öffnete.

»Hi, Griffin.« Audrey hüpfte herein. »Ist Bryce da?«

Ich zögerte keine Sekunde. »Schau mal im Fernsehzimmer. Ich glaube, ich habe ihn dort gesehen.«

»Danke.« Sie flitzte zur Treppe.

Sofort fühlte ich mich wie der letzte Arsch. Ich konnte nicht herumsitzen und abwarten, was passieren würde. Ich schlug das Lehrbuch zu, sprang auf und griff nach den Schlüsseln in meiner Tasche. Aber ich konnte nicht schnell genug wegfahren – jemand hatte mich eingeparkt. Deshalb stand ich in der Einfahrt und starrte auf Bryces Scheiß-Mercedes hinter meiner Riesenkarre, als Audrey mit rotem Gesicht und tränenüberströmt aus der Küchentür stürmte.

Sie hatte mich nicht einmal bemerkt. Sie war die Auffahrt hinuntergerannt und verschwunden.

Ich war mir sicher, dass ich sie nie wiedersehen würde. Verdient hätte ich es. Aber zwei Wochen später kam sie mit einigen Mädels aus ihrer Verbindung bei uns vorbei. Vielleicht wollte sie Rache, denn sie war total aufgedonnert. Bisher hatte sie mich kaum eines Blickes gewürdigt, aber als ich sie an diesem Abend fragte, ob sie mit mir tanzen wolle, sagte sie, das sei die beste Idee seit Langem.

Der restliche Abend wird sich immer wieder in meinem Kopfkino abspielen. Ich flirtete heftig, und sie ging darauf ein. Als ich sie küsste, erwiderte sie meinen Kuss, sodass mir Hören und Sehen verging. Wir gingen nach oben, und ich dachte, ich müsste vor Glück sterben.

Eine Woche später wiederholte sich das gleiche Spiel. Danach war ich verloren und musste ständig an sie denken …

»Griff? Hörst du mir zu?«

Die Stimme meiner Schwester holte mich aus meinem Tagtraum. »Was ist?«

»Ich hab gesagt, dass ich Audrey super finde.« May zwickte mich in den Arm. »Du solltest sie anrufen.«

Genau da lag das Problem. Nach unserer Bettgeschichte hatte ich sie angerufen. Denn die jüngere, dümmere Version von mir hatte erkannt, dass die Chemie zwischen uns mehr als stimmte. Also hatte ich sie angerufen und gefragt, ob sie mit mir ausgehen wollte.

Aber sie hatte sich offensichtlich nicht für mich interessiert und nicht zurückgerufen.

Kurz darauf endete das Jahr, und ich biss mich in den Hintern, dass ich mich so dämlich angestellt hatte. Ich hätte es langsamer angehen müssen. Ich hätte mich dafür entschuldigen können, dass ich sie die Treppe hinaufgeschickt hatte, damit sie ihren Freund dabei erwischte, wie er es sich von einer anderen besorgen ließ. (Bryce war nicht besonders glücklich über diesen Vorfall.)

Stattdessen war ich mit ihr ins Bett gegangen – in zwei verschiedenen Nächten. Ich hatte sie benutzt und konnte verstehen, dass sie sich nicht bei mir gemeldet hatte. Und heute hatte ich Audrey die kalte Schulter gezeigt. Ein Korb – selbst wenn dieser fünf Jahre zurücklag – machte mich zu einem noch größeren Griesgram als sonst.

Ich stopfte meinen leeren Becher in den Beutel und stand auf. »Die Pause ist vorbei.«

Mein Bruder erhob sich ebenfalls. »Du lässt die Bombe platzen und gehst dann einfach wieder arbeiten?«

Ich brauchte eine Sekunde, bis ich verstand, dass er die Idee meinte, einen Teil unserer Milchkühe zu verkaufen. »Bevor ich das entscheide, sprechen wir noch ausführlich darüber«, sagte ich sanft. »Sehr viel ausführlicher. Mach dir keine Sorgen, okay?«

Aber Dylan sah mich so finster an, dass er mich an mich selbst erinnerte. Dann stürmte er in Richtung Schubkarre davon.

»Welche Bombe?«, fragte May.

»Frag mich morgen noch mal«, grummelte ich. »Ich muss die Pfirsichbäume kontrollieren.«

Wieder einmal war Audrey ebenso schnell verschwunden, wie sie aufgetaucht war. Ich blieb zurück – mit Selbstvorwürfen und einem Haufen Arbeit.

6

Audrey

Als ich die Shipley Farm nach dem Mittagessen verließ, drückte Griff mir zu meiner Überraschung zwei Flaschen Cider in die Hand. »Ich weiß, dein Boss will den Marktpreis nicht zahlen«, bemerkte er. »Aber ich bin nicht blöd. Ich weiß, dass es gut für mich wäre, in diese Restaurants hineinzukommen. Jedenfalls, wenn ich nicht mein letztes Hemd verlieren will.«

Mir gefiel die Idee, dass Griff sein Hemd verlieren würde. Aber nicht so, wie er es meinte. Ich hätte gerne noch einen Blick auf diese bemerkenswerten Brustmuskeln geworfen …

»Also tu, was du kannst«, sagte er demütiger, als ich von ihm erwartet hätte. »Lass den Typen probieren, und dann sag mir, was er dafür bietet.«

»Ich versuche es«, versprach ich ihm. Ich wollte es schaffen, schon allein, um die Überraschung auf seinem gut aussehenden Gesicht zu sehen. »Ich rufe dich an und sage dir Bescheid.«

»Und ich werde ans Telefon gehen wie ein Großstadtschnösel.«

»Gut.« Mein Gesicht brannte vor Scham, weil ich auf Burton gehört hatte. Der Kerl benutzte mich doch einfach nur.

Das hatten Männer schon öfter getan. Man sollte meinen, ich würde irgendwann nicht mehr darauf hereinfallen.

»Und wechsle dieses Notrad gegen einen richtigen Reifen«, riet Griff mir. »Du solltest mit dem Ding nicht länger fahren als unbedingt nötig. Die Werkstatt in Montpelier sollte dir behilflich sein können. Wenn du Richtung Süden fährst, wird es schwieriger. Dann müsstest du wahrscheinlich bis nach Lebanon in New Hampshire fahren.«

Ach du Schande. Durch den Ort war ich eine Stunde, bevor ich hier angekommen war, durchgefahren. »Danke. Ich kümmere mich darum.«

Als ich ins Auto stieg, warf ich einen letzten Blick auf das Farmhaus der Shipleys. Die weiße Holzfassade glänzte in der Junisonne, und als der Wind sich drehte, konnte ich in der Brise einen leichten Hauch von Kuhdung ausmachen. Auf der Veranda standen Korbstühle, solche, die nicht nur zur Dekoration dienten, sondern in die man sich am Ende eines Sommertages fallen lassen konnte.

Ein hübscher Ort.

Ich fuhr in Richtung Bradford davon und hoffte, die Autowerkstatt ohne große Schwierigkeiten zu finden. Doch als ich dort ankam, hatte ich ein neues Problem. Sie stand nicht auf der Liste von Werkstätten, die mit der Autovermietung zusammenarbeiteten. Der Typ am Schalter erklärte mir: »Sie müssen nach Rutland oder Burlington. Wenn Sie eine andere als eine Vertragswerkstatt nehmen, stellt Ihnen die Autovermietung neunzig Dollar für die nicht vertragsgemäße Reparatur in Rechnung.«

Grrr. Ich hatte kein Geld zu verschenken, und ich hätte wetten können, dass sich die BPG wegen der zusätzlichen Kosten anstellen würde. »Hm«, machte ich. Ich kannte mich in Vermont nicht besonders gut aus. »Ich muss in die andere Richtung. Was liegt südlich von hier?« Vielleicht konnte ich einfach meine anderen Termine erledigen und auf dem gleichen Weg zurückfahren, wie ich hergekommen war.

»White River Junction oder Lebanon, New Hampshire«, kam die Antwort.

»Danke«, murmelte ich und ging.

Das Reserverad musste reichen. Manche Leute fuhren schließlich wochenlang damit.

Ich übernachtete in einem kleinen Motel an der Straße, wo ich mir die Lage der anderen Farmen auf der Karte anschaute. Ich versuchte, eine Route auszuklügeln, die die Anzahl der zu fahrenden Meilen möglichst gering hielt. Aber das war nicht einfach. Auch wenn alle auf der Ostseite des Staates lagen, waren sie über unterschiedliche Landstraßen oder kleinere Highways zu erreichen. Nur eine – mit dem Namen Apostate Farm – grenzte fast an Griff Shipleys Ländereien. Wenn ich das vorher gewusst hätte, hätte ich gleich dort angehalten. Nun musste ich auf meinem Heimweg wieder über Tuxbury fahren.

Am nächsten Morgen machte ich mich früh auf den Weg. Die am weitesten nördlich gelegene Farm hieß Misty Hollow, und glücklicherweise war sie nicht weit weg vom Highway.

Als ich die Auffahrt entlangfuhr, stoben Hühner in alle Richtungen davon. Vorsichtig stieg ich aus dem Auto und hoffte, dass ich mit meinen offenen Sandalen nicht in Hühnerkacke treten würde.

Die Fliegengittertür des Bauernhauses vor mir schwang auf, und ein Hütehund stürmte heraus. Da ich kaum Erfahrung mit Hunden hatte, blieb ich stocksteif stehen und betete, dass er mich nicht für einen Eindringling hielt. Die Hühner hatten wohl genauso viel Angst, denn sie stoben schon wieder davon. Doch der Hund rannte nicht auf mich zu. Stattdessen steckte er seinen Kopf unter einen Busch, und als er sich wieder umdrehte, hatte er einen ziemlich ekelhaften Tennisball in der Schnauze. Er trottete zu mir herüber und ließ ihn vor meine Füße fallen, sodass er gegen meinen nackten Zeh rollte.

Igitt.

Der Hund setzte sich auf seinen zotteligen schwarz-weißen

Hintern, blickte zu mir auf und wedelte erwartungsvoll mit dem Schwanz. Es war schwer, diesen hoffnungsvollen Augen etwas abzuschlagen. Also hob ich den Ball mit spitzen Fingern auf und warf ihn zur Seite, weg von den armen Hühnern, die schon wieder im Gras neben dem Schotterweg scharrten und pickten.

Als der Hund davonstürmte, um seinen Ball zu suchen, schlug die Tür wieder zu, diesmal hinter einer älteren Frau. »Wir kaufen nichts«, rief sie von der Veranda hinunter.

»Hallo«, rief ich, als hätte sie mich freundlicher begrüßt. Ich ging auf sie zu, damit sie mich besser hörte. »Ich verkaufe auch nichts. Ich möchte etwas kaufen.« Ich warf einen Blick auf meine Liste. »Und zwar Truthähne. Frei laufende Truthähne.«

Sie sah mich immer noch böse an. »Sie wollen einen Truthahn für Thanksgiving vorbestellen?«

»Nein, Ma'am. Ich bin von der Boston Premier Group. Das ist eine Restaurantkette. Wir möchten vierhundert Truthähne kaufen.«

Der Zahnstocher in ihrem Mund wanderte in einer geraden Linie von einer Seite zur anderen. »Mein Preis ist fünf Dollar das Stück.«

»Tja …« Mir schwante Übles, und ich schaute noch einmal auf meine Liste. Zwei Dollar fünfzig. »Die BPG würde zwei fünfzig zahlen. Aber dafür kaufen sie viele.«

Sie zuckte mit den Schultern. »Ich züchte so viele Truthähne, wie ich Abnehmer hier in der Gegend habe. Wenn ich an Sie verkaufe, mache ich Verlust und habe an Thanksgiving keine mehr anzubieten. Ich glaube, damit wäre alles gesagt.«

Sie drehte sich um und ging zurück ins Haus.

Das gleiche Szenario wiederholte sich ein paar Meilen weiter bei einem Imkereibetrieb. Der Preis, den die BPG für den Honig bot, war natürlich um die Hälfte zu niedrig. Dann passierte es wieder, als ich eine große Gemüsefarm besuchte. Da der Farmer so viele Produkte anbot, reichte ich ihm gleich die Preisliste.

Ungefähr dreißig Sekunden später gab der bärtige Farmer sie mir zurück und schüttelte den Kopf. »Griff Shipley hat mich vor Ihnen gewarnt. Er meinte, Sie würden versuchen, uns mit einem Hungerlohn abzuspeisen. Darauf fallen wir nicht herein.«

»Er hat … *was*?«

Der Typ verzog das Gesicht. »Tut mir leid, Miss. Sie arbeiten für einen Konzern, der unsere Arbeit nicht respektiert. Außerdem gibt es bestimmt Hunderte Farmen, die näher an Boston liegen.«

Wutschnaubend stieg ich wieder ins Auto. Wenn Griff alle anderen Farmer in der Gegend gewarnt hatte, dann vergeudete ich bloß meine Zeit. Dieser Job war schon schwer genug, ohne dass er sich einmischte.

Und wieso bekam die BPG das, was sie brauchte, eigentlich nicht in Massachusetts? Diese Frage ging mir nicht aus dem Kopf. Aber ich schob sie beiseite und schleuderte stattdessen imaginäre Dartpfeile auf Griff. Er war bestimmt nicht schwer zu treffen. Die breiten Schultern. Die ganzen Muskeln …

Audrey, konzentrier dich!

Ich trug frischen Lippenstift auf und besuchte drei weitere Farmen. Einer der Farmer stimmte meinem Preis für Kartoffeln zu, aber nur, wenn er mir die schäbigen geben durfte. »Ich weiß nie, wohin mit den hässlichen. Sie sind völlig in Ordnung, aber auf den Bauernmärkten bleiben sie immer liegen.«

»Mal sehen, was ich tun kann.« Ich seufzte und machte mir eine Notiz. Ich hörte förmlich Burtons Stimme, dass er Perfektion erwartete.

Niemand sonst erwähnte die Shipley Farm, und alle waren

höflich. Aber niemand konnte mir helfen, und sie waren auch nicht bereit, zu verhandeln.

Dieser verdammte Griff. Hätte ich doch nur nicht bei ihm angefangen.

Ich war mehr als sechzig Meilen über Landstraßen gefahren, für nichts und wieder nichts. Ich hatte gerade mal einen Deal in Aussicht – vorausgesetzt, mein Boss war tolerant gegenüber unförmigen Kartoffeln.

Die letzte Farm auf meiner Liste lag direkt neben der von Griff Shipley. Im Vorbeifahren zeigte ich seinem Schild den Stinkefinger. Das Schild der Apostate Farm war winzig, aber ich fand sie trotzdem. Als ich auf die holprige Schottereinfahrt abbog, wurde ich in meinem Auto so durchgerüttelt, dass mir die Zähne klapperten. Hätte sich Vermont noch abweisender präsentieren können?

Ich kam vor einer Scheune zum Stehen, aus der gerade zwei Männer kamen. Ich warf einen Blick auf mein Handy, weil ich mich noch nicht bereit fühlte, mit ihnen zu verhandeln. Ich brauchte noch einen Moment zum Durchatmen. Und ein Glas Wein, einen Tag im Wellnesshotel und einen neuen Job.

Das mit dem Durchatmen war das Einzige, was sich auf die Schnelle umsetzen ließ.

Ich öffnete die Autotür und setzte ein Lächeln auf. Aber das Erste, was ich hörte, war: »Miss, Sie haben da ’nen Platten.«

»Scheiße!«, fluchte ich und sprang aus dem Auto, um den Reifen zu untersuchen. Natürlich war es das Reserverad. Kein Wunder, dass sich die Auffahrt wie ein Minenfeld angefühlt hatte.

Jemand lachte, und mir stockte das Blut in den Adern. Denn ich kannte dieses Lachen. Ich hob den Kopf und bemerkte, wie mein Widersacher mich musterte. »August Griffin Shipley!«, kreischte ich. »Hast du allen Farmern in der Gegend erzählt, dass sie mich auflaufen lassen sollen? Was für eine miese Nummer!« Ich knallte die Tür zu und wirbelte zu ihm herum.

Er hatte immerhin den Anstand, verlegen auszusehen. Er verschränkte seine kräftigen Arme vor dieser beeindruckenden Brust und senkte den Kopf. »Ich fand, meine Nachbarn sollten wissen, wer da auf dem Weg zu ihnen ist. Die BPG ist eine Firma voller Arschlöcher.«

»Ach, und ich bin auch ein Arschloch? Dann sag es mir ins Gesicht.« Ich imitierte seine Pose und verschränkte meine Arme ebenfalls. Wenn dadurch zufällig mein Dekolleté betont wurde, auch gut.

Sein Blick wanderte über meinen Körper und hinauf zum Himmel. »Bist du nicht, Süße. Aber das ändert nichts an dem Problem.«

Süße. Es ärgerte mich ein wenig, dass es mir gefiel, wie das Wort über seine vollen Lippen kam.

»Du hättest den Reifen schon längst wechseln sollen«, fügte er hinzu, und schon gewann mein Ärger wieder die Oberhand.

»Als ob ich das nicht wüsste«, zischte ich. Der Nachbar zog überrascht die Augenbrauen hoch. Verdammt. Eigentlich war ich wegen ihm hier. Aber wie standen jetzt noch die Chancen, dass er mir seine Käsespezialitäten verkaufte? In nicht einmal vierundzwanzig Stunden hatte Vermont mich verschlungen und wieder ausgespuckt. Ich hatte keinen Grund, noch länger hierzubleiben. »Das war ein Fehler«, murmelte ich und öffnete die Autotür wieder. Ich warf meine Tasche auf den Beifahrersitz und stieg ein.

»Hey, Audrey«, setzte Griffin an, als ich den Schlüssel herumdrehte. »Du kannst so nicht fahren.«

Wenn ich auf ihn hörte, würde ich niemals ankommen. Also schaltete ich in den Rückwärtsgang und setzte ein Stück zurück. Es war Schwerstarbeit, aber es ging. Dann legte ich einen

Gang ein, drehte kräftig am Lenkrad und wendete das Auto vor Griff und seinem Nachbarn. Die Männer sprangen zurück, als wäre ich eine Bombe, die jeden Moment hochgehen könnte.

Der Prius schaffte es zehn oder zwanzig Meter über den Schotterweg. Dann holperte er nicht mehr, sondern neigte sich bedrohlich nach rechts.

»Scheiße!«, schrie ich aus vollem Hals. Nicht einmal einen würdevollen Abgang bekam ich hin. Das Auto sackte auf die Felge hinab und kam traurig zum Stehen. Ich schaltete auf Parkposition und schlug meinen Kopf ärgerlich gegen das Lenkrad, was aber nur ein lächerliches Piepsen der Hupe zur Folge hatte. Dieses Auto hatte es auf mich abgesehen.

Gab es denn nichts auf der Welt, was ich nicht vermasselte? Keinen Job, bei dem ich mich nicht blamierte?

Ich hörte das verräterische Knirschen von Schritten auf Schotter. Ich brauchte mich gar nicht zu fragen, wessen Schritte das waren. Wenn ich mich schon wie ein völliger Idiot aufführte, musste es dann ausgerechnet vor dem heißesten Farmer der Welt sein? Offensichtlich ja, denn er öffnete die Autotür und erklärte schroff: »Steig aus, Süße. Zach soll dir einen neuen Reifen besorgen.«

»Danke«, presste ich zwischen den Zähnen hervor.

»Wenn du schon mal hier bist, können wir auch unser Gespräch über die Preise fortsetzen.«

»Wenn du mich nur anschreien willst, können wir uns das auch sparen.« Ich schnappte mir meine Tasche vom Beifahrersitz und stieg aus.

Griffin blickte skeptisch zu mir hinab. Meine Güte, war der Kerl riesig. Wie Paul Bunyan, der riesenhafte Holzfäller aus den uralten Sagen. »Ich schreie Frauen nicht an.«

»Reine Formsache«, zischte ich. »Du grummelst und knurrst.«

Er schnaubte, was sowohl Zustimmung als auch Ablehnung bedeuten konnte. »Na komm. Wenn du über Äpfel reden möchtest, müssen wir das bei der Arbeit tun. Ich muss noch ein Schwein schlachten. Du kannst zugucken.«

»Sicher?«, blaffte ich. »Ich meine … *wow*. Bestimmt warten noch hundert andere Mädchen vor mir darauf, dabei zusehen zu dürfen.«

Zu meiner ausgesprochenen Verblüffung warf er den Kopf in den Nacken und lachte. »Na komm, Frechdachs. Mein Wagen steht da drüben.«

»Eigentlich sollte ich hier über Käse sprechen.« Ich blickte mich um, konnte den Farmer von vorhin aber nirgendwo entdecken. »Wo ist er hin?«

»Er hat heute ein kleines Problem. Seine Tomaten sind von irgendetwas befallen, und er muss sich schnell darum kümmern. Er hat mich hierherbestellt, damit ich es mir mal ansehe, und ich habe ihm angeboten, jemanden vorbeizuschicken. Aber jetzt kümmert sich Zach erst einmal um deinen Reifen …« Er fuhr sich durch das dichte braune Haar und seufzte.

»Dann spreche ich später mit ihm«, sagte ich angespannt.

Griff ging zu einem großen Pick-up und öffnete die Beifahrertür. »Na los.«

Er streckte seine Hand aus, um mir in den Wagen zu helfen. Ich zögerte. Ich war es leid, die inkompetente Tussi aus der Stadt zu sein. Andererseits war der Einstieg in den Pick-up ziemlich hoch, und ich hatte einen kurzen Rock an. Und wenn ich stolperte und fiel – eine weitere zu vermeidende Blamage –, würde das nicht gerade zu mehr Selbstbewusstsein beitragen.

Noch immer hielt er mir seine große Hand hin. Also legte ich meine Hand in seine, und er schloss seine rauen Finger darum.

Ach du meine Güte. Die Berührung hätte sich nicht so vertraut anfühlen dürfen. Der Druck seiner Finger hätte nicht ein solches Verlangen in mir auslösen dürfen. Doch diese Hand hatte mich schon einmal überall berührt.

Das ist lange her, rief ich mir in Erinnerung. *Du warst damals jemand anders, und er auch.* An Vergangenes zu denken brachte uns nicht weiter. Ich schob es auf das heiße Wetter oder die Tatsache, dass ich so nervös war. Schließlich hatte ich die letzten Jahre überhaupt nicht an Griff Shipley gedacht.

Kaum saß ich auf dem Autositz, riss ich meine Hand aus seiner. Wortlos schlug er die Tür zu und ging um den Wagen herum, bevor er sich neben mich setzte. Er wendete, und als wir an meinem blöden Mietwagen vorbeifuhren, sah ich den Farmer hinter seiner Scheune, wo er sich über eine Reihe von hübschen grünen Tomatenpflanzen beugte. »Ist es schlimm?«, fragte ich. »Das Tomatenproblem?« Vor ein paar Jahren hatte Mehltau fast die gesamte Tomatenernte in Neuengland vernichtet. In dem Sommer stand in ganz Boston nirgendwo Gazpacho auf der Speisekarte.

»Kann sein«, antwortete Griff nach einer kurzen Pause. »Aber er wird einige Pflanzen verbrennen und das Beste hoffen. Bio-Landwirtschaft ist immer ein wenig wie Pokern mit hohem Einsatz. Darum machen wir alle verschiedene Sachen. Er hat Schafe, Käse und Gemüse. Ich habe Äpfel, Cider und Kühe. Es kann nicht alles auf einmal schiefgehen, jedenfalls wenn wir nicht das Buch Hiob nachspielen.«

»Verstehe«, sagte ich langsam. »Ich habe mir seine Website angeschaut. Der Käse sieht fantastisch aus.«

»Das ist er auch«, bestätigte er. »Der Kerl hat sich seinen eigenen Keller gebaut, in dem der Käse reifen kann. Das ist wirklich cool. Aber der Käse ist nicht billig. Er wird mit viel Liebe gemacht.«

Ich seufzte. »Ich weiß, okay? Ich habe auch schon Käse gemacht. Ich bin nicht blöd. Meine Firma weiß, was guter Käse kostet. Das Zeug, das sie aus Frankreich importieren, ist auch nicht gerade billig.«

Eine neue unangenehme Stille breitete sich im Führerhäuschen von Griffins Pick-up aus, und ich bemühte mich, nicht seine Armmuskeln zu begaffen, während er fuhr. Stattdessen sah ich aus dem Fenster, auf die endlosen Reihen von Apfelbäumen. Kleine grüne Früchte von der Größe eines Tennisballs hingen überall an den Zweigen. »Offensichtlich ist es ein gutes Jahr für Äpfel.«

»Das stimmt. Wir hatten in diesem Frühjahr keinen Frost, das ist hilfreich. Und wir hatten keinen Hagel im falschen Moment. Hagel hinterlässt braune Flecken auf der Schale, und die Leute mögen keine Schönheitsfehler.« Er schüttelte den Kopf. »Sie verstehen einfach nicht, dass ein Scheffel Äpfel ohne jeden Makel verdammt gruselig ist, denn das heißt, dass der Farmer auf seiner Plantage Gift gespritzt hat. Solche Äpfel würde ich nicht mal für Geld essen.«

»Dann stammte der vergiftete Apfel von Schneewittchen also von einer Großplantage?«

Er lachte. »Genau. Die Leute sagen immer, sie wollen unbehandeltes Bio-Obst aus der Region kaufen. Aber es soll auch perfekt aussehen. In der Selbstpflückersaison gehen wir vor jedem Wochenende über die Obstwiesen und holen alle hässlichen Äpfel von den Bäumen. Die Äpfel verkaufen sich besser, wenn die Kunden denken, sie wären alle perfekt.«

»Aus den hässlichen könnt ihr immer noch Cider machen.«

»Das machen wir auch.«

Ich zeigte auf Zach, Jude und die Zwillinge, die zwischen den Baumreihen standen und einen roten Karren zwischen sich hatten. »Was machen sie da?«

»Sie bestreichen die Klebefallen gegen das Ungeziefer. Im Sommer müssen wir uns gegen Käfer und Motten wehren. Wir dürfen niemals unachtsam werden und etwas übersehen, bevor es zu spät ist, weil wir ja keine Pestizide versprühen.«

Als er auf die Zufahrt einbog, kamen die anderen uns entgegen. »Warte hier einen Moment«, verlangte er und stellte den Motor ab. »Ich gebe Zachariah den Pick-up, dann kann er damit zurück zu den Abrahams fahren.«

Ich sprang ohne die Hilfe von Mister Big Hands vom Wagen, dann wartete ich verlegen, während er loszog, um seinen Helfern Anweisungen zu erteilen.

»Hey«, begrüßte mich Daphne und wischte sich die Hände an ihrer Jeans ab. »Mein Bruder hat klammheimlich den Rest von deiner Soße aufgegessen, ohne uns etwas übrig zu lassen. Schon wieder!«

»Ich bin noch im Wachstum«, erklärte Dylan. »Willst du die Tomaten verbrennen oder das Schwein schlachten?«, fragte er seine Schwester.

Sie verdrehte die Augen. »Warum tust du überhaupt so, als würdest du mir die Wahl lassen? Du wirst die Tomatenpflanzen verbrennen, weil du nicht mit ansehen kannst, wie wir Tauntaun das Fell über die Ohren ziehen.«

Dylan wurde rot. »Ich habe schon mal geschlachtet.«

»Du bist in Ohnmacht gefallen.«

»Weil es *so heiß* war.« Er verzog ärgerlich das Gesicht.

»Geh rüber zu Abrahams.« Sie gab ihm einen Schubs. »Ich mag es blutig.«

Er warf ihr einen wütenden Blick zu, dann kletterte er in den Pick-up und schlug die Tür hinter sich zu. Merke: Die Shipley-Männer mögen es gar nicht, wenn man ihre Männlichkeit infrage stellt. Daphne knibbelte gelangweilt an einem Fingernagel. Ich konnte mir nicht vorstellen, wie es sein musste, einen Zwilling zu haben, jemanden, den man so gut kannte, dass man ihn mühelos zur Weißglut bringen konnte. Als Einzelkind fand ich das faszinierend.

»Okay«, sagte Griff, als er vor der Schnauze des Pick-ups wieder auftauchte. Er winkte Daphne und mich heran, und Jude, der hinter ihm stand. »Wir machen jetzt Schinken, während Zach sich um Audreys Reifen kümmert. Hat May das Wasser aufgesetzt?«

»Hat sie«, sagte Daphne, die fast rennen musste, um mit den Riesenschritten ihres Bruders mitzuhalten. »Ist es schlimm mit den Tomaten?«

»Das wird sich zeigen.« Griff legte seiner Schwester eine seiner großen Pranken auf die Schulter. Die ganze Familie war hochgewachsen.

Jude, der Neue, lief neben mir her. »Wie war dein erster Tag?«, erkundigte ich mich.

»Toll«, antwortete er hastig und schob die Hände in die Taschen. »Ich habe vorher noch nie auf einem Bauernhof gearbeitet, aber es gefällt mir, mit den Händen zu arbeiten.«

»Das geht mir auch so. Ich habe das erst auf der Kochschule festgestellt.«

Er sah mich mit einem schiefen Grinsen an. »Wusstest du, dass ich im Gefängnis in der Küche gearbeitet habe? Ich wette, du hast noch nie mit Messern gearbeitet, die an der Arbeitsplatte angekettet sind.«

Ich lachte. »Wow. So wird das also gemacht? Wie kann man sich denn da bewegen?« Ich konnte es mir schwer vorstellen. Aber anders war der Einsatz von so vielen Messern in einem Gefängnis auch gar nicht möglich.

»Am Ende von jedem Messer ist ein ausziehbares Stück Schnur befestigt, damit niemand sie stehlen kann. Manchmal habe ich das verdammte Ding vergessen und mich fast stranguliert, zum Beispiel, wenn ich mich umgedreht habe, wenn jemand etwas gesagt hat. Aber ich bin auf jeden Fall ziemlich schnell bei den Vorbereitungsarbeiten. Habe ja auch drei Jahre Erfahrung.«

»Kannst du eine Knoblauchzehe in drei Sekunden oder schneller häuten?«

»Na klar. Eine meiner leichtesten Übungen.«

»Dann bist du eingestellt. Wenn ich eines Tages mein eigenes Restaurant habe, darfst du mein Beikoch sein«, versprach ich ihm. »Du müsstest allerdings nach Boston ziehen.«

Er lachte. »Okay. Kein Problem.«

Unser Weg führte uns am Ciderhaus vorbei. Dahinter gab es eine steinerne Feuerstelle, über der ein Kessel Wasser dampfte. Er sah aus, als käme er direkt aus dem Mittelalter. Daneben war ein kleiner Pferch, in dem ein riesiges Schwein in der Sonne döste. Es hatte die Augen geschlossen und die Ohren nach vorn geklappt. Als wir ankamen, öffnete es die Augen, stand auf und kam erwartungsvoll an den Zaun. Es erinnerte mich an einen Hund, der sich auf ein Leckerli freut.

Griffin beugte sich über den Zaun und kraulte das Schwein zwischen den Ohren. »Hey, Tauntaun.« Er sprach so leise, dass er fast flüsterte. »Hey, Großer. Du warst ein lieber Junge. Danke.«

Ich hatte unerklärlicherweise einen Kloß im Hals. Ich arbeitete ständig mit Fleisch, hatte aber noch nie bei einer Schlachtung zugesehen. Eigentlich konnte es nicht schlimmer sein, als in der Küche Geflügel zu zerlegen. Und ich hatte mich schließlich bewusst dazu entschieden, Fleisch zu essen, oder?

Oder?

Aus dem Augenwinkel sah ich, wie Mrs Shipley und May dazukamen. Das Familienoberhaupt hatte das Gewehr in der Hand. Sie reichte es Griff.

Er drehte sich zu der kleinen Gruppe um. »Wer gibt sich die Ehre? Ich glaube, Zach hat es beim letzten Mal gemacht.«

Griffs Blick blieb an Jude hängen, der den Kopf schüttelte. »Dein Kleinstadtgangster hatte noch nie eine Waffe in der Hand.«

»Gut zu wissen«, murmelte Griff.

»Ich mach's.« Daphne trat vor.

Griff lächelte und reichte ihr das Gewehr mit dem Lauf nach oben. »Ich bin stolz auf dich.«

Seine kleine Schwester nahm das Gewehr in die Hand, als hätte sie nie etwas anderes gemacht. Sie positionierte sich vorsichtig fernab von den Umstehenden, stellte sich mit leicht gespreizten Beinen hin und legte das Gewehr an wie ein Profi. Ich hörte es klicken, als sie die Waffe entsicherte.

»Genau zwischen die Augen«, flüsterte Griff.

»Ich weiß«, gab sie spöttisch zurück.

Tauntaun blinzelte sie sorglos durch den Zaun an. Im nächsten Moment gab es einen ohrenbetäubenden Knall, und ich zuckte zusammen. Aber nicht so sehr, wie das Schwein zusammenzuckte. Es fiel um wie ein Schornstein bei einem Erdbeben und zuckte heftig.

Mir drehte sich beinahe der Magen um. *Ganz ruhig*, ermahnte ich mich. *Ob es dir gefällt oder nicht, sonst gibt es eben keinen Schinken*. Und ein Schwein, das seine Tage auf den saftigen Wiesen der Shipley Farm verbringen durfte, hatte mit Sicherheit ein schöneres Leben als die Hälfte der Einwohner von Boston.

Ich blickte auf meine Schuhe und wartete darauf, dass es vorbei war.

7

Griffin

Jetzt war es offiziell. Ich würde den Rest meines Lebens allein verbringen. Ein Typ, der vor den Augen eines hübschen Mädchens ein Schwein schlachtet, muss allein sterben.

Mir war allerdings keine andere Wahl geblieben. Diese Aufgabe hatte ich schon zwei Tage vor mir hergeschoben, und May hatte das Wasser im Riesenkessel zum Kochen gebracht – also konnte ich keinen Rückzieher machen. Aber mit Audrey neben mir betrachtete ich mein Leben plötzlich aus der Perspektive einer Frau. Und was ich da sah, gefiel mir nicht besonders. Das Mädchen war blass geworden, als das Schwein starb, und ich fühlte mich wie ein Schuft, weil ich sie hatte zusehen lassen.

Zach trottete herein. »Hey, es gibt schlechte Neuigkeiten.« Na super. »Welche denn?«

»Heute Abend bekomme ich keinen Reifen mehr. Sie haben das richtige Modell nicht, und wir können nicht zwei verschiedene Reifen auf eine Achse montieren. Also braucht sie entweder zwei neue Reifen oder die Werkstatt holt den passenden morgen aus dem Laden in White River.«

»Ach du Scheiße«, sagte Audrey. »Wie teuer sind die Reifen? Wenn ich einen Fehler mache, lässt mich die Autovermietung auf den Kosten sitzen.«

»Hundertzwanzig Dollar«, sagte Zach. »Für jeden.«

Audrey schloss die Augen und schüttelte den hübschen Kopf. »Das war ja klar.«

»Also morgen.« Ich bedeutete Zach, bei dem Laden anzurufen. Zu Audrey sagte ich: »Du kannst hier übernachten. Morgen machen sie das Auto wieder fit. White River ist zwar nur zwanzig Meilen entfernt, aber es ist schon fast sechs. Der Laden wäre vermutlich schon geschlossen, wenn wir dort ankämen. Sonst hätte ich jemanden gebeten, den Reifen für dich abzuholen.«

»Danke.« Audrey ließ den Kopf hängen.

»Keine Ursache.« Das war das Mindeste, was ich tun konnte, nachdem ich alle vor den Arschlöchern gewarnt hatte, für die sie arbeitete.

»Kommen Sie.« Meine Mutter nahm Audrey beim Arm. »Wir bereiten ein schnelles Abendessen zu.«

Audreys Miene hellte sich auf. »Ich liebe Ihre Küche. Sagen Sie mir, was ich tun soll.« Sie drehte sich zu mir um. »Wir müssen aber noch über die Apfelpreise reden.«

Es würde ein kurzes Gespräch werden, aber ich wollte sie nicht enttäuschen. Zumindest noch nicht. Ich zeigte auf das tote Schwein. »Das dauert eine Weile.« Das war eine fette Untertreibung. »Jude und ich übernehmen das Einweichen und das Schaben. Danach machen wir eine kurze Pause und essen zu Abend. Dann können wir reden.«

»Kann ich beim Zerlegen zusehen?«, fragte Audrey.

»Ähm …« Aber ich wollte kein Spielverderber sein. »In Ordnung. Wenn wir mit dem Einweichen und Abziehen der Haut fertig sind.«

Der Satz hatte blutrünstiger geklungen, als ich wollte, aber sie schreckte nicht zurück. »Ja, super«, sagte sie.

Immer wenn ich dachte, ich könnte sie einschätzen, überraschte sie mich aufs Neue.

Der Tag hielt noch weitere Überraschungen bereit. Mein neuester Mitarbeiter erwies sich als unerschrockener Assistent im

Freiluft-Schlachthaus, das ich unter dem Vordach hinter dem Ciderhaus errichtet hatte. Jude half mir stundenlang beim Häuten des Schweins. Als wir schließlich zum Abendessen gingen, entschuldigte ich mich bei ihm. »Ich weiß, du hättest schon vor Stunden Feierabend gehabt. Stattdessen nutze ich dich schon am zweiten Tag aus.«

Er schüttelte den Kopf. »Im Moment brauche ich in meinem Leben mehr Arbeit und weniger Nachdenken. Ist schon in Ordnung so.«

Trotzdem brachte ich ihn zum Farmhaus, wo meine Mutter und meine Schwester uns etwas vom Abendessen aufbewahrt hatten. »Was gibt's zum Essen?«, fragte ich, wie es Tausende von Männern auf der ganzen Welt tun.

»Hühnchensalat-Salat«, antwortete Daphne. »Das war Audreys Idee. Hühnchensalat auf einem Salat. Weil es dann noch besser schmeckt. Im Salat sind Walnüsse und getrocknete Kirschen. Und Couscous.«

»Und weil ich das Wort ›Hühnchensalat-Salat‹ so gern mag«, bekannte Audrey von ihrem Barhocker aus.

»Klingt gut.« Ich versuchte, Audrey nicht dabei anzustarren, wie sie mit schlanken Fingern das Eisteeglas hielt.

Nachdem ich mein Abendessen hinuntergeschlungen hatte, folgte sie mir nach draußen, wo Zachariah eine Extraschicht beim Zerlegen eingelegt hatte.

»Es wird kühler«, sagte Audrey, als wir zusammen durch das Gras liefen.

»Abends ist es hier nie zu heiß«, stimmte ich zu. »Selbst wenn tagsüber eine Affenhitze herrscht, kühlt es nachts immer ab.« Ich liebte Vermont. Ich hatte zwar nicht geplant, direkt nach dem College wieder hierher zurückzukommen, aber ich liebte dieses Fleckchen Erde wirklich sehr.

»Wohin hat es dich nach dem Abschluss verschlagen?« Audrey konnte offensichtlich Gedanken lesen. »Du hattest einen Vertrag bei den Packers, stimmt's?«

»Gutes Gedächtnis.« Ich wunderte mich, dass sie überhaupt davon wusste. »Allerdings erst spät in der Spielzeit. Ich schaffte es ins Trainingsteam und hoffte darauf, im Jahr danach in den Spielerkader zu kommen.«

»Aber das hat nicht geklappt?«, fragte sie.

»Na ja, wahrscheinlich hätte es nicht geklappt. Das rede ich mir zumindest ein. Mein Vater hatte einen Herzinfarkt und starb im Oktober.«

»Das tut mir leid.«

»Danke. Jedenfalls habe ich das Team verlassen und bin nach Hause gekommen, um die Farm zu übernehmen.«

»Oje«, sagte sie sanft. »Wie schade, dass du Football aufgeben musstest.«

»Nicht schlimm«, log ich. In Vermont zu bleiben und unsere Farm zu übernehmen war die schwierigste Entscheidung meines Lebens gewesen. Aber niemand hatte erwartet, dass mein gesunder neunundvierzigjähriger Vater plötzlich starb. Ich hatte geglaubt, mich erst in zehn oder fünfzehn Jahren entscheiden zu müssen. Stattdessen war ich mit vierundzwanzig unerwartet Farmer geworden und musste für meine drei Geschwister, meine Mutter und meine Großeltern sorgen.

Wir gingen in Richtung Arbeitstisch, an dem Zach die Vorbereitungen beendet hatte. »Ich habe es ausgenommen«, begrüßte er uns. »Dann habe ich den Kopf abgetrennt. Ich dachte, ihr wollt vielleicht direkt mit den, äh, etwas einfacheren Schnitten beginnen.«

Zach hatte null Erfahrung mit Frauen, aber offensichtlich war er ein besserer Gentleman, als ich es je sein würde. Wir kümmerten uns immer zuerst um den Schädel, aber das war eine ziemlich blutige Angelegenheit. »Danke, Chewie.« Ich führte Audrey zum Waschbecken, und wir wuschen uns gründlich die Hände. »Dann nehmen wir uns zuerst die Schulterstücke vor«, sagte ich, als wir fertig waren und Zach mir das Messer reichte.

Ich warf einen verstohlenen Seitenblick auf Audrey. Sie sah stirnrunzelnd auf etwa zweihundert Pfund ausgenommenes, gehäutetes Schwein, das ausgebreitet auf unserem riesigen Stahltisch lag. Dann senkte sie den Blick und sah unglücklicherweise den Eimer mit Tauntauns Schädel, der uns von unten herauf anstarrte.

»Warte«, rief sie aufgeregt.

Oh Mann. »Wenn dir schlecht wird, geh bitte woandershin.«

Audrey wirbelte zu mir herum. »Griff Shipley, wage es nicht, den Kopf wegzuwerfen, ohne das Backenfleisch herauszutrennen.«

»Wie bitte?«

»Du hast schon verstanden. Nein, ich übernehme das.« Sie bückte sich und zog den Eimer unter dem Tisch hervor, sodass sie an den Kopf herankam. Dann verlangte sie mit ausgestreckter Hand nach dem Messer.

Sprachlos gab ich es ihr. Sie bückte sich und griff nach dem Schweineohr. Dann schob sie die Messerspitze vorsichtig unter die Haut. »Das Backenfleisch ist der einzige Teil des Tieres, der sowohl mager als auch zart ist. Man kann es hervorragend mit Szechuan-Gewürzen anschmoren. Zur Not könnte man auch italienische Tomaten und Wein verwenden. Ein bisschen Knoblauch, frischer Oregano …« Sie schnitt weiter und hinterließ mit dem Messer einen akkuraten Kreis im Gesicht des Schweins.

Zach stand neben mir und knuffte mich ungläubig. Ich bedachte ihn mit einem ebenso ungläubigen Blick. Sogar der Neue grinste hinter vorgehaltener Hand.

Audrey legte ein Stück Fleisch auf die Platte, die meine Mutter dafür bereitgestellt hatte. Dann drehte sie den Schädel um und schnitt auf der anderen Seite weiter. Nachdem sie das Stück herausgetrennt hatte, schob sie den Eimer zurück unter den Tisch und sah mich an. »Kann ich weitermachen? Ich habe noch nie ein Schulterstück herausgetrennt. Aus diesem Teil werden Nackensteaks gemacht, und dann ist da noch die Lende …«

Heirate mich!, sagte mein Verstand, während ich ihre blutigen Hände und ihr strahlendes Lächeln anstarrte. Merke: Lege dich nicht mit Audrey an, zumindest nicht dann, wenn ein scharfes Küchenmesser in Reichweite ist. »Klar, mach weiter«, sagte ich schließlich. »Ich verpacke die Stücke.«

Audrey beobachtete mich, als ich um den Tisch herum zum Vakuumierer ging, der mit einer neuen Rolle Plastikfolie bestückt war. »Oh, ein Vakuumierer. Ihr habt sogar ein Spielzeug. Vielleicht müssen wir nachher mal tauschen.« Dieses Mädchen überraschte mich immer wieder. Summend versenkte sie das Messer im Schwein und begann zu schneiden. »Du möchtest große Stücke, oder? Ich weiß nicht, ob ich das Schulterstück im Ganzen heraustrennen kann, ich mache das immerhin zum ersten Mal.«

Selbst ich kriegte das nicht hin, und ich hatte es schon ein Dutzend Mal gemacht. »Gib einfach dein Bestes. Wir verwenden das Fleisch auf der Farm, es ist also kein Schönheitswettbewerb.«

Zach stand da, und seine Miene wurde immer vergnügter. Schließlich scheuchte ich ihn davon. »Geh was essen. Wir halten hier die Stellung. Du hast jetzt Feierabend. Schick Mom und May später vorbei, damit sie die Sachen in den Gefrierschrank packen.«

Zach winkte fröhlich und grinste wissender, als mir lieb war. Dann ließ er uns allein.

Audrey schnitt, als wäre sie dafür geboren. »Schau dir das an! Ich habe es in einem Stück herausgetrennt«, frohlockte sie. »Und – wo bleibt meine Belohnung?«

Verdammt. »Diese Idioten bei der BPG lassen dich den falschen Job machen.«

Sie schnaubte. »Ach tatsächlich? Erzähl mir was Neues.«

»Aber warum?«, fragte ich. »Sollten sie dich nicht in einer Küche arbeiten lassen?«

Audrey sah mich traurig an. »Wenn ich einen Penis und einen französischen Akzent hätte, wäre ich Chef in einer ihrer Küchen. Aber sie stellen mich nicht einmal als Beikoch ein.«

»Warum bist du dann immer noch da?«

»Noch sechs Wochen.« Sie schaute mit gerunzelter Stirn auf ihr Werk. »Dann habe ich die Chance, ihnen meine Restaurant-Idee zu präsentieren. Wenn sie die Idee wirklich gut finden, werden sie sie finanzieren. Aber es bewerben sich noch ungefähr zwanzig andere, die zum Teil sowohl einen Penis als auch den französischen Akzent haben. Und ich habe meine Idee noch nicht einmal ausgearbeitet. Aber bis jetzt mache ich mich deswegen noch nicht verrückt.«

Das klang nach einem ziemlich hoffnungslosen Fall. Vielleicht sogar härter, als es in einen NFL-Spielerkader zu schaffen. »Was machst du, wenn du nicht gewinnst?«

Sie schüttelte den Kopf. »Dann bin ich eine arbeitslose Köchin. Ich kann immer irgendwo in einer Küche arbeiten. Dann eröffne ich zwar nicht mein eigenes Restaurant, aber ich werde schon nicht verhungern. Oder sie bieten mir einen Job irgendwo anders an. Hey …« Sie zeigte auf das Fleisch. »Das ist großartig. Ihr verkauft das Fleisch nicht, oder?«

Ich schüttelte den Kopf. »Nein, das hier bekommen die Erntehelfer. Ich könnte einen Haufen Fleisch im Großhandel kaufen, das wäre viel einfacher. Aber uns missfällt die Vorstellung, den Mitarbeitern, die Bio-Äpfel pflücken und Bio-Kühe melken, Schlachthof-Fleisch vorzusetzen. Das wäre einfach nicht richtig.«

»Ein Griff Shipley macht keine Kompromisse«, stichelte sie.

»Nun ja.« Meine Stimme verriet meinen Ärger. »Das wäre nicht anständig.«

»War es anständig, alle Farmer im Landkreis vor mir zu warnen?«, fragte sie.

»Ja«, antwortete ich ein bisschen zu energisch. »Es war anständig, weil ein Geschäft mit dir ihnen keine bessere Gewinnspanne ermöglicht hätte. Die BPG kauft nur in Vermont ein, weil sie die Farmer in Massachusetts schon alle vergrault hat. Als du weg warst, habe ich eine Diskussion darüber in einem Landwirtschaftsforum gefunden. Wenn wir vernünftige Preise verlangen, lassen sie uns fallen wie eine heiße Kartoffel.«

Sie ließ die Schultern hängen. »Na toll. Ich wette, dann schicken sie mich nächste Woche ins verdammte Kanada.«

»Hey, Kanada ist nur zwei Stunden entfernt, ich geh schnell telefonieren.«

»Griff!« Sie drohte mir mit dem Messer. »Das ist nicht witzig.«

»Tut mir leid.« Ich durfte sie nicht ständig ärgern. Aber etwas an ihr berührte mich auf jede nur denkbare Art. »Äh«, ich zeigte auf ihr tief ausgeschnittenes Top und fühlte mich dabei wie ein Spanner, »ich fürchte, dein Shirt hat etwas Blut abbekommen. Ich zeig dir später, wie man es am besten rausbekommt.« Sofort tauchte vor meinem inneren Auge ein Bild davon auf, wie sie das Top auszog.

Sie zog eine Augenbraue hoch, als könnte sie Gedanken lesen. »Danke für das Angebot«, sagte sie trocken. »Aber jedes Mädchen wird ungefähr mit dreizehn Expertin darin, Blutflecken aus Textilien zu entfernen. Kaltes Wasser und Seife. Das ist kein Hexenwerk.«

»Äh, stimmt.« Ich errötete. »Soll ich übernehmen?«

»Mache ich was falsch?«

»Nein.«

»Dann nicht. Hier …« Sie klatschte ein Nackensteak auf den Teller. »Pack das ein, Farmer Griff.«

Schließlich ließ sie mich auch einen Teil der Arbeit übernehmen. Wir tauschten bei Anbruch der Dämmerung, die den Himmel hinter dem Farmhaus in pinkfarbenes Licht tauchte. Jude und Zach hatten Feierabend. Aber Mom und May kamen ab und zu vorbei, verstauten die Früchte unserer Arbeit in der Gefriertruhe im Haus, schalteten das Licht an und brachten jedem von uns ein Glas Cider.

»Oh, Treffer! Ich liebe dieses Zeug«, sagte sie anerkennend, und ich verspürte einen dämlichen Anflug von Stolz.

Es ging auf Mitternacht zu, als ich schließlich vorschlug aufzuhören. Zögernd ließ sie mich den Rest des Schweinekörpers im Kühlraum verstauen. »Ich schlachte früher im Jahr als die meisten anderen. Nicht, weil ich zartes Fleisch will.« Ich spritzte die Arbeitsfläche ab. »Ich muss das Schlachten erledigen, lange bevor ich den Kühlraum für die Äpfel brauche. Es wäre nicht hygienisch, beides zusammen zu lagern.«

»Verstehe.« Sie wusch unsere Gläser im Spülbecken aus.

Die Zeit war wie im Flug vergangen. Normalerweise empfand ich das Schlachten als lästige Pflicht, aber diesmal hatte mir Audrey mit ihrem mädchenhaften Lachen – und ihrer scharfen Zunge – Gesellschaft geleistet.

Ich packte die blutigen Überreste ein und versiegelte die Plastiktüte. »Das kommt morgen auf den Kompost«, erklärte ich. Aber wenn ich es hier liegen lasse, locken wir damit die

Kojoten an. Und Waschbären. Hörst du das?« Ich zeigte auf den entfernten Wald. Kehlige, kichernde Tierlaute erklangen zwischen den Bäumen.

»Ist das … ein Waschbär?«

»Eine ganze Gruppe. Sie sind nachtaktiv.«

»Und Kojoten? Leben die auch auf deinem Grundstück?« Sie spähte beunruhigt in die Dunkelheit, und ich musste mir ein Lachen verkneifen. »Sie sind hinter meinen Hühnern her, genau wie die Waschbären. Dich wollen sie nicht, du machst zu viele Schwierigkeiten.«

»Das sagen alle«, flüsterte sie. Es sollte ein Witz sein, aber ich hatte das Gefühl, sie selbst fand es nicht wirklich lustig.

»Komm mit.« Ich gab ihr ein Zeichen, mir zum Nebengebäude zu folgen. »Wir sind hier fertig.« Ich schaltete die Deckenbeleuchtung aus, aber weil es beinahe Vollmond war, der vom klaren Himmel hinabschien und die Steinmauer der Schlafbaracke erhellte, war es nicht stockdunkel.

»Zach hat gesagt, er hätte meine Tasche aus dem Auto genommen«, sagte sie, als wir losgingen. »Das war nett von ihm.«

»Jetzt weißt du, wer hier der Gentleman ist.«

Sie stupste mich kurz in die Seite. »Du jedenfalls nicht.«

»Damit liegst du vollkommen richtig.«

Audrey lachte. »Obwohl du mir heute Nacht dein Zimmer überlässt. Würde ein Gentleman nicht dasselbe tun?«

»Gruppenzwang«, erklärte ich.

»Egal, ich nehme es trotzdem.«

Wir verfielen in Schweigen, und mir wurde deutlich bewusst, wie nah wir uns in der Dunkelheit gekommen waren. Audrey hielt sich so dicht an meiner Seite, dass sich unsere Hände beim Gehen berührten. Ich hörte ihre Atemzüge, und mein Kopf war auf einmal voller schmutziger Fantasien. Ich wollte sie zum Seufzen bringen …

In einem nahe gelegenen Baum rief ein Käuzchen. Sein »guhg-guhg-guhg« hörte man hier jede Nacht. Aber Audrey erstarrte.

Mir entschlüpfte ein leises Lachen, bevor ich es unterdrücken konnte. »Es will eine schöne, dicke Feldmaus. Oder ein Eichhörnchen, wenn es besonders wagemutig ist.« Ich legte ihr die Hand auf die nackte Schulter. Das war ein Fehler. Mit der seidigen Haut unter meinen Fingern schoss mir die Erinnerung durch den Körper.

Audrey hob die Hände und betrachtete sie in der Dunkelheit. »Ich muss mich unbedingt waschen, sonst sieht dein Zimmer morgen aus wie ein Tatort.«

»Ich weiß, ich auch.« Ich führte sie um die Schlafbaracke herum. »Dafür haben wir die Außendusche. Ich zeig sie dir.«

Mein Vater hatte die Dusche gebaut, als ich etwa zehn Jahre alt war. Auf diese Weise hatten die Erntehelfer eine Waschgelegenheit außerhalb des Hauses. Aber die Dusche war so schön geworden, dass ich sie nutzte, sobald es das Wetter zuließ. Schon als Kind hatte ich mich gern nackt in der freien Natur aufgehalten. Daran hatte sich bis heute nichts geändert.

»Da sind aber keine Kojoten drin, oder?«, fragte sie, als wir uns dem Holzanbau näherten.

»Ich jag sie für dich raus«, versprach ich. »Hier.« Ich stieß die Tür auf und kontrollierte die Dusche. An der trockenen Seite stand eine Saunabank, und man konnte seine Kleider an Garderobenhaken aufhängen. Meine vorausschauende Mutter hatte uns frische Handtücher bereitgelegt. Der von meinem Vater handgearbeitete Sims lief an der langen Seite des rechteckigen Raumes entlang, neben der Dusche selbst standen Shampoo und Seife. »Du zuerst«, sagte ich zu Audrey. »Ich vertreibe draußen die gefährlichen Raubtiere, während du dir das Blut abwäschst.«

»Leg dich besser nicht mit einem Mädchen an, das eine Schweinelende zerteilt wie ein Profi.« Sie huschte an mir vorbei und schloss die Tür. Ich konnte über die Holzwand schauen, und so sahen wir uns in die Augen, als sie sich das Shirt über den Kopf zog und es beiseitewarf.

Erregung ließ meinen ganzen Körper steif werden. Ich wusste, ich sollte besser wegschauen. Aber sie ließ mich nicht aus den Augen, als wollte sie mich verspotten. Sie angelte mit ihrer Hand nach dem BH-Verschluss, und als er sich öffnete, bebten ihre Schultern.

Ach du meine Güte.

Schließlich drehte ich mich um, lehnte mich an die Holzwand und blickte in den Sternenhimmel. Hinter mir hörte ich das leise Rascheln weiblicher Kleidung, und allein das Geräusch ließ mich hart werden. Ich atmete tief durch und versuchte, an etwas anderes zu denken. Am Himmel erkannte ich das Sternbild des Großen Bären.

Der Wasserhahn quietschte, und ich hörte das Wasser laufen. »Es dauert nicht lange, bis es heiß wird.« Meine Stimme war ganz rau. Weil es bei mir auch nicht lange gedauert hatte, bis ich heiß wurde. Und ich wusste nicht genau, ob ich mich abkühlen wollte.

Das Verlangen brachte einen Mann dazu, sich lebendig zu fühlen. Dafür musste man sich nicht schämen. Ich genoss das Gefühl, auch wenn ich wusste, dass ich es nicht ausleben konnte: Ich würde die Nacht bis zum Anschlag erregt, aber allein in einem der einsamen Stockbetten verbringen. Diese erfrischende Energie hatte ich viel zu lange nicht mehr gespürt.

Als Audrey und ich im College miteinander angebandelt hatten, konnte ich das noch nicht so wertschätzen. Ich glaubte, eine wilde Nacht hätte ich mir nach einem gewonnenen Spiel verdient. Eine Verbindungsparty. In der Ecke ein Fässchen

Bier und rote Plastikbecher. Ich war glücklich gewesen, aber ich hatte nicht geahnt, wie selten diese Art von Freiheit war.

Als sie nach der Trennung von Bryce nachts bei uns aufgetaucht war, hatte ich mit ihr getanzt und ohne nachzudenken mit ihr geschlafen. Damals wollten wir beide dasselbe – ein bisschen unbekümmerten Spaß. Beim Tanzen hatte sie mir mit einem wissenden Lächeln die Arme um den Hals geschlungen, und ich hatte sie noch vor dem Ende des Liedes geküsst.

Nur eine Stunde später lag sie nackt in meinem Bett und klammerte sich ans Kopfteil des Bettes, während ich …

»Mmmm«, machte sie unter der Dusche, und mein Puls beschleunigte sich.

Lass es, du Arschloch ermahnte ich mich. Nach einem anstrengenden Tag die ersten warmen Wasserstrahlen auf der Haut zu spüren – diesem Gefühl hatte das Geräusch gegolten …

Minutenlang zählte ich die Sterne, meine Herzschläge und alles, was man sonst noch zählen konnte. Irgendwann drehte sie den Hahn zu, und ich hörte das Handtuch rascheln. Um uns herum war es so still, dass die abfließenden Wassertropfen meine erregten Atemzüge nicht übertönen konnten.

Ich schluckte schwer, packte mein T-Shirt am Saum und zerrte es mir über den Kopf. Dies würde die kürzeste Dusche in der Geschichte werden. Und ich würde kalt duschen. Dann würde ich Audrey zu meinem Zimmer bringen und mich in mein Etagenbett verziehen.

Ich drehte mich um und hatte nicht mit ihrem Gesichtsausdruck gerechnet. Das Mondlicht spiegelte sich in den Wassertropfen auf ihren Wangen, und ihre Augen glühten mit einer unerwarteten Hitze. Ihr Blick wanderte über meine Schultern. Dann hob sie langsam den Kopf, und unsere Blicke trafen sich. Sie öffnete leicht die Lippen und blinzelte verwundert.

»Hier«, krächzte ich, eine Hand oben auf der Tür. »Tauschen wir?«

Sie senkte den Blick und öffnete die Tür einen Spalt breit, schlüpfte zwischen mir und dem Rahmen hindurch, und der Knoten ihres Handtuchs streifte meinen nackten Brustkorb.

Sie hielt inne, hob den Kopf und forderte mich mit ihrem Blick heraus. Ich lehne nie eine Herausforderung ab.

Ich beugte mich zu ihr hinab und fand mit den Lippen ihren Mundwinkel. Langsam zeichnete ich die Linie ihrer Wange nach und sog dabei das dezente Duftgemisch meiner eigenen Seife und fast nacktem, erregtem Mädchen ein. Als ich ihr die Zunge ins Ohr schob, stöhnte sie so laut, dass die Käuzchen hoch oben in den Bäumen aufschreckten.

8

Audrey

Kaum hatte Griff Shipley sein Shirt ausgezogen, machte mein Körper, was er wollte. Und als seine Lippen mich berührten, wehte der letzte Rest meiner Selbstbeherrschung in die sanfte Nachtluft von Vermont davon.

Seine schamlosen Küsse zogen eine Spur meinen Hals hinab, und ich neigte den Kopf, um ihm besseren Zugang zu verschaffen. Als er an meinem Schlüsselbein knabberte, schossen meine Hände unwillkürlich vor und landeten auf seiner harten Brust. Sein Körper war fest und warm, und das Gefühl seiner vollen Lippen auf meiner Haut machte mich fast verrückt.

»Fuck«, keuchte ich. Und das war ein Befehl, nicht bloß ein Ausruf.

Er kam einen Schritt auf mich zu, ich ging einen zurück. Diesen Tanzschritt wiederholten wir noch zweimal, bis ich mit dem Rücken gegen den Sims an der Steinmauer stieß, die eine Seite der Duschkabine bildete. »Ist es das, was du willst?«, knurrte er mir ins Ohr. »Willst du, dass ich dich anfasse?«

Mit seinen rauen Daumen strich er mir über die Brüste, direkt oberhalb meines Handtuchs, und ich keuchte seinen Namen wie eine übereifrige Närrin. Griff hielt mich immer noch für eine dämliche Studentin. Und ich bewies ihm gerade, dass sich das nicht geändert hatte.

Griff hob mein Kinn an und küsste mich. Das war kein zarter Kuss. Er umfasste meinen Hinterkopf und fiel hungrig über mich her. Ich erwiderte den Kuss sofort. Wozu schüchtern sein, wenn der Mann schon längst von dir gekostet hat? Ich drängte mich an seinen starken, festen Körper und schob ihm die Zunge in den Mund.

Wir taten es tatsächlich. Ich würde mit Griff Shipley vögeln, gegen eine Steinmauer gelehnt, die sein Großvater vor hundert Jahren erbaut hatte.

»Du hast mir nicht geantwortet«, knurrte er, und das überraschte mich. »Was willst du, Audrey? Willst du meinen Schwanz?« Kaum hatte er das Wort ausgesprochen, pulsierte es zur Antwort zwischen meinen Beinen.

Ich wusste nicht, ob ich darauf etwas erwidern konnte. Schnellen, heftigen Sex an einer Mauer zu haben war eine Sache. Darum zu betteln war eine ganz andere.

Doch dann löste er sich von mir und wartete auf meine Antwort. Auf einmal hatte ich seine gierige Aufmerksamkeit verloren. Nicht gut. Gar nicht gut.

»Nur dieses eine Mal«, flüsterte ich.

Er lachte so tief, dass ich die Vibration in seiner Brust spüren konnte. Er umfasste mit beiden Händen mein Gesicht und hob es an, sodass ich ihn ansehen musste. »Nur dieses eine Mal, ja?«

Das Funkeln in seinen Augen bestand zu zehn Prozent aus Spott und zu neunzig Prozent aus Lust. Die zehn Prozent irritierten mich. Allerdings nicht genug, um ihn zu bremsen. Jetzt nur nicht durchdrehen.

»Also sollte es besser unvergesslich werden«, forderte ich ihn selbstsicherer heraus, als ich mich fühlte.

Ich hätte ihm sein überhebliches Grinsen am liebsten aus dem Gesicht gewischt. »Süße, ich werde dich jetzt ficken. Du kannst mir irgendwann mal erzählen, ob es unvergesslich war.«

Ich erschauerte von Kopf bis Fuß. Und zwar nicht, weil Griff mit seinen kräftigen Fingern mein Handtuch gelöst und beiseitegeworfen hatte, sodass ich die laue Nachtluft am ganzen Körper spürte.

»Mmm«, machte er langsam und legte mir seine raue Hand auf die Brust. Sein durchdringender Blick brachte jeden Zentimeter meiner Haut zum Glühen. »Genauso, wie ich mir dich vorgestellt habe, als du geduscht hast.« Seine schamlose Hand wanderte tiefer. Er sah mir in die Augen, als er mir zwei Finger zwischen die Beine schob. Sie glitten direkt dorthin, wo ich sie haben wollte, denn ich war längst feucht und bereit für ihn.

Meine Güte, war ich leicht zu haben.

Er warf den Kopf zurück und stieß einen tiefen, kehligen Laut aus. »Zieh mich aus«, befahl er.

Ich konnte ihm nicht sofort gehorchen, denn seine Finger quälten mich unablässig. Ich erschauerte. Dann griff ich mit zitternden Händen nach seinem Gürtel. Eine Minute lang fummelte ich erfolglos daran herum, dann schob er meine Hand weg, öffnete die Gürtelschnalle und zog mit einer schnellen Bewegung den Reißverschluss auf. Erwartungsvoll zog ich ihm die Jeans und Boxershorts herunter und schnappte nach Luft, als sich mir seine gewaltige Erektion entgegenreckte. Groß und prächtig und genau das, was ich jetzt wollte.

Genau genommen …

Ich legte beide Hände an seine Hüfte und schob ihn einen Schritt zurück.

Dann beugte ich mich hinab und nahm ihn in den Mund.

»Verdammt«, stöhnte er. Er packte meine Haare. »Nimm mich auf!«, verlangte er. »Tiefer!«

Seine raue Stimme pulsierte in meinem Körper und erfüllte mich mit Verlangen. Ich würde ihm geben, was er wollte – weil ich es auch wollte.

Doch zuerst sollte er Geduld lernen.

Ich zog mich langsam zurück und ließ die Zunge um seine Spitze kreisen, als probierte ich eine neue Eissorte. Dann drückte ich einen Kuss darauf. Und noch einen.

»Audrey«, stöhnte er tief und gequält.

Aber ich ließ mich nicht hetzen, sondern fuhr mit der Zunge seinen Schaft entlang. Er stieß einen unterdrückten Fluch aus. Seine Hüfte zuckte ungeduldig, aber er flehte mich nicht an.

Was für ein Dickkopf. Mit meiner Langsamkeit quälte ich nicht nur ihn, sondern auch mich.

Also gab ich nach und nahm ihn so weit es ging in den Mund. Ich war schon eine ganze Weile Single und daher ein wenig aus der Übung, aber ich saugte kräftig und wurde dafür mit einem lauten Stöhnen belohnt. Ich umfasste seine schweren Hoden und bewegte den Kopf vor und zurück, bis er mir eine Hand unters Kinn legte und mich nach oben zog.

Ich lehnte mich an die Wand, zog ihn an mich und hoffte, so die Sache voranzutreiben. Wenn ich mich schon auf unvernünftigen Sex mit meiner Ex-Affäre einließ, dann am besten sofort, bevor ich wieder zur Vernunft kam.

Doch sein eindringlicher Blick, als er mich gegen den hölzernen Sims an der Mauer drängte, traf mich völlig unvorbereitet. Es war, als könnte er direkt in mich hineinsehen. Die Selbstzweifel, die mir durch den Kopf rasten, verstummten. Er legte mir eine Hand auf die Wange und ließ sie einfach dort liegen, als wolle er mich erden. *Konzentrier dich,* sagten seine ernsten Augen. *Oder du verpasst etwas*.

Mein Herz stolperte nervös. Ich legte die Hände auf seine gigantische Brust und schloss die Augen. Ich spürte seinen regelmäßigen Herzschlag, atmete tief ein und wartete ab, was als Nächstes kommen würde.

Das Knistern von Folie zerriss die Stille. Ich sah, wie er sich ein Kondom überstreifte, das er aus seiner Tasche geholt hatte. Beim Anblick seiner Hand, die seine gewaltige Erektion umfasste, lief mir geradezu das Wasser im Mund zusammen.

Er streifte Jeans und Schuhe ab. »Komm her, Baby«, flüsterte er, packte mich und hob mich auf den Sims. Er war nicht besonders breit, also musste ich mich an seinen Schultern festhalten, um nicht herunterzurutschen. Gleichzeitig blickten wir hinab und sahen seinen Schwanz, der aufrecht und fest auf sein Ziel gerichtet war. Griff spreizte sanft meine Beine, öffnete mich, und ich hörte, wie ich vor Erwartung aufkeuchte. »Oh, ja«, murmelte er, während er sich näherte.

Ich beugte mich vor und schlang ihm die Arme um den Hals. Sein Schwanz hielt direkt vor mir inne, kreiste dort einen Augenblick, und ich hielt den Atem an, als er meine Klit streifte. Er wiederholte die Bewegung, und ich befahl atemlos: »Nun mach schon!«

Mit einem gierigen Knurren drang er in mich ein. Plötzlich füllte Griff Shipley mich aus, und das war viel. Mein Körper zog sich freudig um ihn zusammen.

»Meine Güte, hast du mich so sehr vermisst, Prinzessin?«

Ich verbarg das Gesicht an seiner Schulter, um die Fassung zu bewahren. Wenn er mich jetzt sehen könnte, würde er bemerken, wie sehr ich es brauchte. Und die Genugtuung gönnte ich ihm nicht.

Stöhnend bewegte Griff die Hüfte. Seine Hände glitten meinen Rücken hinab und ruhten schließlich zwischen meinem Po und der Wand. Vermutlich wollte er damit verhindern, dass ich mir die Haut an der Steinmauer aufscheuerte, aber alle Gedanken zerplatzten wie Seifenblasen, als er kräftig in mich stieß.

Ich vögelte mit Griff Shipley unter dem Sternenhimmel von Vermont. Und es war überwältigend.

Sein Bart kitzelte mich, als ich mir mit Küssen einen Weg sein Kinn hinab bis zu dem Muskelstrang zwischen Nacken und Schulter bahnte.

»Fuck, Baby. Ich will deinen Mund.«

Ich ignorierte die Aufforderung und knabberte weiter an seinem Hals. Sein massiger Körper war so erregend und unnachgiebig wie ein Berg. Ich wollte einfach hierbleiben, eingezwängt zwischen einer harten Mauer und einem Felsen. Für immer. Ich reckte ihm meine Hüfte entgegen, und vor meinen geschlossenen Augen explodierten Sterne.

»Mmmh. So gut«, murmelte er und verlangsamte sein Tempo. Er fasste mir unters Kinn und dirigierte meinen Mund hinauf zu seinem, dann legte er mir die Hand auf den Hinterkopf. Im gleichen Augenblick, als er mir die Zunge in den Mund schob, drang er erneut heftig in mich ein.

Bei diesem doppelten Angriff wimmerte ich in seinen Mund. Ich kapitulierte vollends und schlang die Beine um ihn. Ich verschwendete keinen Gedanken mehr daran, ob das hier vielleicht eine schlechte Idee war. Viele wunderbare Minuten lang, in denen Griff in mich stieß, war es die einzige Idee. Unsere Küsse waren bodenlos. Sein gieriges, rhythmisches Keuchen hallte in meiner Brust wider.

Irgendjemand seufzte, und ich glaube, das war ich.

Sein sehnsüchtiges Stöhnen drang durch meinen Mund direkt bis in meine Seele. In diesem Augenblick spannte sich jeder Muskel in meinem Körper um ihn an. Griff verlangsamte sein Tempo, als versuchte er, das Unvermeidliche hinauszuzögern. »Mmm«, stöhnte er und saugte an meiner Zunge.

Und dann war es vorbei. Keuchend ließ ich mich auf der flüchtigen Wonne davontreiben, die mir dieser Mann mit seiner Kunst verschaffte. Die Lust entlud sich in meinem Inneren und breitete sich überall aus. Auch Griff stöhnte auf, und sein

Körper spannte sich an. Ein letztes Mal zog er mich an sich. Unsere Herzen schlugen heftig gegeneinander.

Einige Augenblicke keuchten wir beide erschöpft. Ich hielt seinen verschwitzten Körper fest, denn ich wusste, gleich würde sich eine mehrere Hektar große unangenehme Stille zwischen uns ausbreiten. Ich hörte den Wasserhahn quietschen, und im nächsten Augenblick prasselte warmes Wasser auf uns herab. Griff löste sich von mir und setzte mich vorsichtig auf dem Holzboden ab. Ich nahm meine Haare zusammen, um sie aus dem Wasserstrahl zu halten, und während er mich an die Wand drückte, nahmen wir eine Sechzig-Sekunden-Dusche. Einen Augenblick später schlang er ein trockenes Handtuch um mich, nahm unsere Kleidung und unsere Schuhe von der Bank und führte mich hinaus in die Nacht.

Über uns funkelten die Sterne. Wir waren so weit von jeder Stadt entfernt, dass ich den Nachthimmel so gut sehen konnte wie nie zuvor. »Da ist die Milchstraße!«, flüsterte ich plötzlich. Ich hatte sie noch nie so deutlich gesehen – der neblige Bogen über uns sah genauso aus wie in einem Lehrbuch.

Griff zog im Dunkeln die Augenbrauen hoch. »Ja. Die ist da jede Nacht.«

Er hält mich für bescheuert.

Er legte mir eine Hand auf den unteren Rücken und führte mich zur Schlafbaracke. Kaum waren wir drinnen, öffnete er eine Tür zu unserer Rechten. Auf einem Doppelbett lag meine Reisetasche. Eine Nachttischlampe in der Ecke warf einen gelben Lichtkegel und beleuchtete eine alte Patchworkdecke an der Wand und ein Sprossenfenster, hinter dem nichts als Schwärze zu sehen war.

»Ich zeige dir das Badezimmer«, sagte er ruhig.

»Okay«, flüsterte ich und flitzte zu meiner Tasche. Ich holte meine Zahnbürste heraus und folgte ihm über den Flur. Er ließ mich allein, damit ich mich um meine Angelegenheiten kümmern konnte. Als ich wieder herauskam, tauschten wir wortlos die Plätze. Griff verschwand im Bad und schloss die Tür hinter sich.

Das war's dann wohl. Was sagt man zu dem Mann, mit dem man gerade völlig unerwartet in einer Außendusche gevögelt hat? *Danke? War schön, dich kennenzulernen?* Ich schlich in sein Zimmer. Es war schrecklich karg. Die einzigen persönlichen Gegenstände waren ein Thriller auf dem Nachttisch und eine Lesebrille.

Wie süß. Irgendwie milderte es mein Bild von Griff, dass er zum Lesen im Bett eine Brille aufsetzte.

Ich lehnte die Tür nur an – für den Fall, dass er noch vorbeikommen wollte – und schlüpfte unter die Decke. Ich war ziemlich sicher, dass Griffs Mom hier gewesen war und das Bett frisch bezogen hatte. Dennoch roch es harzig und nach Griff. Ich drückte mein Gesicht in sein Kissen und atmete tief ein.

Als ich ein Geräusch auf dem Gang hörte, hob ich den Kopf. Einen Augenblick später erschien Griff, noch immer mit seinem Handtuch bekleidet. Mit einem Ruck warf er es beiseite. Dann sah ich überrascht, wie er die Decke anhob und mich anstieß. »Rutsch rüber, Baby.«

Ich machte ihm Platz, und er streckte seinen großen Körper auf dem Bett aus. Dann packte er mich und hob mich hoch, als wöge ich kaum mehr als eines seiner Daunenkissen. Ich kam halb auf ihm zu liegen, kuschelte mein Gesicht an seine Schulter, während er mir eine seiner riesigen Hände auf den nackten Po legte.

Du lieber Himmel! Ich kuschelte mit dem grummeligsten Farmer der Welt.

Sein Körper entspannte sich zunehmend, als er es sich bequem machte. Mit dem Daumen strich er über meine Haut und hinterließ angenehme Schauer. Ich wagte es, ihm über die Rippen zu streichen, und er zuckte zusammen.

»Entschuldigung«, sagte ich sofort.

Das tiefe, fremdartige Grollen, das darauf folgte, stellte sich als Lachen heraus. »Schon okay«, flüsterte er. »Ich bin bloß kitzlig.«

Das war unerwartet und irgendwie süß. Also musste ich es natürlich noch einmal machen. Ich hatte eben keine Impulskontrolle. Ich strich ihm leicht mit den Fingerspitzen über die Brust, bis er wieder zusammenzuckte und meine Hand festhielt. »Das reicht jetzt, Prinzessin.« Er küsste mich auf die Handfläche und legte meine Hand auf seine Brust.

Ich streckte mich, um ihn auf die Wange zu küssen. Auf der Suche nach seiner glatten Haut streifte mein Gesicht seinen überraschend weichen Bart. Vor Überraschung stieß er ein leises Knurren aus, dann seufzte er und schlang die Arme fester um mich. Es war ein unerwartet zärtlicher Moment. Ganz anders als der peinliche Abgang nach einem betrunkenen One-Night-Stand auf dem College.

Er war so warm und fest unter mir. Ich hätte ihn die ganze Nacht berühren können, ohne dass ich es leid geworden wäre. »Gute Nacht, Griff«, flüsterte ich in die Dunkelheit.

»Gute Nacht, Baby«, antwortete er rau. »Schlaf jetzt.«

Und das tat ich.

9

Griffin

Der Morgen dämmerte viel zu früh. Mir fällt es immer schwer, um halb sechs aufzustehen. Aber heute war es besonders schlimm, weil ein nackter Engel auf mir lag und ich mit einem steinharten Schwanz aufwachte.

Mein Körper schrie nach mehr. Deshalb war es ein Segen, dass Audrey weiterschlief, als ich vorsichtig unter ihr hervorkroch und aufstand. Sie seufzte verschlafen und umarmte mein Kissen mit ihrem süßen Körper. Ich beobachtete sie noch einen Moment und erlaubte mir, mich an den Sex unter der Dusche zu erinnern. Aber … *verdammt.* Wir waren eine gefährliche Kombination. Man sollte Hinweisschilder über uns aufhängen wie die im Traktorschuppen über den Dieselfässern. ACHTUNG: HOCHEXPLOSIV!

Das Geräusch der sich hinter Zach oder Jude schließenden Haustür brachte mich auf Trab. Ich zog mich an und verbrachte dreißig Sekunden im Badezimmer, um wenigstens einigermaßen vorzeigbar auszusehen. Dann hetzte ich über die Weide zum Kuhstall, in dem meine Mitarbeiter ohne mich mit der Arbeit begonnen hatten.

»Morgen.« Zach gab Jude die Schaufel. »Fangen wir mit der Kuh-Parade an?«

»Klar. Schick sie rein.«

Zach drehte sich um. »Okay … was zur Hölle?« Er zeigte auf meinen Hals.

Mist. Schuldbewusst fuhr ich mir mit der Hand an den Hals. Ich hätte heute Morgen etwas genauer in den Spiegel sehen sollen.

Jude beugte sich über einen Haufen Kuhmist und schaufelte, aber ich konnte ihn kichern hören.

Zach runzelte die Stirn und sah mich verwirrt an. Als er verstand, was er sah, lief er rot an, biss sich auf die Lippen und drehte sich verlegen um.

Zach würde mich nicht dafür verurteilen, dass ich die Nacht mit Audrey verbracht hatte. Aber mit einundzwanzig war er die älteste Jungfrau, die ich kannte. Jedes Mal, wenn es in einem Film oder einem Gespräch um Sex ging, wurde er ein bisschen rot. »Hol die Milchkühe rein«, forderte ich ihn auf.

»Klar.« Er hastete zur Tür und ließ die ersten beiden glücklichen Kühe herein.

Schweigend begannen wir mit dem Melken. Irgendwann drehte Zach das ramponierte alte Radio auf; er schwor, dass die Kühe klassische Gitarrenmusik mochten. Ich desinfizierte das nächste Euter und setzte die Melkmaschine an. Diesen Job konnte ich auf Autopilot erledigen. Manchmal kamen mir die besten Ideen beim Melken.

Allerdings nicht heute. Meine Gedanken kreisten nicht wie sonst um die Cider-Strategie oder das Farmgeschäft. Stattdessen dachte ich die ganze Zeit an Audreys weiche Haut und ihre gierigen Hände. Warum rechnete ich die Strecke bis nach Boston aus? Es waren um die hundertfünfzig Meilen.

Eben. Zweieinhalb Autostunden waren abschreckend. Mein Zeitplan ließ nicht einmal eine Freundin zu, die *zweieinhalb Minuten* entfernt wohnte. Außerdem konnte ich nicht noch eine Person in meinem Leben gebrauchen, die auf mich angewiesen war und die ich nicht enttäuschen durfte.

Davon gab es schon genug.

Aber zur Hölle, die Vorstellung war verführerisch. Ich würde noch lange von den Erinnerungen an die vergangene Nacht zehren. Ich würde in meinem Bett liegen und mich streicheln, während ich daran dachte, wie sie mich mit dem ganzen Körper gepackt hatte und was für niedliche Geräusche sie von sich gab, wenn sie kam.

»Griffin? Alles okay bei dir?«

Ich sah auf, und Jude beugte sich über mich. »Was?« Ich hatte nicht mitbekommen, was er gesagt hatte.

»Ich wollte nur wissen, was ich mit den Heuballen machen soll, die ich vom Pick-up ablade. Obwohl – du siehst ein bisschen müde aus.« Er grinste mich an. »Ich kann auch später wiederkommen.«

Erwischt. Ich raunzte ihn unfreundlich an und erlöste die Kuh. »Nimm die Heugabel und füll die Futtertröge hier. Sei aber vorsichtig und hau den Mädels die Gabel nicht auf die Nase.«

Er zwinkerte mir wissend zu und drehte sich um. Ich wusste immer noch nicht, was ich von dem Typen halten sollte. Er war anscheinend ein guter Arbeiter. Hätte ich nichts über seine Vergangenheit gewusst, hätte ich ihn für ein Geschenk des Himmels gehalten.

Während ich über ihn nachdachte, nagte eine Sache an mir. Gestern hatte ich ihm am Tisch gegenübergesessen und mir geschworen, niemals süchtig nach irgendetwas zu werden. Und hier saß ich nun und verspürte ein ernsthaftes Verlangen nach einer gewissen scharfen Köchin mit einem starken Willen und einer spitzen Zunge. Keiner von uns war ein Heiliger. Außer vielleicht Zach.

Zu dritt ging das Melken schnell von der Hand. Dann war es Zeit für das Frühstück. »Geht schon mal vor«, sagte ich zu Jude und Zach. »Ich muss noch etwas aus meinem Zimmer holen.«

»Ein bisschen früh im Jahr für Rollkragenpullover, Han«, sagte Zach und bekam rote Ohren.

»Halt die Klappe, Padawan«, grummelte ich, und Jude lachte.

Audrey war nicht im Zimmer, als ich hineinschlich und ein altes Button-down-Hemd aus dem Schrank nahm. Der Kragen verdeckte einen Großteil des Schadens. Ich setzte ein Pokerface auf, ging hinüber ins Haus, wusch mir die Hände und lauschte dem Geschnatter in der Küche.

»Wie *machst* du das?«, fragte May. »Würde ich das versuchen, würde das Ei bis an die Decke spritzen.«

Ein heiseres Lachen erklang, und mein Blut geriet in Wallung. *Herrje*. Schon ihre Stimme wirkte auf mich wie eine Droge. »Der Chefkoch, der uns die Eierspeisen beigebracht hat, war ein echter Sadist. Ich weiß nicht, ob er mal beim Militär war, aber er war ein derartig scharfer Hund, dass ich ihm am liebsten eins mit der Bratpfanne übergezogen hätte. Aber seine Methode hat funktioniert. Er hat mich so viele Omeletts falten lassen, dass ich es jetzt jedes Mal perfekt hinkriege.«

Ich stellte fest, dass ich mit dem Handtuch dastand und wie ein Spion lauschte. Deshalb riss ich mich zusammen und betrat die Küche. »Morgen, die Damen.« Ich steuerte auf die Kaffeekanne zu.

»Hey«, antwortete May. »Es gibt Schinken-Käse-Omeletts mit Knoblauch-Sour-Cream und in Ahornsirup glasiertem Speck.«

»Verdammt.« Mein Magen knurrte. »Das nehm ich gern.«

»Darauf wette ich.« Meine Schwester schob mir einen leeren Teller hin. »Sie werden aber auf Bestellung gemacht. Du bist nach Dylan dran.«

Ich lehnte an der Küchentheke und versuchte, nicht ständig Audreys Hintern in dem winzigen Jeansrock zu begaffen. Lange, ebenmäßige Beine schauten unter dem Saum hervor, und es fiel mir schwer, nicht die ganze Zeit daran zu denken, wie sie die Beine um mich geschlungen hatte, als wir …

Verflucht noch mal.

Ich war ihr ziemlich nah und spürte das starke Verlangen, sie zu berühren. Ich wollte die samtige Haut direkt vor ihrem Ohr küssen und meine Hände über den seidigen Pferdeschwanz wandern lassen, den sie irgendwann zwischen meinem Zimmer und unserer Küche gebunden hatte.

Finger weg, ermahnte ich mich. Nachdem ich mich gestern Nacht an Audrey wie an einem Buffet bedient hatte, wollte ich sie wenigstens nicht in Anwesenheit meiner Familie in Verlegenheit bringen. Doch irgendetwas an ihr machte mich wirklich an. Es knisterte zwischen uns, ob ich nun wollte oder nicht. Jede Stunde, die sie in Vermont verbrachte, weckte die Erinnerung daran, wie sehr ich sie schon auf dem College begehrt hatte. Als ich sie dabei beobachtete, wie sie ein perfektes gelbes Omelett auf Dylans Teller platzierte und ihn dabei breit anlächelte, zog sich mein Magen vor Verlangen zusammen. Es gab keine Frau in meinem Leben, und ich war gerade nicht auf dem Markt. Aber ich hoffte, irgendwann eine zu finden. Und vielleicht würde sie mich genau wie Audrey über die Schulter ansehen und sich über die perfekten Lippen lecken.

Nachdem mein kleiner Bruder gegangen war, fragte sie: »Und was nimmst du, Farmer Griff?«

Dich. »Äh, ich mag alles.«

Sie hob eine ihrer perfekten Augenbrauen, als wolle sie sagen: »Das habe ich schon verstanden«.

»Schinken und Käse«, sagte ich. »Bitte.«

»Kommt sofort.« Sie drehte sich wieder um.

Anscheinend taten wir so, als hätte es letzte Nacht nicht

gegeben. Ich sah zu, als sie eine Handvoll klein geschnittene Zwiebeln in die Pfanne warf, die sofort brutzelten.

»Von Zwiebeln habe ich nichts gesagt«, sagte ich, ohne nachzudenken. Sie wären nicht förderlich für den Abschiedskuss, den ich brauchte, wenn ich sie später in ihren kleinen Mietwagen steigen und wegfahren lassen musste.

»Ach, wie schade«, summte sie. »Zwiebeln sind gut für dich.« Sie fügte noch eine Handvoll klein geschnittene grüne Paprika hinzu. Das war in Ordnung, weil ich wirklich alles mochte. Aber dass sie meine Bitte absichtlich ignoriert hatte, ließ mich ein bekanntes Kribbeln verspüren. Dieses Mädchen drückte absichtlich meine Knöpfe. *Alle* meine Knöpfe. »Warum hast du mich dann überhaupt gefragt, was ich gern hätte?«

»Damit du dich stark fühlst.« Sie schlug zwei Eier auf einmal am Rand der Schüssel auf. Würde ich das versuchen, wäre Ei auf der Theke, auf mir und vermutlich auch auf dem Boden. Aber die Eier glitten fein säuberlich in die Schüssel, und Audrey warf die Schalen in einem gekonnten Bogen in den Komposteimer. Dann nahm sie ein drittes Ei.

»Zwei sind genug«, sagte ich hastig.

Sie schlug es trotzdem auf. »Du brauchst Proteine«, sagte sie mit gedämpfter Stimme, und allein die Andeutung ließ das Blut in meine Lenden strömen.

»Man braucht viel Energie, um alle Farmer im Umkreis von fünfzig Meilen vor mir zu warnen.«

Ich stöhnte innerlich. »Das tut mir wirklich leid.« Ich hatte überstürzt gehandelt. Auch wenn ich der Überzeugung war, dass die BPG die dunkle Seite der Macht war, hätte ich ihren Job nicht noch schwieriger machen müssen.

Sie verquirlte die Eier mit einem Schneebesen, gab einen Klecks Sahne hinzu und verrührte die Mischung erneut. »Sobald ich einen Reifen habe, wirst du mich von hinten sehen.«

Das ließ mich sofort an ihren wohlgeformten Po denken.

Audrey goss die Eier über das brutzelnde Gemüse. Dann nahm sie die Pfanne vom Herd und schwenkte die Mischung in einem perfekten Kreis, sodass sie einem Foto in einem Koch-Magazin glich. Sie ließ die Pfanne auf dem Herd nicht aus den Augen, als warte sie auf ein geheimes Zeichen. (Oder sie wollte meinem Blick ausweichen.) Aber gerade als ich ihr eine unhöfliche Frage stellen wollte, nur um eine Reaktion zu provozieren, packte sie den Stiel der Pfanne, warf das Omelett in die Luft und fing es so geschickt wieder auf wie ein Jedi sein Laserschwert.

»Ich weiß immer noch nicht, wie sie das macht!« Meine Mutter betrat hinter mir die Küche. »Griff, ist es nicht zu warm für ein Flanellhemd?« Auf dem Weg zur Kaffeekanne drückte sie meinen Arm.

»Heute Morgen war es, äh, kalt im Stall«, log ich.

Erst da ließ Audrey die Maske fallen. Sie warf einen heimlichen Blick auf meinen Hals und sah verlegen zur Seite.

Na super. Frauen bereuen eine Nacht mit mir schon vor dem Frühstück.

Sie schichtete Käse und Schinken in der Mitte des Omeletts übereinander und faltete es fein säuberlich zusammen. Es sah sehr appetitlich aus, und plötzlich kam ich um vor Hunger. »Teller«, forderte sie. Ich hielt ihr den Teller hin, und sie beförderte das Omelett mit einer geschickten Drehung ihres schmalen Handgelenks auf die Porzellanoberfläche. »Wer ist als Nächster dran?«, rief sie.

Ich stand mit dem Teller in der Hand herum und wusste nicht, was ich tun sollte. Merke: Wenn du noch einmal einen One-Night-Stand hast, besser nicht unter den Augen der gesamten Familie. »Du solltest auch frühstücken«, sagte ich sanft.

»Schon erledigt.« Sie sah noch nicht einmal über die Schulter. »Speck und Sour Cream stehen auf dem Tisch. Lass es dir schmecken.«

Genau das tat ich.

Aber sie hatte mich weggeschickt. *Schon wieder.* Das hätte ich mir ja denken können.

10

Audrey

Und der Oscar für die beste Hauptrolle geht an … Audrey Kidder in Der Morgen danach.

Kaum hatte Griffin die Küche verlassen, stieß ich einen erleichterten Seufzer aus. Wäre er heute Morgen auf Tuchfühlung gegangen, hätte seine Familie mich bestimmt für eine Schlampe gehalten.

Ich wollte die Pfanne abwaschen, aber May nahm sie mir aus der Hand und stellte sie ins Spülbecken. »Setz dich hin«, sagte sie. »Trink einen Kaffee. Hör auf zu arbeiten. Mom und ich haben schon ein ganz schlechtes Gewissen.«

Zögernd folgte ich ihr ins Esszimmer und schenkte mir ein kleines Glas Saft ein. Ich setzte mich auf den Stuhl neben May, die Männer unterbrachen ihre Unterhaltung und versicherten mir, es sei das beste Omelett ihres Lebens.

»Es sind doch bloß Eier«, wehrte ich ab. Es fiel mir seit jeher schwer, Komplimente anzunehmen. Wahrscheinlich, weil ich nicht oft welche bekommen hatte. Ich war in einer komplimentfreien Zone aufgewachsen. Meine Mutter wollte, dass ich es zu etwas brachte, und das war mir nicht gelungen. Ich hatte lieber Footballspieler verführt und früh damit angefangen. Meine Mom kaufte mir Twinsets, und ich kaufte schwarze Spitzenunterwäsche, die ich darunter anzog. Meine Jugend bestand aus Schreiduellen, in denen es um meine Haare, meine Schminke und meine zu kurzen Röcke ging.

Großartig.

In meiner Tasche klingelte mein Handy. Laut. »Entschuldigung«, sagte ich und zog es heraus, um den Anrufer abzuweisen. Ich kannte die Nummer nicht. Wer immer es war, sollte sich gedulden.

Ich trank meinen Saft aus und hörte Griffin dabei zu, wie er Jude erklärte, warum er unbedingt den neuesten Star-Wars-Film ansehen sollte.

»Die Spoiler haben es bis ins Gefängnis geschafft«, widersprach Jude. »Ich weiß schon, wer am Ende stirbt.«

»Das macht nichts«, beharrte Griff. »Die Filme kehren endlich zu ihrer alten Größe zurück.«

Auf meinem Handy piepste eine Nachricht, und dann piepste es noch einmal. »Entschuldigung«, wiederholte ich. »Normalerweise klingelt es nicht so oft.« Ich holte mein Handy hervor und las die Nachricht. Dann las ich sie noch einmal. »Huch!«

»Ist alles in Ordnung?«, fragte Mrs Shipley.

Schnell blickte ich auf. »Natürlich.«

Ihr Gesicht entspannte sich, und May erklärte eilig: »Es ist schon ein paar Jahre her. Aber seit mein Vater so plötzlich verstorben ist, fürchten wir bei unerwarteten Anrufen das Schlimmste.«

Autsch. »Das tut mir leid. Wenn mein Telefon klingelt, dann meistens nur, weil ich wieder irgendetwas falsch gemacht habe.«

Mrs Shipley lächelte mich an. »Aber doch bestimmt nicht immer.«

»Ziemlich oft. Aber heute nicht.« Es fiel mir schwer, diesen plötzlichen Glücksfall zu verarbeiten. »Ich werde nach Boston zurückbeordert. Ich soll noch heute Abend in einem der exklusivsten Restaurants der BPG anfangen. Hier steht, ich soll um halb vier für die Vorbereitungen da sein. Wahrscheinlich darf ich die Salate zubereiten oder irgendetwas anderes Langweiliges, aber immerhin. Das ist eine tolle Chance für mich. Ich hoffe, die Nachricht war wirklich für mich bestimmt.«

May lachte. »Wieso sollte sie das nicht?«

»Ähm. Ich bin nicht gerade ihre beliebteste Angestellte. Und der Küchenchef dort ist ein chauvinistisches Arschloch. Das sind sie alle, aber er besonders. Er würde mich niemals in seine Küche lassen, wenn nicht gerade der absolute Notstand herrscht. Wahrscheinlich hat er in einem Wutanfall seine komplette Belegschaft gefeuert oder so.« Darauf hätte ich wetten können.

»Wow. Und was wird dort gekocht?«

»Modernist cuisine. So was wie ein Stück Thunfisch, das bei minus einer Million Grad gefroren und mit einer Bandsäge zu einem exakten Würfel geschnitten wird, dann mit einem Pünktchenmuster angebraten und an Mango-Pinienkern-Schaum angerichtet. Es ist wirklich übertrieben. Nicht meine Lieblingsküche, aber es macht sich bestimmt gut in meinem Lebenslauf.«

Alle starrten mich an, als fragten sie sich, warum um alles in der Welt jemand Thunfisch mit einer Bandsäge zuschneiden sollte. Und um ehrlich zu sein, verstand ich es selbst gerade nicht.

»Ich hoffe, es gefällt Ihnen«, sagte Ruth Shipley und stellte ihre Kaffeetasse ab. »Und jetzt müssen wir über gestern Abend sprechen.«

Am anderen Ende des Tisches verschluckte sich Griff an seinem Omelett, und mir brach der Schweiß aus.

»Griffin, dein Bruder hat mir gestern vor dem Schlafengehen etwas höchst Seltsames erzählt. Er sagte, dass du Kühe verkaufen möchtest.«

Es dauerte einen Moment, aber nachdem ich die Worte ein

paarmal im Kopf durchgegangen war, kam ich zu dem Schluss, dass »Kühe verkaufen« keine sexuelle Anspielung war und dass Ruth Shipley nicht von mir sprach.

Auch Griff entspannte sich. Er trank einen Schluck Kaffee, bevor er antwortete. »Wir sollten darüber nachdenken. Wir könnten den Erlös in den Ciderbetrieb investieren. Mit Alkohol lassen sich höhere Gewinne erzielen als mit Milch.«

»Aber *Griffin!*« Mrs Shipley griff sich entsetzt an den Hals. »Dein Vater hat sein ganzes Leben daran gearbeitet, das hier aufzubauen.« Sie schluckte schwer. »Ich verstehe nicht, warum du das machen willst.«

Griff stellte seine Tasse ab. »Eine Zeit lang war es ein gutes Geschäft«, antwortete er vorsichtig. »Aber die Milchpreise sind im Keller, und die Pacht wird erhöht.«

Seine Mutter bekam große Augen. »Aber … Smitty würde uns doch nicht rauswerfen. Wir können doch mit ihm über die Pacht reden.«

Langsam schüttelte Griff den Kopf. »Das Land ist heute mehr wert als früher. Er hat bestimmt Angebote, es zu verkaufen. Gute Angebote. Und unser Pachtvertrag läuft aus. Würdest du an seiner Stelle nicht auch alle Möglichkeiten in Betracht ziehen?«

»Wahrscheinlich schon.« Sie stand hastig auf und brachte ihren Teller in die Küche.

Eine unangenehme Stille entstand, bis May schließlich fragte: »Was, wenn wir Geld in den Ciderbetrieb stecken und es schiefgeht?«

Griff warf den Kopf zurück und lachte. »Tja, das ist die große Frage. Darf ich wenigstens noch mein Omelett aufessen, bevor ich unser Schicksal besiegele?«

Seufzend räumte May ihr Geschirr zusammen und folgte ihrer Mutter in die Küche.

Währenddessen saß ich da und kam mir vor wie ein unfreiwilliger Zeuge eines Familiendramas. Aber da war ich nicht die Einzige. Auch Zach und Jude betrachteten sehr interessiert ihre leeren Teller.

Die Stille wurde von knirschenden Reifen auf dem Schotter draußen unterbrochen. Zach stand auf und schob die Spitzengardine zur Seite. »Ach, das ist Wilson. Er bringt dir deinen Reifen.«

Griff warf mir einen Blick zu, als hätte er vergessen, dass ich noch da war. Aus irgendeinem Grund wirkte er traurig.

Ich sprang auf. »Er hat uns den Reifen gebracht?«

»Ich hatte noch was gut bei ihm«, erwiderte Zach.

»Ich hole mein Scheckbuch.«

Zach schüttelte den Kopf. »Er stellt es der Autovermietung in Rechnung.«

»Oh, vielen Dank.«

Und damit hatte ich keinen Grund mehr, noch länger auf der Shipley Farm zu bleiben.

Keine zehn Minuten später hatten Zach und sein Kumpel von der Werkstatt den Reifen gewechselt. Mrs Shipley umarmte mich und bedankte sich für die Hilfe in der Küche. Dann für die Hilfe beim Schlachten. »Brauchen Sie noch irgendetwas für den Weg nach Boston?«, fragte sie.

»Nur meine Tasche. Ich hole sie eben aus der Schlafbaracke«, antwortete ich und hoffte, ich würde nicht dunkelrot anlaufen. Wahrscheinlich würde ich für den Rest meines Lebens beim Wort »Schlafbaracke« verlegen werden.

Ich huschte in Griffs Zimmer, um meine Tasche vom Bett zu nehmen, das ich vor dem Frühstück ordentlich gemacht hatte. Selbst jetzt verspürte ich noch das dringende Bedürfnis, mein Gesicht in sein Kissen zu drücken und noch ein letztes Mal Griffs Geruch einzuatmen.

War das unheimlich?

Wahrscheinlich.

Also sammelte ich die kläglichen Überreste meiner Würde zusammen und machte, dass ich wegkam.

Das Auto stand abfahrbereit in der Einfahrt. Griff und seine Jungs diskutierten darüber, ob sie einen der Gärtanks reinigen sollten. Als ich näherkam, winkten Zach und Jude mir freundlich zu und zogen sich zurück. Damit standen nur noch Griff und ich neben dem Wagen. Ich warf meine Tasche in den Kofferraum. *Und jetzt?*, dachte ich. Geben wir uns die Hand? Küssen wir uns? Was sieht das Nach-dem-Vögeln-ich-melde-mich-wegen-des-Ciders-Protokoll vor?

»Tja«, sagte ich und schlug den Kofferraum zu.

»Tja«, sagte er, legte den Kopf schief und lächelte mich an.

Dieses Lächeln ging mir durch und durch und verwirrte mich völlig. »Es war … interessant.«

»Ach.« Er verdrehte tatsächlich die Augen. »Interessant? Das ist die Bewertung, die ich bekomme? Ich hatte eher den Eindruck, die Erde hat gebebt.«

»Na ja …« Meine Wangen glühten. »Du bist Farmer. Da kennst du dich mit Erde natürlich aus. Aber mir sind gestern ein paar wichtige Gehirnzellen durchgebrannt. Ich hoffe, ich finde überhaupt den Weg zurück nach Boston.«

Sein Lächeln wurde noch breiter. »Wenn du dich verirrst, kommst du einfach zurück. Du weißt ja, wo du mich findest.«

Ich wusste, wo ich ihn fand, und das kam unerwartet. Fünf Jahre lang hatte ich nicht an ihn gedacht, und auch nicht an all das, was für mich an der Boston University schiefgelaufen war. Aber jetzt wusste ich, dass ich noch eine ganze Weile an Griff denken würde. Der Mann hinterließ einen ziemlichen Eindruck. Auch jetzt verspürte ich seine Anziehungskraft.

Es war wirklich Zeit aufzubrechen.

»Ich … ähm, ich werde deinen Cider einem Sommelier zukommen lassen.«

In Griffs Augenwinkeln bildeten sich Fältchen. »Danke.«

»Man weiß ja nie«, sagte ich und öffnete die Autotür. »Vielleicht trinkt ihn im Herbst ganz Boston. Zu vierundzwanzig Dollar die Flasche.«

Er schnaubte. »Hey, nicht so schnell.« Bevor ich reagieren konnte, war Griff um die geöffnete Autotür herumgekommen und in meinen persönlichen Bereich getreten. Wegen des Größenunterschieds zwischen uns war ich auf Augenhöhe mit seinem Bart. Seine vollen Lippen sagten: »Ich muss mich doch noch verabschieden.«

Ich schluckte schwer, denn ich hasse Abschiede. Wenn es so etwas wie eine Abschiedophobie gibt, dann leide ich unter einem besonders schweren Fall. Griffs starker Körper kam näher, seine Wärme hüllte mich ein. Mit zwei kräftigen Fingern hob er mein Kinn an, damit ich ihm in die Augen sehen konnte.

»Hey«, flüsterte er. »Alles in Ordnung?« Er musterte mich mit seinen braunen Augen.

»Natürlich«, stieß ich hervor.

Dann war sein Mund auf meinem, seine Lippen fühlten sich voll und warm an. Ich schlang die Arme um ihn, ohne auf eine Aufforderung zu warten. Und er küsste mich langsam und zärtlich, während ich an ihm klebte wie gut gelungene Mayonnaise an einem Löffel. Seine Zunge strich hungrig über meine, und ich wusste, ich würde ihn den ganzen Heimweg über schmecken.

Als er sich von mir löste, war ich noch nicht bereit dafür.

»Das ist nur, damit du dich an mich erinnerst«, flüsterte er.

Als könnte ich ihn vergessen. »Bis dann«, sagte ich und versuchte fröhlich zu klingen. Warum fiel mir das auf einmal so schwer?

»Mach's gut«, antwortete er und trat zurück.

Okay.

Ich stieg ins Auto und ließ den Motor an, während Griff mit einem undurchschaubaren Gesichtsausdruck dabei zusah. Als ich wendete, verschränkte er die muskulösen Arme vor der Brust.

Er hob kurz die Hand, dann fuhr ich davon, die Auffahrt hinunter und aus seinem Leben.

ZWEITER TEIL

August

Mit dem Kochen ist es wie mit der Liebe. Man sollte es mit Hingabe tun – oder gar nicht.

Harriet van Horne

11

Einen Monat später
Griffin

Am Samstagabend waren wir wie üblich alle erschöpft. Die Ernte der frühesten Apfelsorten hatte begonnen. Nachdem jeder von uns ungefähr zehntausend Kalorien von Moms Essen verzehrt hatte, fuhren mein Cousin, Zach und ich zum *Mountain Goat*, um ein paar Bier zu trinken.

Ich hatte das *Goat*, wie wir die Bar nannten, seit dem Frühling gemieden. Meine Ex-Bekanntschaft bediente dort und war nicht sehr glücklich über die Trennung gewesen.

Vor einer Woche hatte ich mich zum ersten Mal wieder hergetraut. Mein Cousin Kyle ging gern aus, und seitdem er in der Schlafbaracke wohnte, um uns bei der Ernte zu helfen, hatte ich meinen Mut zusammengenommen und mich mal wieder im *Goat* gezeigt. Zara ignorierte mich wie erwartet. Immerhin vergiftete sie meine Getränke nicht, was ich für ein gutes Zeichen hielt.

Heute Abend trafen wir uns mit Kyles jüngerem Bruder Kieran, der bald seine Ausbildung bei der Drogenfahndung beginnen würde. Ich steuerte auf die hintere Ecke einer U-förmigen Nische zu, in der es nicht zu eng war und die meinen Cousins einen Blick auf jede Frau erlaubte, die die Bar betrat.

»Zara hat dir gerade einen Blick zugeworfen«, sagte Kyle, als wir uns gesetzt hatten, »als wolle sie dich mit einem Laserschwert töten.«

»Mhm«, sagte ich. »Sei ein guter Junge und besorg uns die erste Runde.« Ich legte einen Zwanziger auf den Tisch. Kyle war ein Geizhals. Er zahlte nie das Bier, solange keine Frauen anwesend waren.

»Ich hole uns einen Krug.« Zach sprang auf und ließ mein Geld auf dem Tisch liegen.

»Warum kannst du nicht mehr wie Zach sein?«, fragte ich Kyle. Von meinen beiden Cousins war Kyle der Redselige, Kieran der Stille. Ehrlich gesagt stand ich den beiden viel näher als meinem kleinen Bruder. Dylan war zehn Jahre jünger als ich, meine Cousins und ich waren jedoch fast gleich alt. Ich war siebenundzwanzig, Kyle fünfundzwanzig und Kieran dreiundzwanzig. Wir pflückten gemeinsam Äpfel, seit wir laufen konnten, und tranken im *Goat*, seitdem es uns erlaubt war.

»Warum hast du dich eigentlich von Zara getrennt?« Kyle deutete mit dem Kinn in Richtung Bar. »Ich fand sie ziemlich cool. Und, ich meine …« Er warf ihr einen langen, abschätzenden Blick zu. »In diesem Kaff könntest du es um einiges schlechter treffen.«

»Es war nie als etwas Ernstes geplant.« Ich trommelte mit den Fingern auf die Tischplatte.

»Aber sie wollte eine feste Beziehung?«, fragte Kyle.

»Sie hat mir kein Ultimatum gestellt. Wir waren uns immer einig, dass es nur um Sex geht. Aber irgendwann hat es mich genervt, mich schuldig zu fühlen, wenn ich sie nicht nach Hause zum Abendessen eingeladen oder mich mehr um sie bemüht habe.« Nichts gegen Zara – sie war ein großartiges Mädchen. Aber es gab schon zu viele Menschen, die sich auf mich verließen. Es stresste mich zu sehr, noch jemanden hinzuzufügen.

Kyle sah mich skeptisch an. »Du hast aufgehört, die heißeste Frau der Stadt zu vögeln, weil du ein schlechtes Gewissen hattest?«

Er ließ es einfacher klingen, als es war. »Sie hat Andeutungen gemacht. Hat gesagt, sie wolle mehr Zeit mit mir verbringen. Ich wollte sie nicht hinhalten, das ist alles. Das wäre nicht fair gewesen.«

»Wenn du das sagst«, erwiderte er, aber es klang eher wie *Du bist echt ein Vollidiot.*

Vielleicht war ich ein Idiot, denn der vergangene Monat war richtig hart gewesen, und zwar nicht auf eine gute Art.

Und es würde noch schlimmer werden. Spätsommer und Frühherbst waren die arbeitsreichste Zeit auf der Farm, und wir arbeiteten uns den Arsch ab. Meine Cousins hatten den Tag über Zestars und Yellow Transparents gepflückt. Zach und die Zwillinge hatten Äpfel und Cider zum Bauernmarkt von Norwich gebracht, und ich hatte mit Jude die Cidertanks gereinigt und das Ciderhaus auf Vordermann gebracht. Am kommenden Wochenende würden die ersten Horden die Farm belagern, unsere Wiesen zuparken, Äpfel pflücken und Cider kaufen. Und irgendwie – während ich mich durch die Selfieknipsenden Wochenendgäste schlängelte – musste ich in dieser geschäftigen Zeit so viele Äpfel wie möglich pressen, um einen neuen Jahrgang Shipley Cider herzustellen.

Zach kam mit einem Krug und vier Gläsern zurück. Ich goss ihm zuerst ein und reichte dann meinen Cousins je ein Glas. »Prost«, sagte ich, als auch mein Glas gefüllt war. »Auf gutes Wetter an den Wochenenden der nächsten zwei Monate.«

Kyle grinste. »Auf geile Touristinnen, die im *Goat* vorbeikommen und mit mir vögeln wollen.«

Ich schnaubte. »Ich hoffe, sie haben Hotelzimmer. Die Schlafbaracke ist tabu, und bleib mit deinem Schwanz aus meinem Pick-up raus.«

»Ganz schön voll für einen Freitagabend.« Er trank einen großen Schluck. »Dann hätte ich wohl auch auf gutes Wetter anstoßen sollen. Wenn ich im Freien bumsen muss, brauche ich das.«

Wie immer errötete Zach tief bei dem Gerede über Sex.

Meine Damen und Herren: ein typischer Freitagabend im Goat.

Als wir uns das Bier eingegossen hatten, war ein Paar wohlgeformter Beine durch den Rand meines Blickfeldes gewandert. Mein treuloses Hirn dachte sofort an Audrey Kidder, wie viel zu häufig in letzter Zeit. Jedes Mal, wenn ich ins Bett ging, stellte ich mir vor, dass sie neben mir lag. Jedes Mal, wenn ein unbekanntes Auto die Auffahrt hinaufkam, beobachtete ich, wer aus dem Wagen stieg. Aber es war nie eine Blonde mit Pfeffer im Hintern. Jedes Mal war es ein Kraftfutterverkäufer oder ein Freund der Zwillinge.

In letzter Zeit war die Stimmung beim Abendessen angespannt, weil wir viel über die Zukunft der Milchkühe diskutierten. Smitty hatte uns einen neuen Fünfjahresvertrag zugeschickt, der für jedes Jahr eine Pachterhöhung vorsah. Uns blieben sechzig Tage, um den Vertrag zu unterschreiben. Das klang nach ausreichend Zeit – bis man berücksichtigte, wie lange der Verkauf einer Herde Kühe dauerte.

Großartig.

Ich trank noch einen Schluck Bier und fragte mich, warum ich heute überhaupt mitgekommen war. Bier gab es auch zu Hause, und offensichtlich hatte ich meine Probleme mitgebracht.

»Reserviert«, sagte Kyle plötzlich. »Wow. Die hab ich hier noch nie gesehen.«

Ich drehte mich gar nicht erst um. Das arme Mädchen – wer auch immer sie sein mochte – konnte sicher gut auf einen ganzen Tisch anzüglich grinsender Typen verzichten. Kyle war sowieso schon dabei, sein komplettes Flirtprogramm zu starten.

Da fing Zachariah an zu kichern. »Du musst dich hinten anstellen, Kyle.«

»Warum? Ich sehe keinen Ring.«

»Sie und Griffin …« Er räusperte sich.

Als ich das hörte, gab ich auf und drehte mich um: Mein Tagtraum war Wirklichkeit geworden. »Nee, oder?« Siehe da, Audrey Kidder saß auf einem Barhocker und sprach mit Zara. Hätte Zach nichts gesagt, hätte ich angenommen, meine Augen würden mich täuschen. Seit Wochen sah ich Audrey aus dem Augenwinkel auf dem Bauernmarkt. Aber in Wirklichkeit war sie es nie gewesen.

Bis jetzt.

»Was?«, japste Kyle. »Schwachsinn. Ich gebe ihr einen aus.« Er stützte die Hand auf den Tisch und schickte sich an aufstehen.

Ich legte meine Hand auf seine. »Nein, das wirst du nicht.«

»*Schau an*«, sagte Kyle gedehnt, »wer ist denn da plötzlich so besitzergreifend?« Er schüttelte meine Hand ab und lehnte sich auf der Bank zurück. »Na gut, dann hol sie mal rüber. Das wird lustig.«

Na toll. Ein Publikum war das Letzte, was ich brauchte, wenn ich mit Audrey sprach. Und was zur Hölle sollte ich dem Mädchen überhaupt sagen? *Hey, seitdem du gefahren bist, habe ich unsere gemeinsame Nacht wie besessen immer und immer wieder vor meinem inneren Auge abgespielt? Trink ein Bier mit mir und meiner neugierigen Familie?*

»Unnnnd wir wurden entdeckt«, sagte Zach vergnügt. Er hob die Hand und winkte Audrey.

»Lass mich mal raus.« Ich stieß Zach an. Wenn sie zurück nach Tuxbury gekommen war, würde ich mit ihr sprechen – Zuhörer hin oder her.

Zach machte Platz, und als ich aufstand, sah ich, wie Audrey sich zu Zara umdrehte, die sich über die Bar gelehnt hatte und Audrey mit zusammengekniffenen Augen etwas ins Ohr flüsterte.

Mist.

12

Audrey

Natürlich hatte ich damit gerechnet, Griff Shipley in Vermont zu begegnen. Ich hatte bloß erwartet, dass es länger als eine Stunde dauern würde, bis ich ihm wieder über den Weg lief. Ich war nicht darauf eingestellt, dass dieser Berg von einem Mann ausgerechnet in der Bar auftauchte, wo ich gerade einen Caesar Salad mit Hähnchenbrust bestellt hatte. Ich musste mich sammeln, bevor ich diesem unfassbar heißen Typen wieder gegenübertrat.

Die Barkeeperin, Zara, hatte mich direkt gewarnt. »Pass auf die Truppe da drüben auf. Alles Arschlöcher. Außer der Blonde, der ist ganz süß. Aber die Shipley-Jungs halten sich für Gottes Geschenk an die Frauen. Griff ist egozentrisch, und Kyle ist einer, der am liebsten jede Frau flachlegt. Und was Kieran denkt, weiß keiner, der Kerl sagt nicht viel.«

Als ich verstohlen zu ihrem Tisch hinüberblinzelte, sah ich dort zu meiner Überraschung zwei weitere Shipleys, die ich bisher noch nicht kennengelernt hatte. Doch die Familienähnlichkeit war nicht zu übersehen. Alle waren sie breitschultrige, kräftige Männer mit ausgeprägtem Kiefer und dichten Haaren. Mit welchem davon hatte Zara wohl schlechte Erfahrungen gemacht?

Die Antwort darauf erschien keine sechzig Sekunden später hinter mir.

»'n Abend, Ladies.« Griffs tiefe Stimme vibrierte in meiner

Brust. Ich wünschte, das hätte sie nicht. Die nächsten Wochen würden deutlich einfacher werden, wenn ich immun gegen Griffin Shipley wäre.

»'n Abend«, murmelte Zara. »Möchtest du etwas?« Ihre dunklen Augen forderten ihn geradezu auf, alles von ihr zu verlangen.

»Ich möchte bloß Audrey Hallo sagen«, erwiderte er und legte mir eine Hand auf die nackte Schulter. Meine Haut glühte unter seiner Hand, und ich musste gegen einen wohligen Schauer ankämpfen. Meine Libido war wie ein Labradorwelpe, kurz davor, an ihm hochzuspringen und ihm übers Gesicht zu lecken.

Platz, Mädchen.

Ich wappnete mich gegen seine Attraktivität und blickte zu ihm auf. »'n Abend, Grummel-Griff.«

Zaras Mundwinkel zogen sich nach oben. Doch dann fiel ihr Blick auf seine Hand, die immer noch auf meiner Schulter lag. Und an ihren Augen erkannte ich, wie verärgert und verletzt sie war. Sie wandte sich ab und eilte hinüber zum anderen Ende des Tresens.

»Komm, setz dich zu uns.« Seine tiefe Stimme ging mir durch Mark und Bein.

»Ich warte auf mein Essen. Und irgendwie habe ich das Gefühl, dass die Barkeeperin dich nicht mag. Wenn ich mich zu euch setze, bedient sie mich vielleicht nicht mehr.«

Er lachte tief und durchdringend. »Tja, das ist natürlich ein Risiko.«

»Was hast du ihr getan?«, fragte ich und ergriff Partei für eine Frau, die ich noch keine drei Minuten kannte.

»Ähm. Es geht eher darum, was ich *nicht* getan habe.«

Wir schwiegen, denn Zara kam mit meinem Salatteller zurück. Sie stellte ihn unsanft vor mir auf den Tresen, und sofort streckte Griff die Hand danach aus. »Setz es auf unsere Rechnung«, sagte er und nahm ihr die Besteckrolle ab.

»Ja, Meister«, zischte sie und salutierte, bevor sie davonmarschierte.

»Was immer du getan oder nicht getan hast – vielleicht solltest du dich entschuldigen?«, fragte ich, stand vom Barhocker auf und nahm mein Bierglas.

»Ich denk drüber nach.« Er brachte meinen Teller zu einer hölzernen Nische, wo drei Jungs mich fasziniert musterten.

»Hey, Audrey!« Zach sprang auf, streckte die Hand aus und bot mir seinen Platz an.

Ich rutschte rein, Griff setzte sich neben mich und stellte den Salat vor mir auf den Tisch. Zach zog sich einen Stuhl heran und setzte sich ans Kopfende.

»Die beiden Spinner hier sind meine Cousins, Kieran und Kyle«, erklärte Griffin, während ich mich über meinen Salat hermachte. »Jungs, sagt Hallo zu Audrey.«

»Hallo-zu-Audrey«, leierten sie wie aus einem Mund, lachten und klatschten sich ab.

Griff schüttelte den Kopf, als habe er Schmerzen, aber ich hatte den Eindruck, dass wir mit Kyle und Kieran viel Spaß haben würden. Der Abend konnte nur besser werden. Und mein Salat war wirklich nicht schlecht. Wenn es in einem Restaurant einen anständigen Caesar Salad gab, dann lohnte es sich wiederzukommen.

Wahrscheinlich würde ich sowieso jeden Abend hierherkommen, wenn es bedeutete, dass ich Hüfte an Hüfte mit Griff Shipley sitzen konnte. Ziemlich peinlich, oder?

»Also, wie geht's?«, fragte ich, während ich mein Hähnchen mit der Gabel zerteilte. »Wo ist euer Neuer? Ich habe mich gefragt, wie er sich wohl macht.« Ich schob mir einen Bissen in den Mund und wünschte, ich hätte das nicht gesagt. Ich wollte nicht mit der Tatsache hausieren gehen, dass ich seit meinem Abschied fast jeden Tag an die Shipley Farm gedacht hatte.

»Jude macht das großartig«, antwortete Zach. »Mrs Shipley hat ihn aufgepäppelt. Heute Abend hat ihn May zu einem Treffen der Selbsthilfegruppe für Drogenabhängige in Norwich gefahren.«

»Das ist ja nett von ihr.«

»Stimmt«, bestätigte Griff.

»Also schauen wir mal ...« Zach stützte sein Kinn in die Hand. »Die Pfirsiche sind so gut wie reif, und die Äpfel fangen gerade an ...«

»Ihr habt Pfirsiche?«, kreischte ich. »Verdammt. Was könnte ich alles mit am Baum gereiften Pfirsichen anstellen.« Ich erschauerte seufzend, wenn ich nur daran dachte. Pfirsichpastete. Ingwer-Pfirsich-Muffins ...

»He!«, rief Kyle grinsend. »Alles in Ordnung da drüben? Es sind bloß Pfirsiche. Die Wespen lieben die Bäume auch. Gestern haben sie mich in den blanken ...«

»Schnauze, du Idiot«, blaffte Griff. Er wandte sich an mich. »Hat die BPG dich wieder nach Vermont geschickt?«

»Sicher. Ihr alter Plan hat nicht funktioniert, also haben sie das Budget aufgestockt. Ich denke, die Zahlen sind jetzt ganz in Ordnung. Aber das werde ich noch herausfinden.« Mir war allerdings klar, dass es neue Schwierigkeiten geben würde. Es gab immer welche.

»Wie hat es dir in dem Restaurant gefallen, wo du eingesprungen bist?«, fragte Griff und sah mich nachdenklich an. »Diese Hightech-Küche.«

Erstaunlich, dass er sich überhaupt daran erinnerte. »Es war faszinierend, und ich habe eine Menge über hochaktuelle Food-Technologie gelernt. Aber in der Küche war es irgendwie ... trostlos. Und der Chefkoch war ein Arsch. Das sind sie alle. Er hat sich in den ersten zwei Wochen nicht mal die Mühe gemacht, meinen Namen zu lernen. In den letzten beiden Wochen hat er mir an den Hintern gefasst und mich Tawdry genannt. ›Tawdry‹, wie billig. Genauso billig wie sein Witz.«

Griff sah so verdrossen aus, wie ich ihn noch nie gesehen hatte. Und das wollte was heißen. »Dieses Arschloch ist der Chef?«

Kieran sagte zum ersten Mal etwas. »Kannst du dich nicht über ihn beschweren?«

»Könnte ich«, sagte ich und stocherte in meinem Salat. »Aber denen da oben ist es egal, wie er sich benimmt, solange er gute Kritiken bekommt und Trüffelgerichte für vierzig Dollar pro Portion verkauft. Und außerdem wird mir die Firma meinen Traum finanzieren – sie wissen es nur noch nicht. Also will ich nicht diejenige sein, die sich über die schlechten Arbeitsbedingungen beklagt.«

Einen Moment lang sagte niemand etwas, nur Zach sah mich mitleidig an.

»Das ist doch scheiße, Prinzessin«, sagte Griff schließlich.

»Genau«, ergänzte Kyle. »Das schreit nach mehr Bier. Ich hole es, damit Zara es nicht vergiften kann.«

Kieran lachte. »Das ist echt typisch. Kaum ist eine Frau anwesend, findet Kyle seine Geldbörse wieder.«

Während ich meinen Salat aufaß, redeten die anderen über die Bar und über die Pfirsichernte.

»Wie lange bleibst du in der Gegend?«, fragte Griff, als ich meinen Teller wegschob.

Kyle wackelte mit den Augenbrauen in Griffs Richtung, aber der warf ihm einen Griff-Blick zu, und schon hörte Kyle auf.

»Mindestens ein paar Wochen. Ich muss viel herumfahren und die ganzen Produkte auftreiben, die sie brauchen.« Niemand von der BPG würde dabei sein und meine täglichen Aktivitäten überwachen. Also hatte ich viel Zeit, um die hiesigen Pfirsiche zu probieren. Ich könnte auch versuchen, sie in der lächerlich kleinen Pantryküche in meinem Motel einzukochen. Ich freute mich auf ein wenig unverplante Zeit außerhalb der stressigen Küche, in der ich den letzten Monat über gearbeitet hatte. Am unteren Ende der Gastro-Karriereleiter war es sehr einsam.

»Bis die Cranberries reif sind, dauert es noch eine Weile«, sagte Zach zu Kieran. »Du verlässt die Stadt zur falschen Zeit.«

»Was, Cranberries habt ihr auch? Ich dachte, dafür bräuchte man ein Moor?«

Griff schüttelte den Kopf. »Die großen kommerziellen Erzeuger fluten das Feld, damit die Ernte einfacher wird. Aber die Pflanze selbst gedeiht überall dort, wo man sie hinsetzt.«

»Im November backt Mrs Shipley immer ihre berühmte Apfel-Cranberry-Pie mit Streuseln.« Zach lehnte sich zurück und schloss die Augen. »Das ist die beste Zeit des Jahres.«

»Stimmt.« Kyle kam mit einem riesigen Bierkrug wieder zurück an den Tisch. »Die Pie ist ein wahrer Geschmackszellenorgasmus. Eigentlich arbeite ich nur deswegen auf der Plantage.«

»Ach Quatsch«, schnaubte Griff. »Du arbeitest bei uns, weil ich so ein einnehmendes Wesen habe.« Er schob seinem Cousin mein Bierglas hin, um es auffüllen zu lassen.

Im selben Augenblick spürte ich Griffs andere Hand auf meinem Knie. Seine Fingerspitzen streiften die empfindliche Haut auf der Innenseite meines Oberschenkels.

Ich erschauerte am ganzen Körper.

»Alles in Ordnung?«, fragte Kyle noch einmal.

»Alles gut«, versicherte ich eilig und trank einen Schluck Bier. Doch die ungezogenen Finger strichen langsam über meine Haut und setzten alle Nervenenden in meinem Körper in Flammen. Mein Hirn hatte einen Kurzschluss, Funken stoben in alle Richtungen.

Wenn er damit weitermachte, würde ich etwas sehr, sehr Dummes tun. Also tat ich, was nötig war, und schob seine Hand unauffällig weg. »Du bist nicht nett«, zischte ich.

»Das stimmt nicht«, erwiderte Griff ruhig. Er schloss seine Finger sanft um meine, und aus unerfindlichen Gründen ließ ich es geschehen, dass er meine Hand zu sich herüberzog und auf seinem Bein ablegte.

Ich spürte seinen muskulösen Oberschenkel. Vorsichtig strich ich mit den Fingerspitzen über die nackte Haut am Saum seiner Shorts. Die Härchen auf seinem Bein waren überraschend zart, und ich kämpfte gegen eine Gänsehaut an, als mich eine weitere Erinnerung an unsere gemeinsame Nacht neulich durchzuckte. *Ich mit dem Rücken an der Wand, seine Beine, die sich rhythmisch anspannen, während wir …*

Oje! Wie soll man es denn schaffen, nicht an so etwas zu denken?

»Wer fährt morgen auf den Markt nach Norwich?«, fragte irgendwer. »Ich war letzte Woche schon da.«

»Ich mache das«, sagte Griff und streichelte meinen Handrücken. »Und Jude begleitet mich.«

»Bring uns ein paar Donuts mit«, verlangte Kyle.

Sie sprachen weiter, aber ich konnte an nichts anderes denken als an meine Hand und an Griffs sanfte Berührungen. Dann massierte er mit seinem rauen Daumen meine Handfläche. Ich dachte daran, wo er mich noch überall berühren könnte.

Ich wollte mich zurücklehnen und die Augen schließen. Ich wollte über ihn herfallen.

Aber das würde ich nicht tun.

Würde ich nicht.

Wirklich nicht.

Seine geschickten Finger umkreisten mein Handgelenk, und im Vergleich zu seiner Größe kam ich mir ganz zerbrechlich vor. Wer hätte gedacht, dass das Handgelenk eine erogene Zone ist? Alle meine Sinne waren hellwach und kribbelten. *Und dabei hielt er bloß meine Hand.*

»Müde?«, fragte Kyle, als ich wohlig die Augen schloss.

»Mmm.« Ich schüttelte mich. »Ich habe einen langen Arbeitstag und eine lange Fahrt hinter mir.«

Sie setzten ihre Unterhaltung fort, doch ich nahm nichts wahr außer Griffs Berührung. Die ungezogenen Finger strichen wieder über mein Bein, diesmal allerdings nur auf der Außenseite. Vielleicht war ich wirklich »billig«, denn nun bereute ich es, dass ich vorhin seine Hand weggeschoben hatte. Unwillkürlich bewegte ich mein Bein unter dem Tisch näher an seins heran. Griff lachte lautlos, dann legte er die Hand wieder auf mein nacktes Knie.

Ich hielt den Atem an.

Er streckte die starken Finger aus, liebkoste die empfindliche Innenseite meiner Oberschenkel. Dann glitt seine Hand weiter aufwärts, unter meinen Rock. »Wisst ihr, wo ich Wühlmausschäden entdeckt habe?«, fragte er, auch wenn ich die Worte kaum aufnahm. »Bei den Granny-Smith-Bäumen, neben den Cox Orange …« Mit einem Finger zeichnete er eine Landkarte auf den Tisch und lenkte die Aufmerksamkeit der Jungs auf das, was er ihnen erzählte. Währenddessen wanderte er mit den Fingern der anderen Hand meinen Oberschenkel hinauf, zwischen meine Beine, und strich über den Stoff meines Unterhöschens.

Ich biss mir auf die Lippe, um nicht aufzustöhnen. Ich hatte in meinem Leben schon viele Dummheiten gemacht. Und nun stand ich kurz davor, eine weitere zu begehen.

»Alles in Ordnung, Audrey?«, fragte Zach und legte den Kopf schief wie ein Hündchen. »Du bist ein bisschen rot.«

»Ähm.« Ich versuchte, nicht zu keuchen. »Ich glaube, ich muss mal an die frische Luft.«

Griff zog augenblicklich seine Hand zurück. »Ich komme mit raus.«

»Gut, ich muss sowieso etwas mit dir besprechen.« Musste ich wirklich. Wenn ich doch nur für zehn Sekunden aufhören könnte, mich nach ihm zu verzehren. Ich wollte ihn um Hilfe bitten.

Er nahm meine Hand und führte mich nach draußen. Die sommerliche Nachtluft war süß und berauschend, aber noch berauschender war Griff. Er drückte mich an die Holzfassade und küsste mich.

Offensichtlich konnten Griff und ich es nicht langsam angehen lassen. Schon nach zwei Sekunden hatten sich unsere Zungen ineinander verschlungen. Er schmeckte wie ein mächtiger Zaubertrank – nach Hitze und Mann und Bier. Und ich wollte jeden Tropfen davon. Seine riesigen Hände wanderten hinab zu meiner Taille, die sie fast ganz umfassen konnten. Ich wollte ewig so stehen bleiben, gehalten von Griff Shipley.

Ich war schon immer praktisch veranlagt.

Oder auch nicht.

Als wir voneinander abließen, schnappten wir beide nach Luft. Ich lehnte meinen Kopf an die Wand und sah zu den hell leuchtenden Sternen hinauf. »Ist das immer so?«, japste ich. »Bei jeder Gelegenheit fallen wir unter freiem Himmel übereinanderher?«

»Anscheinend.« Er beugte sich hinunter und saugte an meinem Hals. Zwischen meinen Beinen pulsierte es, und ich hoffte, er würde nie wieder damit aufhören – höchstens, um mit diesen unglaublichen Lippen an einer anderen Stelle weiterzumachen. »War es das, was du mit mir besprechen wolltest?«

»Was?«, keuchte ich und presste die Beine zusammen gegen das Brennen. »Nein, ich …«

Er hob abwartend den Kopf.

Oh Gott. Meine Brüste fühlten sich schwer an, meine Lippen waren geschwollen. »Na warte, dafür werde ich mich rächen.«

»Ach ja?« Er lächelte. »Ich werd's mir merken. Also, was wolltest du besprechen?«

»Ähm. Einen Gefallen. Ich wollte dich um …« Mit dem Daumen streichelte er mir über die Wange, und ich konnte mich nur schwer konzentrieren, »… Hilfe bitten.«

Er stieß einen dunklen Laut aus. »Hilfe *wobei*?« Er drängte mich gegen die Wand, und ich spürte seine verheißungsvolle Erektion. Während er auf meine Antwort wartete, fuhr er mir durch die zerzausten Haare.

»Ähm.« Ich holte tief Luft und sortierte meine letzten verbliebenen Gehirnzellen. »Ich wollte dich fragen, ob du mich vielleicht mit ein paar Farmern bekannt machen könntest. Du hast alle vor mir gewarnt, aber diesmal sind meine Preise viel besser.«

Er schloss die Augen und seufzte. Dann ließ er mich los, wich zurück und blieb ein paar Schritte entfernt stehen.

Ich stellte mich auf eine Abfuhr ein.

»Ja«, sagte er schließlich und öffnete die Augen wieder. Er betrachtete mich nachdenklich. »Das könnte ich. Sicher.«

»Wirklich?«, quietschte ich und legte ihm beide Hände auf die kräftige Brust.

»Wirklich«, bestätigte er. »Du kannst morgen zum Markt nach Norwich mitkommen. Es ist der größte Markt in der Umgebung, da sind jede Menge Farmer.«

»Toll«, hauchte ich und blickte hinauf in sein raues Gesicht. *Küss mich noch einmal*, bat ich wortlos.

Stattdessen nahm er meine Hände und löste sie von seiner Brust.

»W… warum hast du das gemacht?«

Er seufzte. »Du hast mich um Hilfe in einer geschäftlichen Angelegenheit gebeten. Und ich bin nicht so ein Arschloch wie dein Küchenchef, der dir an den Hintern fasst, während du bloß deine Arbeit machen willst.«

»Aber … aber …«, stotterte ich. Alle Nervenenden in meinem Körper (vor allem die unterhalb der Gürtellinie) schrien *Neiiiiiiiiiiiin!*

»Außerdem«, sagte er und nahm meine Hand, »bin ich heute mit den Jungs hier.« Er küsste meine Handfläche. Seine Barthaare kitzelten mich. Ich wollte sie überall spüren. Offensichtlich merkte er mir das an, denn er nahm meine Hand, legte sie sich in den Nacken und beugte sich wieder zu mir, um mich auf die Wange zu küssen. »Was ich mit dir machen möchte«, sagte er mit tiefer und rauchiger Stimme, »würde sowieso die ganze Nacht dauern. Wenn wir dazu jemals die Gelegenheit haben, will ich dich unter mir.«

Mmmmm! Bei dem Gedanken pochte es in meinem ganzen Körper. *Tawdry Audrey stets zu Diensten.*

»Aber nicht heute«, flüsterte er. »Nicht hier auf dem Parkplatz, Prinzessin.«

Ich hatte Angst, ich könnte ihn anflehen, also sagte ich gar nichts und sah ihn bloß an wie ein Hündchen in Erwartung eines Leckerlis. Er gab mir einen letzten, zarten Kuss. Als er sich von mir löste, wollte ich ihn festhalten, stattdessen blieb ich einfach stehen.

Die Hintertür flog auf, und Zara kam mit einem Plastikeimer heraus. Als sie uns sah, hielt sie inne. Der geringe Abstand zwischen Griff und mir war ihr nicht entgangen. Sie wandte den Blick ab, ging zwei Schritte weiter und pfefferte den Eimer auf den Boden. Mit ohrenbetäubendem Scheppern flog der Wertstoffmüll heraus. Zara stürmte wieder ins Gebäude und knallte die Tür hinter sich zu.

»Ist das deine Freundin?«, fragte ich. *Bitte sag Nein.*

»Nein, Baby.« Er seufzte. »Dazu ist es nie gekommen.«

Oh. Aber sie hatten ganz eindeutig mal was miteinander gehabt. Natürlich. Zara war hübsch. Und vermutlich leckte sich jede Frau im Umkreis von hundert Meilen die Finger nach Griff.

Verlieb dich nicht in ihn, befahl ich mir selbst. *Denk nicht mal dran!*

»Wo übernachtest du?«, fragte Griff. »Viele Möglichkeiten gibt es ja nicht. Entweder im Motel The Three Bears oder in einem Hotel in Montpelier.«

»Im, äh, Motel«, gab ich zu. Erst in diesem Augenblick wurde mir klar, dass ich die Unterkunft gewählt hatte, die näher an der Shipley Farm lag. *Danke, Unterbewusstsein!*

Er lachte. »Ist das Zimmer in Ordnung? Ich frage mich immer, wie Mrs Beasley den Laden am Laufen hält. Sie muss mindestens neunzig sein.«

»So sieht sie auch aus.«

»Das glaube ich. Sie setzt sich nicht zur Ruhe, weil sie dann ja keine Gäste mehr hätte, die sie ausspionieren kann.«

»Oh.«

Wir schwiegen eine Weile. Griff stand einfach da im Mondlicht und sah auf mich herab, als wäre ich ein Rätsel, das er zu lösen versuchte.

Diesmal ging die Vordertür auf, und Griff trat einen Schritt zurück, als seine Cousins herauskamen. Kyle blickte von mir zu Griff und wieder zurück. »Alles in Ordnung?«

»Alles gut«, antwortete ich eilig.

Kyle nickte seinem Cousin zu. »Ich dachte, du würdest vielleicht fahren wollen.«

»Ja«, sagte er und kratzte sich am Hinterkopf. »Der Morgen kommt früh genug. Wo steht dein Auto, Prinzessin?«

Wie ich diesen Spitznamen hasste. »Da drüben.«

»Brauchst du eine Wegbeschreibung?«

Ich schüttelte den Kopf. »Es sind nur zwei Meilen die Straße runter. Selbst ein Versager wie ich findet das.«

Kyle lachte, aber Griffin sah aus, als hätte er in eine Zitrone gebissen. »Ich hole dich um halb acht ab«, sagte er.

»Morgens?«, quietschte ich.

Auf seinem bärtigen Gesicht breitete sich ein Lächeln aus, und das Lächeln dieses Mannes war *potent*. »Stell dich auf einen langen Tag ein, Prinzessin. Äpfel zu verkaufen ist anstrengend.« Er wandte sich seinem Pick-up zu. Alle vier stiegen ein.

Ich ging zu meinem Mietwagen. Was sollte ich sonst noch mit einem angebrochenen Freitagabend in Tuxbury, Vermont, anfangen?

Mir fiel auf, dass Griff wartete, bis ich vom Parkplatz gefahren und in die richtige Richtung abgebogen war, bevor er losfuhr und in der Dunkelheit verschwand.

Er hielt mich wirklich für vollkommen unfähig. Genau wie alle anderen auch.

13

Griffin

Es war kaum möglich, vierzehn Stunden am Tag auf der Farm zu schuften und danach die halbe Nacht wach zu liegen. Aber irgendwie schaffte ich es.

Der Mond ging vor meinem Fenster auf und wieder unter, und ich lag da, starrte an die Decke, hörte dem Rufen eines Käuzchens in der Nähe zu, und meine Probleme drehten sich in meinem Kopf im Kreis.

Im Herzen war ich ein Egoist. Ich schätze, das sind wir alle. Aber unsere Farm zu retten erforderte einen Grad an Selbstlosigkeit, den ich kaum aufbringen konnte. Ich hatte mir eingeredet, dass ich es schaffen würde – ich würde Football aufgeben und die Farm betreiben können, wie sie immer betrieben worden war. Ich würde mich der Yankee-Genialiät meines Vaters bedienen und weiter Milch und Äpfel verkaufen, um Kleidung, Autos und Studiengebühren zu bezahlen. Und Grandpas Arztbesuche und Dylans Kontaktlinsen.

Jeden Tag stand ich vor der Dämmerung auf und arbeitete ohne Murren wie ein Ackergaul.

Aber irgendwo auf dem Weg hatte ich angefangen zu träumen, und träumen war gefährlich. Vor meinem geistigen Auge hatte ich eine moderne Brauerei im Ciderhaus eingerichtet. Und ich hatte einige unserer uninteressantesten Apfelbäume herausgerissen, um sie durch Cidervariationen zu ersetzen. In meinen Träumen verbrachte ich meine Tage damit, faszinierende, komplizierte Cider zu mischen und sie an erwartungsvolle Kunden auszuliefern.

An einem bestimmten Punkt hatte ich eine kurze, aber wichtige Liste von Dingen verfasst, die ich einfach nur *wollte*. Aber etwas haben zu wollen war nicht erlaubt. Nicht für mich. Zumindest nicht jetzt. Meine Familie drehte schon wegen meiner Pläne durch, einige der Milchkühe zu verkaufen und den Erlös in die Ciderproduktion zu investieren. Dabei könnte es funktionieren. Wir könnten Erfolg haben.

Oder es ginge schief und ich würde alle enttäuschen.

Im schlimmsten Fall müssten wir die Farm verkaufen und wegziehen … aber wohin? Wenn ich scheiterte, müsste ich mir einen gut bezahlten Job suchen. Ich hatte einen Studienabschluss in Chemie, damit müsste ich etwas finden, allerdings in der Stadt – und dort wollte ich nicht leben. Allenfalls könnte ich in einem beschissenen Vorort leben, in dem die Nachbarn ihren Rasen jede zweite Woche vergifteten, um das Unkraut fernzuhalten.

Dann wäre ich das Arschloch, das den Nachbarn Vorträge über die Übel kommerzieller Unkrautvernichter hielte und ihren Kindern sagte, sie sollten meinem Bio-Rasen fernbleiben. Ich ließe die Läden geschlossen, um nicht zu sehen, wie nah die Häuser beieinanderstanden. Währenddessen würde unsere Farm auf dem Hügel an irgendein Arschloch verkauft, das das Farmhaus abriss und eine Villa mit sechs Schlafzimmern und eine Garage mit vier Stellplätzen baute.

Ja, der Millionen-Dollar-Ausblick hier war toll. Nur schade, dass wir die Millionen nicht besaßen.

Heute Abend hatte ich einen neuen Punkt zur Liste der Dinge, die ich wollte, hinzugefügt. Der war genauso gefährlich für meine Verfassung wie jeder andere Traum. Audrey Gute Nacht zu sagen hatte mir körperliche Schmerzen bereitet, die schwieriger zu erklären waren als mein Wunsch, das Cidergeschäft zum Erfolg zu führen.

Meine Gedanken drehten sich endlos im Kreis wie ein Karussell.

Ich rollte mich auf den Bauch und versteckte das Gesicht im Kissen. Es gab keinen Grund, warum dieses Mädchen mich so wahnsinnig machte. Ich kannte sie schließlich kaum. Das redete ich mir zumindest ein. Es ging nur um Sex, oder?

Ja, klar.

Ich hatte keine Zeit für eine Freundin, und schon gar nicht für eine, die in Boston lebte und mich nicht wirklich mochte.

Ich würde sie mit ein paar Farmern bekannt machen, sie bekäme hoffentlich, was sie brauchte, und ginge zurück nach Boston. Solange wir uns im selben Postleitzahlenbereich aufhielten, konnte ich keinen klaren Gedanken fassen, zumindest keinen, der sich nicht mit ihrem nackten Körper befasste.

Herrje. Mein Schwanz wurde allein von der Erinnerung daran, wie sie mich auf dem Barhocker über die Schulter angesehen hatte, hart. Sie hatte herausfordernd geschaut, als wolle sie sagen: *Leg dich nicht mit mir an. Ich mag süß aussehen, bin aber zu allem entschlossen.*

Ich wollte diese Frechheit aus ihr herausvögeln. Ich wollte sie mit dem Mund und mit den Händen zum Schweigen bringen, bis sie auf meinem Schwanz kam.

Stattdessen würden wir morgen Äpfel und Cider im Wert von tausend Dollar verkaufen und sie einem Haufen nerdiger Farmer vorstellen. Was für ein Spaß.

Ich verschränkte die Arme unter dem Kissen und verbot mir, bis zum Morgen weiter an sie zu denken.

Gott sei Dank gibt es Kaffee.

Sechs Stunden später fuhr ich mit dem Pick-up voller Äpfel und Cider zum Motel, in dem Audrey übernachtete. Dort schien die Zeit in den Fünfzigern stehen geblieben zu sein. Es handelte sich nicht um ein großes Motel, sondern um einzelne kleine Einzimmer-Häuschen. Das Schild am Eingang prahlte mit Farbfernsehen, und jemand hatte am unteren Rand »Drei Balken Handyempfang« ergänzt. Aber es war einigermaßen gemütlich. Mrs Beasley pflegte liebevoll die Petunien vor den Fenstern der Häuschen, obwohl jeder wusste, dass sie ihr bloß als Entschuldigung dienten, um in die Zimmer der Gäste zu spähen.

Audrey war noch nirgendwo zu sehen. Jude und ich beobachteten eine Weile schweigend die blauen Türen, in der Erwartung, dass sich eine öffnete. Dann schwang eine an der rechten Seite auf, und Audrey kam in einem ihrer winzigen Jeansröcke heraus, die mich um den Verstand brachten. Als sie zum Wagen eilte, schimmerten ihre langen Beine in der Morgensonne. Sie warf ihr Haar zurück und entblößte dabei ihre ebenmäßigen nackten Schultern.

Es würde ein langer Tag werden. Daran bestand kein Zweifel.

Jude öffnete die Tür und sprang aus dem Wagen. Dann setzte er sich auf den Rücksitz. Für einen verurteilten Straftäter hatte er erstaunlich gute Manieren.

Audrey kletterte auf den Beifahrersitz und schlug die Tür zu.

»Morgen.« Ich fuhr rückwärts aus der Parklücke. »Gut geschlafen?« *Ich nicht.*

»Mein Gott, ist das früh!« Sie nahm die Thermoskanne mit Kaffee aus der Halterung und trank einen Schluck.

»Bedien dich«, grummelte ich. »Nicht, dass Jude und ich den vielleicht brauchen. Wir sind seit zweieinhalb Stunden auf den Beinen, haben die Kühe gemolken und den Pick-up beladen. Aber kein Ding.« Der fehlende Schlaf machte mich offensichtlich noch mürrischer als sonst.

»Oh, Grummel-Griff.« Audrey trank noch einen Schluck von meinem Kaffee. »Ich habe euch Zitronenscones mitgebracht, die ich heute Morgen gebacken habe. Sie sind fantastisch. Das ist ein fairer Tausch, versprochen.«

»Gebacken? Wo?«, wollte ich wissen. Niemand backte in Mrs Beasleys Motel.

»In meinem Zimmer gibt es einen Tischbackofen.«

Vom Rücksitz war leises Lachen zu hören. »Also hast du einfach ein paar Scones auf dem Fernseher zusammengerührt?«

»Genau.« Sie beugte sich nach hinten und holte etwas aus ihrer Tasche hervor. »Hier, Jude. Koste die Gaumenfreude.«

Sie reichte etwas nach hinten. Einen Augenblick später seufzte Jude.

»Alles in Ordnung da hinten?«, grummelte ich.

»Oh Mann, die sind verdammt gut. Kann ich Griffs haben?«

»Nö!«, flötete sie. »Ein Mädchen braucht manchmal ein Druckmittel. Kaffee?« Sie gab auch ihm meine Thermoskanne.

Als die Kanne zu mir zurückkam, schnappte ich sie mir und stellte sie ab. Als ob ich noch mehr davon bräuchte. Ich war sowieso schon nervös. Audrey roch nach fruchtigem Shampoo und Zitronenscones. In Kombination mit ihrem spöttischen Lächeln bekam ich Lust auf ungefähr hundert verschiedene Dinge, von denen nur einige essbar waren.

Ich fuhr Richtung Süden nach Norwich. In Luftlinie ist es nicht sehr weit. Aber wir brauchten fast eine Stunde, weil die Straßen in Vermont nicht immer dahin führen, wo man hinmöchte.

»Blöd, dass wir so viel Verkehr haben.« Audrey streckte die goldbraunen Beine vor sich aus.

»Ja«, sagte ich automatisch.

Sie prustete los. »Worüber denkst du nach? Du hast überhaupt nicht zugehört, stimmt's?«

»Ich hätte da so eine Vermutung«, murmelte Jude hinter mir.

»Ich hab bloß Hunger«, grummelte ich und starrte Jude drohend durch den Rückspiegel an.

Ihre Stimme verlor den neckischen Ton und wurde ganz sanft. »Möchtest du einen Scone, Grummel-Griff?«

»Sehr gerne, Prinzessin.«

Sie legte mir einen auf die Handfläche, und ich biss hinein. Süßer krümeliger zitroniger Wohlgeschmack breitete sich auf meiner Zunge aus.

Es war nicht leicht, den Seufzer zu unterdrücken. Aber ich schaffte es. Gerade so.

Wir fuhren mitten hinein in das übliche Durcheinander – Frauen und Männer schleppten Körbe und Kühltaschen von Ladeflächen, und ihre Kinder rannten wie kleine Irre herum.

Das Wetter war gut, und wir konnten mit einer großen Anzahl an Kunden rechnen. Der Markt in Norwich war das regionale Aushängeschild. Nur hier blieben die Stände die ganze Woche stehen, und Musiker unterhielten die Besucher. Er hatte etwas von einem Jahrmarkt.

Jude und ich trugen die Waren vom Pick-up zum Stand. Der Aufbau war schnell erledigt, abgesehen von der Schwierigkeit, Audrey jedes Mal vom Helfen abzuhalten, wenn sie eine Kiste mit Äpfeln hochheben wollte.

»Meine Güte, Griff«, beschwerte sie sich, wenn ich ihr wieder eine Kiste aus den Händen riss. »So schwer sind sie nun auch nicht.«

In Wahrheit konnte ich es nicht ertragen, dass ein hübsches Mädchen meine Arbeit erledigte. Aber Prinzessin Putzmunter wollte nichts davon wissen. »Die Versicherung für meine Mitarbeiter greift bei dir nicht«, erklärte ich. »Dein Job ist es, herumzustehen und gut auszusehen.«

Sie verdrehte die Augen und schmollte kurz, wurde aber wieder munter, als sie die Backwaren auf dem Nachbartisch sah. »Oh, *Donuts.* Warum macht ihr keine Cider-Donuts für die Touristen auf der Farm? Es gibt nichts Besseres als einen warmen Cider-Donut mit Zimtzucker.«

»Keine Zeit.« Ich stellte die Waage auf den Tisch und justierte sie. Es war neun Uhr – Öffnungszeit. Ein Kind rannte die Gänge entlang und läutete eine Glocke, und die Käufer schlugen zu. Bei den ersten Kunden handelte es sich meistens um Familien mit Kindern und Rentner. Im Laufe des Vormittags kamen immer weniger Einheimische, dafür mehr Touristen.

Im August war der Markt ein Bild des Überflusses. Frische Eier, Bauernbrot sowie Gemüse und Obst direkt vom Feld. Der Stand der Abrahams, unserer Nachbarn, lag schräg gegenüber. Das Schild der Apostate Farm hing über einem Tisch voller Bio-Gemüse in allen Farben. Rote und gelbe Bete. Orangefarbene und violette Karotten. Gelbe Kürbisse und wunderschöne Tomaten, die den Mehltau im letzten Monat überlebt hatten.

Ich wog die erste Tüte Äpfel des Tages genau eine Minute nach neun. »Das macht sechs Dollar.« Ich rundete ab. Wir rundeten immer auf die nächsten fünfzig Cent ab, weil es das Kassieren einfacher machte und Entgegenkommen signalisierte. Selbstverständlich nahmen wir in Norwich höhere Preise als irgendwo sonst. Aber das war unser kleines Geheimnis.

Das Geschäft lief gut. »Acht Dollar«, sagte ich zur nächsten Person. »Sechs fünfzig« zur nächsten. Und dann: »Zwei Flaschen Cider, vierundzwanzig Dollar, bitte.« So ging es noch eine Zeit lang weiter, und als ich schließlich eine kleine Pause hatte, gab ich Jude den Geldgürtel. »Kannst du hier kurz die Stellung halten? Ich möchte Audrey ein paar Farmern vorstellen.«

»Klar.«

Wie sich herausstellte, brauchte Audrey nicht viel Unterstützung. Kaum hatte ich sie den Entscheidungsträgern der drei größten Bio-Höfe vorgestellt, war sie auch schon mittendrin. »Oh! Die sind ja herrlich!«, sagte sie zu einer malerischen Auslage von Winterkürbissen. »Meine Güte, ist das ein Ambercup?« Sie umarmte den orangenen Kürbis wie ein verloren geglaubtes Kind. »In Boston bekommt man die nicht! Sie haben den besten Geschmack und die beste Konsistenz. So saftig und buttrig.«

Ich stand daneben wie ein Depp und sah zu, wie sie den alten Farmer um den Finger wickelte. Sie zog ihre Geldbörse hervor und kaufte einen Kürbis. Dann fiel sie über ein paar alte Tomatensorten her, bevor sie schließlich ihren Obst-und-Gemüse-hungrigen Arbeitgeber erwähnte.

Nach ein paar Minuten verstand ich, dass sie mich nicht mehr brauchte. Ich ging zurück zu meinem Stand, an dem Jude mir schweigend den Geldgürtel zurückgab, die Tische mit Äpfeln aus dem Pick-up auffüllte und die Ciderflaschen so aufstellte, dass alle Etiketten in dieselbe Richtung zeigten.

Jude war seit einem Monat bei uns und lernte schnell. Letzte Woche hatte ich ihn dabei beobachtet, wie er ohne Taschenrechner eine schnelle Folge von Käufen abgewickelt hatte. Aber kurz nachdem er bei uns angekommen war, hatte er erwähnt, dass er auf der Highschool nur schlechte Noten gehabt hatte.

Er war ein Puzzle, das ich noch nicht richtig zusammengesetzt hatte.

Der Vormittag ging in den Nachmittag über, und ich verkaufte haufenweise Äpfel und Cider. Auf diesem Markt verlangte ich wie gesagt höhere Preise als auf anderen Märkten, denn in Norwich hatte man Geld – und die damit einhergehende Einstellung. »Wann sind die Crispins reif? Ich will Kuchen«, beschwerte sich eine ältere Dame. »Mit diesen geht es nicht.«

»Crispins bekommen wir nicht vor Oktober«, sagte ich sanft. *Der Natur ist Ihr Kuchen egal.* »Die Zestars sind aber auch gut zum Backen.«

Sie schniefte unglücklich und kaufte dann zehn Pfund der Zestars. Menschen sind sonderbar.

Irgendwann schwankte Audrey zu meinem Stand, beladen mit Tüten voller Gemüse, mit einem Kürbis unter einem Arm und einem Becher perfekter spätreifer Himbeeren, den sie auf einem Handteller balancierte.

Ich bückte mich und trat aus dem Stand heraus, um ihr einen Teil ihrer Beute abzunehmen, bevor alles herunterfiel. Immerhin schimpfte sie mich wegen meines Hilfsangebots nicht aus.

»Danke«, keuchte sie.

»Warum hast du das alles gekauft?«, fragte ich. »Sag nicht, du machst Kürbis in Mrs Beasleys Tischbackofen.«

Audrey schüttelte den Kopf. »Nee. Das ist ein Geschenk für deine Mutter. Hier, nimm eine Sechs-Dollar-Himbeere.« Sie steckte sich eine in den Mund.

Ich verstaute ihre Sachen in einer leeren Apfelkiste. »Warum hast du eingekauft? Ich dachte, dein Arschloch-Arbeitgeber bezahlt die Rechnung.«

»Glaubwürdigkeit.« Sie verschränkte die seidigen Arme. »Wenn ich ein paar Sachen kaufe, wirke ich ernsthaft.«

»Du wirkst auch so schon ernsthaft«, hörte ich mich sagen. *Ernsthaft appetitlich.* In Wahrheit war ihr Enthusiasmus für Lebensmittel offensichtlich. Wer würde nicht gern sein Obst und Gemüse an ein Mädchen verkaufen, das wegen der ausgewogenen Süße und Säure einer alten violetten Tomatensorte beinahe einen Orgasmus bekam?

»Das hoffe ich doch.« Sie seufzte. »Aber fällt wahrscheinlich gar nicht ins Gewicht. Es ist schon ziemlich spät in der Saison. Viele der Produkte sind Restaurants versprochen, die von Anfang an faire Preise geboten haben.«

»Das ist Mist. Darüber habe ich mir auch schon Gedanken gemacht.«

Sie stupste mich mit dem Ellbogen. »Vorsicht, Griff, jetzt klingst du fast schon hilfsbereit.«

Verdammt, das stimmte.

»Darf ich ein bisschen Kaufladen spielen? Vielleicht braucht Jude eine Pause?«

»Klar. Ich wette, er würde sich über etwas Ruhe freuen.«

Audrey übernahm den Apfelverkauf, und ich füllte Äpfel nach und hörte zu, wie sie meine Kunden bezirzte. »Diese hier haben so einen lieblichen Duft«, sagte sie über meine Zestars. »Ich würde sie kurz anschwitzen und mit Schweinebraten servieren.«

Na super. Jetzt bekam ich so richtig Hunger.

»Äh, Griff?«, hörte ich sie ein paar Minuten später fragen. »Nimmst du die hier?«

Audrey hielt einen Papiergutschein für den Markt hoch – die hatte ich für die Kunden entworfen, die mit Lebensmittelmarken bezahlten. Ich hatte vergessen, ihr davon zu erzählen. Inzwischen schaukelte die Frau vor ihr ein Kleinkind auf der Hüfte und runzelte betreten die Stirn.

»Natürlich.« Ich flitzte rüber, um zu helfen. »Sind das Ihre?« Ich sah auf die Waage.

»Ja«, murmelte die Kundin.

Die Äpfel auf der Waage erreichten nicht ganz den Gegenwert des Fünf-Dollar-Gutscheins. »Moment, da fehlt noch was.« Ein Apfel hätte genügt, aber ich schnappte mir vier und packte alle zusammen ein. »Bitte schön. Bis nächste Woche. Im Laufe der Saison werden wir noch mehr Auswahl haben.«

»Danke«, sagte sie leise und nahm den Beutel.

»Das war nett von dir«, sagte Audrey, nachdem die Frau in der Menge verschwunden war.

»Unbehandelte Lebensmittel sind nicht nur für reiche Leute.«

Audrey schüttelte den Kopf. »Ich verspreche, deinen alten Footballfreunden nicht zu verraten, dass du ein Softie bist. Dein Geheimnis ist bei mir gut aufgehoben.«

»Du hast einen Kunden«, erwiderte ich bloß.

Anderthalb Stunden später waren wir wieder unterwegs. Der Markt war vorbei, und ich hatte fast alle mitgebrachten Äpfel und fünfzig Flaschen Cider verkauft. Bevor wir in den Pick-up stiegen, hatte ich mit Fran von Fran's Flatbreads eine Flasche gegen drei seiner großzügig belegten Fladenbrote mit Hühnchen, Oliven und Feta getauscht.

Deshalb war mein Bauch voll, aber nach meiner langen, schlaflosen Nacht fühlte ich mich unterkoffeiniert. »Erzähl mir von deiner Familie«, bat ich Audrey und hoffte, sie würde mich wachhalten. »Meine kennst du ja schon.«

»Das wird nicht lange dauern«, sagte sie. »Ich habe keinen Vater.«

»Jeder hat einen Vater«, argumentierte ich. »Schulwissen, Prinzessin.«

»Ich habe Biologie in der siebten Klasse bestanden, Griff. Aber als meine Mutter ein Kind haben wollte, ging sie zum angesagtesten Fertilitätsspezialisten in Boston und beschloss, eine Phiole mit Harvard-Spermien würde mein Vater werden.«

»Aha. Okay.«

»Meine Mutter hasst Männer, verstehst du? *Hasst.* Heiraten war also völlig ausgeschlossen.«

»Ist sie eine wütende Lesbe?«, fragte ich. Auf dem Rücksitz prustete Jude los.

»Nein, das wäre interessanter. Sie ist nur *wütend.* Sie will eigenhändig die gläserne Decke für jede Frau in Amerika sprengen. Sie leitet eine große Risikokapitalgesellschaft und ist im Vorstand von einem Dutzend verschiedener Firmen. Soweit ich weiß, möchte sie, dass Frauen überall auf der Welt geldgierige Arschlöcher werden, genau wie Männer.«

»Klingt nach einer wundervollen Person«, sagte Jude.

»Sie ist klasse«, sagte Audrey. »Als ich zum zweiten Mal vom College flog, hat sie mir die finanzielle Unterstützung gestrichen. Sie hat mein Auto verkauft und meine Kreditkarten zerschnitten. Sie hat mir gesagt, ich solle zusehen, wie ich allein klarkomme.«

»Autsch«, sagte ich. »Das tut mir leid.«

»Ach was.« Audrey grinste mich an. »Das ist das Beste, was mir je passiert ist. Mom hat nicht begriffen, dass man sein Kind nicht mehr piesacken kann, wenn man ihm den Geldhahn zudreht. Sie dachte, ich würde bei ihr bleiben und mich weiter belehren und demütigen lassen. Aber ich bin ausgezogen. Am Anfang war das hart – ich habe beschissene Küchenjobs gemacht und drei Wochen auf Sofas von Freunden geschlafen, bis ich mein erstes Gehalt bekam. Zum ersten Mal in meinem Leben gab es niemanden mehr, der mir gesagt hat, ich sei ein wertloses Stück Dreck.«

Scheeeiiiße. Das musste eine Übertreibung sein. »Das hat sie zu ihrem eigenen Kind gesagt?«

»Aber sicher doch.« Audrey wedelte mit einer ihrer hübschen Hände durch die Luft. »Mom nahm an, ich wäre eine Musterschülerin, genau wie sie. Aber das war einfach nicht drin. Als ich in der Highschool war, hat sie sogar bei der Samenbank angerufen und gefragt, ob vielleicht der Spender verwechselt wurde. Ich glaube, sie wollte sie verklagen. Lustige Zeiten.«

Ich hatte das Lenkrad so fest umklammert, dass meine Knöchel weiß hervortraten, und musste mich zwingen, meine Hände zu entspannen. »Alter Schwede. Das tut mir leid, Prinzessin.«

»Ist schon in Ordnung«, beharrte sie. »Weißt du, was lustig ist? Sie denkt, ich wäre zur Kochschule gegangen, nur um sie zu ärgern.«

»Warum?«

»Weil Frauen seit Jahrtausenden kochen. Und sie sieht sich selbst als Kämpferin für Gleichberechtigung auf der Vorstandsetage. Es ist ihr peinlich, dass ich Köchin werden möchte, und sie glaubt, ich habe Kochen nur gewählt, um sie lächerlich zu machen. Es ist aber das Einzige, in dem ich jemals richtig gut war. Irgendwo da draußen gibt es einen Samenspender, der in der Küche total versiert ist.«

Die nächsten paar Meilen fuhr ich schweigend und fragte mich, wie es ist, wenn dein einziges Elternteil dich ablehnt. Meiner Familie und mir standen einige schwierige Entscheidungen über die Zukunft der Farm bevor. Aber meine Eltern hatten uns immer gesagt, wir sollten tun, was immer uns glücklich macht. Ob wir die Landwirtschaft oder etwas ganz anderes wählten, war immer allein unsere Entscheidung.

Währenddessen hatte sich Audrey auf dem Beifahrersitz umgedreht und sprach mit Jude. Sie hatte einen Arm um die Rückenlehne geschlungen, und so hatte ich einen indirekten Ausblick auf ihren strammen, sexy Po. Verflucht. Die Fahrt war auch so schon lang genug.

»Was hast du denn in der Knastküche gekocht?«, fragte sie unseren Lieblingsverbrecher.

»Eine Menge Rinderhack, weil es billig ist.«

»Das klingt logisch.«

»Ja. Aber du hättest das Fleisch sehen sollen. Ich schwöre – die Kartons waren gestempelt: *Güteklasse 4, aber zum menschlichen Verzehr geeignet.*«

»Oh Gott!«, kreischte Audrey. »Das ›aber‹ bringt einen zum Nachdenken, oder?«

Mich brachte vor allem ihr Po zum Nachdenken.

Ihr Gespräch drehte sich nun um die unzähligen Dinge, die ein Typ mit Rinderhack für Gefangene zubereiten konnte. Sie diskutierten gerade den Unterschied zwischen Gulasch und Stew, als ich eine zierliche Hand auf meinem Bauch spürte. Die Hitze ihrer Handfläche wärmte mein Shipley-Farm-T-Shirt.

Das war schön, aber unpassend. Es brachte meinen Körper auf großartige Ideen.

»Ich glaube, Gulasch kann man auf Tomatenbasis kochen, oder nicht?«, überlegte Audrey und wandte sich an Jude. Dann wanderte ihre Hand noch etwas weiter nach unten, und mit den Fingerspitzen erreichte sie den Bund meiner Shorts. Sie unterhielt sich weiter mit dem Mann auf dem Rücksitz und öffnete mit den Fingern den Knopf meiner Shorts.

Oh. Mein. Gott.

Ich atmete langsam und kontrolliert aus und starrte gewissenhaft nach vorn auf die Straße. Aber die Hand schlüpfte unter mein T-Shirt und streichelte mir den Bauch. Dann rutschte sie zwischen Shorts und Unterhose nach unten und landete auf meinem Schwanz, der im Inneren meiner Boxershorts lebendig wurde. Sie umschloss mich, streichelte mich langsam mit dem Daumen und bedrängte mich heftiger.

Mir fiel ein, dass ich atmen sollte, und ich holte vorsichtig Luft. Sie hatte *gesagt*, sie werde es mir heimzahlen. Und ich Trottel hatte das für eine leere Drohung gehalten.

Ich biss die Zähne zusammen und beschwor das gestrige Ergebnis der Red Sox herauf. Aber mein Schwanz war jetzt so hart wie der Schläger, mit dem sie das Spiel gewonnen hatten. Also ging ich im Geiste meine To-do-Liste durch. Das Miststück war lang genug, um jeden Ständer kleinzukriegen. Das dachte ich jedenfalls. Als das nichts half, versuchte ich, das Periodensystem herunterzubeten. *Wasserstoff. Helium. Lithiummmmmmm.* Ihre Hand quälte mich durch den Stoff meiner Boxershorts. Ich war so hart, dass es wehtat.

Meine erste Chance auf Linderung kam nach der Autobahnausfahrt, als ich an einer roten Ampel hielt. Ich dachte, sie würde sich umdrehen und mich in Ruhe lassen. Aber als ich den ersten Gang einlegte, nutzte Audrey die Gelegenheit, schlüpfte mit der Hand durch den Eingriff meiner Shorts und streichelte mich begierig. »Arghff«, sagte ich.

»Geht's dir gut?«, zwitscherte sie. »Das war ein komisches Geräusch.«

Ich packte ihre Hand und zog sie aus meiner Hose. »Alles gut.« Ich bog in die zweispurige Straße, die nach Hause führte.

Audrey widmete sich wieder ihrem Gespräch mit Jude. Sie redeten nun über Beilagen. Vermutlich. Mein Gehirn fühlte sich an wie in Watte gepackt. Ich war total scharf auf sie und wünschte mir verzweifelt, sie würde zu Ende bringen, was sie begonnen hatte. Aber nicht im Pick-up.

Verdammt störrisches Mädchen. Sie zahlte es mir mit gleicher Münze heim – es gab nichts Besseres, um mir die Laune zu vermiesen.

Drei Meilen, bevor wir die Farm erreichten, kam ihre Hand zurück und streichelte langsam über meine Shorts. Ich biss mir auf die Lippen, um nicht zu stöhnen. Dann schubste ich Audreys Hand zum zweiten Mal weg und raste den restlichen

Heimweg, gefoltert durch ihre Nähe und ihr rauchiges Lachen, das erklang, wann immer Jude etwas Lustiges sagte.

Gott, ich wollte sie so sehr. Und sie wusste es genau, das kleine Luder.

Als wir die Auffahrt hinauffuhren, war ich so schlecht gelaunt wie schon lange nicht mehr. Und so hart wie einer der Zaunpfähle, die ich heute Nachmittag in den Boden rammen würde.

In diesem Moment fiel mir auf, dass ich vergessen hatte, Audrey beim Motel abzusetzen. »Tut mir leid. Dein Auto ist ja gar nicht hier. Zach kann dich nach Hause bringen.« Ich stellte den Motor ab.

»Kein Problem!«, sagte sie gut gelaunt. »Ich muss all diese Lebensmittel sowieso noch deiner Mutter geben.« Sie beugte sich zum Boden des Pick-ups, wo wir die Gemüsekiste verstaut hatten.

Ich versuchte, meinen schmerzenden Schwanz unauffällig zu verstauen und meine Shorts zuzumachen, als sie schwungvoll den bescheuerten Winterkürbis hochhob und mir aufs Knie setzte. »Sei ein Schatz und trag das für mich ins Haus, ja? Ich weiß, dass du es hasst, wenn ich etwas trage.« Ihr Grinsen war so frech, dass ich es ihr gern mit der Zunge aus dem Gesicht gewischt hätte.

Dann trug ich den Scheißkürbis vor meinem Schritt den ganzen Weg bis ins Haus.

Als Zach verkündete, er könne Audrey jetzt nach Hause bringen, hatte ich mich fast wieder unter Kontrolle. Sie bedankte sich artig dafür, dass ich sie den Farmern vorgestellt hatte, und lächelte mich vergnügt und wissend an. Dann brachte Zach sie nach Hause.

Ich stapelte die leeren Apfelkisten neben dem Ciderhaus, als ein staubiger blauer Jeep die Auffahrt heraufkam. Ein Mann im Alter meines verstorbenen Vaters stieg aus und näherte sich mir. Es war Amos Appleby, ein weiterer Freund meiner Mutter, den sie aus der Kirche kannte.

»Hi, Amos.« Ich streckte ihm die Hand entgegen. »Was treibt Sie heute auf unseren Hügel?«

»Kühe.« Er schüttelte mir die Hand. »Ich habe gehört, dass Sie darüber nachdenken, Ihre Herde zu verkaufen.«

»Also …«, sagte ich langsam und fragte mich, woher er das wusste. Ich hatte es nur wenigen Farmern gegenüber erwähnt. »Ja, das steht zur Diskussion. Sind Sie interessiert?«

»Aber sicher.« Er grinste. »Wann sollen sie denn verkauft werden?«

»Äh«, sagte ich, als meine Mutter näherkam.

»Amos! Das ist ja eine schöne Überraschung.«

»Ich bin hier, um über Kühe zu sprechen«, sagte er. »Aber wenn du ein Stück von diesem Apfelkuchen hast, den du manchmal zum Abendessen in der Kirche mitbringst …« Er lachte.

Aber meine Mutter machte ein unglückliches Gesicht. »Griff will verkaufen, aber wir haben uns noch nicht entschieden«, sagte sie schnell.

»Ich verstehe.« Das Lächeln des Mannes erlosch. »Tut mir leid, dass ich euch gestört habe.«

»Warum geben Sie mir nicht Ihre Nummer?« Ich zog mein Handy hervor.

Amos sah abwechselnd zu mir und meiner Mutter. »Na gut. Ihr überlegt es euch, Leute.« Er gab mir seine Nummer und fuhr davon.

Meine Mutter und ich standen auf der Auffahrt. »Ich will nicht verkaufen«, sagte sie leise. »Aber ich melke sie ja auch nicht jeden Tag.«

»Mom, ich mache das nicht, weil ich ausschlafen will, okay? Die Melkmaschine gegenüber ist uralt. Neue Ausrüstung kostet mehr als zwanzig Riesen. Und die Pacht steigt. Das ist nicht nur eine fixe Idee.«

»Könnten wir der Melkmaschine nicht noch ein paar Jahre abringen?«

»Das haben wir doch schon – und der Milchpreis geht in den Keller. Der Preis für guten Cider ist höher. Ich versuche nur, schlau zu sein.«

Mom seufzte. »Na gut. Ich vertraue dir, Griffin. Wenn du sagst, wir sollen in Cider anstatt Milch investieren, zerbreche ich mir nicht länger den Kopf darüber.«

Ach, Scheiße. »Ich habe keine Kristallkugel. Aber unser Geschäft wird sich verändern, ob wir wollen oder nicht. Der Betrieb gegenüber wird uns zerquetschen. Ich versuche nur, das Beste daraus zu machen.«

Sie drückte meinen Arm. »Es ist nur unheimlich, sich an ein neues Geschäft zu wagen.«

»Als ob ich das nicht wüsste.« Meine größte Angst bestand darin, meine Familie zu dieser Veränderung zu überreden und es dann zu vermasseln. Obwohl ich damit wirklich nicht rechnete. »Du hörst dich an, als wäre das Milchgeschäft alles, was Dad uns hinterlassen hat. Aber er hat mir auch beigebracht, wie man Cider macht. Ich habe ihm jedes Jahr beim Mischen des Ciders zugesehen.«

Ihre Miene wurde sanft. »Er hat immer gesagt, es sei eine aussterbende Kunst.«

»Nicht für mich.«

»Komm mit.« Sie zog mich in Richtung Haus. »Wenn wir es tun, muss jemand es Dylan sagen.«

»Auweia. Komm, wir machen Armdrücken. Der Verlierer muss es ihm sagen.«

»August Griffin Shipley! Das ist nicht fair.«

Lachend folgte ich ihr ins Haus.

14

Audrey

Während der nächsten zwei Tage führte ich Gespräche mit den Farmern, die Griff mir in Norwich vorgestellt hatte. Für ungefähr die Hälfte der Produkte auf meiner Liste waren die Preise akzeptabel. Das war wenigstens etwas. Aber die Menge war eindeutig ein Problem. Ich hätte gut dreimal so viel gebrauchen können, wie sie mir anboten.

»Wenn Sie sich im April gemeldet hätten, wäre es einfacher gewesen«, hieß es.

Natürlich hatten sie recht.

Aber weil nun schon August war, würden meine Einkäufe mehr als nur ein paar Tage in Anspruch nehmen. Ich musste mehr Farmer abklappern, um meine Einkaufsliste abzuarbeiten. Alles, was ich nicht finden konnte, musste die BPG beim Großhändler kaufen. Es wäre vielleicht nicht ganz so glanzvoll, und sie würden etwas weniger angeben können, aber die Welt würde deshalb nicht untergehen.

Ich verlor höchstens meinen Job.

Mit dem Mietwagen über die holprigen Landstraßen von Ost-Vermont zu fahren hatte aber auch sein Gutes. Als ich herausfand, dass etliche Hofläden handgemachten Käse verkauften, besorgte ich mir in Norwich in einem Laden namens Dan & Whit's eine Packung Cracker und ein Taschenmesser. Sie hatten ein Schild im Schaufenster, auf dem stand: *Was wir nicht haben, brauchen Sie auch nicht.*

Ich aß guten Käse, Cracker und frisch geerntete Pflaumen. Wenn die Arbeit schon nicht so gut lief, war wenigstens das Essen hervorragend.

Ab und zu schickte ich Bill Burton kleine Updates, damit er mich nicht vergaß. »Ich habe eine neue Farm für Bio-Kräuter gefunden!«, schrieb ich, gab ihm aber nie konkrete Zahlen. Er sollte nicht merken, dass ich Probleme hatte. Enttäuschen konnte ich ihn noch früh genug.

Er war nicht der Einzige, den ich diese Woche enttäuschen sollte. Ich bekam eine E-Mail von meiner Mutter, und anders als sonst löschte ich sie nicht sofort. Zum einen, weil in der Betreffzeile DRINGEND stand, zum anderen, weil ich wissen wollte, ob sie sich in meinen Job bei der BPG einmischte. Wusste sie überhaupt, dass ich dort arbeitete? Hatte Burton es ihr gesteckt?

Audrey,

Roger Smith von der CarterCorp erwartet deinen Lebenslauf nächste Woche, spätestens aber bis zum 10. August. Auf mein Drängen hin hält er dir einen Termin für ein Vorstellungsgespräch frei. Es geht um folgende Position: Leiterin der Verpflegungsabteilung bei CarterCorps Executive Dining. Du würdest das Angebot der firmeninternen Cafeteria überprüfen und überarbeiten. Es ist ein Bürojob mit geregelten Arbeitszeiten, er wird überdurchschnittlich gut bezahlt, und zusätzlich gibt es volle Sozialleistungen und Arbeitgeberzuschüsse.

Lass Mr Smith nicht warten. Das ist eine tolle Chance für dich, und Smith tut mir damit einen großen Gefallen.

K. K.

PS: Wenn du Hilfe mit deinem Lebenslauf benötigst, schicke ihn an meine Assistentin. Sie wird mit dem Rotstift drübergehen.

Ich las die Mail noch dreimal und ärgerte mich bei jedem Mal etwas mehr.

Wahrscheinlich war es wirklich ein großartiger Job – ein Job, der einer jungen Köchin helfen konnte, ihre Kreditkarte auszugleichen und eine Karriere zu starten. Und geregelte Arbeitszeiten waren in der Gastronomie so selten wie wilde Trüffel.

Aber ich würde mich nicht bewerben. Ich wollte keine Arbeit, die ich nur aus Gefälligkeit gegenüber meiner Mutter bekam. Es war schlimm genug, dass ihr langer, ehrgeiziger Schatten mich davor bewahrt hatte, meinen Job bei der BPG zu verlieren. Das hier wäre noch tausendmal schlimmer. Meine Mutter hatte in CarterCorp viel investiert, und ich wollte ihren Mitleidsjob nicht. Sie sollte nicht glauben, dass ich die nächsten Jahre bis zu meinem Dreißigsten nur mit ihrer Hilfe überlebte. Was auch immer sie mir bei CarterCorp zahlen würden, das wäre es nicht wert.

Ich versuchte krampfhaft, keinen Blick auf meinen Kontostand zu werfen, und ignorierte die E-Mails von meinem bekifften Mitbewohner, der das Geld für das Gras, das ich ihm aus Versehen geklaut hatte, zurückhaben wollte.

Die Dinge standen nicht besonders gut. Aber eher würde ich einen miserablen Küchenjob in einem Schnellrestaurant annehmen als Almosen von meiner Mutter.

Ich löschte die E-Mail und ging die Liste der Farmen durch.

Vor allem eine Farm mied ich seit Tagen, um meinen Hormonen eine Pause zu gönnen. Trotzdem dachte ich ständig an Griff. Wenn ich über Vermonts Schotterwege fuhr, war es schwer, an etwas anderes zu denken.

Warum bloß?

Die Chemie zwischen uns stimmte, und wir hatten eine – wenn auch kleine – gemeinsame Vergangenheit. Zweimal hatten wir unserer gegenseitigen Anziehung nun schon nachgegeben. Aber beide Male gab es mildernde Umstände. Damals im

College war er mein Lückenbüßer, nachdem mir Bryce, dieser Mistkerl, das Herz gebrochen hatte. Als ich herausfand, dass er hinter meinem Rücken mit anderen rummachte, hatte ich ihn zur Rede gestellt, und er hatte einige sehr verletzende Dinge gesagt. Er nannte mich »dumme kleine reiche Schlampe« und »verklemmt«.

Ich war nicht verklemmt! Ein verklemmtes Mädchen hätte Bryce wohl kaum einen geblasen, während er mit seinen Eltern skypte. Verdammt noch mal, nur weil ich wollte, dass mein Freund mir treu war, war ich noch lange nicht verklemmt.

Ich ging zu einer Party in seinem Verbindungshaus und hoffte, er würde bemerken, wie ich mir einen anderen angelte und mit ihm nach Hause ging.

Als es dann passierte, war Bryce gar nicht da. Aber das interessierte mich schon überhaupt nicht mehr. Griffin war dort, und kaum war ich hereingekommen, ließ er mich nicht mehr aus den Augen. Seinetwegen fühlte ich mich endlich wieder schön, nachdem ich mir vorher wie eine Aussätzige vorgekommen war. Die Nacht mit ihm war so heiß, dass ich mir eine Woche später gleich einen Nachschlag holte.

Aber dann bekam ich doch Zweifel, erst recht, als ich meiner Mutter erzählte, dass Bryce und ich Schluss gemacht hatten. »Du kannst den Männern nicht trauen, Audrey«, erklärte sie mir zum hundertsten Mal. »Sie wollen Sex, und sie wollen ihre Freiheit. So sind sie eben gestrickt.«

Meine Mutter war kein warmherziger, kein netter Mensch. Aber ihr Verstand war so scharf wie ein frisch geschliffenes Küchenmesser. Daher nahm ich ihre Warnung ernst.

Als Griff mich nach unserem zweiten Stelldichein zum Essen einlud, zögerte ich. Er stand kurz vor seinem Abschluss und war ein Footballstar. Er hielt mich für leicht zu haben, und offensichtlich war ich das ja auch.

Ich war noch nicht wieder bereit, einem Mann zu vertrauen. Ich rief ihn nicht zurück und sah ihn nie wieder – bis vor einem Monat.

Am Dienstag fuhr ich zurück zur Shipley Farm. Trotz der kleinen Auszeit klopfte mein Herz schneller, als ich vor dem Ciderhaus parkte. Griff und die Jungs stapelten gerade Apfelkisten – mit nacktem Oberkörper. Ich sah nichts als Äpfel, angespannte Bizepse und schwellende Brustmuskeln. Zach griff sich als Einziger sein Shirt, als ich ausstieg. Jude, der am ganzen Körper tätowiert war, ignorierte mich. Kyle streckte sich und zwinkerte mir zu. Angeber.

Ich weiß nicht, was Griff machte, weil ich krampfhaft versuchte, nicht auf seinen Waschbrettbauch zu starren. Und auf das Dreieck darunter, das hinabzeigte, direkt zu seinem …

Mist. Ich war wirklich eine schlechte Geschäftsfrau. Seinen Zulieferer mit Blicken auszuziehen ging nun wirklich gar nicht.

»Hallo«, brummte Griff. »Wie laufen die Geschäfte?«

»Ganz gut. Heute habe ich eine ganze Menge Fenchel gekauft.«

»Das ist ja *fen*-tastisch«, witzelte er und wischte sich den Schweiß von der Stirn.

»Oje. Dir haben sie wohl den Humor amputiert. Hast du eine Narbe zurückbehalten?«

Kyle schnaubte. »Sind wir fertig?«, fragte er Griff. »Es gibt gleich Mittagessen.«

Ich blickte hinüber zum Farmhaus. Mir war jede Gelegenheit willkommen, um die Küche der Shipleys zu besuchen.

Griff sah auf die Uhr. »Eine halbe Stunde noch. Jungs, könnt ihr die Insektenfallen in den Cortland-Reihen erneuern?«

»Ja, Ehrwürdiger«, sagte Kyle.

Griff ging mit mir ins Ciderhaus. »Was gibt's?«, fragte er und legte die Hand auf einen der blitzenden Tanks.

»Ich muss mit dir über Cider reden. Welcher Preis und wie viele Flaschen?«

Der halb nackte Griff legte ein Ohr an den Tank. »Hörst du das?«

Ihm zuliebe legte ich ebenfalls ein Ohr an den Tank. Zuerst hörte ich überhaupt nichts. Aber dann vernahm ich ein Gurgeln. Und noch eines. Als lauschte ich am Bauch eines großen Ungeheuers, das gerade eine Mahlzeit verdaute. »Was ist das?«

»Das Geräusch, das Hefe macht, wenn sie Zucker in Alkohol verwandelt. Das Geräusch der Gärung.«

»Das Geräusch von Geld, das in deinen Taschen klimpert.«

Er zog eine seiner buschigen Augenbrauen hoch. »Ist es das? Ich muss sagen, ich bin hin und her gerissen, ob ich mit der BPG Geschäfte machen soll. Ich traue denen nicht. Und ich mache keine Geschäfte mit Leuten, denen ich nicht traue.«

Seufz. »Du hast deine Prinzipien, Griff, das hört man ja. Aber wenn die BPG einen anständigen Preis zahlt, warum solltest du dann nicht verkaufen? Es könnte dein Geschäft voranbringen.«

Er strich sich über den Bart. »Wie viel bieten sie?«

»Sechs Dollar pro Flasche. Ich weiß aber nicht, ob das ein faires Angebot ist. Das musst du mir sagen.«

Griff sah mich an. »Für welche Menge?«

Mist. Das hätte ich wissen können. »Haben sie nicht gesagt.«

Einen Augenblick lang schwieg er. »Hör zu, sieben Dollar wären akzeptabel. Wenn es unbedingt sein muss, kann ich auf sechs runtergehen. Mit der Menge ist es ein bisschen schwierig. Vom letzten Jahrgang habe ich nur noch tausend Flaschen. Das ist nicht viel, aber das neue Zeug wird ab Dezember verkauft.« Er sah zu den Deckenbalken hinauf. »Du könntest alles bekommen, was bis Neujahr zu haben ist. Ich müsste noch zwei zusätzliche Tanks aufstellen, aber dann könnte ich bis zu sechstausend Flaschen für dich produzieren. Zweihundertfünfzig Kisten.«

»Aber willst du das denn?« Zwei zusätzliche Tanks hörten sich nach einer großen Sache an.

»Ja, natürlich.« Er sah mich mit seinen ernsten Augen an, die mir immer den Atem verschlugen. »Eine Bestellung von der BPG könnte mir den halben Weg zu meinem Ziel ebnen. Also ist das abgemacht?«

War es. Aber solange ich nicht das OK von meinem Chef hatte, wollte ich ihm das nicht sagen. »Ich rufe bei der BPG an«, sagte ich und ging Richtung Ausgang.

»Warte«, rief mir Griff hinterher. »Willst du nicht zum Essen bleiben?«

Das Angebot überraschte mich derart, dass ich mich umdrehte, um mich zu vergewissern, ob er es ernst meinte. Er stand da, eine Hand auf dem Cidertank, seine muskulöse Brust zur Schau gestellt, aber seine Miene war wie immer ausdruckslos. Ein letztes Mal ließ ich meinen Blick über seinen appetitlichen Körper schweifen – dann murmelte ich eine Entschuldigung und machte, dass ich rauskam.

Zurück in meinem Motelzimmer stellte ich mir folgende Frage, bevor ich mit meinem Sklaventreiber sprechen würde: WWMGMM? Was würde meine gerissene Mutter machen?

Wir waren zwar nie gut miteinander ausgekommen, aber die Frau wusste, wie man hart verhandelte. Man konnte nicht zwanzig Jahre in ihrem Haus leben, ohne das eine oder andere zu lernen.

»Sieben Dollar pro Flasche«, eröffnete ich Burton Junior am Telefon. »Sie haben den Cider letzten Monat selbst probiert. Ihre Sommeliers werden ihn lieben. Sie können ihn für vierundzwanzig Dollar die Flasche verkaufen, wenn Sie die Story ausschlachten. Ein Vermonter Familienbetrieb in der vierten Generation.« Ich war mir ziemlich sicher, dass das stimmte. »Sie sollten die Plantage in den Bergen sehen. Zwanzigtausend Apfelbäume! Und nicht die gewöhnlichen Sorten, das sind alles alte Sorten. Und diese wunderschönen alten Fässer …«

»Hm.«

»Sie machen einen guten Gewinn, und für die Kunden ist es immer noch günstiger als eine Flasche Wein. Eine Win-win-Situation.«

»Nun ja …«

Ich hielt die Luft an. Das war heute schon mein dritter Anruf bei der BPG, und ich hatte den Typen bereits den ganzen Nachmittag bearbeitet. *Komm schon, Burton.*

»Kann er uns ein eigenes Etikett mit unserem Namen machen?«

Ich schloss die Augen und versuchte zu erraten, was Griff davon hielt. Das würde ihm nichts ausmachen, oder? »Ich denke schon. Aber Sie müssen ihm dann das druckfertige Etikett freigeben, damit alle Seiten damit zufrieden sind.«

»Okay«, sagte er unverbindlich. »Wenn Sie ihn auf sechs fünfundsiebzig runterhandeln, nehme ich die sechstausend Flaschen.«

»Ich denke, das kriege ich hin«, sagte ich langsam und schaffte es irgendwie, dabei neutral zu klingen. »Ich rufe Sie zur Bestätigung später noch einmal an.«

»Gut«, sagte er und legte auf.

Kaum war die Verbindung unterbrochen, jubelte ich. Dann schnappte ich mir mein Portemonnaie und rannte aus meinem kleinen, schäbigen Zimmer. Nebenan im Häuschen der Besitzerin bewegten sich die Spitzengardinen. Griff hatte keinen Witz gemacht. Die alte Dame beobachtete einfach alles.

Ich fuhr die zwei Meilen zum *Mountain Goat* und setzte mich an den Tresen.

»Hey, Lady«, sagte Zara. »Was macht die Kunst?«

»Bring mir den besten griechischen Salat der ganzen Welt!« rief ich. »Heute war ein guter Tag.«

Sie lächelte, und ihr glitzernder Nasenstecker zuckte. »Mit Hühnchen?«

»Jawohl. Heute lasse ich es krachen. Jeder Tag, an dem ich nicht gefeuert werde, ist ein guter Tag. Ich nehme auch noch ein Bier. Ein …« Ich betrachtete die Zapfhähne. »Ein Switchback, wo ich schon in Vermont bin …«

»Kommt.«

Ich trank das halbe Bier, bevor ich meinen Chef zurückrief. »Hallo«, sagte ich. »Ich habe ihn auf sechs fünfundsiebzig runtergehandelt.«

»Gute Arbeit, Audrey! Das merke ich mir.«

»Ähm, er hätte es gern schriftlich«, fügte ich hinzu. Solche Sachen waren jenseits meiner Gehaltsklasse, aber ich war mir ziemlich sicher, dass man vierzigtausend Dollar für Cider nicht einfach mit einem Handschlag besiegelte, als ginge es um ein paar Kohlkisten.

»Okay, ich sag der Buchhaltung Bescheid.«

»Prima. Ich muss los. Danke.« Ich legte auf, gerade als Zara den Salat vor mir abstellte. Aber bevor ich reinhauen konnte, musste ich noch einen weiteren Anruf tätigen.

»Hallo?« Die Stimme am anderen Ende war zu keck, als dass es Griff hätte sein können.

»Hi, hier ist Audrey Kidder. Ist Griffin zu sprechen?«

»Klar. Griff, es ist *Audrey*.«

Ich hörte ein Kichern, dann wurde das Telefon weitergereicht. »Prinzessin?«, sagte Griffin mit seiner tiefen Stimme. »Was ist los?«

»Sechs fünfundsiebzig für sechstausend Flaschen«, sagte ich.

»Wie bitte?«, fragte Griff gedehnt.

Ich versuchte, noch deutlicher zu sprechen, obwohl es hier drin nicht besonders laut war. »Sechs Dollar und fünfundsiebzig Cents, sechstausendmal. Das sind vierzig Riesen, Großer. Ich bin nicht *so* schlecht in Mathe, obwohl meine Mutter das sicher anders sieht.«

»Dann hatte ich dich richtig verstanden. *Mist*. Okay.«

Hm. Das war nicht die Reaktion, die ich erwartet hatte. Seine Gleichgültigkeit irritierte mich. Also entschied ich mich für Schadensbegrenzung und beendete das Telefonat. »Ich höre jetzt besser auf. Ich habe gerade meinen griechischen Salat bekommen.«

»Im *Goat*?«

»Wo sonst?«

Er lachte leise. »Auch wieder wahr. Okay. Iss auf. Du wirst Energie brauchen.«

Die Leitung war tot, bevor ich fragen konnte, wofür.

Egal.

Ich aß meinen Salat und kümmerte mich um mein Bier. Als nur noch ein Fingerbreit übrig war, überlegte ich, ein zweites zu bestellen. Aber ich musste sparsam feiern, wenn ich mir jemals meine eigene Wohnung leisten wollte.

Ich hatte gerade den letzten Tropfen getrunken, da beugte sich ein großer Körper über mich. Als ich aufsah, begegnete ich Griffs Laserblick. »Hi«, quietschte ich.

Er sagte nichts, holte einen Zwanziger aus seiner Tasche und warf ihn auf den Tresen. Dann nahm er meine Hand und half mir vom Barhocker.

»Wohin gehen wir?«

»Feiern.« Er führte mich zwischen den letzten Gästen hindurch.

»Feiern?«, wiederholte ich, als wir hinaus in die kühle Abendluft traten.

»Ja, verdammt.« Er legte mir eine Hand auf den Hinterkopf und drückte mich gegen die Holzfassade. »Ist dir nicht nach Feiern zumute?«

Zwischen meinen Beinen pulsierte es. Aber ich versuchte trotzdem, cool zu bleiben. »Wie willst du denn feiern?« Meine Stimme klang heiser und sehnsüchtig. Ich bin noch nie gut darin gewesen, einen auf cool zu machen.

Er grinste unvermittelt. »Du hast zwei Möglichkeiten. Wir können zum *Whippi Dip* fahren und uns was Süßes kaufen. Was ist deine Lieblingssorte? Aber ich nehme nicht an, dass du einfach nur süß bist.« Er strich mir mit seinem rauen Daumen über die Wange.

»Ähm.« Wie war noch mal die Frage?

Ein Lächeln stahl sich auf seine vollen Lippen. »Nun, wenn dir der Sinn nicht nach Softeis steht, hätten wir da noch Plan B: Wir fahren in dein Motel und vögeln, bis du meinen Namen schreist. Du hast die Wahl.«

Ich konnte den Schauer, der meinen Körper durchlief, nicht verbergen. »Ist das Softeis bio und wurde von Jungfrauen bei Vollmond gesegnet?«

»Wahrscheinlich nicht.« Er grinste mich an, und dabei bildeten sich Lachfältchen um seine Augen.

»Dann nehme ich lieber Option Nummer zwei.«

Den Kuss sah ich nicht kommen. Aber plötzlich drückte er die Hände links und rechts von mir an die Wand und presste seinen Mund hungrig auf meinen. Ich konnte meine coole Fassade keinen Augenblick länger aufrechterhalten und öffnete die Lippen für ihn. Seine Zunge fand meine, und Griff stöhnte.

Ich erschauerte am ganzen Körper.

15

Griffin

Der Geschmack von Audrey Kidder raubte mir jedes Mal den Verstand. Ich küsste sie innig direkt vor dem *Mountain Goat* und wehrte mich nicht länger gegen mein Verlangen.

Ich konnte mir nicht erklären, warum diese temperamentvolle kleine Frau eine derart betäubende Wirkung auf mich hatte. Vielleicht würde ich es nie herausfinden. Ich wusste nur, dass sie mich aufwühlte wie niemand sonst. Ich begehrte sie auf jede nur erdenkliche Art. Ich wollte sie in meinem Bett. Unter mir. An der Wand.

Ich wollte sie sogar auf dem Weg zum Markt, wenn sie neben mir saß und auf alles, was ich sagte, eine freche Antwort gab. Ich wollte, dass sie sich in unserer Küche aufhielt, die Barbecuesoße mit Kirschen aufpeppte und mit meinen Schwestern plauderte.

Mist, mich hatte es richtig erwischt.

Ich erkundete mit beiden Händen ihre ansprechenden Rundungen, kostete ihren Geschmack und war so hart wie die Scheite in einem Holzstoß. Ein Auto fuhr auf den Parkplatz, und erst, als die Scheinwerfer über uns hinweghuschten, kam ich halbwegs zur Besinnung. Mit übermenschlicher Anstrengung unterbrach ich unseren Kuss und trat einen Schritt zurück.

Audrey blinzelte zu mir hoch und sah genauso benommen aus, wie ich mich fühlte.

»Den Schlüssel, Prinzessin«, befahl ich.

»Was?«

»Deinen Schlüssel.« Ich hielt die Hand auf. »Für deinen Mietwagen.«

Sie tastete in ihrer Handtasche danach und reichte ihn mir. Ich richtete ihn auf den Parkplatz und drückte den Knopf. Die Scheinwerfer eines neuen Toyota RAV4 blinkten. Immerhin hatten sie ihr dieses Mal ein Auto mit Allradantrieb gegeben. Damit landete sie hoffentlich nicht wieder im nächsten Graben. Ich griff nach ihrer Hand, führte sie zum Auto und hielt ihr die Beifahrertür auf. Dann setzte ich mich auf den Fahrersitz und schob den Sitz ein ordentliches Stück nach hinten.

Nach der Hälfte der vier Minuten langen Fahrt zum Motel sagte sie: »Du fährst mein Auto.«

»Ja. Sonst wird Mrs Beasley der ganzen Welt erzählen, dass ich die Nacht in deinem Zimmer verbracht habe.« Das Motel kam in Sichtweite, und ich steuerte ihren Wagen zu dem Parkplatz, der vom Haupthaus aus am schlechtesten einsehbar war. Dann öffnete ich Audreys Sicherheitsgurt, denn sie war immer noch völlig benommen.

Als ich jedoch die Beifahrertür öffnete, sah ich das Verlangen in ihren Augen. Sie sprang aus dem Auto, nahm mir die Schlüssel aus der Hand und schloss mit einem Handgriff die Tür zu ihrem Häuschen auf.

Sobald die Tür ins Schloss gefallen war, fing ich an, Audrey auszuziehen. Ich streifte ihr das Top ab und warf es auf die Kommode. Sie griff nach meinem Reißverschluss und zog ihn herunter. Dann küssten wir uns wieder und stolperten zum Bett, dabei zogen wir unsere Kleider aus und warfen sie beiseite. Ich riss die Patchworkdecke vom Bett. Bevor ich mich hinlegte, nahm ich den Streifen Kondome aus der Tasche, den ich eingesteckt hatte, bevor ich Audrey vom *Goat* abholte. Ich riss ein Kondom vom Streifen und gab es ihr. Dann zog ich sie auf mich, bis sie mit gespreizten Beinen auf meinen Oberschenkeln saß. Ich streichelte ihre weichen Kurven, bis sie schnurrte. Sie fühlte sich so seidig an unter meinen vom Arbeiten rissigen Händen. Hätte ich es nicht besser gewusst, ich hätte angenommen, sie wäre zu makellos, als dass sie meine rauen Hände auf ihrem Körper spüren wollte. Aber inzwischen wusste ich, dass der Eindruck täuschte. Unter der Fassade des Mädchens von nebenan schlug das Herz einer perfekten Sünderin.

Falls es auf der Welt überhaupt noch eine attraktivere Kombination gab, würde ich sie sowieso nie treffen.

Sie hatte das Kondom halb geöffnet, als ich ihre Brüste mit den Händen umschloss und ihr mit dem Daumen sanft über die Brustwarzen strich. Mit einem Keuchen warf sie den Kopf nach hinten und erbebte.

»Mach deinen Job, Baby«, drängte ich. »Du kriegst meinen Schwanz erst zu spüren, wenn du ihn verpackt hast.«

Audrey presste sich gegen meine Schenkel und seufzte. Dann streifte sie mir das Kondom mit zitternden Händen über. »So ist es gut«, ermutigte ich sie. »Jetzt muss ich sichergehen, dass du auch bereit für mich bist.« Ich wanderte mit der Hand ihren Bauch hinunter und glitt mit dem Daumen zwischen ihre Beine. Wir sogen beide scharf die Luft ein, als ich ihre Feuchtigkeit und Hitze spürte. »Oh, ja«, keuchte ich. Zwischen uns geschah immer alles Hals über Kopf. Ich dachte, ich sollte es ausnahmsweise ein bisschen langsamer angehen lassen. »Komm her, Prinzessin.« Ich nahm sie bei den Hüften und zog sie auf meine Brust. »Komm näher. Farmer mögen es gern schmutzig.«

Sie öffnete die rosigen Lippen und seufzte.

»So ist es gut. Komm her. Ganz nach oben.« Ich zog ihren perfekten Hintern näher. Der anregende Duft ihres Verlangens traf mich wie ein Schlag. Ich schob sie so weit nach oben, bis meine Zunge ihr Ziel erreicht hatte. »Mmmm«, ächzte ich, als ich zum ersten Mal ihre Klitoris leckte.

»Oh Griff«, stöhnte sie auf mir. »Oh Gott.« Ihre Hüften bewegten sich in kleinen Stößen, als ich sie mit der Zunge erkundete. Sie spannte die Beine rechts und links von mir an, während sie versuchte, sich aufrecht zu halten.

Ich kitzelte ihre Schenkel mit dem Bart und lachte leise. »Hier, Baby.« Ich löste ihre Hände vom Kopfteil des Bettes und legte sie ihr auf die Brüste. »Berühre dich für mich.«

Sie riss die Augen auf, tat aber, was ich gesagt hatte, bedeckte die Brüste mit den Händen und kniff sich in die Nippel. Verdammt, das war der heißeste Anblick meines Lebens. Ich packte ihren Po und zog sie wieder über meinen Mund. Wir stöhnten beide, und dann ertrank ich nahezu in erregtem, schönem Mädchen. *Weiter so,* feuerte ich sie innerlich an, denn sprechen war unmöglich. *Reite meine Zunge.*

Sie bewegte sich auf mir, und die Geräusche, die sie von sich gab, waren fast zu viel für mich. Mein armer, vernachlässigter Schwanz schmerzte vor Lust. »Oh«, stöhnte sie. »Griff …« Sie vögelte meinen Mund. Heißer ging es nicht.

Sie war kurz vor dem Orgasmus, aber ich wollte sie noch nicht kommen lassen. Ich legte ihr die Hände auf die Hüfte und schob sie ein Stück an meinem Körper hinunter. »Knie dich hin, Prinzessin.«

Audrey gehorchte und kam auf die Knie. Ich positionierte mich unter ihr, packte ihre Hüfte und dirigierte sie auf meinen Schwanz. Sie seufzte überrascht und lustvoll und wollte sich auf mir bewegen. Aber ich hielt sie einfach fest.

»Bitte«, flehte sie.

Herrje. Sie war so heiß und eng, dass ich eine Minute brauchte, um mich zu beruhigen. Sie wehrte sich gegen meinen Griff, aber ich gab nicht nach. »Mit wem hattest du den besten Sex deines Lebens?«, knurrte ich.

Sie senkte den Kopf, ihr seidiges Haar fiel herab und bedeckte ihre perfekten Brüste. »Mit d…ir«, stieß sie keuchend hervor. »Du läufst außer Konkurrenz.«

»Oh.« Ich drückte ihre Hüften. »Gute Antwort, Baby. Ich glaube, ich sollte dich belohnen.« Ich ließ ihre Hüften los. »Na los, nimm dir, was du brauchst.«

Sie stöhnte dankbar und begann, mich mit kurzen, gezielten Stößen zu reiten. Ihre Wangen waren gerötet, ihre Augen leuchteten vor Verlangen. Und ich hatte geglaubt, die beste Aussicht in Vermont hätte man auf den Green Mountains. Das war das Schärfste, was ich je gesehen hatte: Ihre Brüste hüpften im Takt mit den erregten Lauten, die sie von sich gab. Aber etwas fehlte mir. Ich zog sie an den Schultern zu mir herunter und küsste sie gierig.

Sie fuhr mit den Fingern in meine Haare und stöhnte nah an meinem Mund.

Himmlisch.

Scheiß auf die stressige Woche – im Augenblick hatte ich alles, was sich ein Mann nur wünschen konnte. Ich wusste, Audrey gehörte mir nicht. Sie lebte Stunden entfernt und wäre vor Ende des Monats wieder weg. Aber in diesem kurzen Augenblick war meine Welt in Ordnung.

Ich schlang die Arme um sie und rollte uns herum. Sie landete auf dem Kissen, ihr Haar nach allen Seiten ausgebreitet wie bei einem Engel, und sah mich mit großen Augen an, als hätte ich den Mond aufgehängt. Ihr schmelzender Gesichtsausdruck machte mich fertig. Lust kroch mir die Wirbelsäule hinauf, und all meine Kontrolle ging in Flammen auf. Ich stieß mit den Hüften zu, als sie sich für einen Kuss nach vorne wölbte. Die Spannung war zu groß. »Komm, Prinzessin«, flehte ich, packte ihren Schenkel und legte ihn mir auf den Rücken. Beim nächsten Stoß sah ich Sterne. »Oh, verdammt«, keuchte ich. Ich beugte mich zu ihr hinab, erstickte ihr Stöhnen mit meinen Lippen und spürte, wie sie sich um mich herum anspannte.

Ich konnte mich nicht mehr beherrschen und kam. Einfach so.

Lustvoll aufstöhnend ergoss ich mich in sie, wie ich es mir jede Minute seit ihrem letzten Besuch in Vermont gewünscht hatte.

Unter mir verkrampfte und erschauerte Audrey. Ich stieß noch einmal zu, langsam, nur für sie. Ihr Stöhnen pulsierte wie ein warmer Strom durch meine Seele und erreichte alle leeren Winkel, auch die, von denen ich selbst nichts gewusst hatte.

Schließlich entspannte ich mich. Ich rollte mich zur Seite und zog sie mit. Mit einem zufriedenen Seufzer verbarg sie das Gesicht an meinem Hals, und wir versuchten, wieder zu Atem zu kommen.

»Das war …«, flüsterte sie. »Wir … ähm.«

Genau meine Gedanken.

Dann nahm sie sich zusammen und sagte einen vollständigen Satz. »Dagegen kann das Softeis aber einpacken.«

Ich musste unwillkürlich lachen und erschreckte mich damit selbst. Ich presste sie fest an meine Brust, damit sie durch mein Lachen nicht von mir herunterpurzelte. »Ich weiß nicht, was du an dir hast, Prinzessin«, gab ich zu, als ich schließlich aufgehört hatte zu lachen. »Du machst mich wahnsinnig.«

»Ich mag dich wahnsinnig«, flüsterte sie.

»Mmm.« Ich strich ihr mit den Fingern durch das weiche Haar und hatte die durchgeknallte, unpraktische Idee, dass wir einfach für immer zusammengehörten. Audrey war der Hammer. Sie ließ mich all die anstrengenden Dinge in meinem Leben vergessen. »Ich mag jedenfalls die Art, wie du feierst«, gurrte sie und kämmte meinen Bart mit ihren zarten Fingern.

Ich drehte den Kopf, schnappte mit den Lippen nach ihren Fingern und knabberte ein wenig daran, bevor ich sie wieder losließ.

»Ich hatte gehofft, du würdest dich über den Preis freuen, den ich für dich verhandelt habe«, flüsterte sie.

Genau. Der Cider. Verrückt – aber die Feier selbst war mindestens genauso aufregend wie die Neuigkeiten, die wir angeblich feierten.

Wahrscheinlich sogar noch mehr.

»Das ist ein fairer Preis, Baby.« Ich gab ihr einen schnellen Kuss. »Und die große Bestellung bedeutet, dass ich in ein paar größere Tanks investieren kann. Mit einer Ciderbestellung über vierzig Riesen wird meine Familie wegen meiner Veränderungen auf der Farm nicht komplett durchdrehen.«

»Mm-hm.« Audrey zeichnete die Linie meines Schlüsselbeins mit ihren Lippen nach, wanderte meine Brust hinunter und bedeckte mich dort mit Küssen.

»Ich muss die Tanks morgen bestellen, damit ich sie nächsten Monat füllen kann.« Ich konnte mir genau vorstellen, wie sie mit blubberndem Inhalt in meinem Ciderhaus standen. In ihnen vergor der Stoff, aus dem meine Träume entstanden.

Audrey gab einen sanften, zustimmenden Laut von sich. Dann küsste sie sich bis zu meinem Nacken hinauf, und zum zweiten Mal in dieser Nacht vergaß ich die Cidertanks.

16

Audrey

Griffin war so still, dass ich schon dachte, er wäre eingeschlafen. Wie Männer das so machten.

Doch nach ein paar Minuten seufzte er und ging in das winzige Badezimmer. Ich hörte die Dusche rauschen. Als er ein paar Minuten später wieder herauskam, rechnete ich damit, dass er sich seine Shorts anziehen und gehen würde. Aber das tat er nicht.

Er legte sich wieder aufs Bett und zog die Decke über uns beide. »Das ist vielleicht eine Absteige«, lachte er. »Wahrscheinlich hat Mrs Beasley das letzte Mal in den Siebzigern renoviert.«

»Hey, das nennt man rustikal«, widersprach ich. »Mein Zimmer in Boston ist längst nicht so heiter wie das hier.« Ich dachte an meinen kiffenden Pâtissier-Mitbewohner und an all das Geschirr, das sich wahrscheinlich während meiner Abwesenheit im Spülbecken türmte. Ohne mich und meine ständigen Ermahnungen würde er dort vermutlich hausen wie in einem Schweinestall.

Griff schnaubte missbilligend. Dann zog er mich auf sich. »Ich finde es falsch, dass deine Mutter dich nicht dabei unterstützen will, auf eigenen Beinen zu stehen.«

Ich blickte auf ihn hinunter. »Ich stehe doch auf eigenen Beinen. Ich kann vielleicht keine großen Sprünge machen, aber ich bezahle alles selbst.« Ach, verdammt. Das hatte ein wenig zu harsch geklungen. Aber bei diesem Thema war ich empfindlich. Niemand sollte sagen können, dass ich anderen auf der Tasche lag.

Griffin lächelte. Dann strich er mir so zärtlich mit dem Daumen über die Nase, dass ich überrascht blinzelte. »Vielleicht habe ich das falsch ausgedrückt. Ich will bloß Geld verdienen, um meine Familie zu unterstützen. Darum arbeite ich so hart.«

Ich ließ den Kopf gegen seine riesige Schulter sinken und dachte darüber nach. »Das ist nicht der einzige Grund«, widersprach ich. »Du liebst deine Arbeit. Sonst würdest du nicht ständig jedem, der es hören will oder nicht, Vorträge über Cider, Äpfel und gemeinschaftliche Schädlingsbekämpfung halten.«

»*Ganzheitliche* Schädlingsbekämpfung.«

Ich zwickte ihn in den Hintern.

Er zwickte mich in die Brust.

»Aua!«

»Du hast angefangen«, zog er mich auf und streichelte die Stelle, die er gerade eben noch gekniffen hatte.

Nach dem Sex war Griff Shipley überraschend verschmust. Ich zermarterte mir das Hirn, um mich zu erinnern, wie es vor fünf Jahren in Boston gewesen war, nachdem wir es getan hatten. Ich nahm an, wir waren auch damals nebeneinander eingeschlafen. Aber ich hatte wahrscheinlich geglaubt, dass er einfach keine Lust hatte, mich nach Hause zu bringen.

»Du hast recht«, sagte er.

»Was?« Meine Gedanken waren abgeschweift.

»Ich liebe meine Arbeit. Aber ich weiß einfach nicht, ob ich jemals eine Wahl hatte.«

»Oh.« Er hatte mir an unserem ersten Tag – als mein Auto im Straßengraben feststeckte – erzählt, sein Vater sei gestorben. »Hattest du nicht vorgehabt, die Farm zu übernehmen?«

Er schwieg einen Augenblick. »Ich hatte mich noch nicht entschieden. Football war mir immer sehr wichtig. Ich hatte immer noch geglaubt, ich könnte es in den Spielerkader schaffen.«

»Du hättest es geschafft«, entgegnete ich ein wenig zu schnell. Ich liebte Football, und an der Boston University war ich zu jedem Heimspiel gegangen. Jedes Mal, wenn Griff Shipley in seiner engen Sporthose auflief, hatte ich den Blick nicht von seinem knackigen Hintern abwenden können. Aber ich würde nicht zugeben, dass ich ihm schon lange bevor wir etwas miteinander anfingen, viel zu viel Beachtung geschenkt hatte.

Vielmehr hatte ich etwas ziemlich Fieses gemacht. Als er sich mir auf der Verbindungsparty vorstellte, bat ich ihn, seinen Namen zu wiederholen.

»Was ist so lustig?«, fragte er, als ich an seiner Schulter kicherte.

»Nichts.« Ich räusperte mich. »Vielleicht wirst du nicht dein Leben lang Farmer bleiben. Du bist noch jung. Irgendwann wirst du die Wahl haben.«

»Ich bleibe hier, bis Daphne und Dylan ihren Abschluss haben. Und meistens bin ich glücklich«, erklärte er ruhig. »Mir gefällt die Arbeit. Was ich nicht mag, ist der Druck. Wir sind immer nur eine Missernte vom Bankrott entfernt, verstehst du?«

»Und Footballspieler sind immer nur ein schlechtes Spiel von einer Verletzung entfernt, die ihre Karriere beenden könnte«, erwiderte ich.

»Stimmt.«

Er strich mir mit den Fingern übers Haar, und ich ließ mich auf seinen süßen Berührungen davontreiben. Meine Gedanken verschleierten sich, als seine Hände über meinen Hals und meinen Rücken hinabwanderten. Er umfasste meinen Po und zog mich fest an sich. Auf einmal spürte ich eine sehr harte Erektion an meinem Bauch, und meine Sinne erwachten wieder zum Leben. »Schon wieder?«, fragte ich leise.

»Das hättest du wohl gern«, murmelte er.

»Ach, du Armer, hast du gar kein Selbstwertgefühl?«

Er lachte und legte mir die Hände auf die Brüste. Lächelnd näherte er sich meinen Lippen, und schon küssten wir uns wieder. Sein Bart kratzte mir übers Gesicht.

Ich liebte es.

Nach einer Weile drehte er mich um, sodass ich auf dem Bauch lag. Ich hörte, wie er eine Kondompackung aufriss. Mit seinen großen Händen spreizte er meine Beine und fasste dazwischen.

Ich drückte mein Gesicht ins Kissen, um mein Keuchen zu dämpfen. Es war dreckig und wunderschön, wie er mich behandelte. Jede Berührung war ein Befehl, als ob ich nur existierte, um ihm Vergnügen zu bereiten. Nach der Reaktion meines Körpers zu urteilen war dem wohl auch so.

Vielleicht sollte ich mich einfach damit abfinden und meinen Namen in Tawdry ändern lassen. Dann bräuchte ich allerdings neue Visitenkarten …

Ich stöhnte auf, als er in mich eindrang.

Er lachte dicht an meinem Ohr. »Richtig so, Mädchen. Du willst meinen Schwanz, ganz egal wie.«

Schuldig. Ich schloss meine Augen und versuchte, mir das Gefühl einzuprägen. Sein durchtrainierter Körper über mir, seine starken Arme, die mich packten. Seine muskulösen Beine, die mich fest in die Matratze pressten. Ich war im besten Sinne bewegungsunfähig. Und jetzt drückte er mir mit offenem Mund feuchte Küsse auf den Nacken und saugte zärtlich an meiner Haut.

Ein weiterer Seufzer kam mir über die Lippen, und ich versuchte, ihm meine Hüften entgegenzustrecken. Aber ich konnte seine schiere Masse kaum bewegen.

»Wo willst du hin?«, flüsterte er.

»Mach weiter!«

Er lachte leise. Dann bewegte er aufreizend langsam die Hüften. Ich glaube nicht, dass es jemals in der Geschichte des Sex eine langsamere Bewegung gegeben hat.

Ich jammerte ins Kissen.

»Okay, Baby«, flüsterte er und küsste mir den Nacken. »Schon gut.« Er bewegte sich schneller, und ich schluchzte beinahe vor Dankbarkeit.

Griff hauchte mir süße, schmutzige Dinge ins Ohr, und ich ließ mich fallen. Meine Gedanken schmolzen dahin wie zerlassene Butter. Ich dachte an gar nichts mehr und ließ mich noch einmal von ihm mitreißen.

Einige Stunden später schlug ich in der Morgensonne die Augen auf.

Ich wusste augenblicklich, dass Griff fort war. Erstens war es im Bett zu kühl. Der Körper dieses Mannes war wie ein Ofen. Und es war zu still. Enttäuschung stieg in mir auf, obwohl ich genau wusste, dass Griff und ich keine Kuscheln-und-zum-Frühstück-bleiben-Beziehung hatten.

Wir hatten überhaupt keine Beziehung.

In diesem Moment überwältigte mich die Einsamkeit.

Das passierte mir jedes Mal. Deshalb mochte ich keine One-Night-Stands. Es war nicht so, dass mir Sex unangenehm wäre. Ich schämte mich nicht. Bloß wenn etwas gut war, dann wollte ich mehr davon. Wie eine gute Soße aus brauner Butter oder gesalzener Karamell.

Wahrscheinlich war es gut, dass Griff heute Morgen schon abgehauen war. Wahrscheinlich hätte ich ihn mit meinem Vorschlag erschreckt, uns heute Abend wiederzusehen. Und ich war nicht wegen Griffin Shipley in Vermont. Ich war *meinetwegen* hier.

Die Dusche in dem kleinen Badezimmer quietschte. Als ich unter den Strahl trat, war das Wasser warm und gleichmäßig. Wenigstens das lief bei mir. Heute musste ich jemanden aufsuchen, der mir Kartoffeln und Honig verkaufen sollte. (Natürlich nicht zusammen, igitt.) Mein Job hätte schlimmer sein können. Ich hätte Gräben ausheben können. Ich hätte Tellerwäscher in irgendeinem Diner sein können.

Na ja, wenn ich noch eine Aufgabe für die BPG vermasselte, dann war das mit dem Tellerwaschen eine Möglichkeit.

Aber erst mal Kaffee.

Nachdem ich mich angezogen hatte, sammelte ich meine Unterlagen zusammen und steckte mein Handy ein. Mit dem Schlüsselbund in der Hand öffnete ich die Tür zu meinem Zimmer und wäre beinahe auf einen Zettel getreten, der auf dem Boden lag.

Prinzessin, ich wäre gern zum Frühstück geblieben, aber ich muss fünfzig Kühe melken. Du hast gestern auf dem Festnetz angerufen, deshalb habe ich deine Nummer nicht. Hier ist meine: 802 228 4332. A. G. S.

Oooh.

Pass auf, Audrey, redete ich mir gut zu. *Jetzt dreh wegen dieses einen Zettels nicht gleich durch. Auf keinen Fall. Schlechte Idee.*

Einem Mädchen nach zwei Runden fantastischem Sex einen Zettel zu schreiben war doch eigentlich nicht besonders romantisch. Es hatte vielleicht gar nichts zu sagen. Es hieß vielleicht nur, dass Griff Shipley seine neue Errungenschaft bei Laune halten wollte. Zara hatte er vermutlich fünfzig Zettel geschrieben, als sie noch zusammen waren, stimmt's?

Stimmt.

Und was machte es überhaupt für einen Unterschied? Griff war an seine Farm und seine Kühe gebunden. Und ich würde in allernächster Zeit in Boston ein neues Food-Imperium aufbauen. Es war eine Beziehung ohne Zukunft. Falsch. Es war der großartigste Sex, den ich jemals gehabt hatte, ohne Zukunft.

Das war allerdings ziemlich schade.

Ich stieg in meinen Mietwagen und fuhr die zwei Meilen bis zum *Mountain Goat*. Wäre ich schlauer gewesen, hätte ich mich vorher erkundigt, ob sie so früh überhaupt schon geöffnet hatten.

Auf dem Parkplatz standen keine Autos, aber das musste nichts heißen. Also bog ich ab.

Jetzt, da ich darüber nachdachte: Hatte Griff nicht gestern seinen Pick-up hier stehen lassen? Er hatte gesagt, er würde das absichtlich machen, damit Mrs Beasley nicht tratschen konnte.

Autsch. Er wollte also nicht, dass alle seine Nachbarn von unserem nächtlichen Treiben erfuhren. Wahrscheinlich, weil er nicht wollte, dass seine Familie davon erfuhr.

Mit Griff verband mich vielleicht nichts als reine körperliche Anziehung, doch in seine Familie war ich längst bis über beide Ohren verliebt. Am liebsten wäre ich in ihre Küche eingezogen. Ich wollte eines der glücklichen Shipley-Kinder sein, die Ruth Mom nennen durften und jeden Abend den riesigen Eichentisch für zwölf Personen decken. Ich würde mit Dylan Frisbee spielen und Daphne die Haare flechten.

Diese heimliche Fantasie hat wohl jedes Einzelkind hin und wieder. Im Laufe der Jahre hatte ich mir die Familien Dutzender meiner Freunde zu eigen gemacht und mir vorgestellt, selbst Teil dieses wundervollen Durcheinanders zu sein.

Andererseits, wenn ich eine Shipley wäre, dann wäre Griff mein Bruder. Igitt. Schlechter Plan.

Ich schreckte aus meinem Tagtraum auf, als jemand an mein Autofenster klopfte. Draußen stand Zara, die mich fragend ansah.

Ups.

Ich stieg aus dem Auto. »Hi. Sorry. Ich hab mich bloß gefragt, ob ihr morgens auch schon aufhabt. Für, na ja, Kaffee.«

Zara schüttelte langsam den Kopf. »Ich habe mal darüber nachgedacht. Wir müssen morgens die Lieferungen annehmen, also ist normalerweise auch jemand hier. Aber nein. Habe das nie in den Businessplan aufgenommen.«

Mein Blick schweifte zu dem Holzhaus hinüber. »Das ist dein Laden?«

»Nein. Ich bin die Geschäftsführerin.« Ihr Mund wurde zu einem schmalen Strich. »Eine Frau kann eine Bar führen, weißt du. Man braucht nicht für alles einen Penis.«

»Sorry«, sagte ich eilig. »Ich, ähm, ich kenne das Problem.«

Sie zog eine ihrer gepiercten Augenbrauen hoch. »Das Penisproblem?«

»Ja. *Nein.*« Verdammt. Von wessen Penis sprachen wir hier gerade? Hitze kroch mir den Nacken hoch. »Ich weiß, dass man eine Bar auch mit einer Vagina führen kann. Also, natürlich nicht *mit* der Vagina, aber …« Ich hustete.

Zu meiner Überraschung brach Zara in lautes Lachen aus. »Du brauchst wirklich ganz dringend einen Kaffee, was?«

»Und wie.«

Mit dem Kinn deutete sie auf das geschlossene Restaurant. »Na komm. Ich habe gerade eine Kanne gekocht, während ich auf die Brotlieferung gewartet habe.«

Ich trabte ihr nach wie ein glückliches Pony. Gratis Kaffee? Das würde mich aus meinem Stimmungstief holen.

Zara blieb am Seiteneingang stehen und holte zwei Kästen mit leeren Bierflaschen heraus. Heute wurde offensichtlich das Leergut abgeholt. Dann trat sie die Tür auf und lief durch den Gastraum zu einer Kaffeemaschine hinter dem Tresen. Sie schenkte zwei Tassen ein und holte eine Milchtüte aus dem Kühlschrank unter dem Tresen. »Hier«, sagte sie. »Setz dich.«

Ich setzte mich auf denselben Barhocker, auf dem ich gestern schon gesessen hatte, und gab einen Schuss Milch in meinen Kaffee. Dann trank ich einen großen Schluck. »Aaah«, seufzte ich. »Danke.«

Sie musterte mich über den Rand ihrer Tasse. »Apropos Penis.«

Oh, oh.

»Griffs Pick-up stand die ganze Nacht hier auf dem Parkplatz.«

Ich hätte mir denken können, dass es zum Kaffee ein Verhör geben würde. Aber wahrscheinlich war es das wert. Ich stellte mich dumm. »Ach ja?«

Sie verdrehte die Augen. »Verlieb dich einfach nicht in ihn, ja?«

Ich konnte nicht verbergen, dass ich zusammenzuckte. »Wir, ähm, wir hatten auf dem College mal was miteinander. Nichts Ernstes.«

»Ach«, sagte sie langsam. »Dann weißt du ja, wie das ist.«

»Ja.« Wusste ich wirklich. Griff war wie jede schlechte Angewohnheit – köstlich und unwiderstehlich.

»Er liebt seine Apfelbäume und seine Familie. Und es sind viele Bäume und eine große Familie. So wie es aussieht, ist sein Kontingent an Gefühlen damit aufgebraucht. Jede zweite Frau hier in der Gegend hat es auf Griff Shipley abgesehen.«

»Glaub ich dir aufs Wort.«

Zara umklammerte ihre Kaffeetasse mit beiden Händen und

seufzte. »Allerdings gibt es hier auch nicht viele alleinstehende Männer. Die Guten ziehen alle weg, um bessere Jobs zu bekommen.«

»Aber du willst nicht wegziehen?«

Sie schüttelte den Kopf. »Es gefällt mir hier. Aber es ist einsam.«

»Man kann überall einsam sein«, erklärte ich ihr. »Glaub mir.« Damit verriet ich ihr vielleicht ein bisschen zu viel über mich, aber hey, ich hatte ja auch noch keine ganze Tasse Kaffee gehabt.

Zara sah mich lange an. »Du bist irgend so eine tolle Köchin, stimmt's?«

Ich schnaubte. »Nur in meinem Kopf. Aber eines Tages stimmt es auch.« Das sagte ich oft, aber ich glaubte auch daran. Weil die Guten am Ende immer gewannen. Und weil es Karma wirklich gab.

»Was führt dich nach Vermont?«

Jetzt verhörte Zara mich, aber das machte mir nichts aus, denn der Kaffee war dunkel und stark. »Die Arbeit. Die Restaurantkette, für die ich arbeite, will in Zukunft ihre Lebensmittel direkt vom Erzeuger beziehen. Ich darf hier ihren Einkaufswagen füllen.«

»Ach. Mein Onkel hat eine Plantage, und die Birnen sehen dieses Jahr wirklich gut aus.«

»Birnen?« Ich horchte auf. »Die stehen nicht auf meiner Liste, aber ich wette, meine Vorgesetzten würden welche wollen.«

Zara lächelte. »Ich schreibe dir die Adresse auf, und dann sage ich ihm Bescheid, dass er mit dir reden soll.«

»Super.« Ich trank meinen Kaffee aus. »Das ist toll. Vielen Dank.«

»Nichts zu danken«, wehrte sie ab. Offensichtlich konnte Zara mit Zuneigung nicht umgehen. Oder mit Begeisterung.

Ich durchschaute sie noch nicht ganz. Sie kritzelte etwas auf eine Papierserviette und reichte sie mir.

Ich steckte sie in meine Handtasche. »Wenn du morgens sowieso hier bist, solltest du wirklich Kaffee anbieten.«

»Ich habe auch schon daran gedacht.« Sie sah sich im Raum um, als stelle sie ihn sich voller Koffeinjunkies vor. »Aber dann müsste ich noch früher hier sein. Man schließt ja nicht einfach auf und fängt an, Kaffee zu verkaufen. Ich würde auch Backwaren brauchen …«

»Das stimmt.« Und schon bekam ich Hunger, verdammt. Ich stellte meine Tasse auf den Tresen. »Ich gehe dann mal. Vielen Dank für deine Hilfe.«

Sie winkte mir zu und nahm die Tasse vom Tresen. »Bis dann.«

Ich ging zu meinem Mietwagen. Es war Zeit, Birnen in Augenschein zu nehmen und etwas zum Frühstück zu finden.

17

Griffin

Der Morgen, an dem ich neben Audrey aufwachte, war ein guter Morgen. Obwohl ich in der Morgendämmerung zwei Meilen zu meinem Pick-up joggen und dann das Gefeixe im Kuhstall über mich ergehen lassen musste, war ich glücklich.

Das lag nicht nur am Sex. Zur Abwechslung sah es so aus, als liefe alles gut. Meine Mutter entspannte sich, als ich ihr von dem riesigen Auftrag der BPG erzählte. Niemand bekam Panik, als ich ein Set von drei Fermentationstanks kaufte, die größer waren als alles, was wir bis jetzt hatten. Ich kaufte sie außerdem gebraucht von einem Typen in Massachusetts, der sich nach nur zwei Jahren vergrößerte.

So würde es auch für mich laufen, oder?

In den nächsten Tagen war ich so optimistisch, dass meine Helfer mich aufzogen. »Kannst du uns mal bitte anknurren? Nur einmal? Es ist seltsam, dich die ganze Zeit lächeln zu sehen«, beschwerte sich Kyle.

»Macht uns Angst«, ergänzte Jude.

Sie hätten sich keine Sorgen machen müssen. Meine Laune schlug um, als ein nachmittäglicher Windsturm die Apfelbäume vorne auf dem Grundstück beschädigte. Ich verlor etwa zwanzig Kisten Äpfel, als der Sturm mehrere Äste der Bäumen abknickte.

»Was willst du damit machen, Boss?« Zachariah zeigte mir die unreifen Früchte, die er vom Boden aufsammelte. »Die

Chancen stehen schlecht, dass sie nachreifen, selbst wenn wir sie ins Warme legen.«

»Sag mir nie, wie meine Chancen stehen!«, witzelte ich, und Zach schenkte mir ein Grinsen. Ich nahm ihm den Apfel aus der Hand und biss hinein. Natürlich war er steinhart. Aber noch schlimmer war, dass die Stärke sich noch nicht in Zucker verwandelt hatte. *Mist.* Sie wären schrecklich als Cider. »Kompost.«

»Na klar.« Zach war wie immer hilfsbereit.

Im Laufe der Woche verschlechterte sich meine Laune noch weiter.

Es war die anstrengendste Zeit des Jahres – an den Bäumen hing ein Großteil der Ernte, der aber noch nicht gepflückt werden konnte. All dieses Potenzial war den Launen von Mutter Natur schutzlos ausgeliefert.

Aber am schlimmsten setzte mir zu, dass Audrey nicht angerufen hatte. Ich weiß nicht, was ich erwartet hatte, ehrlich. Ich wusste nur, dass ich sie wiedersehen wollte. Und wenn sie schon nur ein paar Tage in Vermont blieb, warum wollte sie diese nicht mit mir verbringen?

Schließlich tat ich, was ich schon längst hätte tun sollen. Ich stieg in den Pick-up und fuhr beim Motel vorbei. Aber Audreys Mietwagen stand nicht auf dem Parkplatz, und ihr Häuschen war dunkel.

Vielleicht war sie schon nach Boston zurückgefahren, ohne mir etwas zu sagen. Ich verbrachte die Nacht allein und las noch einmal ein paar Kapitel aus *Der Herr der Ringe*, weil Zach das Buch gerade zum ersten Mal gelesen und ich mit ihm darüber gesprochen hatte. Man konnte sich schlecht einsam fühlen, wenn man in Mittelerde unterwegs war.

Um neun schlief ich ein. Wenn ich Audrey nicht haben konnte, dann konnte ich wenigstens acht Stunden Schlaf bekommen, bevor ich um fünf wieder aufstand. Am nächsten Tag arbeitete ich stundenlang die Formulare für die neueste Bio-Zertifizierung durch. Ich hasste den Teil meines Jobs, den ich an einem Schreibtisch erledigen musste. Wofür war man Farmer, wenn man den ganzen Tag im Haus eingesperrt war?

Als ich schließlich hinausging, um die für den Tag anstehende Arbeit zu überprüfen, knuffte mich Zach. Ein RAV4 fuhr die Auffahrt herauf.

»Oh, das ist Griffs Frrrrrrreundin«, summte Kyle.

»Wie alt sind wir, zwölf?«, knurrte ich, um meine Aufregung zu verbergen.

Nachdem sie das Auto abgestellt hatte, schwang sie ihre langen Beine aus der Fahrerseite und schloss die Tür. Ich beobachtete sie gierig. Audrey war unnötig hübsch. Sie war wie die Schmetterlinge, die ich jeden Tag über der Wiese schweben sah – sie waren schöner als alle anderen Bestäuber. Gegenüber den Bienen, die dieselbe Arbeit machten, schien das nicht fair.

»Hallo.« Ich ging zu ihrem Auto.

Sie hob den Kopf und sah mich abschätzend an. »Na, du!«

»Ich dachte, ich würde eher was von dir hören«, sagte ich langsam. Audrey sah mich mit zusammengekniffenen Augen an. »Die Rechtsabteilung hat mir noch keinen Papierkram für dich mitgegeben.«

Ich sah ihr fest in die Augen. »Ach so. Ich schätze, es gibt keinen anderen Grund für dich, hier vorbeizukommen. Was hab ich mir bloß dabei gedacht?«

Sie wandte als Erste den Blick ab, senkte den Kopf und drehte sich um, um Zach zuzuwinken, der auf der Suche nach meinem kleinen Bruder zum Kuhstall trottete. Dann sah sie mich wieder an und runzelte die Stirn. »Was ist los? Was habe ich dir getan?«

»Nichts«, sagte ich hastig. Was hatte ich denn erwartet? »Womit kann ich dir helfen?«

Sie sah verlegen aus. »Ich wollte dich bitten, mir ein paar Äpfel zu verkaufen.«

Ich wünschte mir, sie würde mich noch um andere Dinge bitten, aber offenbar war dieses Thema tabu. »Lass mich raten. Der Preis ist nicht wirklich gut.«

»Na ja, es ist doppelt so viel wie vorher. Zwei Dollar für ein Pfund. Aber sie wollen etwas Interessantes. Irgendwelche alten Sorten, um die der Pâtissier viel Wirbel machen kann.«

»Mit anderen Worten: Sie wollen meine besten Äpfel zu einem günstigen Preis.«

»Ja.« Sie seufzte. »Aber vielleicht könntest du mir nur eine kleine Menge verkaufen? Ich musste sowieso alles von verschiedenen Farmen zusammenstückeln. Deshalb würden mir ein paar Kilo schon sehr weiterhelfen.«

»Klar, kann ich machen.« Und ich konnte nicht widerstehen, ihr eine verirrte Haarsträhne aus dem Gesicht zu streichen.

Ihre Augen leuchteten auf. »Wirklich? Und du hast etwas Gutes und Schräges, das du mir verkaufen kannst?«

»Sicher.« Ich überlegte eine Sekunde. »Ich habe ein paar Blue-Pearmain-Bäume.«

»Sind die *blau*?« Audrey war ganz aus dem Häuschen.

»Sie sind leicht *bläulich*. Blau für einen Apfel. Henry David Thoreau hat über sie geschrieben. Das war seine Lieblingssorte. Davon sollte dein versnobter Gebäck-Typ einen Ständer kriegen.«

»Absolut!« Sie legte mir beide Hände auf die Brust. »Das ist fantastisch! Vielen, vielen Dank!«

Ich hatte bei Gott noch nie eine Person gesehen, die so süß und sexy aussah, während sie über Äpfel sprach. »Gern geschehen.« Ich ergriff ihre Hände. »Komm kurz mit, ich brauche deine Hilfe.«

»Wirklich?«

Hand in Hand gingen wir zum Ciderhaus, und sie hüpfte neben mir her. »Das ist der Teil meiner Arbeit, der Spaß macht.«

»Dein Job kann Spaß machen?«, fragte sie fröhlich. »Ich dachte, es handele sich um ermüdende Arbeit. Echte Sisyphusarbeit …«

»Da lacht sich wohl jemand schlapp.« Ich drückte ihre Hand. »Der Spaß liegt darin, zu probieren und zu mischen.«

»Das klingt nach Vergnügen. Zeig's mir.«

Oh, was ich dir alles gern zeigen würde. »Komm rein.« Ich drückte die Tür des Ciderhauses auf und knipste einige Lampen an. »Setz dich, ich muss ein paar Sachen holen.«

18

Audrey

Ich setzte mich auf einen Hocker, während Griffin herumhantierte und die Utensilien für die Verkostung auf die Theke stellte. Er holte ein halbes Dutzend Weingläser heraus, einige Messbecher, metallene Messgeräte und ein Notizbuch, auf das der Monat und das Jahr gekritzelt waren. Dann holte er fünf große Flaschen, in die jeweils mehrere Liter Cider passten, und reihte sie auf der Theke auf.

Dabei zuzusehen, wie sich seine Muskeln bei der Arbeit anspannten, war meine neue Lieblingsbeschäftigung. Die ganze Woche über hatte ich ein Prickeln zwischen den Beinen gespürt, sobald ich an unsere letzte gemeinsame Nacht dachte. Jetzt mit ihm allein zu sein war eine süße Folter.

Doch Griff war im Businessmodus. »Willkommen in meinem Labor«, sagte er und schlug sein Notizbuch auf. Dann vertauschte er die Positionen von zwei Flaschen auf dem Tisch.

»Das ist ja abgefahren«, bemerkte ich. »Ich hätte wahrscheinlich im Chemieunterricht besser aufgepasst, wenn wir da Cider getestet hätten.«

Amüsiert sah er mich mit seinen großen braunen Augen an. »Ich habe einen Abschluss in Organischer Chemie, weil ich wusste, dass ich es eines Tage brauchen würde.«

»Wow.« Organische Chemie? Aus irgendeinem Grund hatte ich geglaubt, er hätte Kommunikationswissenschaft als Hauptfach gehabt, wie all die anderen Sportler, die ich kannte. Aber mein Schwarm war clever – viel zu clever, um sich mit mir einzulassen.

Mit seinem Bleistift tippte er eine der Flaschen an. »Also, pass auf. Ich muss zwei Mischungen aussuchen, die ich bei einem Wettbewerb einreichen möchte. Jeder Beitrag kostet dreihundert Dollar, also muss er gut sein.«

»Autsch.«

»Ja, ich weiß. Aber es ist bei der American Tasting Society. Die sind richtig groß.«

»Das ist ja einschüchternd.«

»Ein bisschen. Dort zu gewinnen wäre fantastisch. Gut fürs Geschäft.«

»Das glaube ich. Ich habe noch nie etwas gewonnen.«

Er blickte von den Krügen auf, die er auf dem Tisch anordnete. »Einen Gastronomiepreis zu gewinnen ist schwierig, stimmt's? Das ist eine versnobte Szene.«

»So habe ich das nicht gemeint. Ich habe noch nie im Leben irgendetwas gewonnen. Hattet ihr in der Schule ein Sportfest? Ach, wahrscheinlich hast du da alles abgeräumt. Das war bestimmt dein Lieblingstag im ganzen Schuljahr. Aber ich habe kein einziges Mal eine Medaille gewonnen.«

Er lächelte mich neugierig an – so wie man eine Verrückte anlächelt. »Beim Sportfest war ich immer gut. Aber es war auch eine kleine Schule, und ich war groß für mein Alter.«

»Ah. Na ja. Auf der Highschool ging es so weiter. Besonders gehasst habe ich die Zeugnisverleihungen am Ende des Schuljahres. Am schlimmsten war es in der elften Klasse. Meine Mutter hatte sich den Nachmittag freigenommen, und das wollte was heißen. Danach wollten wir Sushi essen gehen, um den Anfang vom Ende meiner Highschoolzeit zu feiern. Aber dann passierte Folgendes: Jeder – wirklich jeder – aus meiner Klasse bekam eine Auszeichnung, nur ich nicht. Der Beste in

Englisch, der Beste in Latein. Es wurden Dutzende Preise verliehen. Ich hoffte, es würde Mom nicht auffallen, aber am Ende bat der Schuldirektor alle, die eine Auszeichnung erhalten hatten, fürs Gruppenfoto auf die Bühne. Und ich war die Einzige aus meiner Klasse, die sitzen bleiben musste. Meine Mutter hat sich so geschämt. Wir sind dann auch nicht mehr Sushi essen gegangen. Sie sagte, ihr wäre der Appetit vergangen.«

Griff musterte mich mit zusammengebissenen Zähnen. *Mist!* Wieso musste ich in seiner Gegenwart immer plappern wie eine Idiotin?

»Ist ja auch egal. Lass uns den Cider probieren.«

»Ähm.« Er blickte auf die Flaschen vor sich, als sähe er sie zum ersten Mal. »Okay. Gut. Also, diese fünf Cider sind nach Komplexität angeordnet.« Er tippte auf den ganz links. »Von einfach und klar«, er deutete auf den letzten, »bis hin zu regelrecht abgefahren.«

»Also hast du sie nach Abgefahrenheit sortiert«, bemerkte ich.

»Genau. Und jetzt muss ich die beiden Gewinner küren. Ich würde gern zwei völlig unterschiedliche Kompositionen einreichen.«

»Weil du nicht weißt, in welcher Stimmung die Juroren sein werden.«

»Richtig. Also lass uns probieren.« Er nahm die zweite Flasche und entfernte das Isolierband um den Verschluss. Dann öffnete er sie und goss jedem von uns einen Fingerbreit ins Glas. »Der ist ein bisschen schlicht. Riech mal!«

Er reichte mir ein Glas, ich hielt es mir unter die Nase und atmete ein. Ein leckerer, fruchtig-saurer Geruch schlug mir entgegen. »Mmm. Es riecht nach Gras. Nicht so fruchtig, wie ich gedacht hätte.« Ich trank nicht sofort. »Nimmt man einen Schluck und spuckt ihn wieder aus?« So machten es die Winzer, damit sie nicht ständig betrunken waren. Ich wollte vor Griff nicht als Säufer dastehen.

»Wenn du möchtest, kannst du es ausspucken«, sagte er. »Aber wir werden heute nicht allzu viel testen. Also, ich werde es runterschlucken.«

Na, dann los. Ich nahm einen Schluck und schlürfte, wie es uns in den Kursen zur Weinverkostung beigebracht worden war, damit sich das Aroma voll entfaltete. Und, *wow*, der Cider war wirklich gut. »Das ist toll. Eine Explosion von Säure und Süße.«

Auf der anderen Seite des Tisches trank Griff ebenfalls. Er legte den Kopf in den Nacken, und ich sah, wie sich sein Adamsapfel beim Schlucken bewegte. Griff war mindestens genauso appetitlich wie der Cider. Ich musste mich zusammenreißen, um nicht um die Theke herumzulaufen und den Cider noch einmal direkt von seiner Zunge zu kosten.

Es war schon heiß genug, einem sexy Typen dabei zuzusehen, wie er einen guten Drink zu sich nahm. Aber ein sexy Typ, der einen guten Drink *herstellen* konnte? Gab es etwas Heißeres? Nein, gab es nicht.

Griff stellte noch zwei Gläser hin und öffnete die ganz linke Flasche. »Vergleiche das mal mit diesem hier.«

»Freut mich, wenn ich helfen kann!« Ich hob pflichtbewusst das Glas an die Nase. »Riecht fruchtig.« Ich nahm einen Schluck. Und dann noch einen.

»Was denkst du?«

Ich stellte das Glas ab. »Ich könnte das den ganzen Tag lang trinken, aber es schreit nicht nach einer Auszeichnung. Schmeckt ein bisschen nach Zitrusfrüchten, aber birgt nicht sonderlich viele Geheimnisse.«

Griff legte den Kopf schief und lächelte mich verführerisch an. »Nicht schlecht. Genau das denke ich auch. Weißt du was? Du bist ganz schön gut.«

Bei diesem unerwarteten Kompliment stieg mir die Hitze in die Wangen. War das nicht lächerlich? Er hatte mich ja schließlich nicht für meine Fähigkeiten als Neurochirurgin oder die Entwaffnung des Iran gelobt. »Na ja«, sagte ich und hoffte, dass er mir nicht anmerkte, wie bescheuert glücklich mich sein Lob machte. »Dann kann ich ja schon *zwei* Sachen gut.« Ich ließ die goldene Flüssigkeit in meinem Glas kreisen. »Kochen und trinken.«

Als er antwortete, klang seine Stimme rau: »Mir würden da spontan noch ein paar andere Sachen einfallen.«

»Griff!«, ermahnte ich ihn. »Wir arbeiten hier.« Aber immerhin war ich nicht die Einzige, die in Gedanken noch bei unserer letzten Nacht war. Selbst wenn Griff mich nur als sein Sexspielzeug betrachtete. Ich stellte mein zweites Glas neben das erste. »Mach weiter. Lass uns das spannendere Zeug kosten.«

Er öffnete die dritte Flasche und goss uns sein. »Dann los.«

Dieser Cider roch ganz anders. Ich roch zweimal daran, um den Geruch zu identifizieren. »Würzig. Kardamom? Und Honig.« Vorsichtig nahm ich einen Schluck. »Interessant! Immer noch Honig. Oder … Guave vielleicht. Und dann eine Moschusnote, die die anderen beiden nicht hatten. Ich denke, das hier könnte ein guter Kandidat sein.«

Ich beobachtete ihn wieder dabei, wie er den Cider in seinem Mund kreisen ließ. War eigentlich schon mal jemand auf die Idee gekommen, Verkostungspornos zu drehen? Das wäre sicher eine Marktlücke. Er schloss seine dunklen Augen, als er schluckte.

Wow.

»Hmm.« Er betrachtete sein Glas, als könne er darin die Zukunft sehen. »Wir versuchen mal etwas.« Er schüttete den Cider in einen Messbecher und wieder zurück in sein Glas. Dann nahm er die zweite Flasche, maß etwas ab und gab die Flüssigkeit ebenfalls in sein Glas. Anschließend machte er sich eine kurze Notiz. »Du zuerst.«

Er schob mir die neue Mischung herüber, und ich nippte daran. »Hey!« Ich nahm noch einen Schluck. »Der ist großartig. Viel weicher als der dritte allein.« Ich gab ihm das Glas zurück, und er probierte ebenfalls.

»Der ist ganz nett. Der kommt unter ›vielleicht‹.« Er entkorkte die vierte Flasche und schenkte mir ein.

Dieser Cider roch … alt. Wie alte Bücher in flüssiger Form. Ich probierte ihn, und er schmeckte anders als alle Cider, die ich je getrunken hatte. »Wow, der ist ganz schön bitter im Abgang, aber das ist überhaupt nicht negativ.«

Er probierte ebenfalls, und ich versuchte, ihn dabei nicht anzustarren. »Ja. *Das* ist Cider. So muss er sein. Trotzdem könnte ich ihn eventuell noch ein wenig abschwächen.« Er öffnete die letzte Flasche und goss ein. »Lass uns den hier probieren. Der zieht dir die Socken aus.«

»Huh«, rief ich nach dem ersten Riechen. Der war machtvoll. Er roch verführerisch, stark, nach Moschus. Es war … Ich roch noch einmal. Fast wie …

»Was meinst du?«, fragte Griff nach dem ersten Schluck. »Ist das zu krass? Zu viel Moschus? Er fühlt sich gut an im Mund, aber er ist unberechenbar.«

Ich schloss die Augen und probierte. Auf der Zunge schmeckte er schon viel eher wie ein Cider. Aber der Geruch war aufregend anders. Er versprach *Gefahr*. Ich hielt mir das Glas unter die Nase und atmete tief ein. Dann lachte ich.

»Was ist so lustig?«

Ich schüttelte den Kopf. »Es wird dir nicht gefallen, was ich hier herausschmecke. Du hältst mich sicher für verrückt.«

»Magst du ihn nicht?«

»Ganz im Gegenteil«, erwiderte ich hastig. »Aber er riecht nach …« Ich musste wieder lachen.

»Nun sag schon. Ich werd's verkraften.«

»*Sex*«, sagte ich. »Er riecht nach Sex.«

Griff verschluckte sich. »Wie bitte?« Mit geschlossenen Augen roch er noch einmal an seinem Glas. Dann riss er die Augen wieder auf. »Fuck.«

»Genau.«

»Ich habe …«

»… Sex gebraut.«

Griff schüttelte den Kopf. »Tja, das ist mal was Neues. Ich glaube kaum, dass man damit Geld machen kann, aber …«

»Natürlich kann man das! Wer würde denn Sex in flüssiger Form nicht zu schätzen wissen? Meine Güte. Und ich dachte, du wärst ein Geschäftsmann. Den *musst* du einreichen.«

»Wieso? Weil du es lustig findest?«

»Nein! Weil die Juroren darauf aufmerksam werden, selbst wenn sie nicht wissen, warum. Das sind ja keine Maschinen. Jeder mag Sex, und niemand kann genug davon kriegen.«

»Ach ja?« Er zog seine dichten Augenbrauen hoch. »Ich könnte dir behilflich sein.«

»Bleib bei der Sache, Griff. Wir haben einen Wettbewerb zu gewinnen. Wir sind die Psycho-Ninjas und schleichen uns mit der Sex-Mischung von hinten an den Sieg heran.«

Er überlegte. »Dieser Cider ist alles, nur nicht subtil. Ich mildere ihn etwas ab, und dann gucken wir mal.«

War ja klar. Ich war wie immer zu forsch. »Gut.« Ich nahm die zweite Flasche aus der Reihe und goss etwas davon in das Sex-Gebräu. Dann probierte ich wieder. »Nö.«

»Zu sauer, schätze ich?«, fragte Griff.

»Ja.« Ich stellte das Glas ab. »Ich weiß, was es werden soll, aber ich habe keine Ahnung, wie ich es hinbekomme.«

Er maß etwas von dem Sex-Cider ab und ließ ihn im Glas kreisen. Dann fügte er halb so viel jeweils von dem sauren Cider und dem aus der zweiten Flasche hinzu. »Zwei Teile E auf je einen Teil A und B«, murmelte er und machte sich Notizen. »Hier. Du zuerst.«

Ich steckte meine Nase ins Glas und atmete ein. »Mmm. Riecht wie ein leidenschaftliche Nacht im Obstgarten.«

Griffin warf seinen großen Kopf in den Nacken und lachte. »Interessante Beobachtung. Da es ja nun gerade Sommer ist … und wir einen Obstgarten haben …«

Danke, Unterbewusstsein. Ich nahm einen Schluck. Die neue Mischung schmeckte mehr nach Äpfeln. »Jetzt ist es fruchtiger. Das gefällt mir.«

Griff nickte gedankenverloren. »Diese Mischung müsste weicher sein.«

»Definitiv.« Ich nahm noch einen Schluck. »Wir haben aus einem Hardcore-Porno-Cider ein romantisches Rendezvous gemacht. Süße und Säure sind jetzt ausgewogen. Wie hast du das gleich beim ersten Versuch geschafft?«

»Erfahrung, Baby.« Er hob eine Hand und strich sich über den Bart. Ich starrte auf seine vollen Lippen.

Mist. Warum war dieser Mann nur so unverschämt attraktiv?

Ich schüttelte den Gedanken ab und reichte ihm das Glas. »Probier mal. Er ist großartig.«

Wieder konnte ich Griffin Shipley beim leidenschaftlichen Cider-Kosten beobachten. Wie er den Duft des Ciders tief einatmete, wie er mit geschlossenen Augen einen Schluck nahm – inklusive pornografischer Mundbewegungen. Er probierte dreimal, bevor er das Glas absetzte und sich wieder eine Notiz machte.

»Und?«, wollte ich wissen. »Den reichst du auf jeden Fall ein, oder?«

»Ich denke darüber nach.«

»Wie bitte? Das war's? Wir haben hier gerade den nächsten Hauptgewinner identifiziert, und du *denkst darüber nach*?«

Er hob den Blick und sah mich mit seinen dunklen Augen an. »Reg dich ab, Prinzessin. Ich teste alles zweimal, bevor ich mich entscheide. Der Geruchssinn lässt sich leicht überrumpeln. Ich probiere morgen noch einmal alle drei Mischungen, die infrage kommen.«

»Ich wusste es!« Ich sprang vom Stuhl. »Aber ich will mit aufs Foto, wenn du den Pokal gewinnst. Es gibt doch einen Pokal, oder?«

»Wahrscheinlich.« Er grinste. »Ich muss hier noch ein bisschen aufräumen. Willst du danach baden gehen?«

»Was?« Der Themenwechsel überraschte mich.

»Es ist heute ganz schön heiß, und wir haben noch eine halbe Stunde bis zum Mittagessen. Wir könnten uns unten am Teich abkühlen. Da ist nie jemand, insofern muss man nichts anhaben, und du hast bestimmt keine Badesachen dabei ...«

Ich stellte mir vor, wie Griffin sich vor meinen Augen nackt auszog und ins Wasser watete ...

Mein Puls beschleunigte sich. »Klingt verlockend«, sagte ich schnell. »Aber ich glaube, ich sollte meine Klamotten lieber anlassen, wenn du in der Nähe bist.«

»Wo bleibt denn da der Spaß?« Er nahm ein halbes Dutzend Gläser mit nur einer Hand.

Ich nahm, ganz professionell, die anderen Gläser, die er nicht beim ersten Mal greifen konnte. »Hör zu, ich weiß ja, dass du mich lieber magst, wenn ich den Mund halte und mich ausziehe.«

»Das stimmt doch überhaupt nicht.« Seine heftige Reaktion überraschte mich. »Ich mag deinen Arbeitgeber nicht, Prinzessin. Ich habe nie behauptet, dass ich dich nicht mag.«

Ich dachte darüber nach, während Griffin die Gläser in ein riesiges Edelstahl-Spülbecken stellte und das Wasser aufdrehte. Wenn er nichts gegen mich hatte, warum sah er dann immer so genervt aus, wenn ich auftauchte? Und da war noch etwas. »Okay, ich verstehe. Wir hatten ein bisschen Spaß zusammen. Unser, ähm, gemeinsames Hobby ist ja auch ziemlich unwiderstehlich. Aber ich muss meine Arbeit erledigen, und du willst nicht, dass die Leute von uns erfahren. Also sollten wir das vielleicht einfach lassen.«

Er stellte abrupt das Wasser ab. »Was will ich nicht?« Er drehte sich um und funkelte mich mit seinem typischen Griff-Blick an. Der hatte eine solche Wirkung, dass er eigentlich ein eigenes Wort verdient hätte. *Griffunkeln*.

Ich konnte der Hitze nicht standhalten und blickte auf meine Hände, die immer noch die Gläser hielten. »Du hast deinen Pick-up beim *Goat* stehen lassen.« Oh Gott, ich nannte den Pub schon wie die Einheimischen. Ich fühlte mich hier bereits viel zu sehr zu Hause. »Damit niemand davon erfährt, dass du mit deiner College-Affäre rummachst. Ich bin nicht gekränkt, keine Sorge. Aber vielleicht sollten wir uns ein neues Hobby suchen. Stehpaddeln zum Beispiel. Oder Wandern. Ich habe gehört, dass man hier sehr gut wandern kann.«

»*Wandern*«, sagte er, und es klang eher wie »Wurzelbehandlung«.

Ich stellte die Gläser neben die anderen. »Nur als Beispiel.«

Er legte mir seine nassen Hände auf die Schultern. Dann schob er mich drei Schritte zurück, bis ich mit dem Rücken gegen einen der riesigen metallenen Cidertanks stieß. Ich sah zu ihm auf, und sein Blick war heiß wie ein Gasbrenner. »Prinzessin, wir müssen jetzt mal ein paar Dinge klären.«

»Müssen wir?« *Super gekontert, Tawdry. Messerscharf.*

»Erstens habe ich den Pick-up beim *Goat* stehen lassen, um

deinen Ruf nicht zu beschädigen, nicht meinen. Nicht jeder hier mag mich.«

»Wer denn? Ich dachte, du wärst mit allen wichtigen Leuten hier verwandt.«

Er schnaubte. »Nicht ganz. Du hast doch von Zaras Onkel Birnen gekauft, oder?«

»Woher weißt du das?«

Er grinste unter seinem dichten Bart. »Das ist ein kleiner Ort hier. Zaras Familie mag mich nicht besonders. Sie hätten dir bestimmt nicht geholfen, wenn es Gerüchte gäbe.«

Ich grübelte. »Und darum hast du den Pick-up da stehen lassen, wo Zara ihn sehen würde? Ich bin mir sicher, dass sie das nicht besonders toll fand.«

Er zuckte zusammen. »Das ließ sich nicht vermeiden. Sie weiß aber, dass das mit ihr und mir vorbei ist. Und sie wird nicht tratschen. Sie ist eine Gute.«

»Aber nicht gut genug für dich«, kam es mir ungewollt über die Lippen.

Seine Augen loderten. »So war das nicht. Zara und ich waren keine gute Mischung. Wir waren ein simples, gut trinkbares Gebräu ohne Tannin. Ohne Komplexität. Ohne preiswürdigen Geist.«

Ich war mir ziemlich sicher, dass Zara das anders sah. Und darum klangen meine nächsten Worte ziemlich schnippisch. »Verstehe. Ich nehme an, ein Ciderwinzer muss auf seinem Weg zum Ruhm erst mal einiges probieren und wieder ausspucken.«

Eine Nanosekunde später war Griffs Mund auf meinem. Sein Kuss war hart und fordernd.

Ich lehnte mich rückwärts gegen den Tank, um Abstand zu gewinnen, wenn auch nur aus Prinzip.

Seine vollen Lippen strichen über meine. Dann neigte er

den Kopf und wanderte mit seinem bärtigen Kinn über meinen Hals. Seine weichen Haare neckten meine empfindliche Haut. Als er mir einen Kuss unters Ohr drückte, stockte mir der Atem. Und als er dann langsam meinen Kiefer entlangküsste, war ich kurz davor zu kapitulieren.

Sein fordernder Mund landete erneut auf meinem, und ich sank in mich zusammen wie das erste Soufflé eines jungen Kochs. Ich reckte ihm die Brust entgegen und öffnete den Mund, damit er mich kosten konnte.

Als sich unsere Zungen berührten, stöhnte er lange und tief. Dann legte er mir eine seiner riesigen Hände auf die Wange und küsste mich innig. Er schmeckte nach Cider und männlichem Hunger, und ich konnte seinen Kuss im ganzen Körper spüren.

Nachdem er mir bewiesen hatte, wie gefügig ich tatsächlich war, zog er sich schwer atmend und mit wildem Blick zurück. »Ich mag dich wirklich sehr«, sagte er.

»Okay?« Waren wir gerade mitten in einer Unterhaltung gewesen? Ich konnte mich nicht mehr erinnern.

»Und ich habe keine Angst, das zuzugeben.«

»Ähm …« Ich holte tief Luft, um wieder klar denken zu können.

»Komm.« Er nahm meine Hand und zog mich vom Cidertank weg, aus dem Raum hinaus ins gleißende Sonnenlicht.

Draußen rannten wir direkt Jude und Kyle in die Arme. Beide oben ohne. Sie spritzten gerade große Holzfässer ab.

»Gute Arbeit, Jungs«, sagte Griff. »Und ich muss euch sagen, wie sehr ich Audrey mag.«

Kyle sah uns fragend an, aber Jude drückte bloß seinen Daumen auf das Ende des Schlauchs und richtete dann die ganze Wucht des Wassers auf das nächste Fass. »Gut zu wissen.«

»Sehr witzig«, murmelte ich, als er mich zum Rand der Plantage führte.

»Baby, ich mache keine Witze. Ich habe doch keinen Sinn für Humor, richtig? Das hast du selbst gesagt.«

Ach ja, richtig. »Wohin gehen wir?«, fragte ich, um vom Thema abzulenken. Endlose, schnurgerade Reihen von Apfelbäumen lagen vor uns.

»Wandern«, sagte er. »War deine Idee.«

»Aber … ernsthaft?« Ich und meine große Klappe.

Er lachte. »Ich wollte dir nur die Blue-Pearmain-Bäume zeigen. Komm. Hier geht's lang.«

Wir kamen an Dutzenden von Apfelbäumen vorbei. Sie hingen voller grünlicher Früchte, auf denen der erste Schimmer der Reife zu erkennen war. »Wow. Das wird eine gute Ernte.«

»Sag das nicht«, erwiderte er. »Solange es nicht auf der Bank liegt, ist es noch keine Ernte.«

»Entschuldigung. Aber da hängen wirklich viele Äpfel an den Bäumen. Was sind das für welche?« Ich zeigte auf einen Baum.

»Honeycrisps. Die haben wir hier angepflanzt, weil sie am beliebtesten bei den Selbstpflückern sind. Sie sind nicht umsonst in Mode. Sie haben eine tolle Textur und einen großartigen Geschmack. Aber sie reifen sehr langsam.«

»Ist es nicht nervig, wenn jedes Wochenende Leute über dein Grundstück trampeln?«

Er zuckte mit den Schultern. »Ich kenne es nicht anders. Und sie bringen Geld mit. Auf diese Weise verkaufen wir viel Obst, und es pflückt sich quasi von selbst. Wenn wir das nicht anbieten würden, müssten wir viel mehr Erntehelfer einstellen. Apropos …« Durch eine Lücke in den Baumreihen sahen wir eine Gruppe Männer und Frauen. Sie trugen alle eine Nylontasche vor dem Körper, pflückten Äpfel und legten sie in die Taschen. In der Mitte stand eine große Holzkiste, die halb voll mit Äpfeln war.

»Hallo!« Griff winkte, und einige winkten zurück.

»Hey!« Zach rannte zu uns herüber. »Brauchst du was?«

»Nein«, antwortete Griff. »Ich mache mit Audrey bloß einen kleinen Ausflug vor dem Mittagessen. Weil ich sie sehr mag. Sogar, wenn sie redet.«

Zach zog die Augenbrauen hoch. »Ähm, okay. Sonst noch was?«

»In einer halben Stunde gibt es Mittagessen«, sagte Griff. »Audrey wird auch da sein, weil …«

»Griff!« Ich stieß ihn in die Rippen.

»Was denn? Ich sage doch nur, wie es ist.«

»Nein. Du machst dich über mich lustig.«

Er schüttelte den Kopf. »Starke Truppe, Chewie. Bis gleich.«

»Klar, Han.«

Wir gingen schweigend weiter, vorbei an den Reihen voller Apfelbäume. Vom Haus und den angrenzenden Gebäuden aus war die Größe des Anwesens schwer auszumachen. Doch nachdem wir mindestens zehn Minuten unter Apfelbäumen hergelaufen waren, wurde mir klar, wie groß die Shipley Farm wirklich war. »Das war kein Witz von dir mit der Wanderung, oder?«, fragte ich atemlos. Dass es die ganze Zeit bergauf ging, machte es nicht besser.

»Ich mache keine Witze.«

»Ach, richtig.«

»Wir sind fast da, Stadtkind. Wenigstens hast du heute vernünftige Schuhe an. Sind die neu?«

Erwischt! »Die habe ich bei Farm-Way gekauft.« Als ich keine Lust mehr hatte, in meinen Sandalen auf Farmen herumzustöckeln, war ich in dem Städtchen Bradford in einen überdimensionierten Gemischtwarenladen gegangen. Dort hatte ich die pinkfarbenen Wanderschuhe und ein paar Sportsocken gekauft.

»Wie fandest du den Laden? Wir sind da ständig.«

»Ich fand es saukomisch.« Es gab dort Schuhe und Kleidung. Und Zaumzeug, Hühnerfutter und Holzzäune. »Wo sonst bekommt man Reitgerten *und* Ahornsirup aus der Region? Der Laden ist die Vermont-Version eines BDSM-Shops.«

Griff lachte und nahm wieder meine Hand. »Nur dass die Reitgerten dort wirklich für Pferde gedacht sind.«

»Das ist einfach falsch.« Ich schniefte. »Die armen Pferde brauchen doch ein Safeword.« Griff lachte wieder.

Wir stiegen immer höher hinauf. Gerade als ich mich beklagen wollte, deutete Griff auf eine Gruppe von Bäumen. »Das sind sie. Die besonderen Bäume stehen alle hier oben. Mein Großvater hat damit angefangen, die alten Sorten anzubauen, und mein Dad hat noch weitere hinzugefügt. Das hier sind die Blue Permains. Diese vier.« Er deutete auf ein paar ziemlich große Bäume. Nummerierte Schilder hingen daran. An allen Bäumen.

»Wie viele Sorten habt ihr überhaupt?«

»Dreiundfünfzig.«

»Und die kennst du alle auswendig?«

»Fast alle. Ein paar von den kleineren kann ich nicht auseinanderhalten, wenn ich nicht nachschlage. Aber die landen sowieso alle in der Ciderpresse, also muss ich es auch nicht unbedingt wissen.«

Als Griff endlich stehen blieb, war ich völlig außer Atem. Ich betrachtete die Äpfel an dem Baum näher. Ihre Schale hatte tatsächlich einen kühlen, dunklen Farbton. »Wann werden die reif?«

»Im Oktober. Deine Sklaventreiber werden sich noch ein wenig gedulden müssen. Wie kommen sie überhaupt an ihre Ware? Ein paar Scheffel Obst von zwanzig verschiedenen Farmen, das klingt nach einer Scheißarbeit.«

»Keine Ahnung. Wahrscheinlich mithilfe ihrer Sklaven.« Ich strich über einen der Äpfel. »Die sind so hübsch.« Sie waren noch steinhart und überwiegend grün. Aber es waren Dutzende. Vielleicht sogar Hunderte. Der Baum war voller Potenzial. Wenn ich mich damit nicht lächerlich gemacht hätte, hätte ich am liebsten ein Selfie mit den Bäumen gemacht.

»Dreh dich mal um. Du hast noch gar nicht die Aussicht bewundert.«

Als ich dahin zurückblickte, woher wir gekommen waren, raubte mir der Ausblick beinahe den Atem. In der Ferne zeichneten sich die Gipfel der Green Mountains schiefergrün und purpurfarben vor dem Himmel ab. Doch am beeindruckendsten war Griffs Farm. Endlose Reihen von flauschigen grünen Bäumen mit dichtem, weichem Gras dazwischen.

»Wow«, sagte ich dümmlich. »Du hast bestimmt deine ganze Jugend über Gras gemäht.«

»So ungefähr. Auch wenn wir das Gras ziemlich lang wachsen lassen. Es dämpft den Aufschlag des Fallobstes. Den besten Cider macht man aus reifen Äpfeln, die von selbst vom Baum fallen oder kurz davor stehen.«

»Wie riesig.« Ich versuchte, die ganze Farm auf einmal zu sehen, aber es gelang mir nicht.

»Das sagen die Mädchen immer.«

Ich knuffte ihn in den Arm. »Im Ernst. Wie hältst du das alles am Laufen?«

»Ich schlafe einfach nicht. Aber ich habe natürlich Hilfe.«

Und trotzdem. Griff war noch keine dreißig. Bevor ich hier gestanden hatte, war mir nicht klar gewesen, was für einen harten Job er hatte. »Du vermisst deinen Vater bestimmt«, platzte ich heraus.

»Jeden Tag.« Seine Stimme klang schroff. »Mit ihm habe ich immer hier gestanden und stundenlang über Äpfel geredet. Er hat auf die Reihen gezeigt und mir von seinen Plänen erzählt, und ich dachte, er würde lange genug hier sein, um sie alle in die Tat umzusetzen.« Er schwieg einen Augenblick. »Und jetzt gibt es jeden Tag irgendein kleines Problem, zu dem ich gern seine Meinung hören würde. Oder ich entdecke irgendetwas Interessantes auf der Plantage und möchte es ihm einfach zeigen, weil ich weiß, dass er es gern sehen würde.«

Oh Mann. Ich hatte einen Kloß im Hals. Hier stand Griff, ein Riese. Ein starker Kerl, der den ganzen Tag hart dafür arbeitete, den Traum seiner Familie zu erfüllen. Und er wünschte sich nichts sehnlicher, als mit seinem Dad zu reden. »Er wäre so stolz auf dich«, flüsterte ich.

Griff schwieg, und einen Augenblick lang genossen wir die Aussicht. Dann nahm er meine Hand und drückte sie.

Ich drückte zurück.

»Zeit fürs Mittagessen«, sagte er mit belegter Stimme. Ich folgte ihm im Sonnenschein den Hügel hinunter.

19

Griffin

Das Mittagessen war unter einem Sonnensegel im Garten aufgebaut. Während der Erntesaison passten wir nicht mehr alle an einen Tisch.

Mom stellte uns nicht zur Rede, weil wir ein paar Minuten zu spät kamen, denn das Mittagessen draußen war weniger formell. Außerdem bog Großvater mit seinem Golfcart gleichzeitig mit uns um die Ecke, und Mom schimpfte nie mit Großvater. Er hatte einen Freifahrtschein.

»Wie geht's dir, August?«, fragte Grandpa und klopfte mir auf den Rücken. Er sprach mich immer mit meinem ersten Vornamen an.

»Gut, Grandpa. Kannst du dich an Audrey erinnern? Ich hab sie sehr gern.«

»Du magst ihren *Hintern*? Wenn du so etwas sagst, bekommst du einen Klaps.«

Neben mir prustete Audrey los.

»Ich habe gesagt … Egal. Holen wir uns einen Hamburger.«

Wir drei stellten uns am Grill auf, an dem Dylan Burger briet. »Wer möchte Käse?«, rief er gut gelaunt.

»Ich bitte!«, meldete sich Audrey. »Ich mag alles.«

»Ich nehme auch Käse«, stimmte ich zu. »Ich mag Käse auch, aber Audrey mag ich noch mehr.«

»Du trägst ganz schön dick auf«, murmelte sie, legte drei Papierteller aus und platzierte auf jedem ein Brötchen.

»Der hier ist für Audrey.« Dylan ließ einen Burger vom Pfannenwender auf ein Brötchen gleiten. »Der sieht am besten aus. Einer Chefköchin kann man nicht irgendeinen alten Burger servieren.«

»Du bist hinreißend.« Sie wuschelte ihm durch die Haare. Jeden anderen hätte Dylan dafür wahrscheinlich verhauen. Aber er schluckte es runter. »Das sieht alles super aus.«

»Ihre Familie fühlt sich in den Ferien bestimmt ziemlich unter Druck gesetzt.« Meine Mutter stand mit einer Schüssel voll Kartoffelsalat neben uns. »Wer will schon für einen ausgebildeten Chefkoch kochen?«

Audrey schnaubte. »Meine Mutter hat mir in ihrem ganzen Leben keine Mahlzeit zubereitet. Sie glaubt, kochen sei etwas für Verlierer. Als ich neun war, wünschte ich mir sehnlichst einen Easy-Bake-Ofen, diesen Spielzeugofen, zu Weihnachten. Ich wusste, sie würde mich niemals den echten Ofen benutzen lassen.«

»Hat sie dir einen gekauft?«, fragte ich.

»Nein. Sie hat mir ein Businesskostüm und einen anspruchsvollen Taschenrechner gekauft. Das hat mich kein bisschen überrascht. Aber ich hatte auch meiner Großmutter von meinem Wunsch erzählt, und sie hat ihn mir geschenkt!« Audrey grinste. »Sie hat mir auch einen großen Vorrat der kleinen Backmischungen geschenkt, die man in der kleinen Schüssel zubereiten konnte. Für sechs Monate habe ich mich wie im Himmel gefühlt. Aber im Sommer danach hat mich meine Mutter für drei Wochen ins Mathe-Camp geschickt. Als ich nach Hause kam, war der Ofen weg. Sie hatte alles weggeschmissen. Mir blieb nur der seltsame kleine Messlöffel, der dabei war. Den bewahre ich in meinem Schmuckkästchen auf.«

Audrey erzählte diese Geschichte, während sie sich Zutaten auf den Burger löffelte. Deshalb bemerkte sie den geschockten Gesichtsausdruck meiner Mutter nicht. Ich sah, wie meine Mutter den Mund öffnete und wieder schloss. Ihr fehlten die Worte, um etwas zu Audreys sogenannter Mutter zu sagen.

»Wer will Ketchup?« Audrey hielt die Schüssel hoch.

»Ich bitte«, sagte ich hastig. »Setz dich, Prinzessin. Ich bring dir was zu trinken mit.«

»Danke, Griffin.« Sie lächelte mich kurz an und ging.

»Ich mag dieses Mädchen wirklich«, sagte meine Mutter.

»Meine Rede.«

Mom sah mich neugierig an, aber dann fragte einer unserer Erntehelfer sie nach einem Pflaster für eine Schramme am Knöchel. Deshalb kümmerte sie sich um ihn und nicht weiter um mich.

Verständlich.

Ich nahm zwei Gläser Eistee und setzte mich zu Audrey an einen der Picknicktische. »Sollen wir uns später einen Film ansehen?«, fragte ich.

Sie führte gerade den Burger zu ihrem perfekten Mund und hielt inne. »Einen Film? Wo?«

»Es gibt ein altes Autokino in Fairlee. Ich könnte nachschauen, was dort läuft.«

»Ja gern. Das hört sich gut an.« Ihr Blick war an etwas in der Nähe des Grills hängen geblieben. »Griff, humpelt deine Mutter?«

»Was?« Ich sah rüber zu Mom. Tatsächlich belastete sie das rechte Bein mehr. Ich biss in den Hamburger und beobachtete, wie sie versuchte, den Kartoffelsalat zu servieren und sich dabei mit der Hüfte am Serviertisch abstützte. *Scheiße*, das sah nicht gut aus.

Ich wartete, bis sich das Gedränge auflöste, bevor ich sie darauf ansprach. Als mein Teller leer war, brachte ich ihn zum

Eimer, in dem der Abwasch gestapelt wurde. »Was ist passiert, Mom? Hast du dich am Fuß verletzt?«

Sie zog eine Grimasse. »Es wird schon gehen. Ich bin wegen des Pflasters ins Haus gelaufen. Dabei bin ich über die Stiefelbürste gestolpert und habe mir den Knöchel ein bisschen verdreht. Ich hätte vermutlich nicht wie ein aufgescheuchtes Huhn herumrennen sollen. Ich kühle ihn nachher.«

Nach dem Essen blieb ich und half dabei, Sachen ins Haus zu bringen, und auch Audrey packte mit an.

»Oh mein Gott – Griffin hat einen Teller abgeräumt!«, krähte meine Schwester Daphne. »Informiert die Medien!«

Ich gab Daphne einen Klaps, und meine Mutter sah mich stirnrunzelnd an. »Du kannst mit den Helfern nach draußen gehen, Griff. Ich komme zurecht.«

Das stimmte jedoch nicht. Ich half ihr aufs Sofa und holte ein Kühlpack. Als ich ihre Leinenhose hochschob, sah ich, dass ihr Knöchel zur Größe einer Honigmelone angeschwollen war. »Mom, das sieht schlimm aus. Was ist, wenn du dir etwas gebrochen hast?«

»Ich hab mir nichts gebrochen«, behauptete sie. »Er ist bloß verstaucht.«

»Das sollte sich jemand ansehen«, beharrte ich. Als ich ihren Knöchel berührte, zuckte sie zusammen.

»Und wenn es nichts Schlimmes ist? Warum sollte ich dafür einen Nachmittag verschwenden? Außerdem muss ich zwei Schweineschultern schmoren.«

»Das kann May übernehmen«, sagte ich.

»Deine Schwester ist in Boston, um Lark zu besuchen, bevor das Semester wieder anfängt«, erinnerte mich meine Mutter.

»Ich übernehme das«, sagte Audrey.

»Meine Liebe, das müssen Sie nicht …«

»Ich *möchte* aber«, beharrte Audrey. »Lassen Sie mich Ihnen helfen. Ob Sie Ihren Knöchel röntgen lassen oder nicht, Sie sollten den Fuß in jedem Fall hochlegen.«

Meine Mutter sah aus, als wolle sie diskutieren. Mom war Mrs Kompetent, und ich wusste, dass es sie umbringen würde, jemandem beim Abendessenmachen zuzusehen, während sie herumsaß. Aber Audrey hatte recht, und das wusste meine Mutter. »Vielen Dank, meine Liebe«, sagte sie mit einem Seufzer. »Ich kann immer noch die Erbsen pulen, während ich stillsitze.«

»Klar kannst du«, sagte ich schnell. »Und morgen, wenn die Schwellung nicht weniger geworden ist …«

»Lasse ich es kontrollieren«, versprach meine Mutter.

»Wie hätten Sie die Schweineschulter gern?«, fragte Audrey. »Eingerieben mit Gewürzen? Mit Teriyaki-Soße? Mexikanisch mit Jalapeños und Limette? Ich schaue mal, ob ich ein passendes Rezept gespeichert habe …« Sie zog ihr Handy aus der Gesäßtasche.

Es gab nichts mehr, womit ich Mom noch hätte helfen können, und ich musste wieder zurück nach draußen und mich um ein paar geschäftliche Angelegenheiten kümmern. »Bis, äh, später?«

Mom, Audrey und Daphne sahen von Audreys Telefon auf. »Tschüss.« Audreys schüchternes Lächeln ließ mein Blut Richtung Süden fließen.

Mich hatte es ganz schön erwischt.

Stunden später saß ich in einem Esszimmer, das wie ein Vier-Sterne-Restaurant roch. Ich glaubte, reihum jeden Magen knurren zu hören, als Zach, Jude, meine Cousins und mein Bruder sich setzten.

»Wow.« Dylan beäugte eine Schüssel von der Größe eines kleinen Kanus. Darin türmte sich Schweinefleisch so zart, dass es auseinanderfiel. Daneben stand ein Berg Gemüse, der um einiges exotischer duftete als das Essen, das normalerweise auf unserem Tisch stand.

»Habt ihr alle etwas zu trinken?«, rief Audrey aus der Küche. Ich sah sie in einer Schürze vorbeiflitzen, die Haare zu einem Knoten hochgebunden, einige Strähnen umrahmten ihr Gesicht. Sie musste meinen Blick gespürt haben, denn sie sah auf und ertappte mich beim Starren.

Erwischt.

Ich stand wieder auf und ging in die Küche. Dieses Essen verdiente eine Flasche Wein, also schnappte ich mir zwei Flaschen aus dem Regal und klemmte sie mir unter den Arm. Das schönste Mädchen der Welt kam zu mir herübergesaust. »Nimm das«, verlangte sie und drückte mir eine große Schüssel mit Reis in die noch freie Hand.

»Das riecht nach …« Ich atmete tief ein. »Kokosnuss?«

»Wir machen heute einen Thai-Abend.« Sie versetzte mir einen Klaps auf den Hintern. »Stell das auf den Tisch.« Sie folgte mir ins Esszimmer – dort humpelte meine Mutter gerade zu einem Stuhl und setzte sich. Ich hasste es, sie leiden zu sehen.

»Hallo, Mom.« Ich stellte den Reis auf den Tisch. »Ich mag Audrey. Sehr gern.«

»Das schon wieder?«, murmelte Audrey und schoss zurück in die Küche.

»Das geht uns allen so, Schatz. Allerdings wären deine Eingeständnisse überzeugender, wenn du nicht in ihr Essen sabbern würdest. Nur so als Tipp.«

Großvater kam wie immer genau rechtzeitig zum Abendessen vorbei. Er setzte sich, und meine Mutter stellte die unvermeidbare Frage. »Wie wär's, wenn du morgen zu uns ins Farmhaus ziehst?«

»Nein, danke.« Er schüttelte seine Serviette auseinander.

Ich ging zum Schrank mit den Weingläsern. »Wer möchte? Grandpa? Mom?« Ich nahm Gläser aus dem Schrank und stellte allen bis auf Jude eins hin. Als er bei uns angekommen war, hatte ich ihm ein Bier angeboten, und er hatte mir erklärt, dass Alkohol gegen seine Bewährungsauflagen verstoße. Er hatte gesagt: »Selbst wenn es nicht so wäre – eine Droge ist eine Droge. Alkohol war nie die Droge meiner Wahl, aber ich lasse die Finger davon.«

Seitdem fühlte ich mich immer ein bisschen schuldig, wenn wir in seiner Anwesenheit tranken. Deshalb machten wir das nicht besonders oft.

Audrey kam mit einer weiteren riesigen Platte mit Essen zurück, die für das andere Ende des Tisches bestimmt war.

»Du sitzt hier«, sagte ich zu Audrey und klopfte auf den Stuhl neben mir. Sie zog eine Augenbraue hoch, akzeptierte aber den Stuhl, den ich für sie zurechtgerückt hatte.

Daphne eilte mit einer Riesenschüssel Salat herein. »Das ist alles!«, rief sie. »Kann jemand bitte schnell das Tischgebet sprechen, ich sterbe vor Hunger.«

»Warum übernimmst du das nicht, Schatz?«

Daphne senkte den Kopf und sprach ein schönes kleines schnelles Gebet. Dann fielen wir wie Wölfe über Audreys Essen her.

Nach der Kirschen-in-Barbecuesoße-Offenbarung häufte ich mir wie ein Weltmeister Essen auf den Teller. Das Schweinefleisch war hervorragend und völlig anders gewürzt als das meiner Mutter. Es schmeckte nach Limette, Thai-Basilikum und Koriander. Der Kokosnussreis schmeckte würzig und wundervoll. Aber das Gemüse überraschte mich am meisten. Es gab gedünsteten Spinat mit einem Hauch Sojasoße und Ingwer. Und fein geschnittene Karotten, die kurz gegart und dann in einer pikanten Soße geschwenkt worden waren. Tatsächlich wurde ich mit jedem Bissen hungriger.

Als unser Familientisch beim letzten Mal eine Kostprobe von Audreys genialer Kochkunst bekommen hatte, waren alle in Stöhnen ausgebrochen und hatten ihr Essen in den höchsten Tönen gelobt. Aber diesmal genossen alle das wundervolle Essen verhältnismäßig still. Ein paar leise Dankesworte wurden an Audrey gerichtet, aber niemand wollte eine Mahlzeit loben, die meine arme Mutter für uns auf eine etwas herkömmlichere Art hatte zubereiten wollen.

Ich sah mich verstohlen am Tisch um und bemerkte, dass Zach, Jude und Dylan das Essen beinahe schuldbewusst hinunterschlangen.

In diesem Augenblick warf Mom ihre Serviette beiseite. »Ich würde mich öfter verletzen, wenn ich dafür so gutes Essen bekäme. Alle Achtung, meine Liebe. Jungs – ist schon gut. Ihr dürft ehrlich sein.«

Sofort erklang ein Chor von Seufzern ergänzt durch mehrere Heiratsangebote. Ich glaube, eines davon war von mir.

»Gott hat mir einen weiteren Tag auf der Erde geschenkt, nur damit ich dieses Essen genießen darf«, krähte mein Großvater. »Ist nicht böse gemeint, Ruthie.«

»Ich weiß«, sagte meine Mutter schnell.

Neben mir lächelte Audrey schüchtern und errötete, als noch mehr Lob erklang. »Es macht Spaß, für euch zu kochen. Deshalb lade ich euch alle zu meiner Restauranteröffnung ein. Sorgt dafür, dass ihr neben den Kritikern sitzt, und sprecht laut und deutlich.«

»Im Ernst.« Daphne kratzte den letzten Rest Reis zusammen. »Du solltest ein eigenes Restaurant eröffnen. Mit was für einem Konzept willst du dich bewerben?«

Audrey griff nach der Gabel. »Ich ändere ständig meine

Meinung. Und der Wettbewerb ist schon in fünf Wochen. Ich muss mich für eine Idee entscheiden und dabei bleiben. Diese Woche schwanke ich zwischen mexikanisch – weil es wenig gute mexikanische Restaurants in Boston gibt – und Tapas. Traditionelles Pub-Essen und französische Küche gehen nicht, weil die BPG davon schon genug hat.«

»Was es auch wird, ich werde dort essen.« Kyle griff nach dem Servierlöffel.

Ich ließ eine Hand unter dem Tisch verschwinden und drückte Audreys Knie. Allerdings nur einmal. Wenn dieses Mädchen Zeit brauchte, würde ich ihm Zeit geben.

Zwei Stunden später saßen wir in meinem Pick-up und fuhren auf Landstraßen nach Fairlee.

»Welcher Film läuft noch mal?« Sie ließ das Fenster herunter und hielt ihr Gesicht in den Wind.

Es fiel mir schwer, mich auf die Straße zu konzentrieren. Ich wollte sie ansehen. »*Independence Day.* Der erste Teil.«

»Aha.«

Ich riskierte einen kurzen Blick zu ihr. »Magst du Aliens und Will Smith?«

»Ja, klar. Na ja, ich mag Will Smith. Aliens sind mir egal.«

Ich hielt an einem Stoppschild. »Wir müssen uns den Film nicht ansehen, weißt du? Wir können stattdessen auch Eis essen gehen.«

Sie lachte. »Du könntest schon wieder essen?«

»Nein.« Da war was dran. Zum Nachtisch hatte es einen fantastischen Apple-Crumble mit Ingwer gegeben. Wir waren alle mit vollen Bäuchen vom Tisch weggerollt.

Ich fuhr weiter, bis wir Lake Morey erreichten. Der öffentliche Parkplatz an der Bootsrampe war leer, also stellte ich den Wagen ab und schaltete den Motor aus. »Wenn du keine Lust hast zu sehen, wie Aliens die Erde zerstören, können wir auch einfach reden. Oder nach Hause fahren und uns etwas anderes ansehen. Ich hab das Autokino ausgesucht, weil ich Zeit mit dir verbringen möchte.« Grillen zirpten vor den geöffneten Fenstern. Ich beobachtete Audrey, aber sie hatte das Gesicht von mir weggedreht. »Stimmt irgendetwas nicht?«, fragte ich leise. »Soll ich dich nach Hause bringen?«

Sie sah mich kurz mit ihren schönen Augen an und schaute sofort wieder weg. »Nein, alles in Ordnung. Zumindest mit *dir*.«

»Was ist es dann?« Ich nahm ihre weiche Hand von der Sitzbank und küsste sie. »Sag mir, wie ich dich glücklich machen kann, und ich mache es.«

Sie gab einen kleinen frustrierten Seufzer von sich. »Mir geht's gut. Aber wenn du in der Nähe bist, werde ich unvernünftig.«

»Wie meinst du das?« Ich drehte ihre Hand um und zeichnete die Linien ihrer Handfläche mit meinen Lippen nach. Als ich hörte, wie ihr der Atem stockte, wurde mir klar, was sie beunruhigte.

Audrey zog die Hand weg und legte sie in den Schoß. »Ich bin ein ziemliches Wrack«, flüsterte sie.

»Stimmt nicht«, widersprach ich sofort. »Du weißt, dass ich dich will. Entweder willst du mich auch oder nicht. Es gibt keinen Grund, sich darüber Sorgen zu machen.« Ich streckte die Hand nach ihrer Hand aus und fuhr mit einem Finger über ihr Handgelenk und ihren Oberarm hinauf.

Sie erschauerte, und ich lachte in mich hinein.

20

Audrey

Jetzt geht das wieder los. Ich konnte Griff Shipley genauso wenig widerstehen wie Homer Simpson einem Donut. Die Gefühle, die er in mir auslöste, wenn er nur meine Hand berührte, gehörten vermutlich verboten. Ich saß einen Augenblick da und beobachtete, wie sich das Wasser des kleinen Sees im Mondlicht kräuselte. Als wäre ich unentschlossen. Dabei war das, was nun folgen würde, so unvermeidlich wie der Mondaufgang selbst.

»Es muss ja nichts bedeuten«, flüsterte ich, als ich mich Griff zuwandte.

»Ja klar. Rede dir das ruhig ein.« Er lachte leise. »Du weißt doch, dass ich einen Abschluss in Chemie habe.« Er ließ meine Hand los, und das war eine Enttäuschung. Doch dann rückte er auf der Sitzbank näher an mich heran, packte meine Hüfte und zog mich auf seinen Schoß.

Ich lehnte mich an seinen massigen Körper und seufzte. »Was soll ich nur mit dir machen, Griff?«

Ich spürte seinen warmen Atem an meinem Ohr. »Ich hätte da ein paar Ideen.«

Die hatte ich auch.

Seine Hände strichen langsam meinen Brustkorb hinauf. »Ich mag dich wirklich, Audrey.«

»Das hast du schon mal gesagt.«

Als er lachte, spürte ich die Vibration im ganzen Körper. »Aber du glaubst, es ginge mir nur um Sex, stimmt's?«

»Tut es das denn nicht?«, hauchte ich. Ich konnte mich kaum noch konzentrieren. »Ich bleibe schließlich nicht ewig hier.«

»Das ist nun wirklich nicht meine Schuld«, erwiderte er. »Und du hattest recht, als du mir vorgeworfen hast, es ginge mir nur um Sex.«

»Was? Mann, so kriegt man ein Mädchen nicht rum.«

»Dreh dich mal um.«

Ich hielt das für keine gute Idee, doch ich glitt von seinem Schoß und drehte mich zögerlich zu ihm herum. Griff zog mich wieder auf sich. Nun saß ich rittlings auf ihm und sah ihm aus nächster Nähe in die großen braunen Augen. »Was?«, fragte ich, und es klang ziemlich zickig.

»Am *Anfang* hattest du recht. Du machst mich an wie noch nie jemand zuvor.« Griff unterstrich diesen Satz mit einem zärtlichen Kuss. Dann lehnte er sich zurück und strich über meinen Brustkorb, zwischen meinen Brüsten hindurch bis hinab zu meinem Bauch.

Ich erschauerte. Überall.

»Ich will dich – und ich kann nicht mehr ignorieren, dass ich einsam bin. Dass ich vielleicht mehr brauche als vierzehn Stunden harter Arbeit am Tag und ein Bett in der Schlafbaracke. Ich brauche *dich* in meinem Bett. In meiner Küche …«

Ich schnaubte. Wenn das meine Mutter hören könnte, würde sie eine feministische Intervention starten.

Griff schüttelte den Kopf. »Das kam falsch rüber. Aber jedes Mal, wenn ich dich in meiner Küche sehe, wirkst du so glücklich. Du lächelst und siehst aus, als hättest du alles um dich herum vergessen. Das ist schön. Dann möchte ich mir dich über die Schulter werfen und dich einfach mitnehmen.«

Es war nicht einfach, die Unnahbare zu spielen, wenn man im Pick-up auf Griffs Schoß saß. Ich ertappte mich dabei, wie ich ihm über den Bart streichelte. »Und wo brauchst du mich noch?«

Auch bei diesem Satz würde Mom eine Ader platzen.

»Überall«, raunte er. »Ich will dich im Ciderhaus und mit dir die Mischungen probieren. Ich will, dass du neben mir sitzt, wenn ich sonntags mit Mom in die Kirche gehe. Aber danach brauche ich dich in der Dusche. An der Wand …«

Da küsste ich ihn. Ich presste meine Lippen auf seine, im Grunde trat ich die Tür ein, um eingelassen zu werden. Griff öffnete mir stöhnend, seine Zunge begrüßte meine. Wie immer hielten wir uns nicht mit Small Talk auf. Als wären wir Pornostars, gingen wir vom Reden direkt zum Rummachen über. Mit einer Hand packte Griff meinen Po, die andere schob er einige Zentimeter unter den Bund meines Rocks. Dort verharrten seine Finger, streichelten die Haut unterhalb des Bauchnabels, wanderten tiefer, berührten mich jedoch nicht dort, wo ich es am meisten brauchte.

Folter. Ich wimmerte in seinen Mund und hoffte, er würde mich erhören. Sicherheitshalber knöpfte ich ihm die Jeans auf.

»Soll ich dich nach Hause fahren?«, keuchte er zwischen den Küssen.

Das würde viel zu lange dauern. Also öffnete ich seinen Reißverschluss.

Seine Antwort war ein heiseres Stöhnen. »Wollen wir es echt im Wagen machen?«

Das klang verheißungsvoll. Ich ließ meine Hand über seine Bauchmuskeln hinab tiefer wandern bis zu seinem sehr harten Schwanz, der aus seiner Boxershorts herausragte. Als ich ihn in die Hand nahm, stöhnte er auf.

»Wir haben ein Problem, Prinzessin«, stieß er hervor. »Kein Kondom.«

Ich hätte heulen können. »Na und? Ich bin gesund, und ich

nehme die Pille.« Ich ließ von ihm ab und blickte ihm geradewegs in die Augen. »Ich weiß, ich bin in manchen Dingen etwas nachlässig, aber nicht bei der Verhütung.«

Er sah mich mit halb geschlossenen Augen an. »Ich vertraue dir, Prinzessin. Ich habe es weiß Gott noch nie ohne gemacht.«

»Noch nie?«

Er schüttelte den Kopf.

»Wir müssen auch nicht.« *Auch wenn ich dann bestimmt vor Enttäuschung weine.*

Er nahm meine Haare zusammen und strich sie mir von der Schulter. »Süße, auf meinen Schwanz. Sofort.«

Eilig zog ich mir den Rock hoch. Griff schob einen Finger unter den Saum meines Höschens. »Halt!«, rief ich, bevor er es zerreißen konnte. »Das brauche ich noch, ich bin auf Reisen.«

»Okay.« Er schob mich ein Stück von sich, sodass wir uns beide einiger Kleidungsstücke entledigen konnten. »Aber behaupte nie wieder, ich hätte keine Manieren.«

»Ha!«, schnaubte ich. »Du bist ein Griesgram. Aber ein heißer.«

»Könnte ich wenigstens in dir sein, während du alle meine Fehler aufzählst.« Er schloss seine große Hand um seinen dicken Schwanz und winkte mich zu sich heran.

Als bräuchte ich eine Aufforderung! Ich positionierte mich über ihm und ließ mich hinabsinken, bis er mich vollständig ausfüllte. Oh Gott, dieser Mann. Ich stöhnte so laut auf, dass ich damit wahrscheinlich selbst Griffs Kühe beim Grasen störte. Aller Ärger und Frust war in diesem herrlichen Moment vergessen.

Und nicht nur mir hatte es die Sprache verschlagen. Griff warf den Kopf zurück und keuchte, als ich mich auf ihn setzte. »Oh Gott … fuck!« Es war beinahe ein Schrei. Seine Brust hob und senkte sich gegen meine, er packte meine Hüften und hielt mich unten. »Beweg dich nicht … Nur einen Moment.« Er hatte die Augen geschlossen, und sein Atem ging schwer. »Ich hätte nie gedacht, wie gut du dich anfühlst, wenn nichts mehr zwischen uns ist. Himmlisch.«

Wow. Ich hatte noch nie etwas so Wunderschönes gesehen wie Griffin Shipley, der allein vor Begierde fast kam. Ich legte ihm beide Hände auf die Wangen, und sein weicher Bart kitzelte meine Handflächen. Ich konnte der Versuchung nicht widerstehen und spannte alle Muskeln in meinem Inneren an.

Er riss die Augen wieder auf. »Verdammt, Prinzessin!« Er ließ meine Hüften los und zog mich an sich, bis meine Stirn seine berührte und wir einander ansahen. »Du machst mich fertig. Jedes Mal. Nur du.«

Mein Herz machte einen kleinen Sprung, obwohl mir klar war, dass da nur die Erregung aus ihm sprach. Also beschloss ich, ihn mit einem Kuss zum Schweigen zu bringen. Ich ließ meine Hand zurück in seine Haare gleiten und eroberte seinen Mund.

Das ging allerdings nach hinten los, denn Griff Shipley war der Meister im Küssen. Er streichelte meine Wange, zog mich an sich und übernahm die Kontrolle. Seine Zunge liebkoste meine, und ich schmolz wie Zucker, der zu Karamell wird. Als unsere Küsse immer intensiver wurden, konnte ich nicht mehr stillhalten. Ich wiegte mich gegen Griffs unnachgiebigen Körper, erst langsam, dann immer schneller.

Dabei machte Griff die appetitlichsten Geräusche. Er versank so tief in meinem Mund, dass ich nicht mehr wusste, wo ich aufhörte und er begann. Seine Hände wanderten zu meinem nackten Po und kniffen mich unanständig, nur um meinen Körper gleich darauf noch stürmischer gegen seinen zu bewegen.

Das Ergebnis ließ mich alles andere vergessen. Es gab nur noch Hitze, Glückseligkeit und diesen begierigen Mann unter mir. Er keuchte laut auf, als wir beide auf die Zielgerade einbogen. Ich kam als Erste an, Lust explodierte in meinem Innersten und strömte durch meinen ganzen Körper. Meine Zehen verkrampften sich, sodass beide Sandalen auf den Boden des Pick-ups fielen und sofort vergessen waren.

Sein Stöhnen war wie ein Nachbeben, das meine Brust vibrieren ließ. Er schlang seine starken Arme um mich, und wir erzitterten gemeinsam, als auch er kam.

Als es vorbei war, ließ ich mich erschöpft gegen ihn sinken. Unsere Küsse wurden zärtlicher, bis wir nur noch gedankenlos Zunge und Atem austauschten. Dann lehnte ich seufzend den Kopf an seine Schulter. Wie gut, dass sein riesiger Körper so viele wundervolle Stellen hatte, an denen ich mein Gesicht verbergen konnte. Nach dem Sex konnte ich Griffin nicht in die Augen schauen. Mit ihm fühlte ich mich immer nackt und verletzlich. Ich brauchte einige Minuten, um wieder meine gleichgültige Miene aufzusetzen.

Die Zeit hätte jeder gebraucht.

Er strich mir übers Haar, während ich seinem ruhigen Atem lauschte. Plötzlich lachte er leise.

»Was ist?«

»Wasser überträgt Geräusche«, raunte er mir ins Ohr. »Ich hoffe, wir haben ein paar Leute inspiriert.«

»Hm.« Es war mir egal, ob uns jemand gehört hatte. Ich war zu beschäftigt, mir darüber Gedanken zu machen, dass Griff und ich uns schon wieder die Kleider vom Leib gerissen hatten. Und nicht einmal *alle* Kleider. Tawdry Audrey hatte sich mal wieder selbst übertroffen. Und wofür? Langsam, aber sicher ruinierte ich mich für andere Männer. Eines Tages würde ich vielleicht jemanden kennenlernen, der wirklich mit mir zusammen sein wollte. Und wehe, wenn die Chemie nicht so stimmte wie zwischen Griff Shipley und mir.

»Dein Bett oder meins?«, fragte Griff.

Das weckte mich auf. Ich hob den Kopf und holte tief Luft. Er wollte die Nacht mit mir verbringen? »Ähm, meins?« Wenn wir zur Farm fuhren und auf dem Weg zur Schlafbaracke Griffs Familie begegneten, würde ich vor Scham im Boden versinken.

»Dein Auto steht noch bei uns«, sagte er. »Wenn du willst, holen wir es erst ab.«

Um Gottes willen. »Dann sieht uns deine Familie.« *Und hält mich für eine Schlampe.*

Er drückte mich. »Meine Familie liebt dich.«

Aber du nicht, ergänzte mein Hirn. Und warum überhaupt? »Wahrscheinlich nur, weil ich koche«, murmelte ich.

»Prinzessin.« Er legte mir eine Hand unters Kinn. »Das braucht dir nicht peinlich zu sein. Es geht niemanden etwas an außer uns.«

Es war ja schön, dass Griffin so dachte. Aber Frauen wurden seit jeher danach beurteilt, mit wem sie schliefen und wie oft. Apropos … Ich löste mich von Griff.

Überrascht stieß er einen letzten Seufzer aus. »Oh Gott, du machst süchtig. Also, welches Bett, Prinzessin? Ungefähr in einer halben Stunde muss ich das nämlich noch mal machen.«

»Meins«, antwortete ich sofort. Ich war noch nie besonders willensstark gewesen. Außerdem könnte ich im Morgengrauen mit Griff zurückfahren und mit meinem Auto abhauen, bevor seine Mutter oder seine Geschwister aufwachten und mich bemerkten.

Wir zogen uns wieder an und fuhren zurück nach Tuxbury. Griff ließ die Scheibe herunter und pfiff zur Musik im Radio. Nach der Hälfte der Strecke nahm er meine Hand und hielt sie fest, bis wir angekommen waren.

Ich atmete die frische sommerliche Luft ein und ließ mir den Wind ins Gesicht wehen. Auch wenn ich gerade mitten in einer schlechten Entscheidung steckte, konnte ich durchaus das Hier und Jetzt genießen. Und das Hier und Jetzt war schön.

Zwölf Stunden später wachte ich auf, weil es an meine Zimmertür klopfte.

Mit klopfendem Herzen setzte ich mich auf. Die Morgensonne strahlte ins Zimmer. Und ich lag allein im Bett.

»Hallo?«, rief ich. Es war acht Uhr.

»Wach auf, Prinzessin. Es gibt Frühstück.« Er klopfte wieder. »Ich habe schon fünfzig Kühe gemolken. Steh auf.«

Verschlafen taumelte ich zur Tür und öffnete sie. »Ich habe gar nicht gehört, wie du gegangen bist.«

Lachend kam Griff ins Zimmer. »Das habe ich gemerkt. Du warst ziemlich weggetreten.« Er drückte mich aufs Bett und kam auf mir zu liegen. »Habe ich dich so fertiggemacht?« Er küsste mich auf den Hals.

Jetzt wurde ich richtig wach. Sein riesiger, starker Körper drückte mich aufs Bett. Ich strich ihm über den Kopf, liebte das Gefühl seiner dichten Haare zwischen meinen Fingern. Dieser Mann machte süchtig.

Er drückte ein paar verheißungsvolle Küsse auf die empfindliche Haut unter meinem Ohr. Doch dann stand er auf. »Na komm, Baby. Ich muss dich zu deinem Auto zurückfahren, bevor ich heute den ersten Cider presse.«

Das hörte sich spannend an. Ich nahm seine Hand und ließ mich von ihm hochziehen. »Kann ich eben eine Minute duschen?«

»Ich weiß nicht. Kannst du das?«

»Griff!« Ich stampfte ins Badezimmer.

»Das meinte ich wörtlich«, sagte er und setzte sich auf die

Bettkante. »Ich dachte immer, Frauen brauchen mindestens zehn Minuten.«

»Die hier nicht.« Ich schloss die Badezimmertür hinter mir, damit ich nicht in Versuchung geriet und ihn hereinbat. Dann trat ich endlich unter die Dusche. Fünf Minuten später war ich angezogen und schlüpfte in meine Schuhe, während ich mir die noch nassen Haare kämmte. »Wie geht es deiner Mutter? Geht die Schwellung zurück?«

Er schüttelte den Kopf. »Nein. Daphne bringt sie nach Montpelier ins Krankenhaus, damit sie es röntgen. Mom behauptet, vom bloßen Stolpern kann er nicht gebrochen sein. Aber ich weiß, dass sie den Fuß nicht schonen wird, solange ihr das kein Arzt sagt.«

Ich nahm meine Tasche und mein Handy. »Wenn ich beim Frühstück helfe, würde sie dann sitzen bleiben?«

»Möglich.« Er grinste. »Wie auch immer, ich möchte dir dabei zusehen, wie du Eier in die Luft wirfst und mich herumkommandierst. Na komm, Prinzessin.« Er öffnete die Tür. »Mach mir ein Omelett, das ich nicht bestellt habe.«

Mir wurde ganz warm ums Herz. Und im nächsten Augenblick erfüllte mich Angst. Griff brauchte ein Warnschild, so eines wie über dem Pizzaofen in der Kochschule. *Vorsicht, heiß!* Ich durfte mir nicht wünschen, ein fester Bestandteil seines Lebens zu werden. Die Vorstellung, wie ich jeden Tag in dieser Küche stand, seinen kleinen Bruder ärgerte oder seiner Mom half, war viel zu verführerisch.

Ich stand nicht nur auf Griff, ich hatte mich auch Hals über Kopf in seine Familie verknallt.

Während der zehnminütigen Fahrt in Griffs Pick-up machte ich mir Gedanken über meine Bewerbung für den Restaurantwettbewerb der BPG und versuchte, nicht meinen Lieblingsfarmer am Lenkrad anzustarren.

Als ich mich in die nach Speck duftende Küche der Shipleys schlich, ging es dort schon ganz geschäftig zu. Gott sei Dank. Die Familie hatte ganz sicher mein Auto draußen bemerkt.

»Audrey!«, rief Daphne. »Kannst du hier mit diesen Zwiebeln dein superschnelles Schneidedings machen?«

»Klar.« Ich trat an die Anrichte. »Was soll es werden?«

»Frittata, denke ich. Ich wollte eigentlich Quiche machen, aber ich habe den falschen Teig aufgetaut.«

Sie deutete auf drei große Teigklumpen auf der Arbeitsplatte. »Das ist Brotteig.«

»Ah.« Mein Köchinnenverstand arbeitete auf Hochtouren. »Wir könnten daraus kleine Pasteten machen. Wenn sie klein genug sind, muss der Boden nicht vorgebacken werden. Es wäre eine Schande, den Teig verkommen zu lassen.«

»Stimmt. Zeig es mir.«

»Teil die in sechs Stücke.« Ich zeigte auf die Teigklumpen. »Und roll die zu einem Kreis aus.«

Währenddessen hackte ich die Zwiebeln. Ein paar Minuten später kam Ruth in die Küche. Sie ging so langsam, dass mir allein das Zusehen wehtat. »Audrey! Vielen Dank, dass Sie einspringen. Wir stecken hier ein wenig in der Klemme.«

»Kein Problem.« Ich nahm mir einen von Daphnes kleinen Teigkreisen und faltete den Rand nach oben, sodass sie einen anständigen Behälter für die Füllung bildeten.

»Wir haben auch kleine Tarteförmchen«, bot Ruth an. »Augenblick.« Sie humpelte zu einem Regal an der Wand. Daphne eilte ihr zu Hilfe und kam mit einem Dutzend kleiner Metallpfännchen zurück.

»Perfekt! Die erinnern mich an den Easy-Bake-Ofen, den ich früher hatte.« *Endlich wieder vereint*. Ich legte eines der

Förmchen mit dem Teig aus und wusste, dass es funktionieren würde. »Okay, jetzt schlag zwei oder drei Eier hinein und gib den Speck dazu. Bei zweihundert Grad im Ofen sind die ganz schnell fertig.«

»Die sind so niedlich. Sollen wir noch Käse dazutun?« Daphne schnappte sich die Form und machte sich an die Arbeit.

»Gute Idee. Und vielleicht ein wenig Spinat?«

Unsere Fertigungsstraße war in vollem Gang, als Ruth auf einmal fragte: »Wie war es im Kino?«

»Toll«, log ich und bereute es sofort. »Gibt es vielleicht irgendwo Petersilie, die wir benutzen können?«

Die Pasteten brauchten ungefähr zwanzig Minuten im Ofen. Das Frühstück kam deshalb etwas später auf den Tisch als sonst, aber die ersten Rückmeldungen waren ermutigend. »Das sieht ja aus wie in einer Zeitschrift«, bemerkte Jude, als ich ihm seinen Teller reichte.

»Das riecht himmlisch«, bestätigte Zach.

»Ich will das größte«, verlangte Kyle. »Aber du gibst es bestimmt Zach, oder? Die Mädchen mögen Zachariah immer am liebsten, stimmt's?«

»Da musst du Daphne fragen.« Dylan grinste. »Das weiß sie am besten.«

Seine Schwester lief rot an und drehte sich hastig um.

Dann kam Griff herein. Ich sah ihn eigentlich gar nicht, vielmehr spürte ich seinen Blick auf mir. Hitze kroch mir den Rücken hinauf, und die Luft schien auf einmal elektrisch aufgeladen.

»Das sieht ja toll aus«, bemerkte er langsam. Und ich war mir nicht sicher, ob er vom Essen sprach.

Meine Wangen glühten. »Ich mache dir eine Portion fertig.« Ich zog eine Pastete an ihrem goldbraunen Teigrand aus der Form und ließ sie auf einen Teller gleiten.

»Warum verbrennst du dich nicht?«, wollte Daphne wissen.

»Ich habe Asbestfinger. Hier, nimm eine für dich.« Ich gab eine weitere auf einen Teller.

Solange die Pasteten im Ofen waren, hatten wir Ruth erlaubt, Kaffee zu kochen. Dann überredeten wir sie, sich im Esszimmer hinzusetzen.

»Du bist das Begrüßungskomitee«, erklärte Daphne.

»Begrüßungskomitee?«, brummte ihre Mutter. »Dann kann ich mich auch gleich erschießen.« Doch als Grandpa Shipley hereingeschlurft kam, hellte sich ihre Stimmung ein wenig auf. »Du kommst zu spät. Fast zehn Minuten.«

»Ich habe noch die Zeitung geholt.«

»Wenn du ins Farmhaus einziehen würdest, wärst du immer pünktlich.«

Er warf die Zeitung auf den Tisch. »Ich ziehe nicht um, weil du mich dann ständig beobachten würdest. Verdammt, Ruthie, wenn ich wollte, dass jemand an mir herumnörgelt, dann würde ich wieder heiraten.«

Sie verdrehte die Augen. »Ich nörgle nicht. Ich habe bloß einen Vorschlag gemacht.«

»Und *ich* schlage vor, du lässt mich in Ruhe.« Grandpa setzte sich an den Tisch und zog die Zeitung zu sich heran.

»Geben Sie mir Ihren Teller«, sagte ich.

»Du solltest auch etwas essen.« Griff betrachtete mich über den Rand seiner Kaffeetasse hinweg.

Du meine Güte, bildete ich mir das ein oder klang wirklich alles, was er sagte, versaut? »Das mache ich auch.«

Ich eilte zurück in die Küche und bereitete in den nun leeren Förmchen die letzten sechs Pasteten zu. Dann nahm ich mir eine der fertigen für mich selbst und ging zurück ins Esszimmer, gerade als Grandpa ein paar Zeilen von der Titelseite der Lokalzeitung vorlas.

»Der Film wurde ein weiteres Mal unterbrochen, als die Polizei und zwei Krankenwagen eintrafen.« Er blickte auf. »Muss ein spannender Abend im Autokino gewesen sein.«

Ruth schnitt ihre Pastete auf. »Griff, davon hast du ja gar nichts erzählt. War es ein schlimmer Unfall?«

Ich blickte hastig zu Griff hinüber. Auf seinem Gesicht zeichneten sich sowohl Panik als auch Belustigung ab. »Na ja, ich habe es nicht aus der Nähe gesehen. Da standen jede Menge Leute drum herum. Es wäre keine gute Idee gewesen, im Weg zu stehen.«

»Einen umgekippten Heulaster sieht man nicht alle Tage«, bemerkte Grandpa und schlürfte seinen Kaffee.

»Das stimmt«, antwortete Griff. »Darf ich mal sehen?« Sein Großvater nickte und reichte ihm die Zeitung. Griff überflog den Artikel und nickte ernst. »Ja. Schreckliches Durcheinander. Es hat ewig gedauert, nach dem Film da wegzukommen.« Er blickte auf und zwinkerte mir zu.

Ein umgekippter Heulaster war ein nur halb so großes Durcheinander wie meine Gefühle für Griff Shipley.

Nach dem Frühstück half ich Daphne mit den Vorbereitungen fürs Mittagessen. Sie und ihre Mutter würden beim Röntgen vermutlich eine Weile warten müssen, also bereiteten wir große Platten mit Aufschnitt vor und deckten sie mit Frischhaltefolie ab. »Bleibst du nicht hier?«, fragte sie und sah mich so flehend an, dass ich mich ganz schuldig fühlte.

»Nein. Ich muss heute ein paar dringende Sachen erledigen.« Und das musste ich wirklich. Ich hatte schon viel zu viel Zeit im Kreise der Familie Shipley verbracht. Bei ihnen fühlte ich mich nützlich, ein Gefühl, das ich kaum kannte. Aber die Dinge erledigten sich nun mal nicht von selbst, also konnte ich nicht den ganzen Tag in ihrer Küche herumhängen. »Darf ich vielleicht eine von den letzten Pasteten mitnehmen? Ich würde sie gerne jemandem geben.«

Daphne zuckte mit den Schultern. »Nimm dir, was du willst. Und komm morgen wieder und mach sie noch mal.«

»Mal sehen. Viel Glück im Krankenhaus.«

Sie verzog das Gesicht. »Das wird ein Spaß in der Radiologie. Ich nehme mir am besten ein Buch mit. Tschüss, Audrey.«

Ich stieg ins Auto, und nach einer kurzen Fahrt trug ich eine Tüte mit der Pastete zum *Mountain Goat.* Ich klopfte an die Küchentür, doch mein Klopfen war nicht zu hören, denn im Radio lief auf voller Lautstärke Guns N' Roses. Also öffnete ich die Tür und trat ein.

Zara stand in einer Kühlkammer und begutachtete den Inhalt, während sie laut mit Axl Rose mitsang.

»Hey«, sagte ich und berührte leicht ihre Hand.

»SCHEISSE!«, schrie sie, sprang einen Schritt zurück und schlug die Tür zur Kühlkammer zu. Entsetzt starrte sie mich an. »HAST DU MICH ERSCHRECKT!«, rief sie über die Musik hinweg.

Ich drehte das Radio leiser. »Das habe ich gemerkt. Tut mir leid.«

Sie legte sich eine Hand auf die Brust. »Mein Gott, das hat mich ein Jahr meines Lebens gekostet.«

»Das wollte ich nicht. Aber ich habe dir Frühstück mitgebracht, damit sind wir quitt.«

Zara zog eine der nachgezogenen Augenbrauen hoch. »Warum das denn?«

In diesem Moment erkannte ich, dass Zara und ich etwas gemeinsam hatten. Das Misstrauen in ihrem Blick kam mir schrecklich bekannt vor. »Weil ich eine Idee hatte. Für den Frühstücksservice, über den du nachgedacht hast. Du meintest, für Gebäck müsstest du zu früh hier sein. Aber du könntest Pasteten anbieten. Dein Koch könnte sie am Abend vorher vorbereiten. Sie würden auf Blechen im Kühlschrank warten, und du müsstest sie nur in den Ofen schieben. Du könntest vier oder fünf Dollar dafür nehmen, und sie bestehen hauptsächlich aus Teig und ein paar Eiern. Mit Speck würden sie etwas teurer, aber sie sind wirklich lecker.« Ich zog meine Kreation aus der Tüte.

»Wow.« Zara nahm einen Teller von dem hohen Stapel neben der Salatbar und schob ihn unter die Pastete. »Das ist irgendwie eine gute Idee. Aber warum machst du dir Gedanken über meine Probleme?«

Ich zuckte mit den Schultern. »Das mache ich halt. Ich löse gern Küchenprobleme. Die sind viel einfacher als normale Probleme.«

»Das stimmt.« Zara brach ein Stück vom Teig ab und steckte es sich in den Mund. »Okay, ich brauche Messer und Gabel. Kaffee?«

»Natürlich.«

Wir setzten uns an den Tresen und plauderten, während Zara aß. Ich genoss es, noch ein wenig Zeit zu schinden. Heute hatte ich viel zu tun, unter anderem musste ich meinen Boss anrufen. Aber Zara tratschte über die Nachbarn, und das konnte ich gerade noch als Business Intelligence durchgehen lassen.

»Wenn du mit den Honeyweights verhandelst, besprich die Preise mit Mr Honeyweight. Seine Frau ist ein Geizhals.«

»Gut zu wissen.« Ich versuchte mich zu erinnern, ob ich mir mit ihnen bereits einig geworden war. Mein Handy klingelte, und ich warf einen Blick aufs Display. »Einen Moment. Das ist mein Boss. Hallo?«

»Audrey«, blaffte einer der Burtons. »Wir haben ein Problem mit dem Transport der verderblichen Ware, die du einkaufst.«

Es dauerte einen Augenblick, bis ich diese Neuigkeit verarbeitet hatte. »Was soll das heißen?« Im Kopf ging ich die Waren durch, die verderblich waren. Fast alle.

»Letztes Jahr, als wir unsere Produkte von Erzeugern in Massachusetts bezogen haben, hat unser regulärer Lieferant den Transport übernommen. Aber vor ein paar Monaten haben wir den Lieferanten gewechselt, und der Neue kann keine Tour von Vermont aus übernehmen.«

Ich dachte einen Augenblick nach und versuchte, eine Lösung zu finden. »Und wie soll das ganze Gemüse dann nach Boston kommen?« Wenn er jetzt *Gar nicht* sagte, dann würde ich das Handy an die Wand werfen.

»Wir müssen eine andere Lösung finden.«

»Und mit *wir* meinen Sie *mich*, richtig?«, fragte ich geradeheraus.

Er hatte die Nerven zu lachen. »Richtig.«

»Mr Burton«, platzte ich heraus, »ich habe in der letzten Woche zwei Dutzend Farmern in die Augen gesehen und ihnen versprochen, dass Sie ein zuverlässiger Geschäftspartner sind.«

»Keine Panik, Audrey. Es ist ja auch nicht *so* viel Gemüse. Wenn wir es jetzt doch nicht kaufen, wird niemand sterben. Die Bio-Produkte sind schon teuer genug. Wenn ich sie nicht auf eine billige Weise nach Boston transportieren kann, werden die Aktionäre der BPG nicht erfreut sein.«

»Wie kann ich Ihnen helfen?« Meine Stimme zitterte.

»Ich fürchte, Sie müssen einen günstigen Truck mieten und selbst hier herunterfahren.«

»Jeden Freitag?«

Er dachte darüber nach. »Ja. Sie könnten von Boston aus nach Vermont fahren und die wöchentlichen Rationen einsammeln. Entweder das, oder Sie finden einen Farmer mit einem Truck und bezahlen ihn ein wenig für seine Zeit.«

Mist. Ich konnte mir nicht vorstellen, einen voll beladenen Gemüsetransporter durch das North End von Boston zu steuern.

Meine Güte, was tat ich nicht alles für diese Idioten. Aber was blieb mir anderes übrig? »Ich finde einen Transporter«, versprach ich.

»Machen Sie das. Und sehen Sie zu, dass er groß genug ist, damit es sich lohnt. Ich muss Schluss machen. Wiederhören.«

Klick.

Ich legte den Kopf auf den Tresen. Burton saß in seinem gemütlichen Büro in Boston und erzählte mir was von Aktionären. Dabei war er doch derjenige, der das ganze Frisch-vom-Erzeuger-Programm von der ersten Minute an gegen die Wand gefahren hatte. Jede Nacht, die ich in meinem billigen Motel verbrachte, kostete ihn bares Geld. Und das nur, weil er es sich mit allen Bio-Bauern in Massachusetts bereits verscherzt hatte.

Was für ein Idiot. Und was für ein Arschloch.

»Schlechte Neuigkeiten?«, fragte Zara.

»Kann man so sagen. Ich brauche einen Transporter und jemanden, der keine Angst davor hat, nach Boston reinzufahren. Jede Woche. Für so gut wie umsonst.«

»Klingt nach Spaß.« Sie wischte nachdenklich über den Tresen. »Ich sag's ja nicht gern, aber Griffin Shipley könnte dir bestimmt helfen. Er hat zwar auch nicht wahnsinnig viel Zeit, aber er hat schon ziemlich viel in diese Frisch-vom-Erzeuger-Geschichte investiert. Er hat Transporter. Und seine Schwester May fährt regelmäßig nach Boston und besucht ihre beste Freundin.«

Ich hob den Kopf vom Tresen und dachte darüber nach. »Stimmt schon …« Aber Griff hasste die BPG. Andererseits musste sein Cider ja auch irgendwie nach Boston kommen.

Die Warenlieferungen sollten schon nächste Woche beginnen. Aber einen Monat später würde er auch seine eigenen Produkte in die Stadt bringen und dabei auch gleich seinen dicken Scheck einstreichen können. »Ich rufe ihn an. Er meckert bestimmt.«

»Könnte passieren«, bestätigte Zara.

Ich rief bei den Shipleys zu Hause an und hoffte, jemand anders als Griff würde abnehmen. Ich hatte kein Glück.

»PRINZESSIN!«, dröhnte er. »Hast du schon wieder einen Platten?«

Ich stellte die Lautstärke meines Handys herunter, damit ich nicht taub wurde. »Nicht ganz«, wich ich aus. Offensichtlich ging er davon aus, dass ich ständig in der Klemme steckte und ihn um Hilfe bitten musste. Das gefiel mir nicht. Aber leider war es wahr. »Ich, na ja, ich hab hier ein paar Schwierigkeiten, und ich dachte, vielleicht hättest du eine Idee für mich.«

»Schieß los.«

»Okay. Und sag nicht: *Ich hab's dir doch gesagt.*« Dann erzählte ich ihm von meinem Problem.

»Ach du Scheiße«, sagte er, als ich fertig war. »Ich hab's dir doch gesagt.«

»Griff!«

Sein Lachen dröhnte mir in den Ohren. »War nur ein Witz, Prinzessin. Nimm dir bloß keinen Mietwagen. Die Arschlöcher sollen ein paar Cent pro Meile für einen meiner Transporter und einem meiner Mitarbeiter den Mindestlohn für fünf Stunden jeden Freitag bezahlen. Ach, und sorg dafür, dass es nur eine zentrale Anlieferungsstelle gibt. Meine Jungs können nicht den ganzen Tag in Boston herumkurven. Sobald die Ware in der Stadt ist, ist es ihr Problem.«

»Ich finde, das klingt fair. Hoffentlich lassen sie sich darauf ein.«

»Es ist der Mindestlohn. Für weniger kriegen sie es nirgendwo.«

»Mir zahlen sie weniger als den Mindestlohn.«

Am anderen Ende herrschte Schweigen. »Willst du wissen, wie ich das finde?«

»Nein.«

Er seufzte. »Dachte ich mir. Mach's gut, Prinzessin. Danke für deine Hilfe heute Morgen.«

»Kein Problem. Wenn deine Mutter sich weiter schonen muss, kann ich heute Abend auch gern wieder helfen.« Mist. Schon wieder mischte ich mich ungefragt in ihr Leben ein. »Nur wenn ihr Hilfe braucht«, setzte ich hinzu.

»Hört sich gut an. Ich dachte, wir könnten Pizza bestellen. Aber das geht nur ein- oder zweimal hintereinander. Und wir müssten zwanzig Minuten hin- und wieder zurückfahren, um sie abzuholen.«

»Wie lästig. Ich melde mich später.«

»Ich verlasse mich drauf. Tschüss, Prinzessin.« Er legte auf.

Das war besser gelaufen als erwartet. Immer noch verblüfft über diese einfache Lösung sah ich Zaras Gesichtsausdruck. »Was ist los?«

»Griffin nennt dich *Prinzessin*?«

»Ah … ja. Ist das nicht schrecklich?« Mein Leben lang hatten mich die Leute für eine verwöhnte Tussi gehalten. Ich hatte immer die neuesten Klamotten und ging auf eine Eliteschule. Und zum Dank ließ mich meine Mutter jeden Tag spüren, was für eine Enttäuschung ich war.

Großartig.

Ich steckte mein Handy wieder in die Tasche und zog den Reißverschluss zu.

»Das ist nicht schrecklich.« Zara blickte mich verträumt an. »Das ist … wow.«

»Wieso? Das verstehe ich nicht.«

Sie seufzte. »Er hält sich für Han Solo, weißt du? Er hat einen riesigen Star-Wars-Fimmel.«

Ich schnaubte. »Ja. Und?«

»Wie nennt Han Leia? *Prinzessin*. Ich habe den verdammten Film bestimmt zehnmal geguckt, um den Kerl zu verstehen. Ich habe den Code nicht geknackt. Aber du offensichtlich schon.« Sie stützte das Kinn in die Hand. »Im Ernst. Ich habe noch nie erlebt, dass Griff sich für ein Mädchen ins Zeug legt. Glückwunsch, Schwester.«

»Ähm …« Mir schwirrte der Kopf. Ich glaubte nicht, dass Griffs Spitzname für mich etwas anderes war als Stichelei. Aber darüber konnte ich später nachdenken. »Danke für den Kaffee. Ich muss los.«

»Du bist hier jederzeit willkommen, wenn du mir Frühstück bringst.« Sie lächelte und winkte mir zu, und ich verließ die Bar.

21

September
Griffin

Trotz Moms Verletzung gehörten die nächsten paar Wochen zu den besten, die ich seit Langem erlebt hatte. Die Ernte sah gut aus, und das Wetter spielte mit. Die Jungs pflückten Äpfel wie die Wahnsinnigen. Meine neuen Cidertanks wurden auf einem Pick-up angeliefert. Ich scheuerte sie und grinste dabei dämlich vor mich hin. Die drei Stahlzylinder in der Ecke des Ciderhauses waren mein ganzer Stolz. Wenn niemand zusah, strich ich mit der Hand darüber und bewunderte die Abfüllstutzen am unteren und die hoch technisierten Druckmessgeräte am oberen Ende.

Der August schritt voran, ich warf die Ciderpresse jeden Nachmittag an und entsaftete vor dem Abendessen so viele Äpfel wie möglich. Ein Großteil des Saftes war für einen der neuen Cidertanks bestimmt, aber einen kleinen Teil fror ich ein, um ihn später mit anderem Saft zu mischen.

Moms Verletzung heilte langsam. Anfangs war ich begeistert gewesen, als sie nach ihrem Arztbesuch sagte: »Er ist nicht gebrochen.« Doch schon auf dem Weg zum Farmhaus war sie vor Schmerzen zusammengezuckt.

»Nicht gebrochen«, hatte ich wiederholt. »Das ist gut, oder?«

Daphne hatte den Kopf geschüttelt. »Es ist eine Verstauchung des Knöchels. Da dauert die Heilung länger als bei einem Bruch.«

»Wir werden sehen«, hatte meine Mutter mit hoch erhobenem Kopf gesagt.

Es war typisch für meine Mutter anzunehmen, dass sie ihren Knöchel durch bloße Willensanstrengung heilen konnte. Wenn das jemandem gelingen würde, dann ihr. Mom war hart im Nehmen. Dennoch sorgte ich dafür, dass sie den Anweisungen des Arztes Folge leistete und den Knöchel nicht belastete. Sie hatten sie mit Gehhilfen für hundert Dollar und einem irritierten Gesichtsausdruck nach Hause geschickt.

Zuerst machten sie der Schmerz und die Demütigung der Verletzung reizbar. Manchmal überlegte ich, ob ich ihr den Titel des mürrischsten Shipley weitergeben sollte. Ich wusste nicht, wie ich ihr helfen konnte.

Aber andere Leute wussten es. Jude überraschte mich mit seinem Angebot, bei der Vorbereitung für das Mittagessen zu helfen. Ich hatte vergessen, dass er in der Gefängnisküche gearbeitet hatte. Aber Mom stimmte zu, und er verließ die Obstplantage jeden Tag um zwölf, um einzuspringen. Das erste Mal, als ich zum Mittagessen kam und Jude in Moms Rüschenschürze sah, lachte ich mich halb tot, und ich glaube, das war genau der Punkt. Mom fiel es schwer, schnippisch und bedrückt zu sein, während Jude den Küchensklaven spielte.

Und dann war da noch Audrey. Sie tauchte jeden Nachmittag genau dann auf, wenn Mom mit den Vorbereitungen für das Abendessen anfing. Mom akzeptierte Audreys Hilfe in der Küche leichter als die aller anderen, sogar als die von Jude. Vielleicht lag es daran, dass Audrey eine ausgebildete Köchin war, oder daran, dass sie so verdammt liebenswert war. Meine Mutter begrüßte ihre Hilfe, und Audrey war so lieb, sie anzubieten.

Man muss die Gunst der Stunde nutzen, wie es so schön heißt. Also tat ich, was ich konnte, damit Audrey nach getaner Arbeit blieb. Wir schafften es tatsächlich ins Kino. Und wir sahen uns den Film sogar an, während ich meine lüsternen Gedanken mit Popcorn und Limo betäubte. Ab und zu gingen wir auch ins *Goat*, wo mich Zaras nun freundlichere Begrüßung überraschte.

Irgendwann verstand ich, dass die Begrüßung Audrey galt. Das war ja klar. Audrey konnte jeden für sich gewinnen und tat das normalerweise auch. Abends spielten wir manchmal mit Dylan und Daphne Karten. Anfangs bildeten die Zwillinge ein Team, aber wenn sie verloren, stritten sie sich zu viel. Deshalb spielten wir lieber Mädels gegen Jungs.

Die Frauen spielten uns in Grund und Boden. Das ist wohl der Lauf der Dinge.

Nach diesen lustigen Abenden folgte ich Audrey meistens zum Motel und verbrachte die Nacht in ihrem Bett. Ich bin mir ziemlich sicher, dass das winzige Häuschen durch unseren engagierten Sex ein paarmal beinahe vom Fundament gehoben wurde. Gemeinsam weihten wir jede Oberfläche des schäbigen kleinen Raums ein. Das war so unbeschreiblich gut.

Am Freitagabend, nachdem Mom sich verletzt hatte, lagen Audrey und ich nackt im Bett. »Darf ich dich um einen Gefallen bitten?«

»Noch einen?« Ihre Finger wanderten von meiner Brust hinunter bis zu meinem Schritt.

Ich lachte. »Diesmal hat es nichts mit Sex zu tun.« Ich war zu befriedigt, um mich zu bewegen. »Ich habe mich gefragt, ob du morgen für die Touristen Cider ausschenken würdest. Ich möchte nicht, dass Mom zu viel herumläuft.«

Sie hob den Kopf. »Klar! Ich soll Ciderproben ausschenken?«

»Genau. Das ist keine Kopfarbeit, aber auch keine harte körperliche Arbeit.«

»Darf ich auch probieren?«

»Natürlich.« Es gab nichts, was ich ihr in diesem Moment nicht versprochen hätte. Am liebsten wäre ich für immer hier liegen geblieben – Haut an Haut mit ihr. »Nur eine Sache – sag ihnen nicht, dass einer der Cider wie ein Blowjob schmeckt.«

Sie kicherte mir in den Nacken. »Na gut, ich werde sehr korrekt und langweilig sein. Alle deine Cider schmecken nach Aprikose und Morgentau.«

Ich rollte mich zur Seite und küsste sie. Vielleicht war es die Kraft der Suggestion, aber sie schmeckte nach Aprikosen und glücklichem Mädchen.

Der Samstag dämmerte sonnig heran und versprach gutes Wetter und eine Menge Touristen.

Ich stellte Audreys Handywecker auf acht Uhr und ließ sie weiterschlafen. Dann fuhr ich nach Hause, um alles für den Ansturm vorzubereiten.

Als Erstes belud ich den Pick-up für den Markt in Norwich. Nachdem das erledigt war, fuhren May – die von ihrem Besuch in Boston zurück war – und Zach zusammen los. Ich blieb nahe bei Mom, um sie im Auge zu behalten, denn sie war ziemlich genervt von ihrer Verletzung.

Sie hatte darauf bestanden, eine Riesenmenge Rührei zum Frühstück zu machen, die sie mit der Krücke in der einen und dem Pfannenwender in der anderen Hand zubereitete. Nach dem Frühstück baute ich neben dem Ciderhaus einen Tisch auf und stellte die Kasse darauf. Normalerweise stand sie immer auf dem Tresen im Ciderhaus, aber ich wusste, Mom würde nicht sitzen bleiben, wenn sich die Kasse dort befand.

Um Viertel vor neun war alles fertig. Es gab einen Riesenstapel Kürbisse, die die Abrahams von der Apostate Farm am Ende der Straße angebaut hatten. Nicht nur die Äpfel und der Cider lockten die Touristen an einem Spätsommersamstag hierher. Sie kamen wegen des Erlebnisses, und wir taten unser Bestes, ihnen eins zu bieten.

Mom saß auf ihrem Platz und gab Wechselgeld heraus, als die ersten Autos vorfuhren und Familien aus Minivans ausstiegen, um Paula Reds und Ginger Golds zu pflücken. Ein paar wohlgeformte Beine stiegen aus einem Mietauto und lenkten mich ab. Audrey kam auf mich zu und lächelte so strahlend wie die Spätsommersonne. Die Farm war eindeutig hübscher, wenn sie da war.

»Guten Morgen!«, rief sie und schwang ihre Handtasche.

Ich empfing sie auf der Auffahrt und stahl ihr einen Kuss. Sie schmeckte nach Zahnpasta und Glück. »Mmm«, sagte ich und wünschte, wir hätten Zeit für mehr davon. »Hast du noch gut geschlafen, nachdem ich heute Morgen gefahren bin?«

Wir gingen in Richtung Ciderhaus, und sie blinzelte zu mir hoch. »Klar. Aber wo bleibt da der Spaß?«

Im Ernst.

»Oh, Pferde!«

Tatsächlich debattierten Dylan und Daphne hitzig auf dem Kutschbock von Abrahams Pferdewagen. Sie konnten sich nicht entscheiden, wer die erste Schicht übernehmen sollte, um faule Selbstpflücker die Viertelmeile durch die Obstplantage bis zu den Ginger-Gold-Bäumen zu fahren.

»Nein«, sagte Daphne, »wir tauschen jede Stunde.«

»Das ist doch lächerlich«, argumentierte mein Bruder. »Jetzt stell dich nicht so an.«

Währenddessen schauten die zwei Percheron-Pferde gelangweilt drein. Eines beugte seinen kräftigen Nacken herunter und schnüffelte an Audreys Rocksaum. Sie machte einen Satz zur Seite. »Mensch. Du hast eine ziemlich kalte Nase.«

Ich schob die Pferdenase beiseite, aber ich konnte es dem Tier nicht verübeln. »Kinder, ihr tauscht mit dem Fahren alle neunzig Minuten. Dylan fängt an und hört um halb elf auf. Ende der Durchsage.«

»Was?«, protestierte Daphne. »Neunzig Minuten dauern ewig, wenn man dieses Ding fährt.«

»Überfahrt keine Kunden.« Ich drehte ihr den Rücken zu. »Komm mit, Audrey.«

Sie hüpfte neben mir her. Das Niedlichste, was ich je gesehen hatte. »Wie viel soll ich für eine Flasche Cider verlangen?«

»Du musst nicht kassieren, das übernimmt Mom. Aber falls jemand fragt: Eine Flasche kostet vierzehn Dollar.«

»Ein echtes Schnäppchen!«, sagte sie. »Das wird ein Spaß! Ich hoffe, ein paar Leute kommen rein und probieren.«

»Mit Sicherheit. Sie werden Schlange stehen.«

Sie schubste mich. »Ich wette, das sagst du zu allen Mädchen. Aber was, wenn Leute einfach rumstehen und gratis trinken wollen?«

»Na ja …« Wir erreichten die Tür des Ciderhauses, und ich erwischte Mom auf ihre Gehhilfen gestützt. »Setz dich sofort wieder hin!«, blaffte ich. »Du willst mich wohl wahnsinnig machen?«

Mom starrte mich böse an. »Ich kann nicht den ganzen Tag herumsitzen. Wer kann das schon?«

»Viele Leute können das. Manchmal würde ich es gerne selbst ausprobieren. Würdest du bitte aufhören, deinen Knöchel zu belasten?«

Mom setzte sich und nahm Audreys Hand. »Schön, dass du da bist, meine Liebe. Danke, dass du uns heute aushilfst.«

»Gern geschehen.« Audrey lächelte. »Ich wollte schon immer einen Limonadenstand, aber meine Mutter fand, das sei unter unserer Würde.« Sie verdrehte die Augen. »Das hier ist noch besser!«

»Ich bin hier draußen, falls du etwas brauchst«, sagte Mom.

»Griff wird mich wahrscheinlich an diesem Stuhl festbinden, ich bin also leicht zu finden.«

»Gut zu wissen!«, sagte Audrey fröhlich. »Komm mit, Griff. Bekomme ich eine Uniform?«

»Eine Uniform?« Ich lachte, und mein versautes Gehirn tischte mir ein Bild von Audrey im knappen Kostüm eines französischen Dienstmädchens auf. »Nur dein Lächeln, Baby. Das ist alles, was du brauchst. Die Becher sind hier drüben. Es gibt zwei verschiedene Größen. Mir ist es egal, welche du zuerst aufbrauchst. Aber wenn du die großen nimmst, mach sie nicht ganz voll.«

»Ach, du Dummkopf. Ich werde schon nicht deinen gesamten Bestand ausschenken.« Sie nahm zwei verschiedene Becher und untersuchte sie. »Mit der größeren Öffnung kommt das Bouquet besser zur Geltung. Aber wenn man die kleineren voll macht, wirkt es großzügiger ...«

Ich öffnete den Kühlschrank und nahm vier Flaschen der aktuellen Produktion heraus. »Du wirst eine ganze Menge verbrauchen, hier ist die erste Ladung. Viel Spaß. Flirte mit ihnen. Das ist alles. Jemand bringt dir Mittagessen oder löst dich ab, damit du dir etwas zu essen holen kannst.«

Sie stützte sich auf der Theke ab. »Verstanden. Geh Holz hacken oder was auch immer Farmer Griff an einem Samstag so macht.«

»Herumrennen wie ein Verrückter«, sagte ich. »Und Leute von meinen Cideräpfeln wegscheuchen. Egal, wie groß ich die Schilder auch mache, irgendein Schwachkopf versucht immer, meine alten Sorten zu pflücken.«

»Was für *Arschlöcher*. Erschießt du sie oder wirst du zum Grummel-Griff, um sie zu vertreiben?«

Sie machte sich über mich lustig. »Halt die Ohren steif, Prinzessin.« Ich beugte mich über den Tresen und erschlich mir einen weiteren Kuss, während sie mich mit großen grauen Augen ansah. »Bis später.«

»Tschüss«, flüsterte sie.

Vor mich hin pfeifend ging ich hinaus.

Den ganzen Morgen über erreichte ein stetiger Strom von Autos die Farm. Sie parkten entlang der Auffahrt, und als dort alles voll war, parkten sie an der Hauptstraße und liefen den Rest zu Fuß. Dylan und Daphne machten Dutzende von Fahrten mit der Kutsche zur Obstplantage. Und Moms Kasse klingelte jedes Mal, wenn Leute ihre selbst gepflückten Äpfel bezahlten.

Immer wenn ich am Ciderhaus vorbeiging, konnte ich Audreys Lachen hören und hätte gerne mitgelacht. Nein – ich wollte dieses Lachen mein Leben lang hören können. Jeder, der mich das hätte laut sagen hören, wäre wahrscheinlich verblüfft gewesen. Ich war nicht gerade bekannt für meine langen Beziehungen. Aber Audrey berührte mich tief. Das war so, seit ich sie zum ersten Mal in unserem Verbindungshaus in Boston gesehen hatte.

Es geht dir doch nur um Sex. Seitdem sie das vor einer Woche zu mir gesagt hatte, ließ es mir keine Ruhe. Ich dachte darüber nach, was wohl passiert wäre, wenn ich damals auf dem College anders mit der Situation umgegangen wäre. Ich hatte mich wie ein Dreckskerl verhalten oder zumindest wie ein dummes Kind, was ich zu dem Zeitpunkt auch noch war. Hätten wir eine echte Beziehung angefangen, wenn ich versucht hätte, ein besserer Freund zu sein, anstatt mit ihr ins Bett zu gehen?

Sie hätte tatsächlich meine Freundin sein können.

An all das dachte ich, als mir eine Frau in einem Kostüm auffiel, die die Einfahrt heraufmarschierte. Ich hatte ungefähr dreißig Kunden im Blick, aber diese Frau stach heraus. Erstens hatte niemand auf unserer Kiesauffahrt High Heels getragen, seit May vor fünf Jahren zu ihrem Abschlussball gegangen war. Außerdem sah die Frau verbissen aus. Das war bedauerlich an einem sonnigen Tag auf einer herrlichen (wenn ich das selbst so sagen darf) Obstplantage.

Noch dazu sah sie Audrey sehr ähnlich. Sie hatte das gleiche glänzende Haar und die schönen Wangenknochen. Aber ihren unnachgiebigen Gesichtsausdruck hatte ich auf Audreys Gesicht noch nie gesehen.

Ich folgte ihr zu meiner Mutter, die vor der Tür zum Ciderhaus saß. Ich hörte ihren Wortwechsel nicht, aber meine Mutter setzte sich aufrechter hin und zeigte aufs Ciderhaus.

Schon von der Tür aus hörte ich die Frau schreien. Laut schreien.

»… vor einer Woche!«, kreischte sie. »Sie haben auf deinen Lebenslauf gewartet, Fräulein. Du hast mich lächerlich gemacht!«

»Das habe ich nicht!«, schrie Audrey. »Ich habe dich nicht darum gebeten, mich für diesen Job vorzuschlagen. Oder *irgendeinen anderen Job*. Ich will deine Hilfe nicht!«

Kunden stoben auseinander. Ich musste ihnen ausweichen, bevor ich eintreten konnte. »Gibt es ein Problem?«, fragte ich und sah Audrey an.

»Es tut mir so leid«, sagte sie leise. »Meine Mutter ist den ganzen Weg hierhergefahren, um mich anzuschreien. Aber wir können draußen weitermachen.«

»Nicht nötig.« Ich kam näher, lehnte mich an die Theke und sah ihre sogenannte Mutter an. »Wenn Sie nicht gekommen sind, um Cider zu probieren, möchte ich Sie bitten, freundlicherweise mit dem Schreien aufzuhören. Audrey ist gerade beschäftigt.«

22

Audrey

Griff blieb erstaunlich ruhig. Man musste ihn schon so gut kennen wie ich, um seine angespannten Schultern zu bemerken, als er meine Mutter musterte.

Sie wirkte genauso explosiv. Mit gekräuselten Lippen musterte sie Griff. »Audrey, das ist doch kein Job für dich. Jemand mit deinen Talenten sollte nicht in irgendeiner Scheune Cider verhökern.« Ihr Blick wanderte zu mir. »Steig ins Auto. Du kommst mit mir zurück nach Boston.«

Noch nie in meinem Leben hatte ich mich so geschämt.

»Oh mein Gott«, keuchte ich. »NEIN! Ich habe einen Job. Einen richtigen, bei der BPG. Die Firma ist dir ja bekannt, wie ich höre.«

Meine Mutter warf erstaunt den Kopf zurück.

Aber ich war nicht zu bremsen. »Das hier«, ich breitete die Arme aus, »macht mir Spaß. Ich helfe Menschen, die gut zu mir sind. Sie sind nett. Sie *mögen* mich sogar. Ich weiß, das ist dir unbegreiflich, aber es stimmt. Und überhaupt, hast du nichts Besseres zu tun? Du kannst mich nicht dazu zwingen, einen Job anzunehmen, den ich nicht will. Du hast gerade deinen Samstagnachmittag damit verschwendet, hierherzufahren und mich unglücklich zu machen. Wirklich rentabel, Mom. Ganz toll. Wie willst du die vergeudete Zeit abschreiben?«

Meine Mutter machte den Mund auf und wieder zu. Offensichtlich hatte sie sich den Verlauf dieses Gesprächs ganz anders vorgestellt. »Pass auf, ich gebe dir deine Kreditkarte zurück«, stammelte sie. »Bewirb dich einfach auf diese Stelle …«

»Nein. Nein. NEIN! Du musst das verstehen.« Ich glaube, in dem Augenblick, als ich die Worte aussprach, verstand ich es zum ersten Mal selbst. »Eher wasche ich Teller und lebe im Dreck, als mich weiterhin von dir für alle meine Entscheidungen kritisieren zu lassen. Ich bin es leid, Mutter. Einfach leid. Schreib mir keine E-Mails mehr, dass ich mir die Zähne reinigen lassen soll, und hör auf, mich an die Zeitumstellung zu erinnern. Du kannst mir nicht den Geldhahn zudrehen und mich gleichzeitig herumkommandieren. *So läuft das nicht!*«

Meine Stimme hallte schrill von den Cidertanks wider, dann wurde es still. Ich sah Griffs Mutter und Jude zur Tür hereinlugen. Mein Herz raste, und mir brach der Schweiß aus. Ich hatte nicht vorgehabt, mich vor dem ganzen Shipley-Clan bis aufs Blut mit meiner Mutter zu streiten. Aber dieser Ausbruch war längst überfällig.

»Tja«, presste meine Mutter hervor und strich sich den Blazer glatt. »Das ist dumm. Du bist dumm. Aber offensichtlich kann ich dir das nicht klarmachen.«

»Dann versuch es auch nicht«, sagte ich nun leiser. »Denn ich bin viel *glücklicher*, seit ich meine Energie nicht mehr darauf verschwende, dir alles recht machen zu wollen.« Bei diesen Worten zuckte meine Mutter zusammen. Wieder wurde es unangenehm still im Ciderhaus.

Dann ging mir die Puste aus. Meiner Mutter zu sagen, dass sie sich verpissen sollte, machte mich fertig.

Mit zitternden Fingern griff ich nach der Flasche vor mir und schenkte mir ein Glas ein. Ich war so gestresst, dass ich kurz überlegte, es auf ex auszutrinken. »Willst du mal probieren?«, fragte ich meine Mutter. »Bio-Cider. Er wird Boston umhauen.«

Sie beäugte den Becher misstrauisch, als wäre er eine Giftschlange. »Nein, danke.« Sie bedachte mich mit einem letzten Laserblick, drehte sich auf dem Absatz um und eilte zur Tür. Sie ging.

Natürlich, das hatte ich ja auch von ihr verlangt. Aber um ehrlich zu sein, war ich verletzt, als sie sich abwandte. Sehr.

»Hat mich auch gefreut, dich zu sehen«, flüsterte ich. Es sollte schlagfertig sein, aber es klang traurig.

Meine Mutter legte eine Hand auf den Türpfosten. Ich sah, wie sie zögerte.

Da war ich mir sicher.

Aber sie ging hinaus und verschwand.

Moms kurzer Besuch hatte mir den Tag versaut. Ich war beschämt und niedergeschlagen, und alle wussten es. Am Abend fuhr Griff mit mir zum *Whippi Dip*, wo wir uns den Bauch mit Eis und Karamellsoße vollschlugen. Dann fuhren wir zum *Goat*, wo Zara mir ihren Gute-Laune-Margarita mixte.

»Möchtest du darüber reden?«, fragte Griff, als wir nebeneinander in einer der Nischen saßen und unsere Drinks genossen.

»Nö«, erwiderte ich fröhlich. »Da gibt es nicht viel zu reden. Sie versteht mich einfach nicht. Und das wird sie auch nie.«

»Das tut mir leid, Baby«, flüsterte er mir ins Ohr. »Wir anderen verstehen dich aber. So kompliziert bist du doch gar nicht.«

Wie süß. Dankbar gab ich ihm einen Kuss. »Ich weiß schon. Ich will doch bloß Köchin werden, kein Pornostar. Warum kann sie damit nicht zufrieden sein?«

Er schüttelte seinen unfassbar hübschen Kopf. Am liebsten wäre ich ihm auf den Schoß geklettert und hätte mein Gesicht in seinem Bart vergraben. Aber die Leute würden gucken, und ich hatte heute schon genug Aufsehen erregt.

Scheiß auf meine Mutter. Sie regte mich einfach auf. »Weißt du, was albern ist?«, fragte ich plötzlich.

»Was denn, Prinzessin?«

»Manchmal stelle ich mir vor, wie ich den Green-Light-Wettbewerb der BPG gewinne. Und in meiner Vorstellung ist sie die Erste, der ich es erzähle.« In Griffs Augen erkannte ich Mitgefühl. »Heute habe ich behauptet, ich hätte aufgehört, es ihr recht machen zu wollen. Aber das stimmt überhaupt nicht. Ich wünsche mir immer noch ihre Anerkennung, auch wenn die mir nichts bedeutet. Ich meine – sie ist eine Frau, die nur deshalb Golf spielen gelernt hat, damit sie auch am Wochenende Geschäfte machen kann.«

»Das ist die dunkle Seite der Macht.«

»Und sie bestellt allen Ernstes Weinschorle.«

»Wow.«

»Ich weiß.« Ich legte den Kopf auf seine Schulter. Sein Bart kitzelte meine Wangen. Also kuschelte ich mich an ihn, um mehr davon zu spüren. Es war höchstens ein ganz kleines bisschen seltsam.

»Prinzessin, tust du mir einen Gefallen?«

»Was denn?«, murmelte ich an seinem Hals.

»Wenn du den Wettbewerb in Boston gewinnst, erzählst du es nicht ihr zuerst, sondern mir?«

Ich hob den Kopf und blinzelte Griffin an. »Okay.«

»Danke.« Er strich mir über den Kopf, und ich lehnte mich wieder an seine Schulter. Und das war mein Highlight an diesem beschissenen Tag.

23

Griffin

Abgesehen davon, dass Audreys Mutter bei uns aufgetaucht war und sich wie eine Furie verhalten hatte, verlief die Saison großartig. Der Sommer ging langsam in den Herbst über. Die Blätter an den Bäumen färbten sich golden. Die Zwillinge gingen wieder zur Highschool, und May setzte ihr Jurastudium fort. Als Mom den Knöchel wieder ein wenig belasten durfte, dachte ich, alles würde sich verbessern.

Ich hatte mich jedoch getäuscht, denn am nächsten Tag wurde Audrey vom Imperium zurück nach Boston beordert.

Als wäre das noch nicht schlimm genug, schien es Audrey wenig auszumachen. Tatsächlich fand ich es nur heraus, weil ich sie anrief, um sie zum Abendessen einzuladen.

»Ich kann nicht«, sagte sie ruhig. »Ich bin auf dem Weg zurück in die Stadt. Sie haben mich für morgen Früh um fünf als Aushilfe in der *Bostonian Bakery* eingeteilt.«

Ich brauchte einen Augenblick, um den Sinn dieser Aussage zu verstehen. Aber egal, wie ich die Wörter in meinem Kopf zusammensetzte, das Ergebnis blieb dasselbe. »Du bist aus Vermont abgereist? Jetzt schon?«

»Ja«, sagte sie sanft.

Meine gute Laune erstarb augenblicklich. »Danke für die Vorwarnung.«

Zwischen uns herrschte Stille am Telefon, und ich wünschte, ich könnte die gemeinen Worte zurücknehmen. Es tat mir nicht leid, ihr gegenüber kurz angebunden zu sein. Aber indem ich das zugab, wurde mir schmerzhaft bewusst, dass mir ihre Abreise mehr ausmachte als ihr.

Ich leckte meine Wunden lieber allein. Wie alle Männer.

»Die BPG brauchte mich nicht mehr in Vermont«, betonte sie. »Ich habe bereits alles erstanden, was deine Nachbarn mir verkaufen werden. Und seitdem klar ist, dass ihr Jungs die Lieferungen übernehmt, müssen sie mich nicht mehr dafür bezahlen, in Vermont zu bleiben.«

So ein Mist. Wenn ich das gewusst hätte, hätte ich den Lieferungen nicht zugestimmt. »Verstehe«, sagte ich nur.

»Du wusstest, dass ich abreisen würde. Ich kann kaum glauben, dass ich überhaupt so lange bleiben durfte. Sag mir nicht, dass du überrascht bist, Griff.«

Ich *war* aber überrascht. Ich hatte mich daran gewöhnt, sie an meiner Seite zu haben. Und sie klang viel weniger am Boden zerstört, als ich mir gewünscht hätte.

Das ärgerte mich.

Gewaltig.

Ich räusperte mich. »Pass auf dich auf.«

»Du auch. Ernsthaft.«

Und dann gab es nichts mehr zu sagen. Wir legten auf. Ich stopfte das Handy in meine Tasche und dachte an meine endlose To-do-Liste. Genau wie jeden Tag.

Aber ohne die Aussicht darauf, Audrey später zu sehen, kam mir alles viel schwerer vor.

In der darauffolgenden Woche lief alles schief. Ein unberechenbarer Hagelschauer am Nachmittag beschädigte einige meiner Früchte. Was perfekte Bio-Honeycrisps hätten werden sollen, war nun pockennarbig. Auf dem Markt würde ich keine Höchstpreise mehr erzielen. Ich hatte Smitty gesagt, dass ich die Pacht nicht verlängern würde, und ein Dutzend der Kühe an Moms Bekannten aus der Kirche verkauft. Das hätte eine gute Sache sein sollen, aber Dylan blies Trübsal und verbrachte viel Zeit damit, den Kühen Auf Wiedersehen zu sagen. Deshalb kam ich mir vor wie ein Fiesling.

Dann beschwerte sich die Molkerei über die reduzierte Produktion und teilte mir mit, dass sie meine Farm für die geringere Milchmenge nicht mehr anfahren wollte. Also verschwendete ich wertvolle Erntezeit damit, herumzutelefonieren und einen Käufer für die verbliebenen Kühe zu finden.

»Warum machst du so ein langes Gesicht?«, fragte mich meine Mutter am Donnerstagabend. Die Abrahams waren wie so oft zum Abendessen bei uns eingeladen.

»Wo ist deine Freundin?«, fragte Isaac Abraham und nahm sich noch ein Stück von Moms berühmten Apfel-Cranberry-Kuchen.

Als Isaac und Leah vor ein paar Jahren die Farm am Ende der Straße gekauft hatten, führten wir die Tradition ein, uns gegenseitig am Donnerstag zum Abendessen einzuladen. Sie waren gute Menschen. Sie waren vor derselben seltsamen Sekte davongelaufen, die Zach rausgeworfen hatte.

»Sie ist, äh, in Boston.« Ich machte mir nicht die Mühe, ihn zu korrigieren, dass Audrey gar nicht meine Freundin war. Für eine Zeit lang hatte es bestimmt so ausgesehen, als wäre sie es. »Schon seit zehn Tagen.«

»Aber wann kommt sie denn zurück?«, bohrte meine Mutter nach, und ich musste mir eingestehen, dass ich damit überhaupt nicht rechnete.

Wie ein Idiot zuckte ich mit den Schultern. *Danke, Mom.*

Meine Mutter verschränkte die Arme und starrte mich an. »August Griffin Shipley, ich hätte dich für schlauer gehalten.«

»Schlauer als was?«

Sie schüttelte den Kopf. »Wenn dir dieses Mädchen wichtig

ist, warum sitzt du dann hier herum wie ein nasser Sack? Na los, sag's ihr.«

Also, das war unangenehm. Und Isaac half mir auch nicht. Er saß einfach nur da und feixte.

»Was denn?«

Er grinste. »Ich hab's immer gewusst: Wenn du dich mal in ein Mädchen verliebst, dann Hals über Kopf. Du warst die ganze Woche schon unleidlich. Wie ein zahnendes Baby.«

»Wer ist ein Baby?« May wischte mit dem Finger durch die Schlagsahne auf Isaacs Stück Kuchen.

Er schob es aus ihrer Reichweite. »Nimm dir ein eigenes Stück. Und das Baby ist dein liebeskranker Bruder.«

»Ach so.« May kicherte. »Die einzige Person, die ihn glücklich macht, hat das Land verlassen. Jetzt stecken wir alle in Schwierigkeiten.«

Das stimmte.

In den folgenden Tagen wurde ich immer reizbarer.

Ich setzte Kyle hart zu wegen seines Systems zur Organisation der Ciderfässer. Das System war perfekt, aber es war eben nicht *mein* System. Wenn ich den Inhalt der Fässer verwechselte, konnte das Ergebnis ein Fiasko werden. »Na schön!« Er schnaubte und warf die Hände in die Luft. »Ich ändere es zurück in dein System. Aber du musst nicht gleich so aggressiv werden.«

»ICH BIN NICHT AGGRESSIV!«, brüllte ich.

Alle in der Umgebung lachten. Das machte meine Laune auch nicht besser.

Dylan erwischte es am schlimmsten, als ich eines Morgens feststellte, dass er den Hühnerstall über Nacht offen gelassen hatte. Ein Waschbär hatte die Gunst der Stunde genutzt und eine unserer besten Legehennen gefressen. Wir hatten nicht nur ein Huhn weniger, sondern auch überall Federn und Blut.

Mein Bruder war rot im Gesicht, als ich mit meiner wütenden Standpauke fertig war. Dann ließ ich ihn die Schweinerei wegmachen. Als er die Reste vergraben hatte, waren seine Augen feucht. Die Strafe war schlimmer als meine Predigt. Der Junge mochte Tiere mehr als jeder andere von uns, und zu wissen, dass er für den blutigen Tod des Vogels verantwortlich war, war schlimm genug. Wahrscheinlich wäre Dylan Vegetarier, wenn sein großer und noch im Wachstum begriffener Körper nicht nach fünftausend Kalorien pro Tag verlangt hätte.

Im Verlauf des Tages entschuldigte ich mich für meinen Ausraster, aber er starrte mich nur böse an und stampfte davon.

Herrje, er erinnerte mich an mich selbst.

Am Freitag entschied Kyle, dass ich einen Abend im *Goat* brauchte. Ich wusste nicht, wie das meine Laune verbessern sollte. Aber es würde auch nicht schaden. Und Kyle hatte ein bisschen Spaß verdient, nachdem er mich die ganze Woche ertragen hatte, also fuhr ich mit ihm hin. Zach blieb zu Hause und sah sich mit Jude und den Zwillingen einen Film an.

Die Bar war ungewöhnlich voll. Es war die Zeit des Indian Summer, und ein paar Touristen hatten die örtliche Kneipe gefunden, deshalb waren die Tische voll besetzt. Kyle und ich setzten uns an die Bar.

»Was darf's sein?«, fragte Zara und hielt meinen Blick etwas länger als erwartet.

»Äh, ein Long Trail.«

»Okay. Und dein Handlanger?« Sie blickte Kyle an.

»Ich bin nicht sein Handlanger.«

»Aha. Du bist dein eigener Herr. Verstanden. Was willst du trinken?«

»Also …« Er betrachtete die Zapfhähne.

»Heute noch?«

»Ich glaube, ich nehme auch ein Long Trail.«

Glucksend zapfte Zara zwei Bier. Meins servierte sie mit einem warmen Lächeln. Ich weiß nicht, womit ich das verdient hatte, aber wenn sie mich nicht mehr hassen wollte, würde ich mich nicht beschweren.

Kyle und ich tranken unser Bier und sprachen über die letzte Footballsaison. Wir beschlossen, dass die Patriots ein weiteres gutes Jahr vor sich hatten. Nachdem ich Football aufgegeben hatte, hatte es mir zuerst zu schaffen gemacht, die Teams genau zu verfolgen. Ich hatte zahlreiche meiner Idole getroffen und mich selbst mit ihnen spielen gesehen.

Aber die Footballsaison überschnitt sich sowieso mit der Erntesaison. Ich war zu beschäftigt, um viel Football zu schauen. An Sonntagnachmittagen war ich in der Obstplantage, umgeben von Touristen, und verkaufte Waren im Wert von mehreren Tausend Dollar.

»Sollen wir uns Tickets für ein Spiel nächsten Monat besorgen?«, fragte Kyle. »Ich schau mal in den Spielplan. Sonntags geht bei dir nicht, aber wenn wir Glück haben, gibt es ein Spiel am Donnerstagabend oder am Montag, zu dem wir gehen könnten.«

»Klar. Schau mal nach.« Aber beim Gedanken an eine Fahrt nach Boston fiel mir sofort Audrey ein. Ich ertappte mich dabei, wie ich den Raum nach ihr absuchte, was zwecklos war. Aber die Hoffnung stirbt zuletzt.

Sie war natürlich nicht da. Warum sollte sie auch.

Zara hielt vor uns an, als sich unsere Gläser leerten.

»Noch eine Runde?«, fragte sie.

»Klar«, sagte ich. »Danke.«

Kyle lehnte sich auf seinem Barhocker vor und gaffte Zara von unten herauf an. »Was dagegen, wenn ich frage, was du später noch vorhast?«

»Nichts mit dir.« Sie füllte sein Glas.

»Ich schätze, äh, deine Ehrlichkeit«, sagte Kyle.

»Tust du nicht.« Sie zwinkerte ihm zu. »Aber die College-Mädels beim Dartboard gucken die ganze Zeit in deine Richtung.«

»In *meine* Richtung«, sagte ich, nur um gemein zu sein. Ich hatte die Mädels beim Dartboard noch nicht einmal bemerkt.

Zara schnaubte. »Gut zu wissen, dass dein Ego sogar noch größer ist als dein irre großer Kopf.«

»Entschuldigt mich.« Kyle stand auf und fuhr sich mit der Hand durch die Haare. »Ich verspüre den Drang, Darts zu spielen.«

»Schnapp sie dir, Großer.« Zara winkte ihm nach. Sie beobachtete, wie er ging, und sah dann zu mir herunter. »Hast du 'ne Sekunde?«

»Ja, sicher.« Etwas in ihrer Stimme ließ mich aufhorchen.

Zara knetete nervös das Handtuch, was gar nicht zu ihr passte. »Ich muss dir was erzählen, bevor du es als Gerücht erfährst und einen falschen Eindruck bekommst.«

»Okay?« Obwohl ich ein unbehagliches Kribbeln verspürte, war ich nicht auf das vorbereitet, was sie als Nächstes sagte.

»Also, ich bin in der neunten Woche schwanger.«

Nachdem ich die Worte gehört hatte, geschah etwas Seltsames mit dem Geräuschpegel in der Bar. Das Geschnatter, die fröhlichen Stimmen und der Rocksong aus der Musikanlage traten in den Hintergrund. Ich starrte in Zaras besorgtes Gesicht und hörte nur noch das Rauschen meines eigenen Pulses in den Ohren. Nichts drang mehr zu mir durch. Abgesehen von dem bedeutungsvollen schrecklichen Wort, das sie gerade gesagt hatte.

Dann schlug mir Zara auf die Hand. Hart. »Mensch, Griff. Atme. Es ist nicht deins. Das ist es, was ich dir sagen wollte.«

Ich atmete auf Kommando ein, und der Sauerstoff half, dass

der restliche Raum in meine Wahrnehmung zurückkehrte. »Nicht …« Ich traute mich nicht, es auszusprechen.

»Nicht deins. Rechne nach. Hörst du mir überhaupt zu?«

Das tat ich. Aber *schwanger* war alles, was ich gehört hatte. »Bist du sicher?«

»Ja, egal was du fragst, ich bin sicher. Du weißt, wie das funktioniert – selbst wenn du all dein Wissen über Fortpflanzung von der Rinderzucht hast. Der Arzt kann den, äh, Zeitpunkt bestimmen. Mit dem Ultraschall. Außerdem …« Sie schluckte. »Du und ich, wir waren vorsichtig.«

Ihr beschämter Gesichtsausdruck ließ mich schließlich zur Besinnung kommen. »Scheiße, Zara. Geht's dir gut?«

Ihre Lippen zitterten, aber dann riss sie sich zusammen. »Ja, sicher. Danke, dass du fragst. Meine Brüder haben viel länger gebraucht, um mir diese Frage zu stellen. Es gab eine Menge Geschrei.«

Mist. »Wegen dir? Das ist nicht richtig. Brauchst du einen Platz zum Unterkriechen?«

Sie rollte die Augen. »Nein, Griff. Mir geht's gut. Wirklich. Die letzten Wochen waren ein bisschen hart. Meine Mutter hört nicht auf zu weinen und fragt sich, was sie falsch gemacht hat. Meine Brüder und mein Onkel sind sauer auf mich, weil ich nicht sage, wer der Vater ist.«

»Du sagst es nicht?«

Sie schüttelte den Kopf.

»Warum nicht?«

Zara seufzte. »Griff, wir beide werden diese Diskussion auch nicht führen. Das ist *privat*, okay? Ich habe meine Gründe. Ende der Durchsage.«

Ich schnappte mir mein Bier, stürzte es hinunter und versuchte, das seltsamste Gespräch zu verstehen, das ich seit langer Zeit geführt hatte.

»’nen kleinen Whiskey?«, Zara lächelte auf mich hinab. Offensichtlich sah ich so aus, als bräuchte ich einen. Ich war tatsächlich versucht.

»Nein, ich kann nicht. Ich fahre.«

Ihr Lächeln wurde sanft. »Verantwortungsvoller Griff. Rettet die Welt mit einer nüchternen Fahrt nach der anderen. Ich könnte dir ein Taxi rufen, weißt du?«

»Versprich mir nur eins.« Ich winkte sie zu mir herüber.

Sie stützte die Ellbogen auf die Theke und lehnte sich herüber. »Es ist nicht von dir«, flüsterte sie. »Das würde ich dir sagen. Ich schwöre es.«

»Nein, das weiß ich.« Aber das war nicht das, wonach ich fragen wollte. »Wenn es zu Hause zu hitzig wird, kommst du zu uns. Pass bitte auf dich auf.«

Ihr Gesicht wurde weich. »Mir geht’s gut, versprochen. Du kennst meine Familie – wir schreien uns oft an. Aber dann vertragen wir uns auch wieder.« Sie beugte sich zu mir herüber und drückte mir die Hand, nur um genauso schnell wieder loszulassen. »Ich habe auch eine Frage an dich.«

Sie richtete sich auf und verschränkte die Arme, und natürlich wanderten meine Augen sofort zu ihrem noch flachen Bauch. Noch nichts zu sehen.

»Augen nach oben!« Ich gehorchte. »Du hast den ganzen Abend zur Tür geschaut. Und sie ist nicht hereingekommen.«

»Sie ist in Boston«, sagte ich hastig. Ich brauchte nicht noch eine Frau in meinem Leben, die mich wegen Audrey löcherte.

»Mhm. Aber nur mal angenommen, sie wäre heute Abend hereingekommen. Und was, wenn sie genau hier sitzen würde.« Zara zeigte auf Kyles leeren Hocker. »Und sie hätte gesagt: ›Griffin, ich bin schwanger.‹ Ich bin nur neugierig. Wärst du auch ganz grau geworden und fast ohnmächtig auf dem Tresen zusammengebrochen?«

»Ich *bin nicht* beinahe ohnmächtig geworden«, korrigierte ich sie. »Das ist eine verdammte Lüge.«

»Genau, starker Mann.« Zaras Augen blitzten. »Aber du hast die Frage noch nicht beantwortet.«

Ich hatte nicht geantwortet. Weil mir die Antwort unangenehm war. In Wahrheit, wenn Audrey mir gesagt hätte, sie wäre schwanger, wäre ich … begeistert gewesen. Wo kam das bloß her? Wie konnte das sein?

Vielleicht brauchte ich doch einen kleinen Whiskey.

»Miss?« Ein Gast winkte Zara vom anderen Ende der Theke, und sie eilte hinüber, um ihm ein Bier zu zapfen.

Es hätte eine Erleichterung sein sollen, mit meinen Gedanken allein gelassen zu werden. Aber ich konnte Zaras seltsame Frage nicht abschütteln. Es schien mir wie ein schlechtes Zeichen, über eine schwangere Audrey nachzudenken. Aber seit Zara das erwähnt hatte, biss sich mein Gehirn an der Vorstellung fest. Ich bin mir ziemlich sicher, dass Audrey diese Vorstellung nicht gefallen hätte. Ich würde sie überreden, zu mir nach Vermont zu ziehen, damit sie immer bei mir wäre. Und ich würde mich noch nicht einmal schuldig fühlen, weil sie ihren Traum dafür aufgeben musste. Alles zum Wohl des Kindes, oder?

Ich schnaubte in mein leeres Glas. Genau. Ziemlich selbstsüchtig, was?

Letzten Endes hing mein Glück von einem Krieg zwischen meinen und Audreys großen Plänen ab. Der Konflikt war unlösbar. Selbst wenn ich den verrückten Wunsch verspürte, meine Pläne aufzugeben und ihr hinterherzulaufen, ich konnte einfach nicht. Meine Familie verließ sich auf mich.

»Hier.« Zara erschien vor mir und schob ein Glas in meine Richtung. Es enthielt Malzbier, meinen Lieblingssoftdrink. »Auf alle großen Fragen.« Sie hob ihr Glas.

Ich stieß mit ihr an. »Und auf deine Gesundheit.«

Sie lächelte, als wir beide einen Schluck von unseren alkoholfreien Drinks nahmen. »Mir fehlt das Bier.«

»Kann ich verstehen. Fühlst du dich okay?«

»Meistens. Ich bin müde, das ist alles. Aber wer ist das heute nicht?«

Ich beobachtete, wie Zara auf ihre typisch stolze Art das Kinn hob und entlang ihrer kräftigen, gebogenen Nase zu mir hinuntersah. Sie war gut aussehend. Sogar schön. Aber ich hatte bisher weder für sie noch für irgendjemand sonst so etwas empfunden wie für Audrey.

Verdammt, ich steckte ganz schön in Schwierigkeiten.

»Ich kann die Gedanken in deinem Kopf rattern hören.« Zara nippte an ihrem Softdrink.

»Ich muss über eine Menge nachdenken. Ganz schön kompliziert, alles.«

»Wie an jedem anderen Tag«, betonte sie. »Wann siehst du Audrey wieder?«

»Keine Ahnung.«

Zara rollte die Augen. »Das ist so dämlich von dir. Und bedauerlich für den Rest von uns. Sie macht dich sanfter. Macht dich erträglich. Sie ist doch nicht auf den Mars ausgewandert, oder?«

»Während der Ernte könnte es genauso gut der Mars sein.«

»Dann schick ihr ein Geschenk. Mach ihr klar, dass du an sie denkst. Du wirst nie herausfinden, wie es mit ihr weitergeht. Vielleicht ist sie in drei Monaten mit dem Job fertig. Die Dinge ändern sich, weißt du?«

»Ich nehme es an.«

»Er *nimmt es an*.« Sie wischte über den Tresen. »Oder du kannst hier sitzen und grübeln. Das kannst du ja gut. Ich verliebe mich immer in die Grübler.« Sie lächelte mich traurig an.

Ich fragte mich, welcher grüblerische Typ aus Versehen zum Vater ihres Kindes geworden war. Aber ich verkniff mir die Frage.

»Ach, was ich noch sagen wollte …«

»Was denn?«

»Es tut mir leid, dass ich dich enttäuscht habe.«

Sie hielt mit dem Lappen auf der hölzernen Oberfläche inne, hob ihre großen dunklen Augen und sah mich an. »Danke, dass du das sagst. Aber du hast mir nie irgendetwas versprochen.«

»Sicher, aber …« Ich räusperte mich unbehaglich. »Ich bin manchmal ein begriffsstutziger Trottel.«

Sie lächelte mich wissend an. »Die Welt zu retten nimmt ziemlich viel deiner Energie in Anspruch, Griff. Ich versteh schon. Ich war auch sauer auf dich. Ich hatte die bescheuerte Idee, dass du auf mich herabschaust. Dass du dieser Football spielende Chemiker bist, der ein bisschen Spaß mit dem Mädchen aus der Stadt haben will, bis er jemanden aus der passenden sozialen Schicht findet.«

»Also …!«

Sie hob die Hand. »Ja, ich weiß. Ich hab's verstanden. Wir beide kennen uns schon unser ganzes Leben, aber ich hab trotzdem alles falsch verstanden. In Wahrheit sind wir beide uns zu *ähnlich*. Als ich dich mit Audrey gesehen habe, hab ich's kapiert. Es lag nicht an mir. Ihr beide passt einfach super zusammen. Sie ist spontan, süß und witzig, und ihr ergänzt euch perfekt. Jetzt muss ich mich damit abfinden, dass sie dich wahnsinnig macht.« Sie lachte in sich hinein und ging die Theke entlang, um einer weiteren Bestellung nachzukommen.

Meine Güte, Zara. Wer hätte gedacht, dass sie mich zwei- oder dreimal in neunzig Minuten völlig durcheinanderbringen würde? Ich beobachtete, wie sie am Ende des Tresens mit Gästen sprach und ihnen Ratschläge gab, wie es nur eine Barkeeperin kann.

Das ließ mich über den Ratschlag nachdenken, den sie mir gegeben hatte. *Schick Audrey ein Geschenk*, hatte sie gesagt. Daran hatte ich überhaupt noch nicht gedacht. Vielleicht war ich nicht der romantischste Typ der Welt, aber eine Geste war eine gute Idee. Aber was sollte ich ihr schenken? Audrey hatte nebenbei erwähnt, dass Köche keinen Schmuck tragen. Diese uralte Tradition kam also nicht infrage. Abgesehen davon, traute ich meinem Geschmack bei Klunkern nicht. Was könnte ein Chefkoch überhaupt gebrauchen?

Ich saß an der Bar, dachte mir Dinge aus und verwarf sie ebenso schnell wieder. Als hätte ich Ahnung von Küchenausrüstung. Das war außerdem nicht besonders romantisch.

Außer …

Als mir die Antwort einfiel, riss ich mein Telefon aus der Gesäßtasche und tippte fieberhaft darauf herum. »Hey, Zara«, sagte ich, als sie vorbeiging. »Hast du noch den Laptop hinten?«

»Ja, warum?«

»Ich muss ein bisschen online shoppen.«

Sie gab mir den Laptop mit einem leisen Lachen. »Viel Erfolg. Such was Schönes aus.«

»Wahrscheinlich wird es gebraucht sein«, sagte ich und öffnete den Computer.

»Das klingt aber nicht romantisch.«

»Vertrau mir.« Ich ging auf die Seite von eBay.

»Versau es nicht, Griff«, sagte sie sanft. »Geh auf's Ganze, verstehst du? Tu es oder lass es. Es kein Versuchen gibt.«

Ich sah sie über den Bildschirmrand hinweg an. »Du hast das Zitat verhunzt. Yoda dreht sich gerade im Grabe um.«

Zara feixte. »Yoda wüsste die Idee zu würdigen. Und jetzt gib alles.«

Ich ging zurück ans Werk und summte dabei vor mich hin. Die Star-Wars-Titelmelodie, was sonst?

Eine Stunde später ließ ich Kyle in den Fängen eines College-Mädels zurück. Eine seiner neuen Freundinnen würde ihn später zu Hause absetzen.

Oder er würde mir morgens eine SMS schreiben und mich darum bitten, ihn von sonst wo abzuholen.

Ich fuhr nach Hause und fühlte mich nachdenklicher als sonst. Als ich allein aus dem Pick-up stieg, saß Jude auf der Treppe vor der Schlafbaracke und stützte das Kinn auf die Faust.

»Alles in Ordnung?« Ich setzte mich neben ihn.

»Ja, klar. Ich kann nur immer noch nicht gut einschlafen. Aber wenn ich schlafe, ist es viel besser als früher.«

»Das klingt nach einem Fortschritt.«

Er zuckte mit den Schultern. »Wenn meine Gelüste verschwinden würden, das wäre ein Fortschritt. Aber heute Abend war ganz okay.«

»War das Treffen gut?«

»Die sind nie *gut*. Es ist nicht so, dass ich rausgehe und mich wie Superman fühle. Aber in letzter Zeit fühle ich mich … stabil. So, als würde ich mich nicht bis zum nächsten Morgen zerstören. Und, hey, warst du schon mal bei der Eisdiele in Hanover?«

»Was? Nein.«

»Das ist etwas, wofür man leben möchte. Ich habe May dorthin eingeladen, um mich dafür zu bedanken, dass sie mich heute Abend gefahren hat. Die dunkle Schokolade mit Haselnuss könnte einen glatt dazu bringen, an Gott zu glauben.«

Ich lachte, weil ich Jude noch nie so viel auf einmal hatte sagen hören. »Die Sorte werde ich mir merken. Du kannst mir den Laden ja mal nach dem Hanover Markt zeigen.«

Er rang nervös die Hände. »Wie lange kann ich überhaupt noch für dich arbeiten? Nach meiner Rechnung ist in zehn Tagen alles gepflückt. Vielleicht in zwei Wochen.«

Mist, stimmte das? Die Erntesaison war eine so verrückte Zeit für mich, dass ich immer ein bisschen erstaunt war, wenn sie vorbei war. Aber er hatte recht. Zu Halloween war das meiste erledigt. Obwohl die Dinge diesmal ein wenig anders lagen.

»Dieses Jahr muss ich alles doppelt so schnell pressen und abfüllen.« Wenn ich nicht sechstausend Extraflaschen produzieren musste, nahm ich mir Zeit. »Ich könnte noch ein Paar Hände gebrauchen, zumindest bis Mitte November.«

Ich hatte zwar kein Extragehalt in das Novemberbudget einkalkuliert, aber die Hilfe konnte ich wirklich gebrauchen.

»Ich bleibe so lange, wie du mich lässt«, sagte Jude schroff. »Ich will nicht zurück nach Colebury. Der Ort treibt mich in den Wahnsinn. Aber meinem Vater gehört eine Autowerkstatt. Wenn er sie in den letzten drei Jahren nicht vor die Wand gefahren hat, kann ich vielleicht dort ein bisschen arbeiten. Niemand sonst wird mich einstellen.«

Ich konnte mir seine Lage kaum vorstellen. Das Leben war auch ohne Vorstrafen schon schwer genug. »Wirst du klarkommen?«

»Habe ich eine Wahl?« Er lachte, aber es klang verbittert. »Ich weiß nicht. Hätte nie gedacht, dass ich so weit komme. Ich bin seit sechzig Tagen clean. Das ist doch was.«

»Du bist hart im Nehmen«, sagte ich und meinte es ernst. »Du fühlst dich bestimmt auch stärker. Mit all diesen Extramuskeln.« Ich gab seiner Schulter einen freundschaftlichen Stoß.

»Das liegt am guten Essen«, sagte er. »Ich habe endlich wieder Appetit. Apropos … Wie sind denn *deine* Entzugssymptome?«

Ich grummelte. »Was meinst du?«

»Audrey ist schon eine Weile weg. Was ist dein Plan?«

»Ich habe nicht wirklich einen. Ich würde sie gern davon überzeugen, eine Beziehung mit mir einzugehen. Aber …«

»Aber was? Im schlimmsten Fall könnte sie Nein sagen.«

Ich war mir nicht sicher, ob das das Schlimmste war, was passieren konnte.

»Als ich so alt war wie sie, wollte ich Karriere als Profi-Footballer machen.«

»Im Ernst? Ich wusste, dass du gespielt hast. All die Pokale im Fernsehzimmer.«

Ich schnaubte. »Mom lässt sie mich nicht wegwerfen. Ich hatte einen Vertrag. Hab mich in ein Übungsteam gemogelt, aber nur so gerade eben. Ich wollte aber noch nicht das Handtuch werfen. Ich hatte einen Plan. Dann starb mein Vater an einem Herzinfarkt.«

»Scheiße«, sagte Jude. »Du hast also deine Chance nicht bekommen.«

»Ganz ehrlich? Ich weiß nicht, ob es mir jetzt schlechter geht. Kann sein, dass ich versagt hätte. Für mich ist das jetzt in Ordnung. Aber Audrey soll ihre Chance bekommen, weißt du? Ich will das nicht vermasseln, indem ich sie an dieselbe Farm binde, an der ich hier festhänge.«

»Oh.« Jude schwieg eine Minute. »Ich hatte auch eine Freundin. Ich dachte, es wäre für immer. Aber es hat sich gezeigt, dass ich Drogen mehr liebte als irgendjemanden sonst. Sogar mehr als mich selbst.«

Autsch. »Aber jetzt liebst du die Drogen nicht mehr so sehr wie früher. Vielleicht ist sie noch irgendwo da draußen.«

Er schüttelte den Kopf. »Ich habe ihren Bruder getötet.«

»Oh.«

»Ja. Der Zug ist abgefahren. Und dann erzählen sie uns in

der Entzugsklinik, dass wir akzeptieren müssen, was passiert ist, wenn wir wieder glücklich sein wollen. Jeder muss über irgendeinen Scheiß hinwegkommen. So wie ich leider Eltern hatte, die sich einen Dreck um mich gekümmert haben. Und ich kann den Typen nicht wieder lebendig machen, der in meinem Auto gestorben ist. Egal, wie schlimm es auch ist, du musst es akzeptieren, bevor es dich auffrisst.«

»Tja …« Ich rieb mir den Nacken. »Ich schätze, dann sollte ich wohl über Audrey hinwegkommen.«

»Nein, Mann.« Jude drehte sich zu mir und sah mich in der Dunkelheit an. »Dein Scheiß ist, dass dir diese Farm aufgebürdet wurde und dass dich das einige Möglichkeiten gekostet hat.«

»Das habe ich schon längst akzeptiert. Ich liebe diesen Ort.«

»Rein hypothetisch«, argumentierte Jude. »Wenn du wirklich darüber hinweg wärst, würdest du dich nicht schuldig fühlen, Audrey zu fragen, ob sie hierherziehen will. Aber so triffst du die Entscheidung für sie. Ist das nicht dasselbe, was diese Hexe von Mutter macht?«

Verdammt, das war es.

»Wenn du ihr nicht die Möglichkeit der Entscheidung lässt, weiß sie nicht, dass es dir wichtig ist. Aber wenn du sie *fragst*, könnte sie Nein sagen. Vielleicht ist das der Grund, warum du sie nicht fragen willst.«

Herrje. Er war der Zweite an diesem Abend, der andeutete, ich sei feige. Das stimmte aber nicht. »Muss nachdenken. Ich geh schlafen.« Ich stand auf.

»Du schmeißt mich aber nicht raus, weil ich das gesagt habe, oder?«

»Nein, du Arschloch.« Ich stieß ihn mit dem Stiefel in den Hintern. »Gute Nacht.«

»Nacht!«

Ich ging ins Bett und fragte mich, wie ich mit Audrey reden sollte. Außerdem staunte ich über die Tatsache, dass ein genesender Junkie und Straftäter mein zweitbester Mitarbeiter war. Und dass ein Typ, der seit drei Jahren keinen Sex mehr gehabt hatte, mir gerade Tipps zu meinen Beziehungsproblemen gegeben hatte.

DRITTER TEIL

Oktober

Nach einem guten Essen kann man jedem verzeihen, sogar den eigenen Verwandten.

Oscar Wilde

24

Audrey

Wieder Freitag. Eine weitere Schicht in einer fremden Küche.

Der Chef wusste meinen Namen nicht, aber er hatte kein Problem damit, mich herumzukommandieren. »Küchenhilfe! Ein Dutzend Eier! Getrennt.«

Jawohl, Sir. Sofort, Sir. Ich holte die Eier aus der Kühlkammer und machte mich an die Arbeit.

Als ich damit fertig war, brachte ich ihm zwei Schüsseln – eine mit Eigelb, eine mit Eiweiß –, und er beäugte beide misstrauisch, bevor er mir eine neue Aufgabe gab. »Wisch das Becken, wo der Salat gewaschen wird, aus, und dann guck, ob an jedem Posten genug Kräuter sind.«

Wenn ich seine Befehle in dieser Reihenfolge ausführte, würde ich das Salatbecken zweimal putzen müssen. Aber ich war schlau genug, ihn nicht auf seinen Fehler hinzuweisen. »Ja, Chef.«

Ich machte es auf seine Weise, weil er die Gehaltsschecks unterschrieb. Aber es machte mir keinen Spaß.

Dieser Job war eigentlich genau das, was ich mir von der BPG erhofft hatte, als ich im Mai meinen Vertrag unterschrieben hatte. Warum also wurden mir die Tage so schrecklich lang?

Wenigstens musste ich nicht bis in die späten Abendstunden arbeiten. Das *Mosaic* lag direkt gegenüber dem Museum für zeitgenössische Kunst und bot vor allem Frühstück und Mittagessen an. Es war ein Restaurant für Frauen-die-zum-Lunchgehen. Die Karte war erlesen, aber ein wenig langweilig. Aber vielleicht empfand nur ich das so. Ich hatte bereits sechs Stunden damit zugebracht, Blutorangen zu filetieren und Petersilie zu hacken. Ich schnitt Schalotten für die Quiche und wusch Salatblätter für Achtzehn-Dollar-Salate.

Die Bezahlung war angemessen, da der Tarifvertrag der BPG es nicht zuließ, unterbezahlte Praktikanten in den Küchen einzusetzen. Das war gut für mich, denn ich brauchte das Geld. Meine Kreditkarte war mit den Reisekosten meiner Wochen in Vermont belastet, und die BPG ließ sich Zeit damit, sie mir zu erstatten. Mindestens einmal am Tag rief ich die Buchhaltung an, und jedes Mal antworteten sie mir: »Wir kümmern uns darum.«

Meinem kiffenden Mitbewohner Jack schuldete ich immer noch zweihundert Dollar. Und weil Jack auch im *Mosaic* arbeitete, erinnerte er mich daran. Stündlich. Also übernahm ich so viele Extraschichten wie möglich und riss mir den Arsch auf. Abends saß ich zu Hause und entwarf Speisekarten. Der Wettbewerb fand in einer Woche statt. Ich hatte mich entschieden, mich mit einem Tapas-Restaurant zu bewerben. Ich hatte die Speisen und das Restaurant skizziert und die Umgebung und Verkehrssituation analysiert.

Zum ersten Mal in meinem Leben machte ich etwas richtig. Was auch immer passierte, sie würden mich nicht auslachen können. Wenn ich scheiterte, dann hatte ich zumindest mein Bestes gegeben.

Mein ansonsten langweiliges Leben, das aus Arbeit und noch mehr Arbeit bestand, hatte einen einzigen Lichtblick: Die BPG-Küchenchefs in der ganzen Stadt waren begeistert von der Ware, die ich in Vermont eingekauft hatte. Inzwischen waren vier wöchentliche Lieferungen eingetroffen. Auf jedem Packzettel stand meine E-Mail-Adresse. Und zu meiner Überraschung erhielt ich Dankschreiben von den Köchen, die in diesen Genuss kamen. »Hervorragende Zucchiniblüten«, jubelte jemand. »Ich würde dir alle abnehmen, die du bekommen kannst.«

Ein anderer Küchenchef, ein Franzose, schrieb mir, er habe zum ersten Mal in seiner Karriere Zuckermais für ein Gericht verwendet. »In meiner Heimat ist Mais Viehfutter. Aber dieser hier ist so süß, dass ich daraus eine Roulade gemacht habe.«

Das fühlte sich verdammt gut an. Und inzwischen kannten einige Küchenchefs der BPG meinen Namen. Jetzt fehlte mir nur noch das nötige Kleingeld für mein eigenes Restaurant.

Heute war Freitag, und einer aus dem Shipley-Clan würde mit einer neuen Lieferung ankommen. Jeden Freitag war ich ein bisschen nervös und spähte in die Fahrerkabine jedes vorbeikommenden Pick-ups. Aber der Mann, auf den ich wartete, tauchte nie auf.

Ich hatte daran gedacht, ihn zu fragen, ob er die Lieferungen nicht selbst vorbeibringen und anschließend mit mir essen gehen könne. Aber was dann? Er würde wieder in seinen Pickup steigen und zurück nach Vermont fahren. Und in ein paar Wochen würden die wöchentlichen Lieferungen sowieso in die Winterpause gehen. Oder für immer enden.

Okay. *Weitermachen, Prinzessin.*

Ich filetierte ein weiteres Dutzend Blutorangen, als sich der Geschäftsführer an mich heranmachte. Er roch wie ein Aschenbecher. »Wollen Sie morgen früh arbeiten?«, fragte er. »Sie sind erst am Dienstag wieder eingeplant, aber mir fehlt Personal.«

»Klar«, antwortete ich gedankenverloren.

Er wandte sich ab, ohne sich zu bedanken. Und schon stand Jack neben mir. »Ich brauche die Schalen von zwanzig Zitronen.«

»Wie heißt das Zauberwort?«, blaffte ich.

»Und zweihundert Dollar.«

»Mein Gott. *Ich weiß.* Hör auf. Wenn mir die BPG jemals die Hotelrechnung erstattet, dann kriegst du sie.«

»Das ist jetzt Monate her, Audrey.«

»Im Ernst. Wenn ich dir das Geld gebe, kann ich meine Miete nicht bezahlen, und das willst du bestimmt nicht.«

Er lachte. »Wenn du nächste Woche den Green-Light-Wettbewerb gewinnst, muss ich wohl deine Miete erhöhen.«

»Nur zu.« *Wenn ich nächste Woche gewinne, ziehe ich aus, du Schwachkopf.*

»Womit bewirbst du dich? Deine Skizzen sehen nach Tapas aus.«

Scheiße. »Es ist bloß ein Entwurf.« Ich hätte meine Notizen besser verstecken sollen.

Er schnalzte mit der Zunge. »Du brauchst mich nicht zu verarschen. Ich bin zu faul, um was einzureichen. Aber du bist ehrgeizig, also warst du wahrscheinlich den ganzen letzten Monat in der Chefetage Stiefel lecken. Du hast das Ding bestimmt längst in der Tasche. Jeder weiß, dass Burton dem Gewinner das Konzept einflüstert.«

»Er ...« Ich ließ mein Messer fallen. »Was?«

Jack schnappte sich eine der Orangenspalten, die ich vorbereitet hatte. Er warf einen Blick über die Schulter, ob ihn jemand sah, und steckte sie sich in den Mund. »Du weißt schon. Die Burtons sind wie alle Bosse auf der Welt. Sie wollen nur hören, was sie selbst schon gesagt haben, damit sie sich bestätigt fühlen können. Ganz egal, welche Idee sie dir vorgeschlagen haben – bring sie zum Glänzen. Aber zur Sicherheit solltest du auch noch einen tiefen Ausschnitt anziehen.« Er stibitzte noch eine Orangenspalte und verschwand.

Ich blieb wie vom Donner gerührt stehen. Jack war nicht die

hellste Kerze im Leuchter, aber ich zweifelte keine Sekunde daran, dass er recht hatte.

Warum hatte ich nicht bemerkt, dass der Wettbewerb manipuliert war? Hatte ich nicht zwanzig Jahre lang mit einer der gerissensten Geschäftsfrauen der Welt unter einem Dach gelebt?

Eine schreckliche Sekunde lang überlegte ich, ob ich meine Mutter anrufen sollte. So dringend wollte ich den Wettbewerb gewinnen. Mommy würde sicher wissen, was Burton nächste Woche auf dem Reißbrett haben wollte.

Doch der Drang verflog so schnell, wie er gekommen war. Wenn Mom mir half, würde ich es für den Rest meines Lebens bereuen. Der Sinn der Sache war doch, ohne ihre Hilfe ein Restaurant zu eröffnen.

Außerdem würde sie mir sowieso nicht helfen. Seit der Konfrontation im Ciderhaus hatten wir kein Wort mehr miteinander gesprochen. Ich hasste mich ein wenig dafür, dass mir das überhaupt auffiel. Ich hatte ihr gesagt, dass sie aus meinem Leben verschwinden sollte, und das hatte sie endlich getan.

Warum machte es mir dann so viel aus?

Ich brachte meine sorgfältig filetierten Orangenspalten zum Salatjungen und holte mir zwei Dutzend Zitronen. Für die Aufgabe musste ich mich konzentrieren, denn der Zestenreißer schälte mir mit Freude auch die Finger ab, wenn ich nicht aufpasste. Ich nahm die erste Zitrone und machte mich an die Arbeit. Schälen. Drehen. Schälen. Drehen. Perfekte Spiralen aus gelber Schale landeten auf meinem Schneidebrett. Ich versuchte, in den Flow zu kommen und durch die gleichförmige Arbeit meine Gedanken zu ordnen.

Die Tellerwäscher hatten eine hitzige Diskussion über die Chancen der New England Patriots. Der Sous-Chef machte einen Kellner wegen einer schlecht abgestimmten Bestellung zur Schnecke.

Der ganz normale Wahnsinn.

Deshalb war ich völlig überrascht, als ich plötzlich eine dröhnende Stimme hörte. »Prinzessin, bist du hier irgendwo?«

Ich blickte auf und sah das Unwahrscheinlichste der Welt: Griffin Shipley stand in der Küchentür. Sein gebräuntes Gesicht strotzte vor Gesundheit. Er trug ein schickes Hemd mit Button-down-Kragen und eine Kakihose. Doch selbst seine Stadtkleidung konnte die Wahrheit nicht verbergen: Menschen, die ihre Zeit im Freien verbrachten, waren einfach schöner als die bleichen Küchenratten, von denen ich umgeben war. Ich vermisste Vermont und die glücklichen Gesichter seiner Familie und den Duft der frischen Luft.

Es dauerte eine Weile, bis ich mich gesammelt hatte und etwas Schlagfertiges sagen konnte: »Oh, hi!«

»Arbeitest du noch? In der Zentrale haben sie mir gesagt, du hättest jetzt Feierabend.«

Ich sah auf die Uhr. Ich hatte jetzt Feierabend. Scheiß auf die Zitronen. »Stimmt. Gib mir drei Minuten.« Ich nahm die Zitronen und brachte mein Schneidebrett zu Jack. »Ich mache heute pünktlich Schluss. Viel Spaß damit.«

»Was? Verdammt, du kannst mich doch nicht hängen lassen. Was soll der Scheiß?«

Ich klopfte ihm auf die Schulter. »Ich geh mich ausstempeln. Bis später.«

Als ich zu Griffin zurückkam, beugte er sich hinunter und gab mir einen zarten Kuss auf die Nase. »Was hältst du davon, wenn ich dich übers Wochenende mit nach Vermont nehme?«

»Wow!« Das Angebot kam unerwartet. Aber auf keinen Fall würde ich es ausschlagen. »Wie komme ich wieder zurück?«

»Ich kann dich bringen. Vielleicht am Montag?«

Konnte ich einfach so mit Griff abhauen? »Ich muss noch kurz nach Hause und ein paar Sachen holen.«

»Dann los.«

Ich nahm das Haarnetz ab. Denn die Dinger sind nicht sexy. Und ich zog mir die unförmige Kochjacke aus.

»Mach das nicht«, knurrte Griff. »Ich habe gerade so eine Fantasie mit einer französischen Sterneköchin. Du kannst das später anziehen ohne was darunter.« Ich schnaubte, aber er schüttelte den Kopf. »Das war kein Witz.«

Ich gab ihm einen Klaps auf die Brust. »Dich muss es ja schwer erwischt haben.«

»Kann sein.«

Plötzlich wurde mir ganz heiß. Das Gespräch schlug eine seltsame Richtung ein. »Lass mich eben ausstempeln.«

»Ich komme mit.«

Im Umkleideraum holte ich meine Tasche aus dem Spind und kümmerte mich um meine Stempelkarte.

»Bis morgen«, rief mir der Geschäftsführer vom anderen Ende des Flurs zu.

»Moment!« Ich lief hinter ihm her. Ich hatte meine zusätzliche Schicht schon wieder vergessen. »Ich kann morgen nicht einspringen. Ich habe mich geirrt. Es tut mir leid.«

Seine Augen traten hervor. »Aber Sie haben gesagt, Sie springen ein. Ich stecke hier in der Klemme.«

»Wir haben vor einer halben Stunde gesprochen. Ich bin sicher, dass Sie noch jemand anders finden. Bis Dienstag.«

»Sie können doch nicht …«

Ich zog Griff durch den Hintereingang hinaus in den warmen Herbstnachmittag. »Gott, ist das schön draußen. Manchmal vergesse ich das.«

»Ihr habt gar keine Fenster«, bemerkte Griff. »Wie hältst du das aus?«

Die meisten Restaurantküchen hatten keine Fenster. »Das ist gar nicht so schlimm hier. Du solltest mal sehen, in was für Kerkern ich schon gearbeitet habe. Man gewöhnt sich daran.«

Ich erwartete, dass er widersprechen würde, aber er sagte nur: »Der Wagen steht da drüben.«

Eine Stunde später verließen wir Boston auf der Interstate 93 mit meiner hastig gepackten Reisetasche auf dem Rücksitz.

In meinem schäbigen Zimmerchen in Jacks Wohnung hatte Griff nicht viel gesagt. Aber ich sah ihm sein Missfallen an. »Es ist hässlich, aber ich verbringe hier nicht viel Zeit.«

»Ich weiß, dass du auf eine eigene Wohnung sparst«, sagte er und drückte mir die Schultern. »Wie läuft's damit?«

Schlecht. »Prima.«

Ich hatte meine Notizen mitgenommen, einfach damit sie Jack nicht in die Hände fielen. Ich traute ihm nicht.

Die erste Hälfte der Autofahrt verlief ein wenig zu schweigsam, während ich überlegte, was ich sagen sollte. Dieser Ausflug war nichts weiter als ein Wochenende für unverbindlichen Sex, ganz klar. Aber ich hatte Vermont damals ziemlich überstürzt verlassen, und das stand immer noch zwischen uns.

»Hey«, sagte ich, streckte die Hand aus und legte sie auf seine am Lenkrad. »Woher wusstest du, dass ich das Wochenende über freihabe?«

»Wusste ich gar nicht«, antwortete er. »Bis ich meine Ware abgeliefert habe und in der Zentrale angerufen und nach dir gefragt habe. Sie haben auf dem Computer irgendeinen Arbeitsplan aufgerufen und mir gesagt, wo du arbeitest und dass ich mich besser beeilen sollte, wenn ich dich noch sprechen wollte, da du morgen nicht auf dem Plan stehst. Also bin ich schnell rübergefahren.«

»Das freut mich.«

Er warf mir einen flüchtigen Blick zu, als wollte er herausfinden, ob ich das ernst meinte.

»Griff, es tut mir leid, dass ich letzten Monat einfach abgereist bin, ohne mich zu verabschieden.«

Für einen Sekundenbruchteil wanderten seine Augen zu mir, dann wandte er sich wieder der Straße zu. »Das war nicht nett, Prinzessin.«

»Ich weiß.« Ich räusperte mich. »Es war mitten in einem Arbeitstag, und ich *hasse* große Abschiede.«

»Wer hasst die nicht?« Wir schwiegen wieder, und ich hatte das Gefühl, die Stille würde uns verschlingen. Doch dann erzählte er mir, wie gut der Knöchel seiner Mutter verheilt war, und ich hörte ihm zu, als er mir allerhand Klatsch und Tratsch von der Farm erzählte. Daphne und Dylan stritten sich über einen Namen für den neuen Hahn. Jude war hin und weg von dem neuen Star-Wars-Film, der herausgekommen war, als er noch im Gefängnis saß. Ich lachte, und Griff legte mir eine Hand aufs Knie. Und das fühlte sich so gut an, dass ich ganz vergaß, nervös zu sein.

Zweieinhalb Stunden, nachdem wir die Stadtgrenze hinter uns gelassen hatten, rumpelten wir mit heruntergelassenen Fenstern die Straße zur Farm entlang. Ich fühlte mich, als wäre ich gerade aus dem Gefängnis entlassen worden. Die ganze Fahrt über hatte ich immer wieder verstohlen Griffs Gesicht oder seine großen Hände am Lenkrad betrachtet. Nachdem ich die letzten Wochen so viel an ihn gedacht hatte, war es seltsam, nun auf einmal neben ihm zu sitzen. Meine Hände waren schweißnass, und ich war so aufgeregt wie eine Siebtklässlerin bei ihrem ersten Schulball.

»Und?«, fragte ich, als wir auf den Schotterweg einbogen. »Was sind deine Pläne fürs Wochenende?«

Er blickte zu mir, und sein Blick war so heiß, dass man damit eine Crème brûlée hätte karamellisieren können. »Wir könnten essen gehen. Aber dafür müssten wir noch mehr Zeit im Auto verbringen. Ich würde dich gern in ein schickes Restaurant einladen. Ich möchte nicht schon wieder ins *Goat*.«

Warum? Hatte er etwa wieder etwas mit Zara angefangen?

Griff parkte den Wagen und wandte sich zu mir um. »Hast du etwas dagegen, heute mit der Familie zu essen?«

»Nein«, antwortete ich eilig. »Ich liebe deine Familie.«

Das Wort *liebe* war mir etwas zu nachdrücklich über die Lippen gekommen. Vielleicht hatte Griff das auch bemerkt, denn er lächelte mich liebevoll an. »Okay, Prinzessin, dann gehen wir morgen aus.«

Sein Laserblick machte seltsame Sachen mit mir – ich bekam Schmetterlinge im Bauch. Also stieß ich die Wagentür auf. »Und machen wir vor dem Essen noch was Spannendes? Ich glaube, es ist noch hell genug, um irgendetwas zu schlachten.«

Er lachte dröhnend und stieg aus dem Pick-up. »Anscheinend kann ich die Mädchen wirklich beeindrucken.«

»Na ja, es war mal was anderes.«

Griff kam um den Pick-up herum und nahm meine Hand. »Die Cideräpfel werden jetzt reif. Möchtest du sie sehen?«

»Natürlich!« Ich drückte seine Hand. »Zeig sie mir, Farmer Griff.«

Er lachte leise und führte mich zu den Bäumen hinter dem Traktorschuppen. »Du weißt, wie wichtig mir die Preise für meine Erzeugnisse sind.«

»Wie könnte ich das vergessen?«

»Gut. Ich zeige dir jetzt ein paar Äpfel, die wirklich unbezahlbar sind.«

»Also sollte ich dafür nicht einen Dollar pro Pfund bieten?«

Er zwickte mir in den Hintern. »Wenn ich unbezahlbar sage, dann meine ich das auch so. Diese Äpfel bekommt man auf dem freien Markt gar nicht. Sie sind einfach nicht zu verkaufen.«

»Warum nicht?«

»Jahrzehntelang hat niemand diese alten Cidersorten angebaut. Hier und da standen vielleicht ein paar Bäume in irgendwelchen Obstgärten. Aber es gab keinen Markt für sie, also bauten alle Tafeläpfel an. Mit *Tafel* meint man …«

»… die Sorten, die alle essen.«

»Genau. Und selbst wenn man vorhandene Bäume veredelt, dauert es ein paar Jahre, bis sie tragen. Und obwohl Cider in den letzten Jahren wieder populär geworden ist, gibt es einfach nicht genug bittersüße Äpfel. Selbst wenn ich hundert Dollar pro Scheffel bieten würde, bekäme ich einfach nicht genug bittersüße zusammen. Diese Bäume hier sind meine Babys.«

»Wie viele Babys hast du?«

»Ungefähr tausend.«

Wir kamen an einem Schild vorbei, und ich musste lachen. BITTE NICHT PFLÜCKEN! NICHT ZUM VERZEHR GEEIGNET! »Du versuchst es mit Abschreckung? Vielleicht hätte Dylan ein Bild von der bösen Königin zeichnen sollen, die Schneewittchen den vergifteten Apfel anbietet.«

Er schnaubte. »Das würde nichts nützen. Ich wette zehn Dollar, dass ich hier morgen wieder Leute verjagen muss.«

Als wir die Reihe bis zum Ende gegangen waren, blieb ich stehen. »Was ist das hier?« In diesem Teil der Plantage hatten alle Bäume ein Metallschild an einem der unteren Äste hängen, wie eine übergroße Hundemarke mit drei Ziffern. »Was für ein Baum ist die Eins-zwölf?«

»Eins-zwölf ist ein Ashmead's Kernel. Ein leckerer Apfel. Willst du einen probieren?«

»Ich will den bittersten Ciderapfel probieren, den du hast.«

Er grinste. »Bist du sicher? Die bittersüßen können ganz schön intensiv sein.«

»Mach schon.« Wie schlimm konnte ein Apfel schon sein?

»Ich habe dich gewarnt.« Er nahm mich an der Hand und führte mich zwischen den Bäumen hindurch in die nächste Reihe. Nach ein paar Minuten kamen wir zu einem Baum, der die Nummer Vierundvierzig trug. Die Äste bogen sich unter blassgelben Äpfeln. »Diese Sorte heißt White Norman. Mein Dad hat sie gepflanzt, als er in meinem Alter war, weil er noch ein paar bittere Äpfel für seine Mischung brauchte. Ein guter Cider besteht zu fünf bis zwanzig Prozent aus bittersüßen Äpfeln wie diesen hier.« Er pflückte einen und gab ihn mir.

Das Funkeln in seinen Augen hätte mir eine Warnung sein sollen. Aber ich war noch nie zimperlich gewesen, also nahm ich einen großen Bissen und kaute. Die Textur war …

Scheiß auf die Textur. Mein Mund war plötzlich voll von dem bittersten, ekelhaftesten Geschmack, den ich jemals probiert hatte. Oh mein Gott. Ich kaute schneller, um so schnell wie möglich herunterzuschlucken, aber das machte es nur noch schlimmer.

Griffin grinste breit. »Spuck einfach aus, Baby. Das machen alle.«

Ich drehte mich um und spuckte den Bissen ins Gras. Dann spuckte ich noch einmal aus, nur zur Sicherheit. Hinter mir hörte ich Griff lachen.

Mit dem Arm wischte ich mir den Mund ab und versuchte, meine Würde zurückzuerlangen, während Griff lauthals lachte. »Das reicht jetzt«, grummelte ich. »Du hattest deinen Spaß.« Ich schluckte noch immer schwer und versuchte, den hartnäckigen Geschmack im Mund loszuwerden. Es funktionierte nicht. »Schnell. Gib mir einen besseren Apfel.«

Aber Griff löste das Problem auf andere Weise. Er kam näher

und nahm mich in die Arme. Und dann, immer noch lachend, küsste er mich. Und mit einem Schlag überwältigten mich ganz andere Empfindungen. Die vertraute Berührung seines Bartes in meinem Gesicht, seine festen vollen Lippen auf meinen. Ich entspannte mich unwillkürlich und hieß ihn willkommen. Seine fordernde Zunge eroberte meinen Mund, und schon war der bittere Apfel vergessen. In diesem Moment existierten nur noch der Sog seines Mundes und das Stöhnen, das aus seinem tiefsten Innern zu kommen schien, als ich auf seinen Kuss antwortete.

Meine Hände erforschten den ungewohnten Stoff eines Hemdes über seinem breiten Brustkorb. Ich musste mich auf die Zehenspitzen stellen, um meine Arme ganz um ihn zu schlingen. Es war viel zu lang her, dass wir uns berührt hatten, und ich wollte ihn wie einen Baum erklettern und mich wieder mit der Stärke seiner Glieder vertraut machen.

Mit einem Grunzen umfasste Griff meine Pobacken und drückte sie. Er hob mich hoch, und an meiner Körpermitte konnte ich spüren, wie begeistert er von meinem Besuch war. Ich drückte mich an ihn, um ihm noch näher zu sein, und er stöhnte in meinen Mund.

Verdammt, wenn sich die Dinge weiter so entwickelten, würden wir in weniger als einer Minute nackt unter einem dieser Bäume liegen.

Mir sollte es recht sein.

Ich fuhr ihm mit den Fingern durch die Haare und küsste ihn so fordernd, wie ich nur konnte.

Seine Hand wanderte unter den Saum meines Shirts, und ich winselte wie ein gieriger Hundewelpe.

»Hey, Griff!« Das war Zachs Stimme.

Griff wollte sich von mir losmachen, um meine Würde zu bewahren. Aber ich wollte nichts davon wissen. Ich wollte noch einen Kuss …

»Griff, ich finde, wir sollten – *oh, Scheiße.* Tut mir leid. Vergiss es.« Zachariah stürzte davon.

Aber der Schaden war schon angerichtet. Griff und ich ließen voneinander ab. Ich atmete schwer gegen sein Shirt, seine Hand lag noch besitzergreifend in meinem Nacken. Zwischen uns knisterte noch die Erwartung, aber sie musste warten.

Ich versuchte, ein Gespräch anzufangen. »Was machen wir morgen?«

»Mehr davon«, knurrte er.

Ich kniff ihn leicht. »Außerdem? Es ist Samstag. Du wirst alle Hände voll zu tun haben.«

Er brummte und küsste mich auf die Stirn. »Hoffentlich nicht nur in einer Hinsicht.«

»Kann ich dir helfen?«

»Wer sonst?«

Ich haute ihm auf den Hintern. »Du weißt, was ich meine.«

»Klar.« Er gluckste. »Hier wird es vor Kunden nur so wimmeln. Also entweder wir arbeiten oder wir machen uns aus dem Staub.«

»Du kannst nicht einfach abhauen, oder?«

»Nicht so einfach, nein«, gab er zu und lehnte sich etwas zurück, um mir ins Gesicht sehen zu können. »Aber ich habe nicht viel Zeit mit dir. Vielleicht sollte ich mal ein paar Gefallen einfordern.«

»Wir können Äpfel verkaufen und danach zusammen ausgehen.«

Er legte mir eine Hand unters Kinn und lächelte. »Abgemacht. Willst du mit den Pferden fahren?«

»Sicher nicht. Aber ich kann den Cider an die Touristen ausschenken. Das macht Spaß. Wer möchte nicht Freigetränke ausgeben?«

Er nahm meine Hand. »Komm, ich zeige dir meine neuen Tanks.«

»Das sagst du bestimmt zu allen Mädchen.«

»Das ist mein bester Anmachspruch«, betonte er. »Komm mit.«

Wir schlenderten den Berg hinunter, wobei wir einen kleinen Umweg machten, um in der Entfernung die Green Mountains zu betrachten.

Als wir schließlich beim Ciderhaus ankamen, stellte ich fest, dass Griff nicht zu viel versprochen hatte. An einer Wand standen drei glänzende metallene Gärtanks. »Wow. Damit hast du ja deine Kapazität fast verdreifacht.«

»Fast. Sind die nicht toll? Ich werde wohl nie einen Sportwagen besitzen, aber ich schätze, die kommen nah dran.«

Das Metall fühlte sich warm an. »Der hier ist voll, stimmt's?«

»Ja.«

»Hast du deine Wettbewerbsbeiträge eingereicht?«

»Natürlich.«

»Auch den sexy Cider?«

»Na klar.« Er grinste. »Ich habe ihn erst noch ein paar andere Leute probieren lassen. Keiner davon hat was von Sex gesagt, aber sie mochten ihn alle. Warte mal …« Er ging zu einem Regal voller Notizbücher und zog das vorletzte heraus. Er blätterte die Seiten um, bis er gefunden hatte, was er suchte. »Das haben die Leute gesagt: *Komplex. Erdig und kantig. Explosiv. Unvorhersehbar. Noten von Pilzen und Salz* …« Er blickte zu mir auf. »*Schwitzig und euphorisch*.«

Ich kicherte. »Wow.«

»Ja. Sie waren nah dran, aber konnten es nicht ganz zuordnen.« Er zwinkerte.

Ich sah mich um. »Wo willst du den Pokal ausstellen?«

Er zuckte mit den Achseln. »Ich mache das, um anzugeben.«

Die Glocke zum Abendessen erklang, und Griff machte eine Kopfbewegung in Richtung des Klingelns. »Bist du bereit, den Massen entgegenzutreten?«

»Immer.«

Griff hob die Augenbraue. »Dann los. Du bist meine Abendbegleitung.«

Ich fragte mich, ob Griffs Familie meine Anwesenheit überraschend finden würde. Aber als wir zur Küchentür hereinkamen, sagte May nur: »Audrey, komm mal her. Wir streiten uns gerade über die Cranberrysoße. Orangenschale oder nicht?«

»Ich bin Puristin«, gab ich zu. »Ich mag's lieber ohne alles. Vielleicht ein bisschen Zucker, sonst nichts. Sind das eure eigenen Cranberries?« Ich nahm den Löffel und rührte in der leuchtend roten Soße. »Wunderschön.«

»Diese Farbe haben nur Cranberries, nicht wahr?«, stimmte Dylan mir zu. »Das ist das roteste Rot.«

»Hallo, Liebes«, sagte Griffs Mutter, als ob ich jeden Abend vorbeischauen würde. »Es gibt Truthahn mit unseren eigenen Kartoffeln. Nichts Besonderes, aber …«

»Perfekt«, beeilte ich mich zu sagen. Als Köchin war ich es gewohnt, dass manche Leute glaubten, ihr Essen mir gegenüber rechtfertigen zu müssen. Dabei essen Köche auch manchmal Chips. Nicht jede Mahlzeit konnte ein kulinarisches Abenteuer sein.

Natürlich war das Essen wunderbar. Ruthie Shipley war eine versierte Köchin. Sie orientierte sich stark am klassischen Geschmack, aber ihr Truthahn war saftig, die Kartoffeln cremig, der gedünstete Spinat tanzte in Knoblauch und Olivenöl. Ich aß viel. Und während des Essens hielt Griff sooft es ging meine Hand unter dem Tisch.

Es war wirklich traumhaft. Und doch ließ mich der Abend

betrübt zurück. Ich konnte zwar die Welt von Griffin Shipley ab und zu besuchen, aber ich musste sie jedes Mal wieder verlassen. Ich blickte um den Tisch herum und sah die leuchtenden Gesichter im Kerzenschein. Die Zwillinge. Kyle. Jude, der noch besser und gesünder aussah als letztes Mal. Zachariah, blond und lächelnd wie immer. Griffs Großvater, der an einer riesigen Truthahnkeule nagte, die er in den fettigen Händen hielt. Ruthie, die darüber lachte, wie May einen Kunden auf dem Bauernmarkt nachmachte.

Das ist der Grund, warum man kochte – um ein perfektes Essen für einen Tisch wie diesen zu kreieren: für Menschen, die zum Essen zusammenkamen. In den Küchen, in denen ich kochte, konnte man die Früchte seiner Arbeit nicht sehen. Sie blieben verborgen.

In der Kochschule hatte ich gelernt, Mahlzeiten um des Essens willen zu bereiten. Aber das war niemals der eigentliche Zweck.

»Alles okay, Prinzessin?« Griff drückte mein Knie unterm Tisch.

»Könnte nicht besser sein«, antwortete ich. Und das war die Wahrheit.

»Ist es okay, wenn wir einfach abhauen?«, fragte May am Ende der Mahlzeit und stand auf. »Judes Treffen geht in einer Dreiviertelstunde los.«

Ruth scheuchte ihre Tochter hinaus. »Fahrt vorsichtig.«

Jude, der wie immer still gewesen war, verließ mit May den Raum.

Wir anderen aßen Kuchen. Es war das erste Mal, dass ich Ruths legendären Apfel-Cranberry-Kuchen probierte, und ich liebte ihn. »Wow. Der Vollkornteig ist großartig.«

»Ich liebe Vollkornteig«, sagte die Bäckerin schüchtern.

»Er schmeckt … nussig«, stimmte ich zu. »Das ist toll. Ich

würde dich nach dem Rezept fragen, aber ich habe ja schon gesehen, wie du kochst.«

Griffs Mutter lachte. »Ich habe seit 1980 keine Zutaten mehr abgewogen.«

Kurze Zeit später machten sich auch Kyle und Zach davon. Ihr Ziel war das *Mountain Goat*. Wir standen alle in der Küche, kratzten die Reste von den Tellern und beluden die beiden identischen Spülmaschinen, als Kyle fragte: »Kommt ihr beide auch auf ein paar Bier mit?«

»Geht ihr schon mal vor«, sagte Griff schnell. »Ich habe noch ein Geschenk für Audrey.«

»Ach, so nennt man das heute?«, stichelte Kyle.

Griff schubste ihn. »Mach dich vom Acker.«

Als sie gegangen waren, füllte er unsere Weingläser. »Komm mit, Prinzessin«, sagte er und ging zur Hintertür.

»Gute Nacht, Audrey«, rief Dylan fröhlich.

»Äh, Nacht.« Ich spürte Hitze in mir aufsteigen und folgte Griff zur Tür hinaus.

Wir waren wieder allein. Unter unseren Füßen knirschte der Kies, und über uns war gerade der Mond aufgegangen und leuchtete uns den Weg. Schweigend folgte ich Griffin und erfreute mich an der Stille der Nacht. Wir hielten neben seinem Pick-up an, wo ich meinen Seesack von der Rückbank nahm. Griffin tauschte ein Glas Wein gegen meinen Seesack und trug ihn für mich.

Auch raue Farmer können Gentlemen sein.

Als wir an der Schlafbaracke ankamen, hielt er mir die Tür auf und zog auf der Matte die Schuhe aus.

Ich machte es ihm nach und folgte ihm in den Raum hinein. Mein Puls erhöhte sich in nervöser Erwartung. Würde ich mit Griffin schlafen, auch wenn es mich später wehmütig machen würde?

Natürlich würde ich das.

Griff stellte meinen Seesack ab. Er trank einen Schluck Wein und setzte sich auf die Bettkante. »Ich habe was Kleines für dich. Es ist albern, aber ich wollte, dass du es bekommst.« Er deutete in Richtung des Fensters, wo ich ein eingepacktes Geschenk auf seinem Tisch sehen konnte.

Er hatte es klein genannt, aber es war größer als ein Schuhkarton. Ich durchquerte den Raum und legte eine Hand auf das gepunktete Papier. Sogar ein passendes Band war darumgebunden. »Das hast du aber schön eingepackt«, stichelte ich, aber meine Stimme klang zittrig. Griff hatte mir ein *Geschenk* besorgt? Was zum Teufel …?

»Na ja, meine Schwester hat mir beim Einpacken geholfen.« Er sah mich so ernst mit seinen dunklen Augen an, dass ich nicht wusste, was ich sagen oder tun sollte. Ich hatte das Gefühl, geprüft zu werden, aber ich war mir nicht sicher, worin. »Nun mach es schon auf.«

Ich stellte mein Glas ab und zog an dem seidenen Band, das auf den alten Holztisch fiel. Dann riss ich die gefalteten Enden des Geschenkpapiers auf und enthüllte einen schmucklosen Pappkarton. Mit einem nervösen Gefühl in der Brust öffnete ich den Deckel und schaute in die Box. Was ich sah, ließ mich nach Luft schnappen.

Ein Easy-Bake-Ofen – einer von der alten Sorte, wie ich ihn als Kind hatte. Die kleine Kuchenform war auch in dem Karton. Ich nahm die Form heraus und balancierte sie auf einer Hand. »Oh Gott! Wo hast du den denn gefunden?«

»ebay.« Griff lächelte mich schüchtern an. »Das ist das Modell von 2002. Ich hoffe, es kommt dir bekannt vor.«

»Das ist …« Ich nahm den Ofen aus der Box und drückte ihn mir an die Brust. »Meine Güte, der ist perfekt. Der ist *so cool*.« Ich stellte ihn auf den Tisch und öffnete die kleine Ofentür.

Und ich hatte das Gefühl, als ob ich in meine Kindheit blickte. Ich erinnerte mich daran, wie ich lernte, den Kuchen so aus der Form zu nehmen, dass er mittig auf dem Teller lag. Und einen Kuchen mithilfe eines Papiertütchens mit Creme zu dekorieren. Verrückt, dass ich das in meinem Zimmer gemacht hatte, um dem Zorn der Küchenangestellten und den wachsamen Augen meiner Babysitter zu entkommen.

Vielleicht war das armselig, aber in meiner Erinnerung waren das die schönsten Stunden meiner Kindheit. Wenigstens einmal hatte ich etwas gemacht, das mich – und nur mich – interessierte. Niemand hat mich benotet, und niemanden hatte es interessiert, ob ich Erfolg hatte. Ich hatte einfach nur *Spaß*.

Ich sah noch einmal in den Karton und fand die Zange, mit der man den Kuchen herausnehmen konnte. Sie fühlte sich vertraut in meiner Hand an. »Griff«, sagte ich mit einem Kloß im Hals. »Wenn ich jemals gesagt habe, dass du nicht für einen Spaß zu haben bist, lag ich komplett falsch.«

Und nun wurden auch noch meine Augen feucht.

»Oh.« Er war sofort bei mir und nahm mich in den Arm.

Die Zange immer noch in der Hand, schlang ich die Arme um ihn. Er fühlte sich so gut an. Es *war* so gut. Mist. Ich *liebte* diesen Mann.

Wie absolut unangemessen. Mein verräterisches Herz wollte immer Dinge, die es nicht haben konnte. Es hatte das absolute Gedächtnis.

Griffin küsste mich auf den Scheitel. »Freut mich, dass es dir gefällt. Ich will nur, dass dir eines klar ist.«

»Was?«, japste ich.

»Dass ich es verstehe. Dass es dir wichtig ist, eine Köchin zu werden – eine Chefköchin. Ich würde niemals versuchen, dich davon abzubringen, oder dich bitten, es aufzugeben. Aber ich wünschte, dass die Dinge einfacher wären. Weil ich dich wirklich gerne hier bei mir hätte.«

»Wirklich?« Ich löste mich aus seiner Umarmung. Ich war mir nicht sicher, ob ich mich verhört hatte.

Er sah auf mich hinab, als wäre ich ein bisschen langsam. »Ja, Baby. Ich weiß ja nicht, ob du es bemerkt hast, aber wir beide passen echt gut zusammen. Ich vermisse dich. Die ganze Zeit.«

»Du …« Ich zeigte mit der Zange auf seine Brust, als ob ich ihn bitten wollte stillzuhalten. Mein Hirn konnte der Unterhaltung nicht ganz folgen. »Du kannst so was nicht einfach sagen«, stammelte ich. »Das verwirrt mich.«

Griffin grinste nur. »Du willst, dass ich aufhöre zu reden?«

»Ja, bitte.«

»Ganz wie du willst.«

Den Bruchteil einer Sekunde später packte er mich an der Hüfte und hob mich hoch. Erschrocken ließ ich die Zange auf den Teppich fallen, wo sie dumpf aufschlug. Griffin dreht sich um und legte mich mitten auf sein großes Bett. Dann bedeckte er mich mit seinem Körper und begann meinen Hals zu küssen.

Ich erschauerte sofort. Griffs Mund war abwechselnd weich und fordernd, als er an meiner zarten Haut leckte und saugte. Er lag nicht falsch damit, dass wir gut zueinanderpassten. Wann immer dieser Mann mich berührte, schmolz ich wie Butter in einer heißen Pfanne – erst wurde ich langsam weich, um dann komplett unter seinen Berührungen zu zerfließen. Er küsste sich seinen Weg unter den Kragen meines Shirts, und ich entspannte mich. Als er seine Nase in meinen BH steckte, gab ich ein Wimmern von mir.

Er lachte. »Rede ich zu viel, wenn ich dich darum bitte, den hier auszuziehen?« Er zupfte am BH.

Mit zitternden Fingern kämpfte ich mit dem Verschluss. Als er aufging, seufzte ich erleichtert.

Griffin zog mir das Oberteil über den Kopf und warf meinen BH weg. »Oh, ja.« Dann senkte er den Kopf und schnupperte an meiner Brust. Sein Bart kitzelte mich. Mit seinem rauen Daumen streichelte er meinen Nippel, und ich stöhnte laut auf.

Mit einem erfreuten Knurren nahm er meine Brustwarze in den Mund und saugte daran. Es war so gut, dass ich meinen Rücken durchbog und mehr wollte.

Dieser Mann würde mein Tod sein. Er gab nichts an ihm, von dem ich nicht mehr wollte.

25

Griffin

Ich hatte noch nie mit jemandem Liebe gemacht. Großartigen Sex hatte ich schon oft erlebt. Aber als ich Audreys Widerstände einen nach dem anderen wegküsste, wurde mir klar, dass ich zum ersten Mal einer Frau zeigen wollte, was ich wirklich für sie empfand.

Worte waren nicht meine Stärke. Mein ganzes Leben hatte man mir gesagt, ich sei zu ungehobelt. Zu grob. Aber es war mir gelungen, Audrey zu offenbaren, wie ich fühlte.

Dann sagte sie mir, ich solle die Klappe halten.

Aber das war in Ordnung, weil ich wusste, dass ich sie erreicht hatte. Ich erkannte es an ihren Augen und an der Freude auf ihrem Gesicht, als sie den Karton öffnete. Jetzt hatte ich noch eine weitere Möglichkeit, ihr zu zeigen, wie die Dinge wirklich zwischen uns waren.

Ich war genau da, wo ich sein wollte – über meinem Mädchen. Ihre Lider waren schwer, ihr Gesicht gerötet. Niemand sonst verlieh ihren Wangen diese Farbe. Das konnte nur ich. Vielleicht waren Worte nicht mein bestes Werkzeug, aber mir standen andere zur Verfügung.

Ich küsste mich ihren Körper hinunter, und sie wand sich, als ich den Bund ihres Rocks erreichte. Neckend hinterließ ich eine Spur von Küssen auf ihrem glatten Bauch. Ich liebte den süßlich-salzigen Geschmack ihrer Haut.

Aber Audrey wurde langsam ungeduldig. Sie setzte sich auf,

griff nach den Knöpfen meines Hemds und schnaufte frustriert, als sie sie nicht erreichen konnte.

»Was brauchst du, Prinzessin?«, flüsterte ich. Ich setzte mich auf und zog mir langsam das Hemd aus. »Ist es das?«

Als ich es zur Seite warf, erkundeten Audreys süße Finger schon meinen Körper. Sie vermaßen mich, machten eine Bestandsaufnahme. Ihr gefiel offensichtlich, was sie fand, denn sie erhob sich auf die Knie und küsste mich. Gleichzeitig langte sie mit ihren ungezogenen Fingern nach unten und knöpfte mir die Hose auf.

Bei der ersten Berührung ihrer Finger an meiner Taille wurde ich hart. Als sie den Reißverschluss herunterzog, biss ich die Zähne gegen eine plötzliche Woge der Vorfreude zusammen.

Die restlichen Kleider rissen wir uns in Rekordzeit vom Leib. Dann zog ich Audrey an mich und genoss den Hautkontakt. Sie passte perfekt in meine Arme, und ich musste tief einatmen und mich daran erinnern, es langsam angehen zu lassen. Also löste ich mich behutsam von ihr und zog die Decken vom Bett.

Audrey machte mit und schlüpfte unter Decke und Betttuch. Ich drehte sie auf die Seite mit dem Rücken zu mir und umschlang sie. Immer wenn ich allein in diesem Bett lag und mich nach ihr sehnte, hatte ich mir genau das erträumt. Heute Nacht wurde der Traum Wirklichkeit.

Ich legte eine Hand auf ihre Hüfte und zog sie fest an mich. Mein ungeduldiger Schwanz drängte wie ein Zaunpfahl gegen ihren Rücken, aber er musste noch eine Minute warten.

Sie entspannte sich, hob den Kopf und lächelte mich an. »Das ist schön«, sagte sie.

»Mmm-hmm.«

»Obwohl«, sagte sie mit leiser Stimme, »ich mir noch ein paar andere Möglichkeiten vorstellen kann, wie es noch schöner wäre.«

Ich lächelte in ihr seidiges Haar. »Nur Geduld, Prinzessin.«

»Ich mein' ja nur.«

Ich lachte, und sie fiel mit ein. Dann griff sie hinter sich und streichelte begierig meinen Schwanz. Die plötzliche Berührung ließ mich leise fluchen. So viel zum Thema Geduld.

Sie machte es noch einmal, das kleine Luder.

Ich gab ihrem süßen Po einen liebevollen Klaps. »Wenn du es gern auf diese Art machen möchtest, leg die Hände auf das Kopfteil.«

Sie bewegte sich so schnell, wie ich es noch nie gesehen hatte, noch nicht einmal in der Küche. Jetzt hatte ich den eindeutigen Beweis, dass der Anblick von Audrey Kidders Händen auf meinem hölzernen Bettrahmen der beste Anblick der Welt war. Die Haare hingen ihr über den nackten Rücken, und ich wickelte sie mir um die Hand. Als ich sanft daran zog, wimmerte sie.

Ich kniete mich hinter sie. Sie reckte mir den Po entgegen, aber ich wartete ab, um sie zu reizen. Ich küsste ihren Nacken, und sie erschauerte in meinen Armen.

»Fuck, tu es«, bat sie.

Ich stöhnte auf, als ich mit einem Stoß in sie hineinglitt. Sie war so nass und so eng, dass ich mein Gesicht in ihren Haaren vergraben und tief einatmen musste.

»Oh Gott«, seufzte Audrey. »Ich habe dich vermisst.«

»Ich weiß.« Ich ließ ihre Haare los, damit ich sie an den Hüften packen konnte. Mit einem Ruck zog ich sie noch näher zu mir heran, sodass ich bis zum Schaft in sie eindrang. »Spürst du das?«

»Oh ja.«

»Hier will ich dich haben.«

Sie krallte sich am Kopfteil fest und stöhnte.

»Genau hier.« Ich stieß einmal zu, und sie hielt den Atem an.

Ihr kleiner Körper bebte in meinen Armen. Begierig darauf, dass ich weitermachte. Ich lehnte mich nach vorn und legte den Mund auf ihren Nacken. »Vergiss das nicht«, befahl ich zwischen Küssen. Dann bewegte ich meine Hüften.

Erwartungsvoll keuchend ging sie darauf ein.

Ich wurde schneller, aber nur ein bisschen. Man macht nicht jeden Tag zum ersten Mal Liebe. Trotzdem bestand ich nur noch aus Lust. Ob es nun passte oder nicht, Audrey und ich waren wie füreinander geschaffen. Wir hatten schon immer gut zusammengepasst. Ich hatte mir selbst nur nie erlaubt, mir eine Zukunft vorzustellen, in der wir alles teilten. Ein Bett. Ein Heim.

Einen Namen.

Verdammt. Das brachte mich zum Keuchen. Ich wollte das alles. Niemand sonst berührte mich so wie Audrey. Sie an meiner Seite zu wissen erschien mir wie ein unerreichbarer Luxus.

Der einzige Luxus, den ich jemals wollte.

Ich legte eine Hand ans Kopfteil, und ihre wirkte daneben unendlich klein.

Audrey hakte sich mit dem kleinen Finger in meinen Daumen ein. Ich nahm sie tief und gleichmäßig, starrte dabei ihre Hand an und stellte mir vor, ihr einen Ring anzustecken.

Die Vorstellung machte seltsame Dinge mit mir: Eine Welle aus Erregung und Zärtlichkeit ergriff Besitz von mir.

Ich schlang einen Arm um ihre Brust und zog sie noch weiter auf meinen Schoß. Dann löste ich mich von ihr, legte sie auf die Matratze und beugte mich über sie. Sie zog meinen Kopf zu sich herunter und küsste mich leidenschaftlich.

Als ich wieder in sie hineindrängte, stöhnte sie meinen Namen. Ich konnte mich nicht länger bremsen, weder meine Worte noch mein Verlangen. Also hielt ich mich nicht länger zurück und jagte mit allem, was ich hatte, und geflüsterten Zärtlichkeiten nach dem, was wir beide wollten. Audrey klammerte sich an mir fest, bewegte sich mit mir im selben Rhythmus und warf den Kopf zurück, als wir beide kamen.

Ich wollte für immer in ihr sein.

Lange lagen wir schweigend in der Dunkelheit. Schließlich stand Audrey auf und ging ins Bad. Während sie weg war, dachte ich daran, wie lächerlich es war, ihr zu sagen, dass ich mit ihr zusammen sein wollte, obwohl ich in einer Schlafbaracke lebte.

Ich schüttelte den Kopf, als sie zurück ins Bett kletterte.

»Was ist?«

»Ich weiß, dass ich dich vorhin erschreckt habe. Aber meine Pläne sind ambitionierter als meine aktuelle Lage.«

Sie kuschelte sich an mich und legte mir den Kopf auf die Schulter. »Deine momentane Situation macht mir überhaupt keine Angst. Aber wenn ich Boston jetzt verlasse …« Sie verstummte langsam.

»Dann müsstest du nicht mehr für Arschlöcher arbeiten.«

»Griff«, warnte sie. »Du betreibst eine Farm und stellst ein großartiges Produkt mit deinem Namen darauf her. Ich bin von zwei Colleges geflogen. Auf der Kochschule lief es um einiges besser, aber bei meinem ersten Job wurde ich schon zweimal fast gefeuert. Oder dreimal, ich habe den Überblick verloren. Ich will nur einmal etwas richtig machen. Ich weiß, du würdest eine Aufgabe für mich finden, wenn ich hierherkäme. Irgendetwas, das ich nicht zu schlimm vermasseln kann.«

»Ich sehe dich ganz anders«, beharrte ich. »Du kannst viele Sachen gut.«

»Mmh.« Sie klang nicht überzeugt. »Aber ich weiß, dass ich ein guter Küchenchef wäre. Ich würde besser zuhören als die meisten, mit denen ich zusammengearbeitet habe. Meine Küche wäre kein Kampfgebiet. Die Leute würden dort gute Arbeit leisten, weil sie Spaß daran hätten.«

Mir gefiel der Klang ihrer Stimme, wenn sie darüber nachdachte. »Erzähl mir von deinem Restaurant«, flüsterte ich in die Dunkelheit. »Wie wird es sein? Wie sieht es aus?«

»Das, mit dem ich mich nächste Woche bewerbe?«

»Ja, klar. Ach, nein. Erzähl mir von dem, das du selbst irgendwann haben willst. Wenn du den Höhepunkt deiner Karriere erreicht hast. Wie stellst du dir das vor?«

Sie schmiegte sich noch näher an mich. Und ich wusste, dass sie *mein* Höhepunkt war. »Das Restaurant bietet Platz für ungefähr sechzig Gäste. Das ist ziemlich klein, aber so kann ich gute Qualität garantieren.«

»Erzähl weiter.« Ich streichelte ihr Haar. »Wie heißt es?«

Sie hob den Kopf und lächelte mich an. *»Audrey's.«*

»Schlau.«

Sie kniff mir in die Hüfte. »Ich will einen einfachen Namen. Mein Restaurant wird nicht *La Princesse Fantaisie* oder ähnlich spießig heißen. Und der Speiseraum wird nicht plüschig sein. Ich würde es gern in einer renovierten Mühle oder irgendwo im North End eröffnen. Backstein. Vielleicht ein paar Industriestahlträger. Traditionelle Fabriklampen. Die Möbel werden gemütlich, aber unaufdringlich sein.«

»Klingt gut. Ich reserviere für jeden Freitag einen Tisch. Also, was bekomme ich zum Abendessen?«

»In welchem Monat? Die Karte ändert sich oft – je nach Saison.«

»Gut. Oktober.«

»Okay, ich empfehle die Schweinefiletmedaillons in Balsamico-Reduktion.«

»Ist die Soße mit Kirschen?«

»Es ist keine Saison für Kirschen, du Dummkopf. Aber du bekommst Vollkorn-Couscous dazu, mit Cranberries und Walnüssen. Und gedünsteten Spinat mit Knoblauch.«

»Wow.«

»Aber wenn du keine Lust auf Schweinefleisch hast, kannst du auch das gebratene Hühnchen mit Jerusalem-Artischocken-Chips als Beilage haben. Ich glaube, das serviere ich mit Knoblauch-Aioli mit geröstetem Pfeffer.«

»Was ist denn Aioli?«

»Hausgemachte aromatisierte Mayo. Die kann ich richtig gut. Und wenn ich sie Aioli nenne, kann ich sechsunddreißig Dollar für das Gericht verlangen.«

Ich lachte und kuschelte mich enger an sie. »Wer behauptet, du hättest keinen Sinn fürs Geschäft?«

Sie machte mit der Speisekarte weiter. »Das Fleischgericht des Abends ist vielleicht ein Hanger-Steak. Und für mehr Abwechslung wird es noch einen Lachsburger geben.«

»Okay, hör auf«, beharrte ich.

»Warum?«

»Jetzt habe ich Hunger.«

Sie drehte sich zu mir und sah mich an, ihre lebendigen Augen glänzten im Mondlicht. »Aber wir sind noch nicht bis zum Nachtisch gekommen!«

»Na gut. Was gibt es zum Nachtisch?«

Audrey drehte sich wieder weg. »Ich muss mit meinem Pâtissier sprechen. Aber vermutlich wird es etwas mit Äpfeln sein.«

»Weil es Oktober ist?«

»Genau. Und wenn Blue Permains drin sind, verlange ich den doppelten Preis.«

»Warte … steht auch Cider auf der Karte?«

»Natürlich. Auf der Karte steht ein Cider, der schon Preise gewonnen hat. Aus Vermont. Irgendein grummeliger Farmer macht den. Ich hab seinen Namen vergessen.«

»Autsch.« Ich drückte ihre Brust. »Du kannst meinen Namen nicht vergessen. Ich bin dein Stammgast.«

Sie nahm meine Hand von ihrer Brust und küsste sie. »Oje. Ich werde deinen Namen niemals vergessen, Griff.«

Ich wanderte mit einer Hand ihren Körper hinunter und streifte mit den Fingerspitzen ihren Schamhügel. »Dann muss ich dich wohl erinnern, falls du ihn vergessen solltest.«

Sie zitterte leicht und seufzte. Wir lagen ein paar Minuten schweigend nebeneinander, und ich fragte mich, ob Audrey eingeschlafen war.

»Wie sieht dein Plan aus?« Sie erschreckte mich mit ihrer Frage.

»Was?«

»Ich habe dir gerade von meinem Fünfjahresplan erzählt. Wie sieht deiner aus?«

Einfache Frage. »Daphne und Dylan durchs College kriegen.«

»Das meine ich nicht. Wie sieht der schöne Teil aus?«

Ich strich ihr die Haare von der Schulter, weil ich nicht aufhören konnte, sie zu berühren. »Ich halte ihn gerade in den Armen.«

»Griffin«, warnte sie.

Offensichtlich durfte ich so etwas nicht sagen. »Na gut. In fünf Jahren habe ich Dutzende Preise gewonnen und exportiere Cider in elf verschiedene Länder. Typen in ganz Vermont veredeln Obstplantagen, um Profit aus der neuen Welle von handgemachtem Cider zu schlagen. Ich habe das Land meines Nachbarn gegenüber gekauft und an der Stelle des Kuhstalls einen neuen Raum für Verkostungen gebaut. Und ich habe ein Haus gebaut. Mit einer unglaublichen Aussicht auf die Green Mountains und mit einer Profiküche. Nur für den Fall, dass ein Chefkoch vorbeikommen sollte.«

»Schön.«

»Wenn es mir nicht gelingt, eine Frau davon zu überzeugen,

mich als ihr Projekt anzunehmen, werde ich wahrscheinlich mein ganzes Leben lang mit Zachariah verbringen. Vielleicht werden die Leute hinter unserem Rücken über uns reden.«

Audrey kicherte, deshalb kitzelte ich sie. Dann drehte ich sie um und küsste sie. Sie schlang sofort die Arme um mich.

Das hier war mein Fünfjahresplan. Ich war mir nicht sicher, wie er funktionieren würde. Aber ich würde nicht aufgeben.

26

Audrey

In den frühen Morgenstunden erwachte ich an Griffs Brust gekuschelt. Es war hier so geräumig und gemütlich, dass ich es – noch im Halbschlaf – durchaus für möglich hielt, hier einzuziehen. An seinen Brustmuskeln war fast genauso viel Platz wie in meinem schäbigen gemieteten Zimmerchen. Und ich hätte keinerlei Heizkosten.

Jemand klopfte an die Zimmertür. »Griff, melkst du heute? Oder soll ich den Kühen sagen, dass du was Besseres zu tun hast?« Es war sein vorlauter Cousin Kyle.

»Fangt schon mal ohne mich an«, murmelte Griff.

Kyle lachte. »Dafür wirst du später noch büßen.«

»Wen interessiert's?«

Schritte schlurften an der Tür vorbei, dann wurde es still. Griff schlang die Arme um mich und seufzte. »Ich muss aufstehen.«

»Ich weiß.«

Er küsste mich auf die Schläfe. »Schlaf noch ein bisschen. Die Jungs kommen erst nach dem Frühstück wieder hierher, also kannst du später in Ruhe duschen.«

»Guter Tipp.« Widerwillig rutschte ich von seiner Brust und legte mich auf meine Seite des Bettes.

Doch statt aufzustehen, rollte Griff sich auf mich. »Ich mag dich in meinem Bett.«

Ich lächelte ihn an. »Ich mag mich auch in deinem Bett.«

Er prustete. »Immer machst du Witze.«

»Du magst meine Witze«, stellte ich fest.

»Stimmt.« Er küsste mich auf die Stirn. »Aber wenn ich könnte, würde ich dich hierbehalten. Ich sage das nur, damit du es nicht vergisst.«

Dann stand er auf und zog sich an. Und ich konnte nicht anders, als das Schauspiel zu genießen. Wenn man schon sehnsüchtig wurde, wenn man jemandem dabei zusah, wie er sich die Jeans anzog, dann hatte es einen wirklich schwer erwischt. Raue Hände zerrten den Stoff über harte Muskeln. Er wusste mit seinem Körper umzugehen. Er brauchte einer Kuh nur einen gezielten Klaps auf den Hintern zu geben, damit sie sich ordentlich an den Melkstand stellte. Seine perfekt modellierten Arme konnten einen ganzen Scheffel Äpfel in die Ciderpresse heben.

Seine vollen, sinnlichen Lippen konnten in mir eine solche Leidenschaft entfesseln, dass ich in fremden Zungen redete.

Griff zog sich ein T-Shirt aus Merinowolle über seinen breiten Oberkörper, bedeckte es noch mit einem Flanellhemd, und die Show war vorbei.

Er drehte sich langsam zu mir um, und ich versuchte gar nicht erst, mein Interesse zu verbergen. Ich hatte keine Angst davor, Griff zu zeigen, dass ich ihn liebte. Ihn zu lieben war nicht das Problem. Aber *mich selbst* genug zu lieben, um nach Boston zurückzukehren und meine Karriere ins Rollen zu bringen, das war der schwierige Teil.

»Du machst es einem nicht leicht zu gehen«, sagte er.

Danke gleichfalls, Baby. »Bis nachher«, sagte ich laut.

Ich döste noch eine Stunde in Griffs Bett. Es war herrlich. Und jedes Mal, wenn ich mich auf sein Kissen rollte, brachte mich mein verräterisches Hirn auf unmögliche Ideen. *Du könntest einfach bleiben*, schlug es vor. *Du könntest Zara be-*

suchen und sie überreden, dass sie dich Frühstück im Goat *anbieten lässt.*

Aber was dann? Sollte ich mit Griff in der Schlafbaracke wohnen? Es würde ihn nur noch mehr unter Druck setzen. Noch jemand, den er unterstützen musste. Noch ein Problem mehr.

Was, wenn wir uns nicht verstanden? Was, wenn er von mir genervt wäre? Er wäre nicht der Erste.

Audrey's würde es nie geben. Schlimmer noch – ich würde nie wissen, ob ich es hätte schaffen können.

Ich stand auf und duschte. Alles im Badezimmer schrie HIER LEBEN MÄNNER, von den diversen Rasierern bis zur Industrieseife und dem Fußspray für Sportler auf der Ablagefläche.

Zum Brüllen.

Ich zog mich an, strich die Falten in meinem Shirt glatt und kämmte mir die Haare. Trotzdem fühlte ich, wie mir die Röte den Hals hinaufstieg, als ich über den offenen Hof zum Farmhaus ging. Es war schwer, an diesem Morgen in Griffs Küche zu gehen und seiner Mutter in die Augen zu sehen. Mein schlechtes Gewissen würde sich jede Sekunde melden: *Ich hatte richtig dreckigen Sex mit deinem Sohn!*

Die Küche war allerdings zu beschäftigt für meine kleinen Unsicherheiten. »Guten Morgen, Audrey!«, sagte Ruth vom Herd. Sie hatte einen Eierkuchen auf dem Pfannenwender, aber der Tellerstapel war zu weit weg. »Könntest du …?«

Ich schob ihr den Stapel hin.

»Danke! Jemand hat mir den Servierteller geklaut.«

»Sorry!«, rief May aus dem Esszimmer.

»Was kann ich noch tun?«, fragte ich. »Ich dachte, Frühstück gibt es erst in fünfundvierzig Minuten.«

»Wir machen an den Selbstpflücker-Wochenenden immer

alles früher. Kannst du nachsehen, ob der Kaffee fertig ist, und dann noch einen aufsetzen?«

Und so wurde ich in die morgendlichen Machenschaften der Familie Shipley eingebunden. Ich tupfte das Fett vom Speck und schlug ein Dutzend Eier für Rührei in eine Schüssel. Niemand nannte mich Küchenhilfe und kommandierte mich herum.

Als ich Ruth die Eier brachte, lächelte sie mich an und gab mir einen freundlichen Klaps auf die Schulter.

Es war schon peinlich, wie sehr ich diese Familie liebte und wie sehr ich mir wünschte, es wäre meine. Aber vom Wünschen würde es nicht Wirklichkeit werden. Und sie hatten schon genug Personen, um die sie sich kümmern mussten.

Als die Männer hereinkamen, deckten May und ich gerade den Esstisch. Ich spürte wieder diesen Elektroschock in meinem Bauch, als ich Griff sah. »Hi, Baby«, sagte er mit seiner knurrenden Stimme.

»Hi«, quiekte ich.

Er deutete mit seinem starken Kinn in Richtung der Kaffeekanne. »Kann ich dir eine Tasse einschenken?«

Du kannst mir alles einschenken, was du möchtest. »Gerne.«

Grandpa Shipley kam mit einer Zeitung unter dem Arm herein und setzte sich. Ruth brachte ihm eine Tasse Kaffee. Aber als sie den Mund öffnete, um ihn etwas zu fragen, hob er die Hand. »Nein. Heute nicht.«

Sie biss die Zähne zusammen. »Ich wollte dich fragen, ob du ein weich gekochtes Ei möchtest.«

Er sah verstimmt aus. »Nun, in diesem Fall gern.«

Ruth brachte ihm ein Ei in einem Eierbecher. Dann nahm sie ebenfalls Platz. Zach war mit dem Tischgebet an der Reihe, und er sprach es mit stiller Würde, während Daphne ihn mit leuchtenden Augen ansah.

Dann langten wir zu.

Griff aß mit einer Hand auf meinem nackten Knie. Es war irritierend und herrlich.

Die ersten Autos der Touristen kamen auf den Hof gefahren, noch bevor die Frühstücksteller trocken und eingeräumt waren. »Es geht los«, seufzte May. »Mom? Soll ich die Kasse rausstellen?«

»Ich gehe schon«, sagte Ruth. »Du kannst hier erst mal fertig aufräumen. Nimm dir noch eine Tasse Kaffee. Hauptsache, du löst mich gegen halb elf ab, damit ich das Mittagessen vorbereiten kann.«

»Abgemacht.«

Den ganzen Tag lang schenkte ich für die Touristen Cider aus. Jedes Mal, wenn jemand etwas über den Geschmack sagte, machte ich mir eine Notiz. In der Kochschule hatte man uns jede Menge hochtrabende Ausdrücke beigebracht, um Geschmacksrichtungen zu beschreiben. Aber ich wollte wissen, was gewöhnliche Leute von unseren Mischungen hielten. Um die Mittagszeit war mein Klemmbrett voll mit Wörtern wie »spritzig«, »pilzig« und »süß-sauer«.

Am Abend führte Griff mich zum Essen nach Norwich aus. Wir saßen in einem Restaurant namens *Carpenter & Main*, benannt nach der Straßenecke, an der es lag. Mit der alten Farmhaus-Architektur und dem knarzenden Dielenboden schrie der Laden geradezu nach Neuengland. Wir bestellten Wildentenconfit und zwei Vorspeisen und teilten uns *alles*.

Vermont gab wirklich alles, um mich für sich zu gewinnen. Und wenn ich über den Rand meines Weinglases hinweg Griff in die Augen sah, dann wollte ich hierbleiben.

Also tat ich, was ich immer tue, wenn ich wieder auf Kurs kommen muss. Ich stellte in Gedanken die Speisekarte für das perfekte Restaurant in Vermont zusammen. »Vielleicht waren Tapas wirklich nicht das Richtige für meine Wettbewerbsidee. Ich könnte ein Vermonter Restaurant am Stadtrand von Brookline eröffnen.«

Zum ersten Mal an diesem Wochenende machte Griff ein mürrisches Gesicht. »Warum kannst du kein Vermonter Restaurant *in Vermont* eröffnen?«

»Ich bin mir ziemlich sicher, dass es hier schon genug davon gibt, Großer.« Es war sicher nicht unmöglich, ein richtiges Restaurant in einer ländlichen Gegend zu eröffnen. Aber man musste lange genug dort leben, um herauszufinden, wo es sich halten würde. Norwich war eine schicke Stadt direkt auf der anderen Seite des Flusses gegenüber vom Dartmouth College. Die Kundschaft hier bestand wahrscheinlich aus Professoren und Gästen. In anderen Gegenden von Vermont gab es Tourismus, aber der war jahreszeitlich bedingt. Griff hatte mir erzählt, dass die Apfelpflücker häufig aus Connecticut kamen, und nach Jahren auf seiner Plantage wusste er genau, wann er mit ihnen rechnen konnte.

Der Gedanke, in Vermont ein Restaurant zu eröffnen, war verlockend. Aber ohne ausreichende Analysen und ohne die Unterstützung von Investoren? Völliger Wahnsinn.

Jedes Mal, wenn ich mich fragte, warum ich immer noch für die BPG arbeitete, fiel es mir wieder ein: Ich war einfach schlau genug zu wissen, was ich nicht wusste.

Griff blickte immer noch missmutig drein, also legte ich meine Hand auf seine und streichelte sie, bis sich sein Gesicht entspannte. »Darf ich dich was fragen?«

»Na klar«, antwortete ich und stellte mich auf eine weitere Frage zu Restaurants ein.

»Warum sind wir in Boston nicht ausgegangen?«

»Was? Gestern?«

Er schüttelte den Kopf und sah mich mit seinen dunklen Augen durchdringend an. Und da wurde mir klar, dass er *damals* meinte. Auf dem College.

Daran hatte ich schon lange nicht mehr gedacht. »Du hast mir eine Nachricht hinterlassen«, erinnerte ich mich laut. »Aber ich habe dich nicht zurückgerufen.«

»Stimmt.« Er hob ein wenig trotzig sein bärtiges Kinn.

»Tut mir leid«, sagte ich hastig. »Ich dachte, es wäre dir nicht wichtig.«

Er zog seine buschigen Augenbrauen hoch. »Wie kommst du darauf? Ich habe dich angerufen, ich habe dich um eine Verabredung gebeten, oder nicht? Ich glaube, sogar zweimal.«

Es wäre mir ganz ehrlich niemals in den Sinn gekommen, dass ich ihn damit hätte verletzen können. »Mal sehen. Du warst dieser erfolgreiche Footballstar, und ich war einfach ein Mädchen im ersten Jahr, das in allen Fächern schlecht war. Und mein Freund hatte gerade mein Selbstwertgefühl ausgelöscht.«

Gott, bloß beim Gedanken an diesen einen Monat tat mir das Herz weh. Das College sollte doch Spaß machen. Das sagten zumindest alle. Aber ich war wie ein Schiff auf hoher See. Meine Freunde aus der Privatschule eroberten die Welt, und ich bekam einfach gar nichts auf die Reihe.

Griff nahm meine Hand vom Tisch und strich mit dem Daumen über meine Handfläche. »Ich mochte dich schon damals sehr, Prinzessin. Aber ich war ziemlich beschissen darin, dir das zu zeigen.«

Ich legte ihm eine Hand auf sein muskulöses Handgelenk. »Das war im April oder Mai in deinem Abschlussjahr, richtig? Wir hätten vielleicht Zeit für ein paar gute Dates gehabt. Dann bist du nach Green Bay gezogen. Wir hatten einfach kein gutes Timing, Griffin.«

Er lächelte mich traurig an und bezahlte die Rechnung.

Dann fuhren wir zurück in die Schlafbaracke und hatten Sex in völliger Stille. Die Zimmer waren nicht isoliert, und wir hatten keine Lust, als Exhibitionisten zu gelten. Was an diesem Wochenende zwischen uns geschah, war romantisch und schwierig, aber auch *privat*. Ich wollte ihn einfach noch ein paar Stunden für mich allein.

Ich bekam, was ich mir wünschte. Griffin beugte mich über seinen Schreibtisch, und wir taten es direkt vor dem Sternenhimmel. Dann hob er mich hoch und trug mich zum Bett, wo wir ein wenig schlummerten, bis wir bereit waren, es noch einmal zu tun.

Das Wochenende war perfekt. Doch schließlich kam der Montag. Der kommt immer.

Noch vor der Morgendämmerung hörte ich Griffins Wecker. Er schaltete ihn aus, drehte sich zu mir um und nahm mich in den Arm. »Ich werde es vermissen, neben dir aufzuwachen«, flüsterte er. »Aber ich verstehe, dass du wegmusst.«

Weil ich nicht wusste, was ich darauf antworten sollte, umarmte ich seinen großen, nackten Körper einfach noch ein wenig fester.

»Nach dem Frühstück bringe ich dich nach Hause«, sagte er ruhig. »Und nächste Woche, wenn du den Arschlöchern deine Idee präsentierst, dann geben sie dir hoffentlich alles, was du willst. Und wenn nicht, dann probierst du es hoffentlich noch einmal.« Er streichelte mir übers Haar. »Ich hatte nie die Chance herauszufinden, ob ich Karriere als Footballprofi hätte machen können. Ich konnte es nicht für mich selbst entscheiden. Aber du hast die Chance.« Er küsste mich auf den Scheitel. »Aber wenn dich mal der Mut verlässt … wenn du mal Abstand brauchst von deinen Versuchen, dann weißt du ja, wo du mich findest.«

Ich schloss die Augen, die jetzt verdächtig brannten. Womit hatte ich die Zuneigung dieses Mannes nur verdient?

»Ich hätte nie damit gerechnet, dass du mit deinem Auto in unserem Graben stecken bleiben würdest«, sagte er. »Aber ich bin froh, dass es so war. So viel Spaß hatte ich schon lange nicht mehr.«

Ich verbarg mein Gesicht an seinem Hals und umarmte ihn fest.

Ein paar Minuten lagen wir eng umschlungen da, bis uns Schritte in der Schlafbaracke verrieten, dass der Tag begann, ob wir wollten oder nicht.

Seufzend stand Griffin Shipley auf, deckte mich wieder zu und zog sich an.

Nachdem er hinausgegangen war, um den Tag zu begrüßen, umarmte ich sein Kissen und lächelte selig.

Die Fahrt zurück nach Boston verlief ruhig. Griffin schaltete nach einer Weile das Radio an, da uns beiden nicht nach Reden zumute war. Je größer die Häuser wurden, umso größer wurde auch meine Anspannung. Es würde schrecklich werden, mich von Griffin zu verabschieden. Heute Nacht würde ich allein in meinem harten Futonbett liegen und darüber nachgrübeln, was zum Teufel ich getan hatte.

Aber morgen wäre ich zurück bei der Arbeit und konnte lernen, wie der Gastronomiebetrieb funktionierte. Die Tage würden bei der Küchenarbeit schnell vergehen, und in einer Woche würde ich verzweifelt versuchen, eine Jury von erfahrenen Gastronomen zu beeindrucken.

»Baby?« Griffs Stimme riss mich aus meinen Tagträumen.

Wir waren schon fast bei meinem kleinen Apartment angekommen. »Ja?«

»Kannst du mir einen Gefallen tun? Ich habe bisher noch

nichts Schriftliches von eurem Einkäufer bekommen. Und diesen Freitag kann ich euch die ersten tausend Flaschen liefern. Könntest du mal nachhaken?«

»Natürlich!«, sagte ich und war glücklich, eine Aufgabe zu haben. »Ich rufe ihn sofort an.« Ich holte mein Handy aus der Tasche und wählte Burtons Nummer.

Noch während es klingelte, fand Griffin einen halb legalen Parkplatz ein paar Häuser von meinem entfernt.

»Bob Burton hier.«

»Hi, hier ist Audrey Kidder. Ich habe eine Frage.«

»Hi, Audrey, was gibt's?«

»Shipleys Obstplantagen sollen diese Woche vierzig Kisten Cider liefern, aber sie warten immer noch auf einen Vertrag. Könnten Sie mal bei der Buchhaltung nachhaken? Das ist das größte unserer Vermont-Geschäfte, und der Mann braucht wirklich einen Vertrag.«

Am anderen Ende war es still. Aber ich geriet nicht in Panik. Ich lächelte Griff an, und als er zurücklächelte, sah er so wunderschön aus, dass ich gar nicht richtig hörte, was Burton sagte.

»Könnten Sie das noch mal wiederholen?«, bat ich ihn.

»Ich sagte, es wird keinen Vertrag geben, Audrey. Wir haben einen besseren Preis bekommen.«

»Einen … was?«, japste ich. Das ergab keinen Sinn. »Einen besseren Preis? Wie das?«

»Sie haben uns den Cider für sechs fünfundsiebzig angeboten. Aber in New Hampshire gibt es einen Winzer, der für sechs Dollar verkauft. Also hat er den Vertrag bekommen. Hat Ihnen das niemand gesagt?«

»Nein!«, schrie ich und meinte damit alles, was er gesagt hatte. »Das können Sie nicht machen.«

Wieder Schweigen. »Natürlich können wir das. Geschäft ist Geschäft.«

»Aber …!« Ich konnte mich nicht einmal entscheiden, worüber ich als Erstes ausflippen sollte. »Sie etikettieren schon die Flaschen für Sie. Die Kisten werden in vier Tagen verladen. Sie haben zugestimmt, zweihundertfünfzig Kisten zu sechs fünfundsiebzig zu kaufen. Wenn Sie sie für sechs Dollar haben wollten, dann hätten Sie das vor Wochen sagen müssen.«

Neben mir schlug Griff mit beiden Fäusten auf das Armaturenbrett. Ich konnte ihn nicht ansehen.

Das *musste* sich klären lassen.

»Burton«, sagte ich, »hören Sie mir zu. Ein Familienunternehmen hat seine gesamte Produktion auf diese Bestellung ausgelegt. Sie können sie jetzt nicht einfach so hängen lassen.«

»Wir haben nichts Schriftliches vereinbart«, sagte er. »Es ist passiert, Audrey. Wir haben den Vertrag mit dem Typen in Lebanon schon unterschrieben. Letzte Woche haben wir die ersten Kisten bekommen.«

»Dann haben Sie eben *zwei* Cider auf der Karte«, sagte ich mit zusammengebissenen Zähnen. »Mehr ist mehr.«

»Diesmal nicht. Ich muss in ein Meeting.«

Der Mann legte auf. Ich stand unter Schock und blieb einfach mit dem Handy am Ohr sitzen.

»Oh Gott«, flüsterte ich. Schließlich wagte ich einen Blick in Griffs Richtung. Sein Kiefer war so angespannt, wie ich es noch nie gesehen hatte. Sein Gesicht so hart, als wäre es aus Granit gemeißelt. »Ich werde eine Instanz höher gehen«, sagte ich. »Ich gehe in die Zentrale und rede mit seinem Vater.«

Griffin sah mich nicht an. Sein Blick war stur geradeaus gerichtet. »Ich hätte auf mein Bauchgefühl hören sollen. Ich mache keine Geschäfte mit Leuten, denen ich nicht vertraue. Dieses eine Mal wollte ich mein Glück versuchen …« Zornig umklammerte er das Lenkrad. »Scheiße.«

»Ich werde …«

»Es ist nicht deine Schuld«, sagte er, aber seine Stimme war eiskalt.

»Ich weiß, aber …« Aber was? Ich hatte den Preis festgesetzt. Griff hätte für sechs Dollar verkauft, und ich hatte den höheren Preis ausgehandelt. Ich hatte mich für so schlau gehalten. »Das können sie nicht machen. Ich lasse das nicht zu. Du hast viel Geld in die Tanks investiert.«

Griffin schnaubte ärgerlich. »Mein Fehler. Scheint nicht der einzige zu sein.«

Dieser Kommentar ließ mich frösteln. Es gab keinen Zweifel, dass er auch *mich* meinte. »Ich …« Mein erster Versuch zu sprechen schlug fehl, da ich mich an den Worten verschluckte. »Ich muss los. Ich werde das regeln.« Ich schnappte meine Reisetasche und riss die Tür auf.

Griff hielt mich nicht zurück.

Ich sprang hinaus und drehte mich um. Griffin starrte immer noch mit zusammengepressten Lippen durch die Windschutzscheibe.

Nachdem ich die Tür des Pick-ups zugeschlagen hatte, lief ich die Straße hinauf. Meine Finger zitterten, als ich die Haustür aufschloss. Die Stufen zu meiner Wohnung verschwammen mir vor den Augen.

Oben angekommen, rannte ich durch einen Nebel aus Marihuanarauch in mein kleines Zimmer. Ich ließ mich und meine Tasche aufs Bett fallen und versuchte nachzudenken. Die geplatzte Ciderbestellung riss der Familie Shipley ein mehr als vierzigtausend Dollar großes Loch in die Brieftasche. Jeder, der bei der BPG etwas zu sagen hatte, würde von mir einen Anruf bekommen.

Also holte ich die Unterlagen für meine Präsentation aus der Tasche. Ich hatte ein Organigramm der BPG als Spickzettel für meinen Vortrag, sodass ich immer wusste, wen ich vor mir hatte, wenn jemand Fragen stellte oder mich bat, etwas auszuführen.

Ich begann ganz oben mit meinen Anrufen.

Der Vorstandsvorsitzende nahm meinen Anruf nicht an. Aber ich hinterließ bei seinem persönlichen Assistenten eine Nachricht, dass ich mit ihm über eine Sache von höchster ethischer Bedeutung reden musste. Dann rief ich den Leiter der Rechtsabteilung an und sagte *seiner* Assistenz, mir sei zu Ohren gekommen, dass der Einkäufer versuche, einen mündlichen Vertrag zu brechen, und dass die BPG verklagt werden könnte.

Zum Schluss rief ich bei dem älteren Burton an.

»Audrey! Ich habe Ihren Anruf schon erwartet.«

»Haben Sie?« Mist. »Sir, wir haben ein Problem.«

»Mein Sohn hat mir erzählt, dass Sie enttäuscht sind.«

»Ent…täuscht?« Ich konnte es kaum aussprechen, so wütend war ich. »Sie haben mich nach Vermont geschickt, um einen Job zu erledigen. Das habe ich getan. Ich habe *meinen eigenen guten Ruf* für Ihre Firma eingesetzt. Sie können doch nicht einfach jemanden plattwalzen, der mit Ihnen Geschäfte machen will.«

»Beruhigen Sie sich, Kleine.«

Mir entfuhr ein wütender Schrei. »Warum sollte ich? Sie zerstören meine Glaubwürdigkeit. Und Ihre auch.«

»Passen Sie auf, was Sie sagen«, blaffte er. »Auf den Jahresberichten steht mein Name, und ich muss den Aktionären Rede und Antwort stehen. Es gab ein besseres Angebot. Und so funktioniert der Markt nun mal.«

Mir wurde übel. Ich wusste sehr genau, wie der Markt funktionierte. »Er wird auf die sechs Dollar runtergehen«, sagte ich schnell. »Aber Sie können die Bestellung nicht einfach für hinfällig erklären.«

Es gab eine Pause, während der ich mich vor Anspannung fast übergeben musste.

»Fünf Dollar«, sagte Burton. »Ich brauche die Produkte jetzt nicht, aber für den richtigen Preis würde ich sie kaufen.«

Scheiße. Ich schloss die Augen und atmete langsam ein. »Nein«, flüsterte ich. »Das kann ich nicht machen.« Das hätte jedenfalls Griffin gesagt.

»Dann haben wir nichts mehr zu besprechen.«

Niemals wurden wahrere Worte gesprochen. Ich legte auf und sah mich in meinem kleinen Zimmer um, das abgesehen von den Notizbüchern, die auf dem Bett verteilt lagen, sehr ordentlich war. Aber in mir herrschte Chaos. Überall Trümmer. Mein Herz in Fetzen. Ich nahm das nächste Notizbuch und schlug die Seite auf, auf der ich ein Logo für mein Tapas-Restaurant skizziert hatte. Auf einem glänzenden Teller standen die Worte *Small Plates*.

Das Blatt machte ein befriedigend destruktives Geräusch, als ich es heraus- und entzweiriss. Das Gleiche machte ich mit allen anderen Seiten. Eine nach der anderen riss ich aus der Mitte.

Nächste Woche würde ich nicht an dem Wettbewerb teilnehmen. Griff sagte immer, er mache keine Geschäfte mit Leuten, denen er nicht traute. Jetzt verstand ich, warum. Ich wollte nicht die gleiche Luft atmen wie Leute, die so etwas taten. Also wollte ich auch ganz sicher nicht das Gesicht ihres neuen Restaurants sein.

Scheiße. Scheiße. Scheiße. Monatelang hatte ich versucht, ihre Gunst zu erlangen. Was für eine verschwendete Zeit.

Gehen Sie zurück auf Los. Ziehen Sie nicht vierzigtausend Dollar ein.

Diese Einsicht ermüdete mich so sehr, dass ich mich zwischen die ganzen zerrissenen Seiten auf mein Bett fallen ließ.

Mit dem Kopf auf dem Kissen versuchte ich, nicht an Griffins wütendes Gesicht zu denken. Ich hatte ihn gerade um vierzigtausend Dollar gebracht. Meinetwegen musste seine Familie in absehbarer Zeit jeden Tag ums Überleben kämpfen. Ich stellte mir ihre besorgten Gesichter vor, wenn Griff mit ihnen am Esstisch saß und ihnen zu erklären versuchte, was passiert war. Ich konnte Ruths geduldiges Stirnrunzeln ganz deutlich vor meinem inneren Auge sehen. Dylans finsteren Blick. Mays Entsetzen …

Hoffnungslosigkeit brodelte in mir, bis sie überkochte und sich in Tränen entlud.

27

Griffin

Meine erste Reaktion auf diesen Scheißverrat an unserer Vereinbarung war Wut. Ein paar Minuten lang war ich so sauer, dass ich gar nichts sagen konnte.

Audrey verschwand hektisch in Richtung ihres Apartmenthauses, und ich sah ihr nicht einmal hinterher. Ich konnte gerade nicht an sie denken. Ich war zu aufgebracht, um sie zu trösten. Und ich war zu stinksauer auf mich selbst.

Ich *wusste*, dass man diesen Bastarden nicht trauen durfte. Ich hatte es ihr in dem Augenblick gesagt, als sie auf meinem Grundstück auftauchte. Aber anstatt auf mein Bauchgefühl zu hören, hatte ich mich von meinem Herzen irreführen lassen. Das Cidergeschäft war mein Traum, und so hatte ich mir einreden lassen, ich könne es schaffen. Ich hatte viel Geld in Ausrüstung gesteckt. Und jetzt würde meine Familie den Preis dafür zahlen.

Mein übermüdetes Gehirn schaltete sofort auf Schadensbegrenzung. Ich zog mein Telefon hervor und rief zu Hause an. Meine Mutter ging nach dem ersten Läuten dran.

»Griffin? Ist alles in Ordnung?«

»Mir geht's gut«, sagte ich vorsichtig. »Aber ich habe so etwas wie einen Notfall.«

»Was ist los?«

»Dylan soll keine weiteren BPG-Cider-Etiketten drucken.« Das war das Einzige, was ich noch retten konnte – ein paar

Tausend Bögen mit selbstklebenden Etiketten und die Tinte zum Bedrucken.

»Warum?«

»Das Unternehmen will die Bestellung stornieren.«

Ich hörte meine Mutter durch das Telefon keuchen. »Das können sie nicht machen!«

»Ich weiß«, sagte ich leise, »aber sie tun es trotzdem. Es sieht schlecht aus.«

Eines musste man meiner Mutter lassen. In einer Krise reagierte sie besonnen. »Wir kriegen das schon hin«, sagte sie.

»Ja«, stimmte ich zu. Obwohl mir der Verlust schlaflose Nächte bereiten würde.

»Deinem Vater ist mal beinahe das Gleiche passiert.«

»Was?«

»Er hatte per Handschlag vereinbart, Milch an Kupper Cheese zu verkaufen. Aber sie sagten ab. Außerdem hat dein Vater ein paar Jahre lang die Beiträge für die Gebäudeversicherung herabgesetzt. In der Zeit ist eine Scheune abgebrannt. Das hat uns ein Vermögen gekostet.«

»Ehrlich?«

»Ehrlich. Er hat viele Fehler gemacht, aber deswegen war er kein Versager. Du wirst auch noch ein paar machen.«

Ich schloss die Augen und versuchte, Dads Dummheit zu verstehen. Mein Verstand wusste, dass jeder Fehler macht. Aber mir selbst hatte ich das nicht erlaubt.

»Audrey ist bestimmt außer sich«, sagte meine Mutter behutsam.

Ich zuckte zusammen. Ohne Audrey säße ich nicht in der Klemme.

»Griff«, drängte meine Mutter. »Geht es ihr gut?«

»Ich weiß es nicht«, gab ich zu. »Im Moment habe ich größere Probleme.«

»Nein, hast du nicht. Wenn du nicht glaubst, das Unternehmen umstimmen zu können, ist Audrey dein einziges Problem. Wo ist sie?«

»In ihrer Wohnung«, riet ich.

»Und wo bist du?«

»Im Pick-up. Ich muss nach Hause fahren.«

Das Schweigen meiner Mutter sprach Bände. Meine Entscheidung passte ihr nicht. »Rede mit ihr«, sagte sie. »Fahr nicht wütend aus Boston weg.«

»Dann muss ich das ganze Jahr hierbleiben«, schnauzte ich.

»Mein Schatz, es ist nicht ihre Schuld.«

Das wusste ich. Eigentlich. Aber ich hatte mich ernsthaft angreifbar gemacht. Seitdem sie bei uns aufgetaucht war, hatte ich ein bisschen den Verstand verloren. Sie hatte mir selbstsüchtige Gedanken eingepflanzt, obwohl ich mir diese nicht erlauben konnte. »Ich muss los, Mom. Bis später.«

»Pass auf, dass der kleine nicht zu einem großen Fehler wird«, sagte sie.

»Ich weiß nicht, was das heißen soll. Mach's gut.« Ich legte auf.

Dann rief ich Isaac Abraham an, und seine Frau Leah nahm ab. »Hi, Leah. Ich habe schlechte Neuigkeiten.« Ich erzählte ihr, was die BPG getan hatte. »Deshalb werde ich nächste Woche keine Waren mit dem Pick-up ausliefern. Ich sage auch den anderen Bescheid. Ihr könnt natürlich selbst entscheiden, ob ihr eure Sachen gemeinsam nach Boston bringen oder sie im Stich lassen wollt. Aber ich bin mit der BPG fertig.«

»Mensch, Griffin, das tut mir leid«, sagte Leah. »Ich glaube nicht, dass Isaac ihnen unter diesen Umständen noch etwas verkaufen will.«

»Das ist eure Entscheidung«, sagte ich schnell. »Aber ich wollte euch sofort informieren, damit ihr vorausplanen könnt.«

»Ich glaube, wir nehmen morgen viel Ware mit zum Markt in Norwich und verkaufen die Sachen wenn möglich in der Umgebung.«

»Hört sich gut an«, sagte ich.

»Soll ich herumtelefonieren? Das Baby schläft gerade.«

»Das würdest du tun?« Ohne lange nachzudenken, nannte ich ihr die Farmer, deren Produkte ich in der vergangenen Woche in die Stadt transportiert hatte.

Dann saß ich einfach nur hinter dem Lenkrad des Pick-ups und fühlte mich beschissen. Zum zweiten Mal hatte ich Audreys Arbeit zunichtegemacht. Viele der Farmer würden die BPG aus Prinzip hängen lassen. Außer, wenn sie es sich nicht leisten konnten. Und der Transport war nun ein Problem.

Aber darüber durfte ich mir jetzt keine Gedanken machen. Ich würde ihren Scheiß nicht länger transportieren, nachdem sie vierzig Riesen für Cider storniert hatten.

Nachdem das erledigt war, musste ich nach Hause fahren und den Kapitalfluss der nächsten Monate planen. Wenn ich den Rest der Herde von gegenüber verkaufte, würden wir schon zurechtkommen. Ich musste jedoch einen Käufer für all den schon gepressten Cider finden – und zwar schnell.

Ich startete den Motor des Pick-ups und ließ ihn warmlaufen. Dann suchte ich auf dem Rücksitz nach dem Sandwich, das May mir zum Mittagessen gemacht hatte.

Aber meine Hand fand etwas anderes: einen Easy-Bake-Ofen in einem Karton.

Verdammt.

Audrey war aus dem Pick-up gesprungen, als stünde er in Flammen. Sie hatte mein Geschenk vergessen. Vielleicht war es ihr doch nicht so wichtig.

Ist es doch, meldete sich mein Gewissen. *Es ist ihr sogar ziemlich wichtig.*

Sie würde jedoch noch etwas darauf warten müssen.

Vorsichtig manövrierte ich den Pick-up aus der Parklücke. Es dauerte zwanzig Minuten, bis ich Boston hinter mir gelassen hatte. Ich hatte während des Colleges fünf Jahre in dieser Stadt gelebt, und die Verkehrsführung verwirrte mich immer noch. Schließlich erreichte ich die Autobahn und beschleunigte in Richtung Norden. Ich fühlte mich immer noch wie der letzte Arsch. Aber ich hatte einiges zu erledigen.

Mein Telefon klingelte. Es war die Festnetznummer von zu Hause.

Ich ignorierte den Anruf.

Es klingelte erneut. Seit dem Tod meines Vaters beunruhigte es mich, wenn meine Familie mich erreichen wollte. Deshalb nahm ich die nächste Ausfahrt und stellte den Pick-up ab.

»Was ist?«, blaffte ich, als meine Mutter abhob.

»Bitte nicht in diesem Ton«, rügte meine Mutter. »Ich hatte angerufen, um dir etwas Erfreuliches zu erzählen.«

»Ehrlich?« Ich konnte mir kaum vorstellen, was diesen Scheißtag hätte verbessern können.

»Du hast diesen Wettbewerb – den teuren – der American Tasting Society gewonnen. Erster Platz in allen Kategorien. Im Brief steht, dass ein Pokal auf dem Weg ist.«

»Ich … Bist du sicher?« Das Schicksal hatte mir heute nur in den Hintern getreten. Ich traute ihm nicht über den Weg.

Meine Mutter schnaubte. »Ich kann einen Brief lesen, Griffin. Er beginnt mit den Worten: *Herzlichen Glückwunsch, Shipley Ciders. Wir freuen uns, Ihnen mitteilen zu dürfen, dass Sie eine Auszeichnung gewonnen haben …*«

»Warte – welcher Cider hat gewonnen?« Ich hatte extra bezahlt, um drei Cider einzureichen.

»Moment.« Ich hörte Papier rascheln. »Eintrag Nummer Eins-siebenundvierzig, der Name ist … ah.«

»Was?«

»Audrey.«

Zum ersten Mal an diesem Tag lachte ich. »Ohne Scheiß?«

»Bitte keine Kraftausdrücke. Aber ja.«

»Danke, dass du mir das gesagt hast, Mom. Ich muss weiterfahren.«

»Kopf hoch, Griffin. Wenn Gott eine Tür schließt, öffnet er ein Fenster.«

Das war lieb von ihr, aber ich musste selbst eine Tür öffnen. »Bis bald, ich muss mich beeilen.«

Ich legte auf, wendete und fuhr auf der Autobahn in die Gegenrichtung zurück. Ich brauchte sogar noch länger, um durch den Verkehr zurück zu Audreys Straße zu fahren. Aber derselbe halb legale Parkplatz war noch frei. Ich stieg aus und ging den Block hinunter bis zu Audreys Tür. Auf den Klingeln standen keine Namen, aber ich klingelte bei Nummer drei, und jemand drückte auf den Türöffner.

Hm. Das war ja nicht besonders sicher. Ich trug den Karton in den dritten Stock und klopfte.

Die Tür flog auf, und dahinter erschien ein dünner Typ mit geröteten Augen. »Wer bist du?«

»Das frage ich dich«, grummelte ich. »Ich suche Audrey Kidder.«

Ich erspähte das schäbige Sofa, das ich bei unserem kurzen Besuch am Freitagnachmittag gesehen hatte. Es war die richtige Wohnung.

Er nickte in Richtung Audreys Zimmer, verlor das Interesse an mir und schlurfte zurück zum Sofa.

Ihre Tür war geschlossen, also klopfte ich.

Keine Antwort.

Ich klopfte noch einmal und lauschte. Das einzige Geräusch war ein unterdrücktes Schluchzen.

Ich öffnete die Tür und sah Audrey weinend auf dem Bett zusammengerollt, umgeben von Papierfetzen. Mein launisches Herz brach mitten entzwei, wie die Zeichnungen auf dem Bett. »Baby, bitte hör auf zu weinen«, sagte ich.

Sie hob erschrocken den Kopf. »Aber … Ich …« Sie wollte tief einatmen, bekam stattdessen aber einen Schluckauf. »Alles ist ruiniert.«

Sofort war ich bei ihr, setzte den Karton ab und nahm sie auf den Schoß. »Was passiert ist, ist schlimm. Aber zwischen uns wird alles gut.« Ich musste sie nur ansehen und verstand, dass es wichtigere Dinge gab als den Verkauf von zweihundertfünfzig Kisten Cider. Mit dem Daumen wischte ich Audrey die Tränen aus dem Gesicht.

»Aber meine Mutter hatte recht. Ich kann nichts anpacken, ohne es zu versauen.«

»Nein! Sie liegt völlig falsch. Du hast nichts versaut. Du kannst nichts dafür, dass sie solche Arschlöcher sind.«

»Aber ich habe ihnen gesagt, du würdest nicht unter sechs Dollar fünfundsiebzig verkaufen! Ich wollte, dass du mehr Gewinn machst. Also haben sie jemanden gefunden«, sie hickste noch einmal, »der für sechs Dollar verkauft.«

Oh, Mist. »Du wolltest mich unterstützen, und das weiß ich zu schätzen. Warum hast du deine Präsentation zerrissen?«

»Ich kann nicht mehr für sie arbeiten. Ich werde die Präsentation nicht halten.«

Ich umarmte sie noch fester. Sie roch nach meinem Shampoo. »Das ist deine Entscheidung. Ich werde ihnen jedenfalls keine Äpfel mehr verkaufen oder ihnen Waren ausliefern, Baby. Tut mir leid. Ich habe den anderen Farmern gesagt, dass ich raus bin.«

»In Ordnung.« Sie klang niedergeschlagen.

»Kommst du mit mir nach Hause?«, fragte ich.

»Um was zu tun?«, quietschte sie. »Etwas anderes zu versauen?«

»Nein«, sagte ich sanft und wiegte sie. »Einfach, um mit mir zusammen zu sein. Wir müssen eine Menge Cider machen, meine Süße. Du kannst mir helfen. Außerdem müssen wir ihn vermarkten. Einen anderen Käufer finden. Einen großen Vertrieb auf uns aufmerksam machen. An mehr Wettbewerben teilnehmen. Ein paar Preise gewinnen. Es gibt genug zu tun.«

»Du willst doch nur n…nett sein«, stammelte sie.

»Ich bin nicht besonders nett. Das hast du selbst gesagt.«

Sie lachte und weinte gleichzeitig.

»Wir müssen uns neu aufstellen, Baby. Das würde ich lieber mit dir machen als ohne dich.«

Sie drückte ihr Gesicht an meine Schulter. »Ich brauche einen Job, Griff. Ich wünsche mir immer noch mein eigenes Restaurant.«

»Und ich weiß nicht, wie das gehen soll«, gab ich zu. »Aber es muss mehr als einen Weg geben. In der Zwischenzeit gibt es genug andere Jobs für dich. Ich glaube zum Beispiel, Zara wird im kommenden Jahr eine Menge Hilfe brauchen.«

»Ach ja?«

»Ja. Aber das soll sie dir selbst erzählen.« Ich schlang die Arme um sie und holte zum entscheidenden Schlag aus. »Außerdem glaube ich, du wärst ein genialer Cidermacher.«

»Das ist *deine* Angelegenheit«, sagte sie.

»Offensichtlich nicht, Baby. Dein sexy Cider hat den großen Preis gewonnen.«

»Was, ehrlich?«

»Ehrenwort. Mom hat den Brief gerade geöffnet. Wir müssen jetzt jede Menge davon produzieren und den Preis erhöhen. Du musst mir helfen, die Mischung richtig hinzukriegen.«

»Du hast ihn selbst gemischt.«

»Ja, nachdem du mir gesagt hast, er sei ein Gewinner. Wenn ich mich recht erinnere, wolltest *du*, dass ich ihn beim Wettbewerb einreiche. Und es hat funktioniert. Du hast ein komplettes Gremium von Juroren scharf gemacht, sodass sie mir den ersten Preis verliehen haben.«

Mit tränenüberströmtem Gesicht sah sie zu mir auf.

»Und du sagst das auch nicht nur, damit ich mich besser fühle?«

Ich hob die Hand. »Hand aufs Herz. Komm mit nach Hause und lies den Brief selbst. Abgesehen davon hast du deinen Ofen in meinem Pick-up vergessen. Diese kleinen Kuchen backen sich nicht von selbst.«

»Oh«, seufzte Audrey. »Ich wollte doch nicht mehr so impulsiv sein. Ich wollte Karriere als Chefköchin machen oder bei dem Versuch sterben.«

»Wie das Sprichwort sagt, solltest du tun, *was du liebst.*« Ich tippte mir auf die Brust. »Da komme ich ins Spiel, Baby.«

Sie kicherte durch die Tränen. »Ich liebe dich schon irgendwie. Ein bisschen.«

Mein Herz machte einen Satz. »Nur ein bisschen? Also ich bin total in dich verliebt.«

Sie lächelte mich mit feuchten Augen an. »Gib mir zehn Minuten, um mich von meinem Schock zu erholen: Dieser Tag hat so viele Wendungen genommen.«

»In Ordnung.« Ich setzte sie aufs Bett und stand auf. Dann streckte ich ihr die Hand hin. »Na los, pack diesmal eine große Tasche.« Ich sah mich in dem kleinen Zimmer um. Sie besaß Kleidung, einen Laptop und eine Kollektion von Kochbüchern in einer Plastikkiste. »Nimm alles mit. Ich sage deinem Vermieter, dass du ausziehst.«

Sie strich sich das Haar aus dem Gesicht. »Ich hoffe, du bereust es nicht.«

»Auf keinen Fall. Ich bekomme alles, was ich will. Ich hoffe, *du* bereust es nicht.«

Sie stand auf und atmete tief ein. »Das werde ich nicht. Ich möchte in Vermont arbeiten.«

»Gut!«

»Du hast einen Job, der dir Spaß macht. Und ich kann endlich Cider-Donuts machen, verdammt noch mal. Sie kosten fast nichts, und die Leute werden gern für einen heißen Donut auf einer Obstplantage zahlen. Vielleicht sollte ich Dip-Soßen anbieten. Zum Beispiel Karamell-Apfel-Geschmack …«

»Du machst mich fertig. Ich krieg schon wieder Hunger.«

»Typisch. Komm, wir fahren. Wir könnten es noch rechtzeitig zum Abendessen schaffen.«

28

Audrey

Wir standen auf, und ich war immer noch ein wenig verblüfft. Ich öffnete meinen winzigen Schrank, starrte aber einfach eine Weile auf meine Sachen, während ich versuchte, aus diesem Plan schlau zu werden.

Meine Mutter hatte mir immer vorgeworfen, ich wäre ein wildes Mädchen und nicht in der Lage, eine Sache durchzuziehen. Doch sie hatte sich geirrt. Während der letzten zwei Jahre hatte ich unbeirrt meinen Traum verfolgt. Und bis vor einer Stunde war ich bereit gewesen, so lange zu warten wie nötig.

Aber, verdammt, es war in Ordnung, etwas zu wollen. Es war in Ordnung, dass ich meine Meinung änderte, aus einer Laune heraus nach Vermont zog und neben einer biologischen Apfelplantage nackt baden ging, wenn ich dazu Lust hatte. Ich wollte dieses Leben, und ich wollte diesen Mann.

Ich gab meine Pläne nicht einfach auf, ich ersetzte sie durch etwas Besseres.

Ich fühlte mich etwas schwindelig und packte in aller Eile meine Sachen zusammen. Ich hatte keine Kisten, aber fast alles passte in meine Koffer. Ich klaute meinem Mitbewohner einen Müllsack und stopfte meine Bettwäsche hinein.

Das Futonbett ließ ich der nächsten armen Sau da, die das Zimmer brauchte.

Als wir meine Sachen auf Griffs Pick-up luden, kam es mir so vor, als würde ich unrechtmäßig vor meinen Problemen davonlaufen. Mom würde behaupten, dass ich schon wieder flatterhaft wäre. Sie würde mir vorwerfen, dass ich schon wieder aufgab, bevor ich etwas zu Ende gebracht hätte.

Und vielleicht war das so. Aber ich war so unfassbar *glücklich*, neben Griff in diesen Wagen zu steigen. Das musste doch etwas zu bedeuten haben. Es war doch möglich, zu etwas *hin* zu laufen, anstatt vor etwas *weg*, oder?

»Griffin?«, fragte ich, als er aus meiner Straße herausfuhr. Gut, dass ich weg war.

»Ja, Baby?«

»Ich dachte gerade an meine Mutter. Ich muss sie anrufen.«

Er verzog das Gesicht. »Warum?«

Ich holte das Handy aus meiner Tasche. »Nur so eine Idee. Du würdest doch immer noch für sechs fünfundsiebzig an die BPG verkaufen, oder?«

Er trommelte aufs Lenkrad. »Ja, wahrscheinlich schon. Der Gedanke gefällt mir nicht mehr, aber ich brauche das Geld.«

Die Sekretärin meiner Mutter nahm beim ersten Klingeln ab. Ich glaube, Mom kürzte ihnen das Gehalt, wenn sie es nicht taten. »Vorzimmer von Karen Kidder. Was kann ich für Sie tun?«

»Hi«, begann ich vorsichtig. »Hier ist Audrey. Karens Tochter.«

Am anderen Ende der Leitung war es still. Die neue Sekretärin – es gab ständig neue, denn meine Mutter hatte einen ziemlichen Verschleiß – wusste wahrscheinlich nicht einmal, dass ihre Arbeitgeberin eine Tochter hatte. Entweder hatte meine Mutter das Foto in dem Silberrahmen vom Schreibtisch genommen oder das Mädchen war zu schüchtern, um sich nach den Fotos zu erkundigen. »Ich schaue mal nach, ob sie zu sprechen ist. Einen Augenblick bitte.«

Ich hielt den Atem an, während die Sekretärin meine Identität überprüfte. Nur wenige Sekunden später nahm meine Mutter das Gespräch entgegen. »Audrey? Ist etwas passiert?«

Diese Begrüßung kam unerwartet. Wenn ich nicht völlig verrückt war, hörte ich sogar eine gewisse Sorge heraus. Andererseits hatte ich auch schon seit zwei Jahren nicht mehr bei ihr im Büro angerufen. Wir hatten ein paarmal kurz miteinander gesprochen, als ich ans Handy gegangen war, ohne auf die Nummer des Anrufers zu achten. Und dann hatte es die schreckliche Begegnung in Vermont gegeben …

»Ich … ich habe ein Problem. Und ich brauche deine Hilfe.«

»Bist du im Gefängnis?«

Ich lachte angespannt. »Nein, Mom. Sie haben mich immer noch nicht eingesperrt. Es geht um ein geschäftliches Problem. Mit der BPG. Ich bin dort immer noch Praktikantin. Zumindest war ich das bis vor einer Stunde.«

»Was ist passiert?«

»Sie haben sich nicht an eine Abmachung mit einem Farmer gehalten, und für ihn geht es um seine Existenz. Ich finde, als Teilhaberin der BPG solltest du wissen, wie die arbeiten.«

Meine Mutter hörte schweigend zu, während ich ihr die Geschichte erzählte. »Sie hatten eine Abmachung, und dann haben sie sie gebrochen. Wir haben E-Mails, in denen sie uns versichern, ein Vertrag sei auf dem Weg. Das muss doch als Beweis genügen. Und vierzigtausend Dollar sind für die BPG vielleicht keine große Summe, aber für eine kleine Farm könnten sie entscheidend sein.«

»Und du hast etwas mit dem Farmer, richtig?«

»Das sollte keine Rolle spielen«, erwiderte ich eilig. »Abgemacht ist abgemacht.«

Sie seufzte. »Ich weiß. Und du weißt es auch. Aber für Frauen gelten andere Regeln. Ich rufe jetzt bei Burton an und frage ihn, warum zum Teufel er das gemacht hat.«

»Wirklich?« Ich konnte meine Überraschung kaum verbergen.

»War es nicht das, was du wolltest?«

Ich machte wieder den Mund auf, brachte aber kein Wort heraus. »Ja«, sagte ich schließlich. »Ja, *bitte*. Es ist einfach *falsch* …«

»Ich weiß, Audrey. Ich verstehe das. Mal sehen, was ich tun kann.« Sie legte auf. Meine Mutter hatte nie Zeit für eine Verabschiedung.

Griff warf mir einen Blick von der Seite zu. »Ich habe sie gar nicht schreien gehört.«

»Ja. Das lief ganz anders als erwartet. Sie versucht sogar, etwas herauszufinden.« Ein paar Meilen lang sagten wir nichts. »Ich hätte sie beinahe überhaupt nicht angerufen. Ich hätte nicht gedacht, dass es sie interessieren würde.«

Griff legte mir eine Hand aufs Knie. »Vielleicht ist deine Mutter auch ein bisschen klüger geworden. Möchtest du es dir nicht noch einmal überlegen und doch an dem Wettbewerb teilnehmen? Ich würde dich an deinem großen Tag auch hinfahren. Du könntest es immer noch versuchen.«

Ich wandte mich Griff zu und betrachtete sein Profil, während er fuhr. Ich wollte dieses Gesicht jeden Tag sehen. Wenn ich wie durch ein Wunder gegen die gezinkten Karten gewinnen und mit der BPG ein Restaurant eröffnen würde, dann hätte ich keine Zeit mehr für Griff. Ich müsste mich auf Sechzehn-Stunden-Tage in einer fensterlosen Küche einstellen und dafür sorgen, dass sich die hohen Tiere bei der BPG nicht in jede Bezugsquelle meiner Produkte und die Preisgestaltung meiner Speisekarte einmischten. Das wäre ein *großes* Leben. Aber es wäre kein schönes Leben.

»Mit denen bin ich fertig«, beteuerte ich. »Sie haben mir jeden Tag das Leben schwer gemacht. Wenn ich jetzt ein teures

Projekt mit ihnen anfange, dann würden sie nur noch schlimmer. Da streite ich mich lieber mit dir. Damit es Versöhnungssex gibt.«

Griff warf den Kopf zurück und lachte. »Worüber sollen wir uns denn streiten?«

»Ich weiß noch nicht. Aber manchmal wirst du unleidlich, wenn es stressig ist.«

Er strich sich übers Kinn. »Die anderen sagen, ich wäre netter, wenn du da bist. Du weißt, was das heißt, oder?«

»Dass du regelmäßig Sex brauchst, weil du sonst grummelig bist?«

Er schüttelte den Kopf. »Das kann zumindest nicht schaden. Aber komm mal her.«

Ich löste meinen Gurt und rutschte über die Sitzbank zu ihm hinüber. Dann schnallte ich mich auf dem Mittelsitz wieder an, denn wir rasten mit fünfundsiebzig Meilen die Stunde über die 93. »Was?«

Griffin legte einen Arm um mich. »So ist es besser.«

Und das war es wirklich.

»Auch auf die Gefahr hin, dich zu erschrecken, weil du es nicht magst, wenn ich so etwas sage …« Er warf mir einen verstohlenen Blick zu und sah dann wieder auf die Straße. »Ich liebe dich, Prinzessin. Du bist die Süße, die mein natürliches Tannin ausgleicht.«

Ich errötete, als ich die Worte in Gedanken wiederholte. *Ich liebe dich.* Ich hatte gelernt, diesen Worten von Männern auszuweichen, die mich im Stich lassen würden. Aber wenn sie von Griffin Shipley kamen, hörten sie sich ganz anders an. »Wow.«

»Ich weiß. Alle guten Dinge lassen sich mit Cider erklären.«

Ich legte ihm eine Hand auf die Wange. Seine Barthaare kitzelten meine Handfläche. »Ich liebe dich auch, Griff. Alle grummeligen hundert Kilo.«

Er schmiegte sein Gesicht in meine Handfläche. »Und das ist das Wichtigste. Der Rest wird sich ergeben«, versprach er. »Irgendwie.«

Um kurz vor sechs kamen wir in Vermont an. Vor nicht einmal acht Stunden war ich von hier aufgebrochen, trotzdem sah ich mich aufmerksam um, als ich aus dem Pick-up stieg. Der Hahn kam auf seinem Rundgang um die Hausecke. Dylan lag auf der Veranda in einer Hängematte und las in einem Geschichtsbuch. Daphne saß ihm schräg gegenüber in einem der geflochtenen Korbstühle. Ich sah, wie sie ein Bein ausstreckte und ihrem Bruder gegen den Oberschenkel trat.

Die Hängematte schaukelte, aber er blickte nicht auf.

»Oh Mann, ich liebe es hier«, sagte ich. »Können wir nachher auch mit einem Glas Tee auf der Veranda sitzen?«

Griff öffnete die Ladefläche von seinem Pick-up und holte meinen Easy-Bake-Ofen heraus. »Ich denke schon. Normalerweise sitze ich nicht, solange Äpfel an den Bäumen hängen.«

»Wann sitzt du denn dann? Im November?«

»Manchmal. Oder ich hacke Holz, während die anderen sitzen.«

Huch! Griff beim Holzhacken zusehen – das klang verlockend. Ich freute mich schon auf den November.

Wir brachten meine Sachen in Griffs Zimmer, und sofort wirkte es vollgestopft. Es war mir ein wenig unangenehm, einfach alles in der Ecke stehen zu lassen, aber Griff legte mir eine Hand auf den Rücken und sagte: »Wir sollten nicht zu spät zum Abendessen kommen. Das mag Mom nicht.«

Also gingen wir wieder über den Hof, und ich fühlte mich ein wenig verlegen. Ich hoffte, sie würde einfach sagen: »Hallo, Audrey, meine Liebe, kannst du mir bitte die Servietten reichen?«

Aber das geschah nicht.

May, Jude und Ruth applaudierten, als wir in die Küche kamen.

»Dem Himmel sei Dank!« Ruthie stellte einen Korb mit Brötchen ab, kam auf mich zu und gab mir einen Kuss auf die Wange. »Ich dachte schon, mein Sohn hätte den Verstand verloren. Wie schön, dass er ihn wiedergefunden hat.« Sie zog einen Umschlag unter dem Telefon hervor. »Hier, Liebes. Schau mal, was Griffin gewonnen hat.«

»Ich habe schon davon gehört.« Ich zog den Brief aus dem Umschlag und überflog den Teil mit den Glückwünschen, bis ich zur Auszeichnung am Ende der Seite kam: ERSTER PLATZ IN ALLEN KATEGORIEN: *AUDREY* von SHIPLEY CIDERS. »Oh mein Gott«, kreischte ich. »Du hast ihn nach mir benannt?«

Griffin blickte ernst, aber ich bemerkte, wie er errötete. »Wie hätte ich mir denn sonst merken sollen, welcher deine Auswahl war?«

»Ich bin auf deinem Preis«, quietschte ich. »Ich habe noch nie einen Preis gewonnen.«

»Jeder gewinnt etwas«, bemerkte May.

»Ich nicht.« Ich las den Brief noch einmal. »Es gibt einen Pokal. Und da steht vielleicht *Audrey* drauf.«

Griffin lachte leise. »Vielleicht. Und wenn nicht, dann lasse ich es extra für dich eingravieren.«

Ich fiel ihm in die Arme. »Danke!«

»Wofür?«

»Dafür, dass du ihn eingereicht hast. Für alles.«

Er gab mir einen Schmatzer in den Nacken. Vor allen anderen. »Du bist mein Preis, Prinzessin. Und jetzt lass uns feiern.« Er setzte mich wieder ab und rieb sich den Bauch. »Mit Abendessen.«

Fünfzehn Minuten später saßen wir alle am Tisch und warteten auf Grandpa. Gerade als Ruth sich setzte und sich wieder einmal über seine Unpünktlichkeit beklagen wollte, hörten wir sein Auto draußen auf der Auffahrt.

»Du kommst zu spät«, sagte sie, als er hereinkam.

»Entschuldigung.« Er schlurfte um den Tisch herum und setzte sich auf den letzten freien Sitzplatz neben seiner Enkelin. Er gab May einen Kuss auf die Wange und schüttelte seine Serviette auf.

»Griffin, du sprichst heute das Gebet.«

Er warf mir einen zärtlichen Blick zu und nahm meine Hand. »Herr, wir danken Dir für Deine Gaben. Danke, dass Du über unser Ciderhaus gewacht hast, während Kyle die Apfelpresse bedient hat. Diesmal hat er sie nicht verstopft, und dafür danke ich Dir.«

Am anderen Ende des Tisches verdrehte Kyle die Augen.

»Und danke, dass Du Audrey wieder zu Verstand und zurück nach Vermont, den schönsten aller Staaten, gebracht hast, damit sie von nun an Teil einer lauten und manchmal chaotischen Familie ist, die sie jetzt schon liebt.«

An dieser Stelle brandete ein kleiner Jubel auf, und ich schämte mich nicht, dass mir Tränen in die Augen stiegen.

»Das arme Mädchen muss sich allerdings mit *dir* herumschlagen«, murmelte jemand.

»Amen.«

Kaum war das Tischgebet beendet, fingen alle an, Teller herumzureichen. Es gab gefüllten Truthahn, Süßkartoffeln und Cranberrysoße – ein wahres Festessen. Nachdem Griff sich seinen Teller gefüllt hatte, stand er auf und verschwand. Ich hörte, wie die Küchentür aufging und wieder zuschlug. Nach fünf Minuten kam er mit einer großen Ciderflasche zurück ins Esszimmer.

»Was ist das?«, fragte May, als er die Flasche auf den Tisch stellte und Weingläser aus dem Regal nahm.

»Was wohl? Ein preisgekrönter Cider.« Er schenkte ein und reichte jedem am Tisch (außer Jude) ein Glas. Sogar den Zwillingen stellte er eins hin. »Zur Feier des Tages«, murmelte er.

Dann stellte er die Flasche mitten auf den Tisch. AUDREY stand mit Filzstift auf dem Etikett.

Griff stand hinter seinem Stuhl und hob sein Glas. »Auf mehr Großartigkeit!«

Applaus und Neckereien brandeten auf. »Ja!« »Glückwunsch!« »Angeber!«

Ich nahm einen Schluck, und die seltsame Moschusnote des Ciders überraschte mich wieder genauso wie beim ersten Mal. »Wow.« Ich nahm noch einen Schluck. »Er ist so … gefährlich gut.«

»Der ist …« Griffs Mutter zögerte, dann kostete sie noch einmal. »Bemerkenswert, mein Schatz. Wirklich einzigartig. Was ist das für ein Geschmack?«

Griffs und meine Blicke kreuzten sich über dem Rand seines Glases. Aber es war ein Fehler, ihn anzusehen, denn er musste sich das Lachen verkneifen. Also musste ich mir nun auch das Lachen verkneifen.

Ich wandte meinen Blick ab und betrachtete die Gesichter der anderen, als alle den Sex-Cider probierten. Immerhin hatte Griff das nicht auf das Etikett geschrieben. Wieder stieg Gelächter in mir auf.

Jude nahm sich Mays Glas, das neben ihm stand, und roch daran. »Faszinierend«, sagte er langsam. Dann zwinkerte er mir zu.

Ich hätte wahrscheinlich völlig die Fassung verloren, wenn Griffin mich nicht abgelenkt hätte. »Grandpa«, sagte er, »wie wäre es, wenn du morgen ins Farmhaus umziehst?«

Sein Großvater, die Gabel in einer Hand, Griffins exzellentes Gebräu in der anderen, schnaubte nur.

»Ich kann Audrey nicht davon überzeugen, in Vermont zu bleiben, wenn wir zusammen in der Schlafbaracke wohnen müssen. Wir könnten ein bisschen mehr Platz gebrauchen. Und du wärst näher am Esszimmertisch.«

Ich sah, wie Ruth den Atem anhielt. Einen Augenblick lang sagte Grandpa nichts. Er schob sich eine Gabel voll Truthahnfüllung in den Mund und kaute. Dann nahm er einen Schluck Cider. »Kokosreis«, sagte er schließlich.

»Wie bitte?«, fragte Griffin.

»Ich ziehe morgen hier ein, wenn Audrey diesen Kokosreis kocht. Und das leckere Gemüse.« Andere am Tisch seufzten bestätigend.

»Herzlich gern«, sagte ich hastig.

Er nickte seinem Enkel zu. »Du bist ein schlauer Junge, weißt du? Du hast das richtige Mädchen gefunden, und du behandelst sie gut.«

»Ich versuche es«, antwortete Griff leise.

»Ihr könnt mir heute Abend ein paar leere Kisten vorbeibringen. Natürlich erst nach dem Nachtisch.«

»Das mache ich«, versprach Griff.

Ruth presste die Hände zusammen. »In Ordnung. Gleich morgen bereite ich dein Zimmer vor. Wir schließen deinen Fernseher an, und Griff kann bestimmt auch deinen Lehnstuhl aufstellen, wenn du möchtest. Oder ich mache dafür Platz im Wohnzimmer.«

»Mir egal«, sagte Grandpa, als ginge ihn das alles nichts an. Er nahm sich noch ein Stück Truthahn vom Teller.

Danach sagte ich kaum noch etwas. Ich aß auf und hörte den Shipleys dabei zu, wie sie sich darüber stritten, wer das Fernsehprogramm aussuchen durfte. (Das Montagsfootballspiel gegen Daphnes Lieblingsserie. Es ging nicht gut aus für Daphne.) Ich schlürfte den Cider, der meinen Namen trug, und wunderte mich über mein unverschämtes Glück.

»Alles in Ordnung?«, fragte mich Griff eine Stunde später. Langsam fuhren wir in seinem Pick-up den Schotterweg entlang. Plötzlich bog er scharf rechts auf einen schmalen Pfad ab, den ich gar nicht als befahrbar erkannt hätte.

»Mir geht's gut«, antwortete ich. »Ich dachte nur an deinen Großvater. Ich hoffe, wir haben ihn nicht aus seinem Haus vertrieben.«

Griff lachte. »Ach was. Mom bearbeitet ihn seit Monaten. Aber der Kerl ist ein Dickkopf.«

»Das erinnert mich an jemanden. Mir fällt nur nicht ein, an wen.«

»Ich weiß, ja?« Griff legte mir eine Hand aufs Knie. »Grandpa ist es ein bisschen unangenehm, dass sich seine Schwiegertochter um ihn kümmern soll, das ist alles. Dabei kommt er sowieso immer zum Essen herüber. Und Dylan schaufelt den Schnee vor seiner Haustür. May kauft für ihn den Kaffee und die Kekse ein. Meine Mutter bringt ihn zu seinen Arztterminen und betankt sein Auto, damit er zu uns herüberfahren kann. Er ist von uns abhängig, aber das gefällt ihm nicht. Du und ich, wir haben ihm eine Ausrede dafür geliefert, endlich umzuziehen. Das ist alles.«

»Okay.« Ich war einfach nicht an eine Großfamilie gewöhnt, in der alle einander halfen. Ich wusste nicht, wie so etwas ging.

»Da wären wir. Es ist nicht groß, aber …« Die Scheinwerfer des Pick-ups beleuchteten ein hübsches Cape-Cod-Häuschen mit Holzfassade und roten Fensterläden. Zwei Gauben lugten aus dem Spitzdach wie zwei Augen, und in der Mitte ragte ein steinerner Schornstein in die Höhe.

»Es ist bezaubernd. Jetzt fühle ich mich wirklich schuldig.«

»Das brauchst du nicht« Er beugte sich zu mir herüber und küsste mich auf die Wange. »Er braucht eine ebenerdige Dusche, die hat er hier nicht. Und Mom backt ihm so viel Kuchen, wie er möchte, weil sie nicht nachts im Bett liegen und sich Sorgen machen muss, ob er vielleicht die Treppe heruntergefallen ist. Na, komm.«

Wir brachten die Kisten hinein, die Ruth aufgetrieben hatte. »Die können ins Schlafzimmer«, rief Grandpa aus seinem Lehnstuhl. »Oder stellt sie einfach hier ab. Ich schaue das Spiel.«

»Wer gewinnt?«, fragte Griff und warf einen Blick auf den Fernseher, um den Spielstand zu checken.

Bevor ich nur herumstand und alles anstarrte, beschloss ich, selbst ein paar Kisten nach oben zu bringen. Das Haus war von innen mindestens genauso süß wie von außen. Herrliche Eichendielen und ein Kamin, der geradezu nach Weihnachtssocken schrie. Vorsichtig stieg ich die gebohnerten Treppenstufen hinauf. Die Treppe war wirklich steil. Bei meiner tollpatschigen Art würde ich vorsichtig sein müssen.

Im oberen Stockwerk entdeckte ich zwei Zimmer. Eins war offensichtlich seit Längerem nicht genutzt worden, es roch staubig. Aber das andere war hinreißend, mit Eichenbalken unter der Dachschräge und cremefarbenen Wänden. Im geräumigen Badezimmer stand eine große Badewanne mit Klauenfüßen auf altmodischen schwarzen und weißen Kacheln.

»Hey.« Ein paar Minuten später fand Griff mich, wie ich dastand und in Gedanken hübsche Handtücher und eine flauschige Badematte hinzufügte. »Es ist zwar nicht das Plaza …«

»Hör auf. Ich möchte hier mit dir leben. Sex in der Dusche ist nicht drin, aber das ist der einzige Minuspunkt.«

»Es gibt zur Not immer noch die Außendusche.« Er stellte

die Kisten ab und küsste mich. »Wir müssen eine neue Küche einbauen«, sagte er zwischen Küssen. »Ich kann nicht renovieren, solange nicht mehr Geld reinkommt. Also irgendwann im nächsten Jahrtausend.«

»Das ist mir egal.«

»Du hast die hässliche Arbeitsplatte aus den Sechzigern noch nicht gesehen.« Er gab mir einen Kuss. »Aber wir können ein paar einfache Sachen machen.« Er gab mir noch einen Kuss. »Wir können streichen.« Und noch einen. »Du darfst die Farben aussuchen.«

Ich gab ihm einen langen, zärtlichen Kuss. Der Gedanke, mir mit Griffin ein Zuhause einzurichten, war so wundervoll und so unerwartet, dass mir bei der bloßen Vorstellung schwindelig wurde. »Wir müssen jeden Raum einweihen«, flüsterte ich.

»Auf jeden Fall«, knurrte er in meinen Mund. »Ich werde doppelt so schnell mit der Arbeit fertig wie sonst, wenn ich mich darauf freuen kann.«

Ich beendete den Kuss und schlang die Arme um ihn. Als ich den Kopf gegen seine Brust lehnte, sah ich aus dem Fenster die Green Mountains. »Es ist so schön hier. Ich weiß nicht, ob ich das verdient habe.«

»Wirklich?« Er umarmte mich. »Also, ich habe es ganz sicher verdient. Warum du nicht?«

In meiner Hosentasche klingelte mein Handy. Einen Augenblick lang war es mir egal, doch dann fiel mir ein, dass ich auf einen Rückruf von meiner Mutter wartete. Ich ließ Griff los und nahm ab. »Hallo?«

»Hi, Audrey. Ich habe Neuigkeiten.«

»Wow. Okay?«

»Ich habe mit Burton gesprochen und ihm gesagt, dass wir auf diese Weise keine Geschäfte machen. Aber dann hat sich herausgestellt, dass er mit dem anderen Ciderwinzer einen Exklusivvertrag abgeschlossen hat.«

»Was?«

»Die Anwälte des anderen Ciderwinzers haben sich vertraglich zusichern lassen, dass die BPG in diesem Jahr ausschließlich seinen Cider anbietet.«

Ich stöhnte. »Also willst du mir damit sagen, dass der andere schlauer war als ich.«

Meine Mutter seufzte. »Vielleicht erfahrener. Oder einfach *abgebrüht*. Audrey, du bist nicht dumm. Es tut mir leid, wenn ich dir jemals dieses Gefühl gegeben habe.«

Es dauerte eine Weile, bis ihre Worte bei mir ankamen. Meine Mutter hatte sich noch nie bei mir entschuldigt. »Ähm … Danke.«

»Vor ein paar Minuten hat mich Ruth Shipley angerufen.«

»Was?«, quietschte ich.

»Sie ist bezaubernd. Und sie hat lauter nette Sachen über dich gesagt.«

Ach du Schande. »Wollte sie über den Cider sprechen?«

»Nein, sie wollte mir bloß mitteilen, dass du wieder in Vermont bist und dass du eine große Hilfe warst, als sie im Sommer verletzt war. Und dass sie auf dich aufpassen wird.« Meine Mutter räusperte sich peinlich berührt. »Das scheint eine bezaubernde Familie zu sein.«

»Das sind sie auch«, platzte ich heraus. »Darum macht es mich auch so fertig, dass sie betrogen wurden.«

»Das verstehe ich. Und es war nicht deine Schuld. Burton hat dich in die Verhandlungen geschickt, ohne dir die Spielregeln zu erklären. Aber ich weiß, dass du nicht unfähig bist. Es ist großartig, dass du die Kochschule abgeschlossen hast. Ich bin stolz auf dich, weißt du?«

Mein Kopf stand kurz vorm Platzen. »Das ist … Danke,

Mom. Aber Griffin ist immer noch vierzig Riesen ärmer als heute Morgen.«

Sie seufzte. »Ich weiß. Wenn er klagen würde, würde er wahrscheinlich gewinnen. Aber so ein Verfahren …«

»Ist teuer«, ergänzte ich.

»Das ist es«, bestätigte sie.

»Na gut.« Ich holte tief Luft. »Vielen Dank, dass du versucht hast, uns zu helfen. Das bedeutet uns sehr viel.«

»Wenn du noch mehr Fragen hast oder irgendetwas über die BPG wissen möchtest, kannst du mich jederzeit fragen.«

Wieder machte mich ihr freundlicher Tonfall sprachlos. »Danke. Aber mit der BPG bin ich fertig.«

»Das verstehe ich. Aber wenn du mal wieder in der Stadt bist, dann könnten wir doch zusammen zum Lunch gehen.«

Ich war so überrascht, dass ich nicht antwortete.

»Audrey?«

»Entschuldigung. Klar. Vielleicht, wenn ich mich hier eingelebt habe.«

»Gut«, sagte sie hastig. »Mach's gut bis dahin.«

»Du auch«, antwortete ich leise.

Ich legte auf und war mir nicht sicher, welches der heutigen Ereignisse ich verblüffender fand: dass ich bei Griff einzog oder dass ich ein zivilisiertes Telefongespräch mit meiner Mutter geführt hatte.

»Sie konnte nichts machen«, flüsterte Griff. »Aber sie hat es versucht.«

Ich lehnte mich an ihn und schüttelte den Kopf. »Es tut mir leid.«

»Nicht deine Schuld. Ich werde trotzdem verdammt viel Cider herstellen. Wir müssen ihn einfach jemand anderem verkaufen. Du hast nicht zufällig ein paar durstige Freunde?« Er schlang die Arme um mich.

»Wir wurden ausgetrickst.«

»Nur diesmal«, betonte er. Dann küsste er mich auf den Scheitel. »Lass uns heute früh ins Bett gehen. Wir haben morgen viel zu tun.«

»Willst du nur deswegen früh ins Bett?«, fragte ich, als er mit mir auf die Treppe zusteuerte.

»Was meinst du?«

Lächelnd folgte ich ihm nach unten.

29

November
Audrey

Als das Telefon klingelte, kniete ich gerade auf der Abdeckplane auf unserem Wohnzimmerboden und verschloss einen Farbeimer. Auf dem Display erkannte ich eine Bostoner Nummer, und eine gewisse Aufregung überkam mich. Ich hatte versucht, einige Getränkefirmen davon zu überzeugen, es einmal mit Shipley Cider zu versuchen. Wenn mich eine davon nun zurückrief, wollte ich das Gespräch unbedingt annehmen. »Hallo?«

»Hi, hier ist Sarah von der Beantown Restaurant Group. Ich habe hier ein Gespräch von Raphael Asher. Spreche ich mit Audrey Kidder?«

»Äh, ja.«

»Ich verbinde.«

Ich durchforstete mein Gehirn nach jemandem bei der Beantown Restaurant Group, den ich kannte. Aber mir fiel niemand ein.

»Audrey! Hier spricht Raphael Asher. Ich bin Einkäufer und Zulieferer von siebenundzwanzig Restaurants in Boston. Wie geht es Ihnen?«

»Danke, gut. Wie kann ich Ihnen helfen?« Hatte er *Zulieferer* gesagt? Was zum …

»Ah, wir haben kürzlich Michael Quigley eingestellt, den früheren Chefkoch von North End Kitchens. Kennen Sie ihn?«

Mein Hirn ratterte, als es versuchte, den Namen zuzuordnen. Ich hatte Quigley einmal für fünf Minuten getroffen. Er war einer der aufgehenden Sterne der BPG. »Wir haben uns mal kennengelernt«, antwortete ich ausweichend. »Er hat die BPG verlassen?«

»Jawohl. Wir haben ihn abgeworben.« Dieser Mann am Telefon, Raphael, lachte. »Wie dem auch sei, Quigley und ich haben uns letzte Woche lange über unser Frisch-vom-Erzeuger-Programm unterhalten, und da fiel Ihr Name. Er erwähnte, Sie hätten ihm im September hervorragende Bio-Birnen beschafft. Und Kürbisse, wenn ich mich nicht irre. Sie haben das Frisch-vom-Erzeuger-Programm der BPG geleitet, richtig?«

»Also …« Sollte ich ihm die Wahrheit sagen? Wenn ich behauptete, ich hätte das Programm geleitet, dann wäre das eine haltlose Übertreibung. »Ich bin den Sommer über durch Vermont gereist und habe Farmer besucht, deren Produkte wir beziehen konnten. Aber das Programm der BPG war zu locker organisiert, um wirklich effektiv zu sein.« Ich holte tief Luft und hoffte, das wäre diplomatisch genug ausgedrückt. Man redete nicht schlecht über den früheren Arbeitgeber, selbst wenn der das verdient hatte.

»Ich habe gehört, die sind am Ende«, raunte Raphael. »Aber ich habe auch gehört, dass Sie hervorragende Arbeit gemacht haben. Ich würde mich gern mit Ihnen zusammensetzen und über das Programm sprechen, das ich aufziehen möchte. Jemanden wie Sie könnte ich in meinem Team gut gebrauchen. Jemanden mit Erfahrung.«

Was sollte ich dazu sagen? »Ich würde mich freuen«, sagte ich vorsichtig. »Aber Sie sollten wissen, dass ich derzeit nicht in Boston wohne. Ich bin nach Vermont gezogen.«

»Das ist in Ordnung«, erwiderte er eilig. »Könnten Sie für ein Gespräch in die Stadt kommen? Den Tag können Sie sich aussuchen. Und den Job, den ich für Sie habe, können Sie von

Vermont aus auch viel besser machen. Ich habe große Pläne, Audrey. Ich möchte unser Frisch-vom-Erzeuger-Programm *richtig* aufziehen, ich möchte Einkäufer wie Sie engagieren, um langfristige Partnerschaften mit den Farmern aufzubauen. Es wäre eine Ganzjahresgeschichte, aber in Teilzeit.«

»Wow.« Das war nicht die schlagfertigste Antwort, aber der Job hörte sich ziemlich gut an. »Sie brauchen also jemanden vor Ort, der den Kontakt zwischen Farmen und Restaurants herstellt? Wenn es ein Ganzjahresjob ist, dann könnten wir die Früchte, die wir brauchen, schon bestellen, bevor sie angepflanzt werden.«

»Ja, genau. Ich würde mich freuen, Ihre Ansichten darüber zu hören, wie wir das am besten erreichen.«

»In Ordnung.« Mein Herz raste. »Ich freue mich darauf. »Die Farmer ordern ihr Saatgut direkt nach Neujahr.« Isaac Abraham hatte gestern Abend beim Dinner davon gesprochen. »Die BPG hat nicht verstanden, wie wichtig die Vorlaufzeit ist. Die haben gedacht, sie könnten einfach ein oder zwei Tage herumfahren, und die Farmer würden einfach ihre beste Ware auf den Wagen werfen. Aber so funktioniert das nicht.«

»Ich weiß. Also treffen wir uns? Vielleicht im Laufe des Monats? Sie können mit meiner Sekretärin einen Termin ausmachen.«

Die Tür unseres Häuschens ging auf, und Griffin kam mit der Post herein. Er winkte mir zu.

Ich gab ihm das universelle Zeichen für *Einen Moment noch*. »In Ordnung, Raphael. Das mache ich. Haben Sie zufällig auch Interesse daran, einen preisgekrönten Ciderwinzer aus Vermont kennenzulernen?«

»Hm«, machte er. »Warum nicht?«

»Dann bringe ich ihn mit«, sagte ich schnell.

»Ich freue mich drauf. Vielen Dank, Audrey.«

Klick.

Ich starrte das Telefon in meiner Hand an.

»Prinzessin!« Griffin streifte seine Stiefel ab, kam zu mir und gab mir einen Kuss auf die Stirn. »Wer war das? Hoffentlich waren es gute Neuigkeiten.«

»Es *könnten* gute Neuigkeiten sein«, sagte ich vorsichtig. Wenn ich mich mit Raphael von der Beantown Group traf, würde ich höllisch aufpassen, so viel war sicher. Ich erzählte Griff, was der Mann von mir wollte.

»Hm«, machte er und strich sich über den Bart. »Wenn dieser Typ heller ist als diese Trottel von der BPG, dann könnte das ein vernünftiger Job für dich sein. Wenn du Interesse hast.«

»Ich habe Interesse«, erklärte ich eilig. In den letzten acht Wochen hatte ich Zara geholfen, indem ich ihre morgendlichen Schichten im *Goat* übernommen und das Kaffee- und Frühstücksgeschäft ans Laufen gebracht hatte. Ich hatte Griffin dabei geholfen, viel Cider herzustellen. Aber ein richtiger Job bei einer Restaurantkette könnte ganz nützlich sein. »Vielleicht können wir auch Cider verkaufen.«

Griff lächelte. »Wir können es versuchen.«

»Und wenn er einen Teilzeitjob für mich hat, den ich von hier aus machen kann …«

»Dann wäre das ziemlich perfekt.«

»Genau. Und das Geld können wir auch gebrauchen.«

»Apropos Geld.« Griff blätterte durch die Post in seiner Hand und reichte mir einen Umschlag.

Ich drehte ihn um und sah das Logo von Moms Bank. »Was ist das?« Ich riss den Umschlag auf und holte ein Blatt heraus. Nein – einen Scheck. Über vierzigtausend Dollar. »Oh mein Gott.«

»Hey«, sagte Griff, als noch etwas aus dem Umschlag flatterte. Er hob es auf. »Da ist noch ein Brief dabei.«

Ich erkannte die Handschrift meiner Mutter, auf ihrem edlen Briefpapier mit Wasserzeichen. *Audrey, ich bin stolz auf dich, dass du die Kochschule abgeschlossen hast. Hier ist der Unterhalt, den ich dir schulde.*

»Meine Güte«, murmelte ich. Ich hatte einen Kloß im Hals, und meine Augen brannten. Jetzt hatte meine Mutter mir schon zweimal gesagt, dass sie stolz auf mich war. Vielleicht meinte sie es wirklich so.

»Das ist ziemlich viel Geld, Baby. Möchtest du zufällig Cider kaufen?«

Als ich Griffs amüsiertem Blick begegnete, musste ich lachen. »Klar. Vier Dollar die Flasche.«

»Von wegen.« Er nahm mich in den Arm. »Auf keinen Fall, meine kleine Halsabschneiderin.« Er hob mich hoch und drückte mich.

Ich vergrub das Gesicht in seinem Bart. »Aber das Geld können wir gut gebrauchen. Vielleicht musst du dir dann nicht mehr solche Sorgen machen.«

Er setzte mich ab, trat einen Schritt zurück und legte mir die Hände auf die Schultern. »Alles wird gut, Prinzessin. Der Cider wird sich schon verkaufen, nur nicht auf einmal, wie ich gehofft hatte. Leg das Geld auf die Bank. Eines Tages möchtest du vielleicht deinen eigenen großen Plan verfolgen. Du siehst ein leer stehendes Gebäude und stellst fest, dass es ein Restaurant namens *Audrey's* werden sollte. Das wünsche ich mir für dich.«

»Mir gefällt, wie du denkst, Griff.« Ich stellte mich auf die Zehenspitzen und küsste ihn.

»Mh«, machte er an meinen Lippen. »Mir gefällt auch, wie du denkst. Aber wir haben jetzt keine Zeit. Ich wollte dich abholen, damit wir uns von Jude verabschieden können.«

Oh. »Ist es schon so weit?«

»Ja. Zach und er haben die Schrottkarre aufgemotzt, die er neulich gekauft hat. Gerade lädt er seine Sachen ein.«

»Okay, ich komme.« Ich steckte den Scheck von meiner Mutter und ihren Brief, der fast noch wertvoller für mich war, in meine Tasche. Die Möbel in unserem Wohnzimmer waren alle zur Seite geschoben und mit Plane abgedeckt, während ich die Wände strich. Im Moment herrschte in unserem Häuschen das reinste Chaos, aber ich genoss jeden Augenblick, während wir es zu unserem Heim machten. Das Wohnzimmer hatte ich in einem warmen Cremeton und eines der Bücherregale in Salbeigrün gestrichen. Ruth würde mir dabei helfen, das Sofa neu zu polstern und Dekokissen zu nähen.

Ich flitzte in die Küche – die eine Renovierung wirklich nötig hatte, in nächster Zeit aber nicht bekommen würde – und holte die Kekse, die ich für Jude gebacken hatte. Ingwerkekse, die mochte er am liebsten.

Ich schnappte mir meinen Mantel und folgte Griff zum Pick-up. Es war ein stürmischer Novembertag. Die Vogelscheuche neben dem Briefkasten, die Dylan gebaut hatte, wedelte mit ihren zerlumpten Ärmeln, als wir an ihr vorbei die Auffahrt zur Farm hinauffuhren. Ich würde den Lauf der Jahreszeiten miterleben. Die Green Mountains sahen jetzt viel rötlicher aus als noch vor einem Monat. Bald würden sie von Schnee bedeckt sein.

Griff parkte den Pick-up neben dem hässlichen alten Auto, das Jude für ein paar Hunderter gekauft hatte. Mein Freund schüttelte bei dem Anblick den Kopf.

»Jude wird es sich schon herrichten«, sagte ich, als ich meinen Gurt löste.

»Manche Sachen kann man nicht mehr herrichten«, erwiderte Griff mit ernster Miene. »Ich hoffe, es geht ihm gut bei seinem Dad in Colebury.«

Ich stieß Griff an. »Na, hat da jemand doch ein Herz?«

Er sah mich mit seinen braunen Augen liebevoll an. »Ich hab nie behauptet, ich hätte keins. Besonders für dich.«

»Oh. Dafür bekommst du einen Kuss.« Ich rückte näher an ihn heran und legte ihm die Hände auf die Wangen. Dann küsste ich ihn. Er erwiderte den Kuss und neckte meine Lippen mit der Zunge. Zum Glück hatten wir unser eigenes Häuschen am Ende der Straße, denn seit meiner Ankunft waren wir unersättlich. Fast jeden Abend gingen wir früh ins Bett, und zwar nicht, weil wir müde waren.

Lautes Hupen ließ uns auseinanderfahren. Ich blickte aus dem Fenster und sah Jude, der sich in sein Auto beugte, eine Hand auf der Hupe, und zu uns hinaufgrinste.

Griff öffnete die Tür. »Ist ja gut.«

»Ich warte hier auf dich, Boss. Und es ist unhöflich, vor den Augen von jemandem rumzumachen, der drei Jahre lang ohne auskommen musste.«

Zachariah errötete, wie so oft, wenn die Rede auf Sex kam.

Ich sprang vom Wagen und überreichte Jude die Kekse. »Ich habe Griff keinen einzigen abgegeben«, beteuerte ich. »Das ganze Blech ist für dich.«

»Und das nehme ich dir immer noch übel«, murmelte Griff.

»Du bist der Hammer, Audrey.« Jude gab mir einen Kuss auf die Wange, und ich umarmte ihn.

»Pass auf dich auf, ja?«

»Werde ich.«

»Wehe, wenn nicht.« Ruth kam über den Rasen, in den Armen hielt sie eine Schachtel. »Hier ist etwas fürs Frühstück morgen. Und ein Paar Wollsocken, denn es wird kalt.«

Jude legte sich eine Hand in den Nacken und blickte auf seine Schuhe. »Danke, Mrs S. Das ist wirklich sehr nett von Ihnen.«

Sie tätschelte ihm die Brust. »Und iss genug. Du siehst schon viel gesünder aus als im Juli.«

Da hatte sie recht.

»Und denk dran, Donnerstag zum Dinner«, sagte Ruth, während Jude ihre Geschenke auf dem Rücksitz seines klapperigen Autos verstaute. »Wir erwarten dich.«

»Danke«, antwortete er ruhig. Aber das war nicht das Gleiche wie: *Ich werde da sein.* »Wirklich, vielen Dank für alles.« Er gab Griff die Hand. »Ich weiß nicht, wie ich ohne diesen Job wieder auf die Beine gekommen wäre.«

»Ich weiß nicht, was wir ohne deine Hilfe gemacht hätten«, erwiderte Griff.

Jude schüttelte Zach die Hand und ließ sich von Ruth umarmen. Die anderen Shipley-Kinder waren in der Schule. Kyle war seit einer Woche wieder bei seinen Eltern.

Jude setzte sich ans Steuer und verzog das Gesicht, als der Motor dröhnend ansprang.

»Das Ding braucht einen Schalldämpfer«, sagte Zach zu niemand Bestimmtem.

»Das Ding braucht eine ganze Menge«, antwortete Jude aus dem heruntergelassenen Fenster. Er lächelte, aber es war kein fröhliches Lächeln.

»Tschüss, mein Lieber«, sagte Ruth und winkte. »Bis Donnerstag.«

Jude winkte, aber er versprach nichts. Dann fuhr er die Auffahrt hinunter und verschwand.

Eine Weile standen wir alle betrübt da. »Jetzt ist Zach ganz allein in der Schlafbaracke«, bemerkte ich.

»Schon in Ordnung«, sagte Zach. »Füllen wir heute Nachmittag Tank Nummer drei in Fässer ab?«

»Jep. Gib mir zwei Minuten.«

Ruth ging zurück ins Haus, und Zach machte sich auf den

Weg zum Ciderhaus. Dann standen Griff und ich allein neben dem Pick-up. »Du kannst zurückfahren. Wir essen heute Abend hier, okay? Mom hat einen Schmorbraten gemacht.«

Ich konnte ihn riechen. »Klingt toll.« Manchmal kochte ich für Griff, manchmal kochte ich im Farmhaus, und manchmal aßen wir auch einfach mit der ganzen Familie. Ich konnte mich nicht entscheiden, welche Konstellation mir am besten gefiel. Einerseits führte ein Abendessen zu zweit mit Griff manchmal zu Sex auf dem Küchentisch. Aber die Abendessen mit seiner großen, verrückten Familie waren auch toll. »Glaubst du, wir werden Jude wiedersehen?«, fragte ich plötzlich.

Griff verzog das Gesicht. »Schwer zu sagen. Ich glaube, er will es allein versuchen. Er muss wissen, ob er es schaffen kann.«

Ich blickte hinüber zur Auffahrt, als wäre Jude dort noch immer zu sehen. »Ich hoffe, es wird ihm gut gehen.«

»Das hoffen wir alle.« Griff drückte mich gegen den Pick-up und küsste meinen Nacken. »Bis nachher? Vielleicht brauche ich dich gleich, um ein paar Mischungen zu testen.«

»Bevor ich mich schlagen lasse …«, sagte ich und genoss das Gefühl von seinem Bart an meiner Wange.

Er strich mit den Lippen über meinen Hals. »Ich muss versuchen, die Bitterkeit mit der richtigen Menge an Säure auszugleichen.«

»Ich liebe es, wenn du eine Verkostung willst, Baby.«

Griff schnaubte und trat einen Schritt zurück. »Steig schon ein, bevor ich direkt hier in der Auffahrt über dich herfalle.«

»Okay.« Ich öffnete die Fahrertür. »Aber nur, weil es deine Mutter und Zach traumatisieren würde.«

Er winkte mir nach, als ich davonfuhr. Und ich fuhr die halbe Meile nach Hause, um noch ein Blech Ingwerkekse für meinen Mann zu backen.

Leseprobe

SARINA BOWEN

True North

Schon immer nur wir

Ins Deutsche übertragen von

Hannah Brosch

Jude

Das letzte Mal, als ich durch Colebury, Vermont fuhr, saß ich am Steuer eines restaurierten 1972er Porsche 911, der wie neu aussah und in einem schicken Auberginetton frisch lackiert worden war.

Verglichen damit war jetzt alles anders. Drei Jahre später knatterte ich in einem ramponierten 1996er Dodge Avenger, den ich gerade für neunhundert Flocken gekauft hatte, die Hauptstraße entlang. Der vordere Kotflügel war mit Klebeband repariert worden.

Das hässliche Auto hätte mir nichts ausgemacht, wenn der Avenger und ich nicht so verdammt viel gemeinsam gehabt hätten. Wir waren beide in der Gosse gelandet, körperlich und seelisch gebrochen. Das Auto hatte kaputte Schalldämpfer. Unter dem Armaturenbrett schauten Drähte hervor – ein treffendes Symbol für meine blank liegenden Nerven. Ich war vor fünf Monaten aus der Entzugsklinik entlassen worden und konnte noch immer nicht länger als fünf Stunden am Stück schlafen.

Der arrogante Teenager, der ich einmal gewesen war, wäre niemals mit so einer Schrottkarre herumgefahren, aber was dieser Drecksack dachte, war inzwischen egal. Ich hasste diesen Typen. Und da ich schon dabei war, mir alle Unterschiede zwischen jetzt und damals vor Augen zu führen, sollte ich noch erwähnen, dass ich das letzte Mal, als ich durch Colebury, Vermont gefahren war, völlig mit Opiaten zugedröhnt gewesen war.

Heute war ich stocknüchtern. Das zumindest sprach für mich.

Gegen mich sprach, dass ich inzwischen ein verurteilter Straftäter war. Wegen Drogenbesitz und fahrlässiger Tötung im Straßenverkehr hatte ich sechsunddreißig Monate gesessen. Ich hatte kaum Geld und noch weniger Freunde. Das einzige Glück in meinem Leben – ein Job auf einer Obstplantage im benachbarten County, der mir das Leben gerettet hatte – war gerade zu Ende gegangen. Im November gab es keine Äpfel mehr zu pflücken oder zu verkaufen. Also blieb mir nichts anderes übrig, als nach Hause zurückzukehren.

Wie immer herrschte in Colebury keinerlei Verkehr. Die Kleinstadt in Vermont, in der ich aufgewachsen war, kannte keine Rush Hour. Es war eher eine Rush Minute, und die hatte noch nicht angefangen. Ich bog ein letztes Mal ab, und die Häuser wurden kleiner und die Gehsteige holprig. Selbst nach drei Jahren war die Gegend mir noch durch und durch vertraut.

Wenn ich es hätte vermeiden können, wäre ich nie nach Hause zurückgekehrt. Als ich auf das Grundstück meines Vaters rollte, drehte ich den brüllenden Motor ab. *Nickel's Auto-Reparatur* befand sich am Eck. Links stand unser altes Häuschen mit der schiefen Veranda, rechts war die Werkstatt mit zwei Stellplätzen.

Als Teenager fand ich, dass über dem Tor der Werkstatt eigentlich *Nickel and Son* hätte stehen sollen. In dem Jahr nach der Highschool hatte ich mindestens genauso viel dort gearbeitet wie mein Vater. Aber ich hatte ihn nie gebeten, das Schild zu ändern, denn dafür hätte ich mit ihm reden müssen. Mein Vater redete nicht. Er lobte mich auch nicht. Er schimpfte nicht einmal mit mir.

Stattdessen trank er.

Ich lenkte die Klapperkiste in die Einfahrt zwischen Haus und Werkstatt. Meine Ankunft lockte meinen Vater aus dem Schatten der Garage hervor. Ich sah, wie er sich zum Tor hinausschlich und das unbekannte Auto misstrauisch beäugte. Wahrscheinlich hoffte er, dass ich kein Geldeintreiber war.

Ich stieg aus und schaute, ob sich im Gesicht meines Vaters irgendeine Reaktion zeigte.

Er blinzelte zweimal. Da war alles, was ich bekam.

»Hey«, sagte ich und griff nach den beiden Reisetaschen, die auf der Rückbank lagen und meine gesamte derzeitige Habe enthielten.

»Du bist draußen«, sagte er.

Danke, Blitzmerker. »Ich bin seit sechs Monaten draußen«, entgegnete ich. »Ich hab in Orange County bei der Apfelernte geholfen.«

»Oh.« Er sprach schon mein ganzes Leben lang in Ein- oder Zweiwortsätzen. Ich hatte immer gedacht, dass er bloß kein Freund vieler Worte sei. Jetzt, da ich viel Zeit in Suchthilfegruppen verbracht hatte, war ich zu dem Schluss gekommen, dass er schwieg, um nicht zu lallen. Es war fast zwei Uhr nachmittags, was bedeutete, dass er seinen Flachmann wahrscheinlich schon halb geleert hatte.

»Also …« Ich räusperte mich und fragte mich, was wohl als Nächstes passieren würde. »Bis zum Frühjahr gibt es auf den Farmen keine Arbeit mehr. Ich hatte gehofft, dass ich vielleicht in meinem alten Zimmer unterkommen könnte, falls es frei ist.« Ich legte den Kopf in den Nacken und schaute hinauf zu den schmalen Fenstern über der Werkstatt. Dort hingen immer noch dieselben verblichenen gelben Vorhänge.

Dann sah ich, wie er die Augen zusammenkniff und mich musterte. »Ja«, meinte er nach einer Pause. »Okay.«

»Ich bin clean«, fügte ich hinzu, falls es das war, was ihn zögern ließ. Anders als viele Drogenabhängige, die ich kennengelernt hatte, hatte ich nie wegen meiner Sucht mit meinem Vater gestritten. Er hatte sie ignoriert. Er hatte *mich* ignoriert.

Das letzte Mal hatte ich ihn während des ersten Monats meiner Haftstrafe gesehen. Mein Vater hatte mich genau ein einziges Mal im Gefängnis besucht. Das waren zwanzig lange, steife Minuten gewesen, in denen wir einander über einen abgenutzten Tisch hinweg angeschaut hatten, während wir krampfhaft überlegten, was wir sagen sollten. Während der ganzen drei Jahre, die ich meine Haftstrafe abgesessen hatte, war er mein einziger Besucher gewesen.

Fairerweise musste ich zugeben, dass noch jemand anders *versucht* hatte, mich zu besuchen. Aber sie hatte ich nicht sehen wollen.

»Also …« Ich wühlte in meiner Reisetasche nach meinem Schlüsselbund. Ich hatte nur wenige: die Autoschlüssel für den Dodge, den Werkstattschlüssel, den Schlüssel für mein Zimmer und noch einen vierten, den ich jetzt vom Schlüsselbund zog, indem ich die Fingernägel unter die Drahtwindungen schob. Als ich den Schlüssel gelöst hatte, hielt ich ihn meinem Vater hin.

Langsam nahm er ihn mir aus der Hand. »Warum?«, fragte er nur.

Ich warf einen Blick auf mein Elternhaus. »Du hast im Haus bestimmt Alkohol. Ich trinke nicht mehr. Es wird mir leichter fallen, wenn ich draußen bleibe.«

Wieder kniff er die Augen zusammen und betrachtete mich. Dieses Gespräch verlief so dermaßen schlecht. »Ich kann auch arbeiten«, bot ich an. Natürlich *musste* ich arbeiten. Als ich den Dodge und einige Autoteile für die Instandsetzung gekauft hatte, waren meine Ersparnisse bedenklich dezimiert worden.

Das meiste von dem Geld, das ich auf der Obstplantage verdient hatte, hatte ich ansparen können, da Kost und Logis inklusive gewesen waren. Aber ich besaß nicht genug, um woanders ein neues Leben anzufangen. Noch nicht.

Ich wäre dennoch für immer auf der Farm geblieben. Hier über der Werkstatt zu wohnen, umgeben von den Geistern der Vergangenheit, in einer Stadt, in der ich *ganz genau* wusste, wo ich mir Drogen beschaffen konnte – das würde das Schwierigste sein, was ich je getan hatte.

»Zurzeit gibt's nicht viel Arbeit«, antwortete mein Vater. »Heute hatte ich nur einen Kratzer auszubessern, mehr nicht.«

Das wunderte mich nicht. In der schlechten alten Zeit, sogar als meine Sucht am schlimmsten gewesen war, hatte ich noch viele Autoreparaturen hinbekommen, während mein Vater die Werkstatt »gemanagt« hatte. Er hatte sicher Kunden verloren, als ich ins Gefängnis gekommen war. Selbst wenn er sich nach meiner Festnahme gesteigert hätte, glaubte ich nicht, dass er in der Lage gewesen war, die Arbeit gut zu erledigen.

Ich schlug einen neutralen Ton an, weil ich ihn nicht verärgern wollte. »Ich habe mir überlegt, ein Schild aufzustellen, auf dem steht, dass ich für vierzig Dollar Winterreifen aufziehe.«

»Könnte klappen«, murmelte er.

»Ich werd's versuchen«, sagte ich schnell.

Einen Augenblick sahen wir uns an. Ich hatte erwartet, dass er viel älter aussehen würde. Ich weiß auch nicht warum. Vielleicht, weil ich mich selbst wie hundert fühlte.

Nachdem das geklärt war und mein Dad das Gespräch offenbar als beendet betrachtete, zeigte er zur Werkstatt. »Muss wieder an die Arbeit«, erklärte er.

»Ja, klar.«

Während er davonging, wies er auf den Dodge. »Das ist ja mal eine Schrottkarre.«

»Ist mir auch aufgefallen.«

Und das war's. Das eigenartigste Wiedersehen zwischen Vater und Sohn, das man sich vorstellen konnte, war vorüber.

Während ich erleichtert aufatmete, sah ich zu, wie sein Overall in der Werkstatt verschwand. Wahrscheinlich hatte das Ding keine Waschmaschine mehr von innen gesehen, seit ich im Gefängnis gelandet war.

Aber er hatte mich nicht abgewiesen. Wenigstens etwas.

Mit meinen Reisetaschen über der Schulter folgte ich der Einfahrt zwischen dem Haus und der Werkstatt. Auch hier hatte sich nichts verändert. Noch immer blätterte die Wandfarbe ab, und vertrocknetes Gras schaute durch die Risse im Asphalt.

In Vermont nannten wir den November die »Zeit der kahlen Äste«. Es war ein dunkler Monat, nachdem die Farben des Herbstes von den Bäumen verschwunden waren. Die Sonne ging jeden Tag um halb fünf unter, und wir hatten noch nicht den sauberen weißen Schnee, um unsere Sünden zu verdecken.

Die Einfahrt mündete in eine Sackgasse, von der seitlich ein kleiner Weg abging. An dessen Ende befand sich die verwitterte Außentreppe zu meinem Zimmer. Aber ich kam nicht ganz bis dorthin. Als ich ums Eck bog, stieß ich fast gegen ein kleines, flaches Auto, das dicht an der Hinterwand der Werkstatt geparkt war. Es war von Stoßstange zu Stoßstange mit einer schweren schwarzen Plane abgedeckt.

Bei seinem Anblick schnürte sich mir die Kehle zu, und mein Herzschlag beschleunigte sich. Mein Körper reagierte, als hätte ich gerade eine Leiche entdeckt.

In vielerlei Hinsicht hatte ich das auch.

Ich beugte mich vor, packte einen Zipfel der schwarzen Plane und hob sie nur ein paar Zentimeter an. Darunter sah ich genau das, was ich befürchtet hatte – ein Aufblitzen auberginefarbenen Lacks. Bei Porsche war das 1972 eine gängige Farbe gewesen.

Ich ließ die Plane wieder fallen und wich einen Schritt zurück, als hätte man mich dabei erwischt, wie ich etwas Verbotenes tat. Ich hatte keine Ahnung, warum dieses Denkmal meiner Dummheit hier stand. In meiner Vorstellung war es einfach verschwunden, zusammen mit dem Leben, das es vor drei Jahren genommen hatte. Wenn ich tatsächlich innegehalten und über seinen Verbleib nachgedacht hätte, hätte ich angenommen, dass mein Vater den Porsche hatte verschrotten lassen. Er wählte immer den einfachsten Weg.

Doch er war hier, genau an der Stelle, wo ich mehrere Male am Tag vorbeikommen würde. Ich würde versuchen müssen, nicht auf die zerquetschte Beifahrerseite zu achten, dort, wo das Auto den Baum gerammt hatte.

Wenigstens verbarg die Plane die fehlende Windschutzscheibe, durch die ein hundert Kilo schwerer Lacrosse-Spieler in den Tod geflogen war und sich beim Aufprall den Hals gebrochen hatte.

Dort zu stehen und die zerstörte Hülle meines früheren Lebens zu betrachten, ließ mich schon kribbelig werden. Nicht kribbelig im wörtlichen Sinne, es juckte mich nirgends. Aber »kribbelig« war die passendste Bezeichnung, die ich für das Verlangen nach Drogen hatte. Ich spürte eine Art rastloses Zittern in den Gliedern und eine Leere in der Brust. Manche beschrieben es als eine Art Hunger oder Durst. Aber das war auch nicht ganz zutreffend.

Wie auch immer man es nennen mochte, in mir war ein schmerzliches Verlangen, und ich sehnte mich danach, es zu lindern. Und jeden Tag ging ich ein wenig verloren durchs Leben, während ich versuchte, ein Loch in meiner Seele zu füllen. Aber es verschwand nie. Ich war seit fünf Monaten aus dem Entzug draußen und spürte es noch immer die ganze Zeit. Es zeigte sich, wenn ich gestresst oder gelangweilt war. Wenn ich müde war oder nicht genug zu essen gehabt hatte. Manchmal spürte ich es sogar dann, wenn eigentlich alles gut lief.

Es würde nie, niemals aufhören. Es gab dagegen kein Heilmittel. Man musste eben einfach damit *leben*.

Die Ränder der Plane bewegten sich im Wind, als würden sie mich verspotten.

In der Entzugsklinik hatten sie uns immer gesagt: »Beweg einen Muskel und ändere dadurch einen Gedanken.« Also tat ich das. Ich zog mir die Riemen meiner Reisetaschen ein Stück höher über die Schulter. Dann ging ich um den Porsche herum, ohne ihn noch einmal zu berühren, und nahm die wacklige Holztreppe, zwei Stufen auf einmal, hinauf in mein Zimmer.

Ich war seit über drei Jahren nicht mehr hier gewesen, aber dennoch fühlte es sich merkwürdig vertraut an, meinen Schlüssel ins Schloss zu stecken und die Tür aufzustoßen.

Das Erste, was mir auffiel, war der muffige Geruch. Das Zweite die Unordnung. Ich besaß nicht viel, aber alle meine Besitztümer waren im Zimmer verstreut, als hätte sich nur an dieser Stelle ein Erdbeben ereignet.

Jemand hatte mein Zimmer durchsucht, und die Person, die das getan hatte, war dabei nicht eben rücksichtsvoll vorgegangen.

Kommodenschubladen standen offen, ihr Inhalt war umhergeworfen worden. Die Matratze lag schräg, weil jemand darunter etwas gesucht hatte. Die Gegenstände in meinen Bücherregalen waren ein einziges Chaos.

Ich ließ meine Taschen auf das zerwühlte Bett fallen und ging durchs Zimmer direkt ins Bad. Mein Blick blieb an einer rosa Shampooflasche hängen, die drei Jahre lang in meiner Dusche auf mich gewartet hatte.

Es war ihre. Sophies.

Ich streckte den Arm aus, nahm die Flasche von der Ablage und klappte den Deckel auf. Und sofort hatte ich den Geruch in der Nase – grüner Apfel. Als ich dort stand und mich an Sophies Duft erinnerte, fühlte es sich an wie ein Schlag in die Magengrube. Von allen Dingen, die ich verloren hatte – meinen guten Namen, die Chance auf einen anständigen Job, mein sorgsam restauriertes Auto –, war keines so wichtig wie Sophie. Sie war aus meinem Leben verschwunden, und dieser Zustand war dauerhaft. Es gab keine Möglichkeit, das wieder in Ordnung zu bringen.

Etwa eine Minute später wurde mir bewusst, dass ich noch immer dort in meiner Bruchbude stand und wie ein Vollidiot an einer Shampooflasche aus Plastik schnüffelte. Aber es ist nichts Beschämendes, jemanden zu vermissen. Und mit Scham kannte ich mich wirklich aus. Der Haufen Dinge, für die ich mich schämte, war so hoch wie der Mount Mansfield. Doch sie zu vermissen war kein Verbrechen. Jeder würde so empfinden.

Ich schloss die Flasche wieder und stellte sie zurück. Dann wandte ich meine Aufmerksamkeit der Toilette zu, die hier die wahre Herausforderung war. Zuerst betätigte ich die Spülung, nur um mich zu vergewissern, dass sie noch funktionierte, weil ich gleich etwas haben würde, das ich hinunterspülen musste.

Jetzt kam der schwierige Teil.

Ich betrachtete die Abdeckung des Spülkastens und fragte mich, was ich darin finden würde. Es war kein sonderlich originelles Versteck. Doch als ich meine Pillen weggepackt hatte, hatte ich nicht versucht, sie vor der Polizei zu verstecken, die ohnehin genau wusste, wo sie suchen musste. Ich hatte sie lediglich vor Sophie versteckt.

Damals war ich *so* stolz darauf gewesen, wie ich meine beiden Lieben voneinander getrennt hielt – meine Drogen und meine Freundin. Selbst als ich unzumutbare Mengen Oxi konsumiert hatte, hatte ich in der Werkstatt funktioniert und war immer noch ein guter Liebhaber gewesen. Was für eine Leistung!

Bis eines Nachts alles schiefgelaufen war.

Seitdem hatte ich viele, viele Male das »Was wäre wenn«-Spiel gespielt. Was, wenn sie davon gewusst hätte? Was, wenn ich gezwungen gewesen wäre, mein Problem früher zuzugeben? Was, wenn mir bloß ein kleiner Fehler unterlaufen wäre, der die Katastrophe am Ende verhindert hätte?

»Was wäre wenn« war sinnlos. Jeder Süchtige konnte ein Lied davon singen.

Langsam hob ich die staubige Abdeckung des Spülkastens an und spähte hinein, als säße darin eine Schlange, die mich beißen könnte. Und tatsächlich waren die Pillen, die ich in den vergangenen Monaten aus meinem Leben herausgehalten hatte, schlimmer als jede Schlange.

Doch da war nichts. Jemand hatte mein altes Versteck entdeckt, und alles, was in der schlimmsten Nacht meines alten Lebens dort versteckt gewesen war, war schon lange verschwunden – von der Polizei entdeckt und in einem Asservatenschrank abgelegt, wo die verbotene Ware, die sie bei Losern wie mir fanden, aufbewahrt wurde.

Und Gott sei Dank dafür. Heute würde ich nicht wirklich auf die Probe gestellt werden.

Klar, ich hätte die Pillen wahrscheinlich sofort heruntergespült. Aber das weiß man nicht sicher, bis man sie in der Hand hält. Vielleicht hätte ich mir doch eine in die Tasche gesteckt, für den Notfall. Doch für einen Süchtigen wie mich wäre dieser Notfall unweigerlich noch innerhalb derselben Stunde gekommen.

In der Entzugsklinik hatte ich erfahren, dass die Rückfallwahrscheinlichkeit für Opiatabhängige bei über fünfzig Prozent lag. In letzter Zeit ging mir diese deprimierende kleine

Statistik den ganzen Tag durch den Kopf. »Aber das bedeutet, dass fast die Hälfte von uns *nicht* rückfällig wird«, hatte irgendein Optimist in der Gruppentherapie betont. »Wir können uns dafür entscheiden, zu *dieser* Hälfte zu gehören.«

Das war leichter gesagt als getan.

Zum ersten Mal, seit ich in die Stadt gekommen war, verspürte ich echte Erleichterung. Ich legte die Abdeckung des Spülkastens wieder an ihren Platz. Dann machte ich mich ans Aufräumen. Als ich das Bett abzog, erhob sich eine Staubwolke, die mich husten ließ. Also öffnete ich trotz der Novemberkühle das Fenster. Ich musste mein Zimmer lüften. Meine Lungen lüften. Und mein ganzes verdammtes Leben.

Ich brauchte mehrere Stunden, um das Zimmer wieder halbwegs bewohnbar zu machen. Ich schleppte den Staubsauger die Treppe hoch, um damit dem Dreck den Kampf anzusagen. Ich fuhr zum Waschsalon, und während meine Bettwäsche und meine Handtücher im Trockner waren, hielt ich bei einem Fastfood-Drive-in und aß in meinem Schrottauto. Es war kein bisschen wie das selbst gekochte Essen, das ich auf der Shipley Farm bekommen hatte, aber es erfüllte seinen Zweck.

Als es Abend wurde, konnte ich das Bett frisch beziehen und mich dann darauffallen lassen. Ich knipste die Lampe aus und wartete, bis meine Augen sich an die Schatten in meinem alten Zimmer gewöhnt hatten. Dieser Tage war das Einschlafen immer schwierig und Durchschlafen völlig unmöglich. Auf der Shipley Farm hatte ich mir mit drei anderen Typen eine Schlafbaracke geteilt. Immer, wenn ich nachts wach gelegen hatte, hatte ich sie schnarchen gehört.

In meinem Zimmer hier daheim war es sehr viel ruhiger – gerade ruhig genug, um all den Dämonen in meinem Kopf Raum zu geben. Als ich hier lag, musste ich auch an *sie* denken.

Sophie.

Ich fragte mich, wo sie inzwischen lebte. Wahrscheinlich in New York. Wahrscheinlich hatte sie dort irgendwo eine kleine Wohnung, als Sängerin verdiente man am Anfang ja nichts. Bestimmt hatte sie mehrere Mitbewohner.

Oder einen Freund.

Ich zwang mich dazu, mir vorzustellen, wen sie sich als Partner aussuchen würde. Er würde das glatte Gegenteil von mir sein müssen, da Sophie sicher nicht an ihre schlechte Wahl erinnert werden wollte. Also war er wohl ein dunkelhaariger Typ, vielleicht auch dunkelhäutig, und trug einen schicken italienischen Anzug. Hoffentlich hatte er einen gut bezahlten Job – entweder in der Finanz- oder Immobilienbranche. Er würde genug Geld verdienen, um in einem sicheren Viertel zu wohnen und Sophie in teure Restaurants einzuladen.

Natürlich würde die Sophie, die ich kannte, nicht mit einem Banker ausgehen wollen. Das klang eher nach jemandem, den ihr Vater für sie aussuchen würde. Aber vielleicht hatte sie diesen Typen ja während der Pause in der Metropolitan Opera kennengelernt. Ihr Banker hatte eine Schwäche für die Künste und eine Dauerkarte für eine Privatloge. Wahrscheinlich hatte er sie eingeladen, sich die Oper von seinem Platz aus anzusehen, weil man von dort die beste Sicht hatte. Und da Sophie nur einen Stehplatz hatte, hatte sie die Einladung angenommen …

Eine Einzelheit machte mich stutzig. Hatten Theater überhaupt noch private Logen oder gab es so was nur in alten Filmen?

Im Gefängnis hatte ich mir stundenlang mit solchen Gedanken die Zeit vertreiben müssen. Wenn ich niemanden zum Reden gehabt hatte, hatte ich meine Gedanken auf Reisen geschickt. Früher hatte ich immer viel geredet, man hätte mich wohl auch als Schwätzer bezeichnen können. Aber in den letzten drei Jahren hatte ich mich nur selten mit jemandem unterhalten können. Sogar auf der Shipley Farm, wo es immer jemanden zum Reden gab, sagte ich nicht viel. Die Shipleys waren so eine nette, normale Familie. Ich hörte ihnen lieber zu. Wer wollte schon viele Stories aus dem Gefängnis hören?

Genau. Niemand.

Ein einzelnes Paar Scheinwerfer beleuchtete einen Winkel meiner Zimmerdecke von links nach rechts. Dann war es wieder dunkel. Die Geräusche der Nacht waren hier anders. Ich war an die Rufe der Streifenkäuze auf der Shipley Farm gewöhnt, die in manchen Nächten vom Heulen der Kojoten in der Nähe untermalt wurden.

Ich vermisste die Schlafbaracke. Für mich war Privatsphäre kein Luxus. Wenn ich jetzt aus dem Bett aufstehen und mich irgendwo auf die Suche nach einem Schuss machen würde, gab es niemanden, der es mitbekommen oder den es kümmern würde. Ich brauchte es, morgens um sechs die Kühe melken zu müssen, damit ich nicht wieder vom Weg abkam. Ich brauchte Griff Shipley, der mich stets im Auge behielt, während wir auf dem Bauernmarkt am Stand arbeiteten.

Das hier würde so dermaßen hart für mich werden – jede einzelne Minute. In Colebury waren Drogen immer in greifbarer Nähe. Ein paar meiner Junkie-Kumpels wohnten wahrscheinlich keine Meile entfernt. Dröhnten sich immer noch zu, dealten weiterhin. Colebury stank nach all meinen alten Fehlern und Begierden.

Die kribbelnde Leere in meiner Brust pochte, und ich drehte mich auf die andere Seite, um das Gefühl zu unterdrücken. Doch das erinnerte mich nur an etwas anderes, das mir fehlte. Jemanden. Ich vergrub die Nase im Kissen und atmete tief ein, fragte mich, ob noch ein Rest Sophie darin steckte.

Doch sie war schon lange fort.

Sie ist alles, was er je geliebt hat - und die Einzige, die er nicht haben kann

Sarina Bowen
TRUE NORTH - SCHON IMMER NUR WIR
Aus dem amerikanischen Englisch von Franziska Kahl
ISBN 978-3-7363-0600-4

Jude kehrt nach Jahren nach Vermont zurück – und bricht Sophies Herz damit aufs Neue. Sie kann nicht glauben, dass der Mann, der ihren Bruder auf dem Gewissen hat, auch nach all den Jahren eine solch große Anziehungskraft auf sie ausübt ...

»Fantastisch!« USA TODAY

Er küsste mich, als wäre ich für ihn, wie die Luft zum Atmen.

Brittainy C. Cherry
WIE DIE LUFT
ZUM ATMEN
Aus dem Englischen
von Katja Bendels
368 Seiten
ISBN 978-3-7363-0318-8

Alle hatten mich vor Tristan Cole gewarnt. »Er ist ein Monster, er ist verrückt, und er ist tief verletzt, Liz«, hatten sie gesagt. Doch was sie alle ignorierten, war die Tatsache, dass auch ich ein bisschen verrückt und tief verletzt war. Und keiner von ihnen bemerkte, dass ich an Tristans Seite endlich wieder atmen konnte. Denn nicht zu vergessen, wie man atmete, das war das Schwierigste, wenn man ohne die Menschen leben musste, die man von ganzem Herzen liebte.

„Ein absolutes Meisterwerk!" THREE GIRLS AND A BOOK OBSESSION

LYX

BAD BOYS, LIEBE & ROCK'N'ROLL

Kylie Scott
CRAZY, SEXY, LOVE
Aus dem Englischen
von Katrin Reichardt
368 Seiten
ISBN 978-3-7363-0199-3

Als Vaughan in seine Heimatstadt zurückkehrt, ist er auf alles vorbereitet – nur nicht auf eine tropfnasse und verzweifelte Braut in seiner Badewanne! Die wunderschöne Fremde heißt Lydia, und sie hat gerade erfahren, dass ihr Verlobter sie betrogen hat. Mehrmals. Mit einem Mann! Kurzerhand beschließt der Ex-Rockstar und Barkeeper, die junge Frau bei sich aufzunehmen – nicht ahnend, dass sie mit ihrer toughen und zugleich verletzlichen Art seine Welt auf den Kopf stellen wird.

»Eine Liebesgeschichte wie ein Wirbelwind!« BOOKLIST